MICHAEL KOBR

Nebel über Rønne

GOLDMANN

MICHAEL KOBR

NEBEL ÜBER RØNNE

Ein Bornholm-Krimi

GOLDMANN

FSC www.fsc.org MIX Papier | Fördert gute Waldnutzung FSC® C014496

Penguin Random House Verlagsgruppe FSC® N001967

1. Auflage
Originalausgabe April 2024

Umschlaggestaltung: Hafen Werbeagentur, Hamburg
Umschlagmotiv: © picture alliance / Bildarchiv Monheim | Rainer Kiedrowski, GES/Oliver Hurst | Oliver Hurst, Ritzau Scanpix | Claus Fisker
Th · Herstellung: ast
Satz: GGP Media GmbH, Pößneck
Druck und Bindung: GGP Media GmbH, Pößneck
Printed in Germany
ISBN: 978-3-442-31690-8

www.goldmann-verlag.de

Prolog

»OY-ICNO from Tower Rønne.«

»OY-ICNO, go ahead, Torben!«

»Willkommen zurück in Rønne, Mikal, schöne Landung, trotz des Nebels. Cleared to taxi to Hangar 2, own discretion.«

»Danke dir, Torben. Cleared to Hangar 2, own discretion. Gute Nacht!«

Torben Mikkelsen nickte zufrieden. Die kleine private Propellermaschine seines Fluglotsenkollegen, der auch selbst leidenschaftlich gern flog, war trotz des Nebels, der heute über dem *Lufthavn Rønne* hing, wie erwartet sicher gelandet.

Torben nahm einen großen Schluck Kaffee, dann sah er auf die Digitaluhr, die über einer der riesigen Glasscheiben des Towers hing: vierzig Minuten vor zehn. Er hatte an diesem Abend noch zwei Maschinen auf dem Zettel, nicht viel los also. Eine weitere Privatmaschine, die aus Schweden kam, und noch den letzten von insgesamt sechs Linienfliegern aus Kopenhagen, mittels derer Bornholm täglich eng an die dänische Hauptstadt angebunden war. Danach hatte er nur noch Bereitschaftsdienst und musste gegebenenfalls erreichbar sein, falls eine Maschine außerplanmäßig landete. Was allerdings in den sieben Jahren, in denen er inzwischen hier in der Luftaufsicht des einzigen Verkehrs- und Militärflughafens der Insel arbeitete, so gut wie nie vorgekommen war.

Dennoch würde heute womöglich kein ganz entspannter Abend werden, denn die Wetterprognose verhieß ständig wechselnde und damit schwierige Verhältnisse: Der dichte Nebel über Rønne sollte schon bald von heftigen Sturmböen abgelöst werden, die die Landung der beiden noch ausstehenden Maschinen deutlich erschweren konnten. Lästig, aber an sich war solches Wetter gar nicht ungewöhnlich für Ende April. Erst in den nächsten Wochen würde sich wieder dauerhaft jene stabile Hochdrucklage zeigen, für die Bornholm berühmt und wegen der die Insel bei Touristen so beliebt war.

Torben fröstelte und nahm einen weiteren Schluck aus seiner Tasse.

Die Maschine aus Kopenhagen war spät dran heute, denn die Wetterkapriolen hatten Torben veranlasst, die Landebahn für eine knappe Stunde zu schließen. Bei derart heftigen Böen, wie es sie am frühen Abend gegeben hatte, konnte niemand mehr für die Stabilität eines Flugzeugs garantieren. Mit einem Auge hatte er die gesamte Zeit über seine Monitore im Blick und lauschte nebenbei dem Funkgerät.

Er erschrak ein wenig, als er hörte, wie hinter ihm die Tür aufging. Er wandte sich um und erkannte die Silhouette von Lars Hansen, dem Chef der Flughafenfeuerwehr, mit dem Torben schon seit seiner Schulzeit eng befreundet war.

»Hey, Captain!«, grüßte Lars. »Ganz schöne Suppe heute, was?« Er deutete aus dem Fenster auf das spärlich beleuchtete Rollfeld.

Torben hob eine Hand zum Gruß und nickte. »Stimmt,

Commander. Dabei war vorher noch heftiger Wind. Na ja, so ist es eben auf unserer vielgerühmten Sonneninsel manchmal. Und du so? Dienst heute Abend?«

»Du sagst es. Wär's okay, wenn ich nachher ein, zwei Fahrten übers Vorfeld mache? Ich muss das *Biest* schließlich mal wieder bewegen.«

Torben lachte. *Biest* war Lars' Spitzname für seinen größten, modernsten und schnellsten Löschzug. »Klar, sowieso nicht mehr viel los heute«, erklärte er.

»Es gab Verzögerungen, hab ich gehört?«

»Ja, vorher die wechselnden Winde, jetzt der Nebel, und später wird's dann voraussichtlich noch mal stürmisch. Höchste Zeit, dass der Sommer zurückkommt. Kaffee?«

»Immer«, antwortete Lars nickend, ging zur Maschine und goss sich eine große Tasse ein. »Danke, Captain.«

Sie schwatzten noch ein bisschen, aber zehn Minuten später war Torben wieder allein – und hochkonzentriert. Die vorgemerkte Privatmaschine war nicht mehr weit entfernt, und der Nebel hing nach wie vor zäh über der Landebahn. Aber immerhin gerade noch über dem vertretbaren Minimum eines ILS CAT I Approach, also eines regulären Instrumenten-Landeanflugs, konstatierte Torben. Auf dem Monitor verfolgte er den kleinen Punkt mit der Flugzeugkennung darüber, beobachtete gebannt, wie er sich dem Flughafen näherte. Auch wenn er sich bei diesem Piloten keine allzu großen Sorgen zu machen brauchte. Henrik Forsberg war einer der erfahrensten Privatflieger auf der Insel, und seine Cessna Citation Mustang, ein kleiner, ziemlich wendiger zweistrahliger

Jet, war mit allem ausgerüstet, was es für einen Instrumentenlandeanflug brauchte. Entsprechend routiniert lief auch der Funkverkehr mit dem Cockpit ab.

»Rønne Tower, guten Abend, Torben, hier ist Henrik Forsberg, OY-IDOC. 3000 feet, established ILS Runway 29, Information Bravo«, meldete der Pilot seine Landung bei Torben an.

»OY-IDOC, identified, continue approach, QNH 1005«, bestätigte der.

»Roger, OY-IDOC.«

Noch einmal checkte Torben seine Anzeigen und die Sicht- und Wetterdaten, dann erteilte er der Citation schließlich die Freigabe zur Landung und gab dem Piloten noch einmal die Sichtweiten auf der Landebahn durch: »OY-IDOC, cleared to land runway 29, wind 300/8, RVR 600–750–650.«

»Cleared to land runway 29, OY-IDOC«, wiederholte Henrik Forsberg aus seinem Cockpit zur Bestätigung.

Torben nahm sein Fernglas, blickte aus dem Fenster und glaubte, trotz der schlechten Sicht bereits die Lichter des kleinen Jets wahrnehmen zu können. Und tatsächlich: In diesem Moment brach die Citation durch den Nebel, der Pilot zog die Nase des Fliegers hoch, und einen Wimpernschlag später setzte das Fahrwerk sanft auf dem Rollfeld auf, um dann blinkend an der Glasfront des Towers vorbeizurollen. Torben legte das Fernglas weg und drückte erneut die Funktaste.

»OY-IDOC, welcome to Rønne, saubere Landung, Henrik. Leave runway via B, taxi own discretion to parking position 2.«

Torben wartete auf die Bestätigung aus dem Cockpit, doch das Funkgerät blieb stumm.

»OY-IDOC, welcome to Rønne, leave runway via B, taxi own discretion to parking position 2«, wiederholte er stattdessen seinen Funkspruch aus dem Tower. Wieder keine Reaktion.

Torben runzelte die Stirn.

»OY-IDOC, how do you read?«, erkundigte er sich schließlich mit dem Standardfunkspruch, ob man ihm im Cockpit hören konnte. Stimmte etwas mit dem Funkgerät der Cessna nicht?

Keine Antwort. »Fuck«, entfuhr es Torben. Was war denn nur los heute? An seinem Funk lag es bestimmt nicht, das wäre wirklich das erste Mal gewesen.

»OY-IDOC, how do you read? Confirm taxi clearance! Henrik, bitte read-back!«, bat er nun eindringlich und bemühte sich dabei, besonders laut und deutlich zu sprechen. Nichts.

»Mann, jetzt antworte endlich!«, zischte er bei sich, ohne die Taste am Funkgerät zu drücken. Riss nun auch beim sonst so akribischen Henrik Forsberg die Unsitte ein, nach erfolgter Landung dem Funkverkehr keine Beachtung mehr zu schenken? Seufzend erhob sich Torben und sah noch einmal durch das Fernglas. Die Citation war inzwischen am Ende der Landebahn angekommen und stand mit blinkenden *Strobelights*, den zuckenden Leuchten an den Tragflächen, unbewegt da. Forsberg hatte die Mustang sogar bereits ein Stück nach rechts gezogen, um schließlich endgültig in Richtung der Hangars abzubiegen. Sicher, er kannte den Weg und sah auch, dass nichts los war heute Abend. Aber streng genommen brauchte es für dieses Manöver noch einmal eine Freigabe von Torben. Der Funkverkehr musste nun mal unbedingt gehalten werden, bis die endgültige Parkposition erreicht war.

»Was macht er denn da bloß?«, murmelte Torben und zog die Brauen zusammen. Völlig still stand das Flugzeug da. Noch einmal versuchte er es mit einem Funkspruch.

»OY-IDOC, Henrik, do you need assistance? Read back!!«, schrie er nun beinahe über Funk.

Vergebens.

Irgendwie kam ihm das alles allmählich komisch vor. Da war doch was faul. Mit verständnislosem Kopfschütteln langte er nach dem Telefonhörer und drückte eine der Schnellwahltasten. Lars Hansen hob bereits nach dem ersten Klingeln ab.

»Captain? Was gibt's?«

»Du musst sofort raus zu Forsbergs Citation«, erklärte Torben in ernstem Ton. »Sie steht am Ende der Bahn, und niemand meldet sich. Irgendwas stimmt da nicht.«

»Siehst du Feuer?«

»Nein, von hier aus sind weder Feuer noch Rauch zu erkennen.«

»Alles klar, bin schon unterwegs. Wann kommt die nächste Maschine rein?«

»Der letzte Linienflieger aus Kopenhagen sollte in gut vierzig Minuten hier sein. Ist also noch Zeit, bis dahin gehört das Rollfeld dir.«

»Roger. Over and out.«

***

Lars Hansen liebte sein *Biest*, dieses kraftstrotzende Ungetüm von Lkw. Und war mächtig stolz darauf. Der Motor leistete über 700 PS, es fuhr über 120 Stundenkilometer schnell und fasste über 12000 Liter Löschmittel. Ein solch sündhaft teures Löschfahrzeug der neuesten Generation, das war für einen Flughafen dieser Größe wohl einmalig. Aber die königliche dänische Luftwaffe, die den Flughafen ebenfalls als Basis nutzte, hatte Lars' Antrag auf den Kauf ohne Nachfrage stattgegeben.

Er öffnete das riesige, elektrische Tor des Fahrzeughangars, schwang sich ins Führerhaus, startete den Motor und schaltete Blaulicht und Sirene an. Wenn es schon mal einen echten Einsatz gab, dann würde er auch das volle Programm fahren.

Er drückte die Taste für den Funk. »Lars für Torben.«

»Torben hört?«

»Kann ich raus?«

»Ja, Lars, alles frei, du kannst raus.«

Das riesige Gefährt schoss über das Rollfeld direkt auf die Start- und Landebahn zu. Lars wusste, dass es einen ohrenbetäubenden Lärm machte – im Inneren jedoch war es erstaunlich ruhig, die Kabine war bestens isoliert. Er schaltete die komplette Batterie an Scheinwerfern ein, die den Bereich vor dem Fahrzeug mit einem Schlag taghell erleuchtete. Dann raste er mit über hundert Sachen auf die kleine, unbewegt dastehende Privatmaschine zu, deren Lichter noch immer friedlich blinkten.

»Torben, noch immer kein Funkverkehr mit der Citation?«, fragte er, kurz bevor er ankam.

»Kein Sterbenswort von Forsberg.«

»Bin jetzt da und versuche zu klären, was los ist.«

»Okay«, hörte er Torben aus dem Funkgerät. Lars konnte die Anspannung in der Stimme seines Freundes deutlich hören.

Er stellte das Fahrzeug ab und stieg aus, ließ die Scheinwerfer jedoch brennen. Nichts deutete von hier draußen auf einen Notfall an Bord hin, geschweige denn auf ein Feuer. Beide Triebwerke liefen noch in *Idle*, also im Leerlauf. Vielleicht diskutierten die Insassen nur, wohin sie noch auf ein Feierabendbier gehen wollten? Er beschloss, das kleine Flugzeug erst einmal zu Fuß zu umrunden. Doch die Cockpitfenster waren zu weit oben, um hindurchsehen zu können. Instinktiv zog Lars den Kopf ein, um nicht in den Abgasstrahl oder den Sog der Triebwerke zu geraten, auch wenn er eigentlich wusste, dass ihm dieses Manöver im Zweifelsfall wenig bringen würde. Zudem waren die Jetturbinen bei diesem Modell ziemlich hoch oben am Heck und nicht wie bei Verkehrsflugzeugen unter den Tragflächen angebracht. Dann schlug er ein paarmal von außen gegen die Kabine. Als auch daraufhin jegliche Reaktion ausblieb, holte er die kleine Aufstellleiter aus dem Lkw, platzierte sie unter der Kabinentür und meldete sich per Handfunkgerät bei Torben.

»Tatsächlich alles sehr mysteriös, Captain. Die Triebwerke laufen sogar noch in *Idle*. Ich gehe jetzt mal rein und sehe mich um.«

Er klopfte vorsorglich noch einmal gegen die Kabinentür und zog schließlich vorsichtig am Hebel für die Notöffnung, um damit die Kabinentür zu entriegeln. Zum Glück verfügte die Citation Mustang nicht über automatische Notrutschen wie die großen Jets, denn die wären ihm jetzt mit Wucht entgegengekommen. Eine heftige Böe ließ die Tür ruckartig aufschwingen. Der Nebel über Rønne war mit einem Schlag einem beachtlichen Sturm gewichen.

Lars warf einen forschenden Blick nach drinnen. Was genau war da bloß los? Im Inneren des kleinen Fliegers herrschte gespenstische Ruhe, die Kabine war nur spärlich von den Cockpitinstrumenten erhellt. Und in deren fahlem Schein sah Lars die leblosen Gesichter der drei Insassen.

»Torben, wir haben ein Problem«, sprach er ins Funkgerät. »Ein ganz gewaltiges.« Dann wurde ihm von einer Sekunde auf die andere schwarz vor Augen.

Dienstag, 23. April

Lennart Ipsen war froh, endlich in der kleinen Propellermaschine zu sitzen, die ihn und eine Handvoll weiterer Passagiere aus der dänischen Hauptstadt Kopenhagen zurück nach Bornholm bringen würde. Es handelte sich um den letzten Flieger dieses Tages, entsprechend still war es in der engen Kabine. Und das, obwohl der Flug bislang nicht gerade ruhig verlaufen und das Flugzeug immer wieder von Turbulenzen durchgeschüttelt worden war. Doch Lennarts Mitinsassen wirkten allesamt müde. Jeder schien seinen Gedanken nachzuhängen, und niemand ließ sich von den Luftlöchern nachhaltig aus der Ruhe bringen. Und wenn doch, wollte er oder sie es sich nicht anmerken lassen. Wer mit einer dieser Maschinen flog, tat das gewöhnlich nicht zum ersten Mal.

Auch Lennart döste mit offenen Augen vor sich hin, lauschte dem monotonen Malmen der beiden Propellertriebwerke, das ihn wie immer auf eine schwer zu beschreibende Art beruhigte. Er ließ die letzten beiden Tage Revue passieren. Eine nicht sonderlich spannende Fortbildung hatte er hinter sich, jenes Führungskräfteseminar, das ihm die Personalabteilung der Reichspolizei als Pflichtprogramm auferlegt hatte. Weil er seit einem guten halben Jahr Leiter des »polizeilichen Ermittlungsdienstes für personengefährdende Kriminalität« im Polizeiposten der Bornholmer Inselhauptstadt Rønne war – und damit eben auch Vorgesetzter von zwei Mitarbeiterinnen. Dabei hatte er in seinen früheren Stellungen bereits deutlich mehr Leute unter sich gehabt, wenn auch nie als Chef einer Abteilung. Doch Vorschrift war nun mal Vorschrift, auch in Dänemark.

Wirklich Neues hatte er bei der Schulung natürlich nicht erfahren, aber das hatte er auch nicht ernsthaft erwartet. Anfangs hatte er sich immerhin darüber gefreut, mal wieder von der Insel in die Hauptstadt zu kommen, Freunde zu treffen, vor allem die Ex-Kollegen aus der Abteilung der Reichspolizei, in der er früher als Mordermittler gearbeitet hatte. Nach zwei Tagen und Nächten im Gewusel der Großstadt allerdings hatte es ihm schon wieder gereicht.

Länger als geplant hatte er am Kopenhagener Flughafen gesessen, weil sich das Wetter über Bornholm heute mal wieder kapriziös gab: Dichter Nebel hatte die Landung selbst für die Linienmaschine unmöglich gemacht, weshalb die erst eine Stunde nach dem planmäßigen Start abgehoben hatte. Lennart hatte allmählich genug von diesem wechselhaften Wetter, vor allem nach diesem ungewöhnlich nassen und grauen Winter, der hinter ihm lag. Aber bald schon würde es Sommer werden, und die Sonneninsel, auf der er sich niedergelassen hatte, ihrem Namen hoffentlich wieder gerecht werden. Darauf freute er sich jetzt schon, denn seine Stimmung ging regelmäßig nach unten, je länger die dunkle Jahreszeit mit dem immer gleichen Einheitsgrau des Himmels andauerte.

Zum Glück hing das diesmal wirklich nur mit der Jahreszeit zusammen, ganz anders als bei dem grässlichen grauen Strudel, der ihn vor einiger Zeit in sich eingesaugt und um ein Haar nicht mehr losgelassen hatte. Jene existenzielle Krise, die ihn schließlich unwiderruflich weg aus seinem alten Leben hierher nach Bornholm geführt hatte. Und auch wenn selbst da nicht immer die Sonne schien, hatte sein Umzug die letzten dunklen Wolken aus seiner Seele verjagt. Er fühlte sich rundum wohl: in seinem kleinen dottergelben Häuschen an der malerischen Küste zwischen Svaneke und Gudhjem und in seinem verwunschenen Paradiesgarten samt den Bienenvölkern, um die er sich auf Geheiß seines Vermieters zu kümmern hatte. In seiner neuen Aufgabe als Chef zweier Mitarbeiterinnen, die unterschiedlicher kaum sein konnten und die er nicht nur schätzte, sondern inzwischen sogar zu seinen Freunden zählte. In seinem beschaulichen Alltag zwischen Wäschewaschen, Hörbuchhören und Fernsehen, zwischen viel zu wenig Joggen und der lästigen Gartenarbeit. Und auch in seinem Privatleben, in dem es sogar inzwischen wieder jemanden gab, der sein Herz bei jedem Treffen ein wenig schneller schlagen ließ.

Nur dass er seine beiden Töchter Ida und Magda nur noch selten sah, hätte er gern geändert, doch mit der Scheidung war auch die Trennung von den Kindern nicht zu verhindern gewesen. Letztlich hatte er sogar noch Glück, dass sie nun mit ihrer Mutter, Lennarts Ex-Frau Andrea, auf Rügen lebten. Denn die tägliche Fähre von Sassnitz nach Bornholm sorgte dafür, dass Lennart und die Mädchen sich zumindest ab und zu besuchen konnten. Vor drei Wochen war er selbst auf die deutsche Nachbarinsel gefahren, um mit Magda deren sechzehnten Geburtstag zu feiern. Das gemeinsame Familienessen mit

Andrea und ihren furchtbar komplizierten Eltern war sogar zum ersten Mal seit Lennarts Scheidung einigermaßen friedlich verlaufen.

Er griff nach seinem Mobiltelefon, fummelte sich die kabellosen Kopfhörer in die Ohren und stellte die Playlist *Bornholm Hygge* ein, eine sich ständig erweiternde Sammlung von Songs, bei denen er relaxen und die Seele baumeln lassen konnte. *If you could read my mind* von Gordon Lightfoot war der erste Song, der vom Zufallsgenerator ausgesucht worden war. Lennart schloss die Augen, froh darüber, dass es ihm so gut ging.

Wieder kehrten seine Gedanken zu den vergangenen zwei Tagen in Kopenhagen zurück. Sie waren wie eine Reise in sein früheres Leben gewesen: die Zentrale der Reichspolizei, die Freunde von früher, die fast alle noch ihre alten Jobs hatten, auch wenn sie inzwischen ein Stück auf der Karriereleiter nach oben geklettert waren. Er hatte bei Peer und Amelie geschlafen, Ex-Kollegen aus der gemeinsamen Zeit beim Morddezernat. Amelie war inzwischen Chefin dieser Abteilung, während Peer einer Gruppe vorstand, deren Aufgabe in der Abwehr von Terroranschlägen und der Prävention von internationaler organisierter Kriminalität bestand. Die beiden bewohnten ein schickes Loft in einem der hypermodernen Apartmenthäuser zwischen der neuen Oper und dem Nytorget. Ihr Gästezimmer bot einen atemberaubenden Blick auf das historische Hafenbecken, die gute Stube der Stadt. Lange hatte er in der Nacht noch vor dem bodentiefen Fenster gesessen und das Panorama genossen: die Aussicht auf eine der faszinierendsten, innovativsten und zugleich lebenswertesten Großstädte, die er kannte. Aber auch wenn er den Abend genossen hatte, an dem er mit alten Freunden durch schicke neue Bars gezogen war: Keine zehn Pferde würden ihn auf Dauer dorthin zurückbringen. Schon jetzt, nach zwei Tagen, hatte er große Sehnsucht nach Bornholm.

Heftige Windböen zerrten nun an den Tragflächen der Propellermaschine und ließen sie immer wieder bedrohlich wackeln. Lennart blickte aus dem kleinen Flugzeugfenster auf die Lichter des Städtchens Rønne. Und bemerkte, dass am Boden, noch weit unter ihnen, Blaulichter zuckten. Er kniff die Augen zusammen. Vielleicht ein Verkehrsunfall? Sie mussten sich bereits ganz in der Nähe des Flughafens befinden. Warum zogen sie überhaupt noch eine Schleife darüber?

Als hätte der Pilot seine Frage mitbekommen, meldete der sich prompt über den knackenden Lautsprecher: »Liebe Fluggäste, wir befinden uns bereits im Luftraum über Bornholm und können bald mit dem Landeanflug beginnen. Auch wenn der wegen des Windes etwas rauer ausfallen könnte, werden wir völlig gefahrlos landen. Lehnen Sie sich also entspannt zurück. *Cabin Crew: Prepare for landing.*«

Lennart runzelte die Stirn und löste seinen Blick vom Blaulicht unten am Boden. Auch wenn die Durchsage aus dem Cockpit allem Anschein nach dazu gedacht war, die Passagiere zu beruhigen – auf ihn hatte sie die exakt gegenteilige Wirkung. Die Aussicht auf eine holprige Landung in heftigen Böen machte ihn nervös. Er stemmte die Füße gegen den Boden, drehte die Musik auf dem Handy ein wenig lauter, um sich abzulenken, und umklammerte beide Armlehnen so heftig, dass seine Fingerknöchel weiß wurden.

»Fuck!«, zischte er. Er spürte die Beunruhigung nun in jeder Faser seines Körpers. Und das, obwohl er seine Flugangst schon seit zwanzig Jahren überwunden geglaubt hatte. Sie durfte keinesfalls zurückkommen, das Fliegen war hier auf der Insel geradezu lebensnotwendig. Schweiß bildete sich unter seinen Achseln. Er versuchte, sich abzulenken, lauschte der Musik. *Ironic*, von Alanis Morisette, ein Lied, mit dem ihn eine Art Hassliebe verband. Manchmal mochte er es, manchmal verabscheute er den melancholischen Klang und das unterschwellige Pathos. Er lauschte eine Weile den Liedzeilen, dann riss er sich die Ohrhörer geradezu panisch heraus und steckte sie hektisch in die Hosentasche: Es ging in dem Lied schließlich unter anderem um einen Flugzeugabsturz! Auch wenn er nicht an Orakel und Vorahnungen glaubte, auf derartige Texte konnte er im Moment gut verzichten. Wenn er tatsächlich lebend in Rønne ankommen sollte, würde er diesen Song ein für alle Mal von der Playlist nehmen.

Während das Flugzeug immer wieder von Böen geschüttelt wurde, hörte er, wie das Fahrwerk ausgefahren wurde. Nur noch wenige Minuten, dann würde alles vorbei sein. So oder so. Sein Blick traf den der Flugbegleiterin, die gerade schräg gegenüber auf einem Klappsitz Platz genommen hatte. Sofort lächelte ihm die Mittfünfzigerin im blauen Kostüm der Fluggesellschaft beruhigend zu. Sie hatte bestimmt die Panik in seinen Augen aufflackern sehen. Lennart kam sich albern vor und wandte den Blick erneut aus dem Fenster. Die Lichter des Flughafens kamen immer näher, bald würden sie aufsetzen. Vielleicht noch zwanzig Meter, zehn. Er bereitete sich innerlich auf ein heftiges Rumpeln vor, doch das blieb aus. Stattdessen schwoll das Dröhnen der Motoren ohrenbetäubend an, und das Flugzeug begann wieder steil in die Luft zu steigen. Mit dem typischen dumpfen Klacken wurde das Fahrwerk wieder eingezogen. Die Beschleunigung drückte Lennart in den Sitz, die Maschine zog unentwegt weiter nach oben und vibrierte immer heftiger. Lennart schloss die Augen, versuchte, sich einfach auf seine Atmung zu konzentrieren. Das hatte ihm schon oft in stressigen Situationen geholfen. Einige Atemzüge später meldete sich der Pilot und erklärte, man habe die Landung aufgrund technischer Probleme abbrechen müssen, es gäbe allerdings keinen Grund zur Sorge und er bereite bereits ein erneutes Landemanöver vor.

Technische Probleme? Worum drehte es sich denn? Warum sagte man ihnen denn nicht genau, was los war? Hatten die Passagiere darauf nicht ein Recht? Er würde einfach die Flugbegleiterin um mehr Informationen bitten. Auch die anderen Reisenden schienen besorgt, das Schweigen in der Kabine war inzwischen einem aufgeregten Murmeln gewichen.

Doch die Stewardess trug noch immer ihr ostentativ zur Schau gestelltes Postkartenlächeln, und Lennart beschloss, fürs Erste doch lieber noch stillzuhalten. Durchs Fenster sah er, dass sie sich bereits wieder der Landebahn näherten, diesmal jedoch aus der entgegengesetzten Richtung. Wieder war der Wind, der an dem Flugzeug zerrte, deutlich zu spüren. Lennart seufzte und krallte die Fingernägel aufs Neue in den Sitz. Draußen am Fenster flog nun das zuckende Blaulicht vorbei, so schnell allerdings, dass er nichts erkennen konnte. Irgendetwas musste direkt am Flughafen passiert sein. Egal. Nun würden sie gleich landen. Wie immer bei diesem Manöver biss er die Zähne zusammen und schloss die Augen.

Als er sie wieder öffnete, rollte die Maschine bereits aus. Alles war gut gegangen. Gott sei Dank! Durchs Fenster sah er, dass sie schon am Ende der Landebahn angekommen waren und eben abbogen. Sein Blick fiel auf einen kleinen Privatjet, an dem mit einer massiven Stange ein Flughafenschlepper befestigt war. Davor stand unter voller Beleuchtung ein großes Feuerwehrfahrzeug, neben ihm ein grauer Kleinbus mit einem magnetischen Blaulicht auf dem Dach. Lennart konnte es kaum glauben. An der offenen Schiebetür lehnten seine Kolleginnen Britta und Tao. Was zum Teufel hatten sie hier zu suchen? Und warum trugen sie beide FFP2-Masken?

***

»Chef, was machst du denn hier? Ich dachte, du bist in Kopenhagen und genießt das Nachtleben der Großstadt«, begrüßte ihn eine halbe Stunde später eine überraschte Britta Blomdal.

»Jetzt fang bitte nicht wieder mit deiner Chef-Marotte an, ich dachte eigentlich, das hätte ich dir inzwischen abgewöhnt«, brummte er und winkte noch einmal dankend dem Fahrer des gelb-schwarzen Follow-Me-Kleinbusses, der ihn vom Terminal aus hierher ans Ende der Landebahn gebracht hatte. Noch immer blies ein heftiger Wind und zerzauste ihm die Haare. »Ich wünsche euch übrigens auch einen wunderschönen guten Abend!« Er horchte seinen Worten nach und fand, dass er missmutiger geklungen hatte als gewollt.

»Guten Abend, Lennart«, beeilte sich Tao Nguyen zu antworten. Sie klang etwas eingeschüchtert. Ihren Gesichtsausdruck konnte Lennart jedoch nicht erkennen, da sie wie auch Britta noch immer eine Maske trug.

»Sorry, Lennart, du hast natürlich völlig recht, ich hab ja noch nicht mal Hallo gesagt. Also dann: Hallo!« Britta zwinkerte ihm zu, klopfte ihm auf die Schulter, und Lennart rang sich zu einem Lächeln durch. Das allerdings gleich wieder verschwand, als seine Kollegin nachschob: »Sag mal, warum bist du denn so schrecklich verschwitzt? Bist du krank? Oder hast du dich im Flugzeug mal wieder unnötig aufgeregt, weil du seltsame Geräusche gehört hast?«

Lennart schüttelte energisch den Kopf. Das kurzzeitige und hoffentlich nur vorübergehende Aufflackern seiner Flugangst ging schließlich niemanden etwas an – seine beiden Kolleginnen schon gleich gar nicht. »Nein, alles okay.«

»Und warum bist du dann schon da?«, beharrte Britta.

»Die Fortbildung war am späten Nachmittag zu Ende, und ich bin mit der letzten Maschine zurückgekommen«, erklärte Lennart seufzend. »Komme ich ungelegen?«

»Aber nein …«

»Jedenfalls habe ich euch schon vom Flugzeug aus hier stehen sehen. Was ist denn passiert?«

»Das wüssten wir auch gern«, murmelte Britta und zog vage die Schultern hoch.

»Aha. Geht's vielleicht auch etwas präziser? Und weshalb tragt ihr eigentlich Masken? Habt ihr da drin eine neue Corona-Variante entdeckt?« Er deutete auf den kleinen Privatjet, an dessen Heck noch immer ein rotes Licht blinkte. »Bitte nicht!«

Das nahm Tao zum Anlass, eine noch verpackte FFP2-Maske aus ihrer Jackentasche zu ziehen.

»Du solltest auch eine aufsetzen, sicher ist sicher«, mahnte sie in ernstem Ton. »Wie Britta ja schon sagte, wissen wir noch nicht, was genau da vor sich gegangen ist. Wir wurden jedenfalls vom diensthabenden Fluglotsen, Torben Mikkelsen, alarmiert. Die Maschine hier ist ganz normal gelandet, Instrumentenlandung wegen Nebels. Normaler Funkverkehr, alles Standard. Bis gleich nach dem Aufsetzen die Sprechverbindung abgebrochen und das Flugzeug ausgerollt ist. Mikkelsen hat dann seinen Kollegen von der Feuerwehr alarmiert, und der ist dann rein. Und hat alle drei Insassen tot aufgefunden.«

»Was?«, entfuhr es Lennart, wobei sich seine Stimme überschlug. »Woran sind sie denn gestorben?«

»Das ist noch fraglich.«

»Habt ihr die Gerichtsmedizinerin nicht alarmiert, diese Doktor …«

»Eklund«, schaltete sich nun Britta wieder ein. »Doch. Sie war auch hier, ist aber schon zurück im Labor, um möglichst schnell etwas zur Todesursache sagen zu können.«

»Hat sie denn einen Verdacht?«

Britta und Tao nickten.

»Und der wäre?«, drängte Lennart.

»Im Flugzeug rieche es nach Bittermandeln, meinte sie.«

»Blausäure?«, entfuhr es Lennart. Er war schockiert. Ein Giftanschlag? Sollten sie es wirklich damit zu tun haben, wäre das ein Fall von enormer Tragweite.

»Zunächst nur ein Verdacht, aber nicht ganz unwahrscheinlich.«

»Eine der giftigsten Substanzen überhaupt, oder?«, murmelte Lennart.

»Definitiv«, bestätigte Tao.

»Und wo ist dieser Feuerwehrmann jetzt?«, hakte Lennart ein und blickte sich um.

»In der Klinik. Mit schweren Vergiftungserscheinungen.«

»Fuck!« Lennart schüttelte den Kopf. »Das heißt, die da drin sind alle vergiftet worden? Mit Blausäuregas? Nachdem sie vorher noch völlig problemlos gelandet sind?«

Die beiden Polizistinnen zuckten die Schultern. »Sieht momentan danach aus«, bestätigte Tao.

»Kann ich mal kurz reinschauen?« Lennart deutete auf den Jet. Er musste sich jetzt unbedingt selbst ein Bild machen.

»Nein, auf keinen Fall! Nicht, bis wir wissen, was es mit dieser Giftsache auf sich hat«, erwiderte Britta.

Lennart winkte ab. »Aber ich hab doch das Ding hier!« Er zog sich die Maske über Mund und Nase.

»Die ist nur für draußen, hat Doktor Eklund gemeint. Zur Sicherheit. Aber ins Flugzeuginnere dürfen wir auf keinen Fall. Viel zu großes Risiko.«

»Das heißt, ihr zwei habt noch gar nicht reingesehen?«

Die beiden Frauen warfen sich einen schnellen Blick zu. »Doch, schon. Aber nur ganz kurz, von außen«, sagte Tao kleinlaut, und Britta ergänzte: »Mit angehaltenem Atem.«

Trotz des Ernstes der Lage musste Lennart grinsen. »Und, geht's euch noch gut?«, wollte er wissen.

»Schon, warum?«, fragte Britta mit zusammengezogenen Brauen.

»Seht ihr?«, versetzte Lennart schulterzuckend und ging ohne weiteren Kommentar auf das Flugzeug zu.

»Lennart, jetzt sei doch bitte vernünftig«, hörte er Britta noch rufen. »Doktor Eklund hat überall Proben genommen und danach den Tatort offiziell gesperrt. Sie gibt uns gleich Bescheid, wenn sie die ersten Analyseergebnisse hat. Von der Eingangstür aus sieht man eh fast nichts, das kannst du dir sparen. Geh doch inzwischen lieber nach Hause, schlaf dich aus, und morgen sehen wir weiter.« Lennart drehte sich um, sah ihr in die Augen und schüttelte den Kopf. Dann trat er mit dem gebotenen Respekt an den Rumpf des Flugzeugs, dessen Einstiegstür weit offen stand. Vorsichtig stieg er auf die ausgeklappten Trittstufen, um von dort aus ins Innere zu spähen. Britta hatte recht, aus diesem Winkel war kaum etwas zu erkennen. Ob er sich einfach über Doktor Eklunds Rat hinwegsetzen und nach drinnen gehen sollte, um mit angehaltenem Atem kurz um die Ecke zu spähen? Wobei:

Wenn es den Feuerwehrmann gleich so erwischt hatte, dass man ihn ins Krankenhaus gebracht hatte, war das vielleicht keine allzu gute Idee.

Egal. Er musste da jetzt rein, beschloss er. Zumal er gar nichts von jenem Geruch nach Bittermandeln merkte, den Doktor Eklund erwähnt hatte. Für ihn Indiz genug, dass sich ein etwaiges Gift bereits weitgehend verflüchtigt haben dürfte. Er atmete noch einmal tief ein und hielt die Luft an. Dann betrat er die Kabine.

Was er sah, wirkte wie die Szenerie eines dystopischen Thrillers: Im schwachen Schein der Lampen an den Notausstiegen und im Licht, das vom Feuerwehr-Lkw her durch die Fenster fiel, blickte er in die leblosen Gesichter dreier Männer verschiedenen Alters. Zwei – ein jüngerer, den Lennart auf Anfang dreißig schätzte, und ein grauhaariger Endfünfziger – saßen hinten im kleinen Passagierbereich auf zwei ledernen Einzelsitzen, der Pilot war in seinem Sessel vorn im Cockpit zusammengesunken. Auch er sah so aus, als hätte er die fünfzig bereits überschritten. Bevor er sich noch weiter umsehen konnte, merkte Lennart, wie ihm allmählich die Luft ausging. Auch unter Wasser hatte er noch nie besonders lange den Atem anhalten können. Also hastete er zurück zur Kabinentür und eilte die kleinen Stufen hinunter. Draußen riss er sich die Maske von der Nase und atmete gierig ein.

Mit tadelndem Gesichtsausdruck empfing ihn Britta am Einsatzbus. So hatte auch seine Mutter immer geschaut, wenn sie herausgefunden hatte, dass er mal wieder irgendetwas Waghalsiges mit seinen Freunden unternommen hatte. Um dann stets hinzuzufügen: »Musste das wirklich wieder sein, Lennart? Du wirst dir noch mal das Genick brechen!«

»Musste das jetzt wirklich sein, Lennart?«

Er nickte und hatte Mühe, sich ein Grinsen zu verkneifen. »Ja. Ich wollte mir einfach selbst ein Bild machen. So bin ich eben«, sagte er und verbiss sich, ein »Mama« hinterherzuschieben. Stattdessen blickte er Britta mit warmem Lächeln an. In den Monaten, die er nun bereits hier auf der Insel war, war sie ihm derart ans Herz gewachsen, wie das bislang noch bei keinem Kollegen und keiner Kollegin je der Fall gewesen war. Streng genommen war diese Frau, die fast zehn Jahre älter war als er, schon nach ein paar Wochen viel mehr für ihn gewesen als nur eine Arbeitskollegin.

Er musterte sie nachdenklich. Ihre langen grau-blonden Haare wurden von den starken Böen zerzaust, dagegen konnte auch das Batiktuch, das sie sich um den Kopf gebunden hatte, nichts ausrichten. Über einer Jeans trug sie ein Kleid, das sie vielleicht selbst geschneidert, ganz sicher aber selbst bedruckt hatte. Denn im Nebenerwerb war Lennarts Kollegin Künstlerin. Sie veredelte Textilien mit selbstentworfenen maritimen Motiven und verkaufte sie anschließend im eigenen Atelier. Heute hatte sie sich für ein Modell mit türkisgrünen Heringen und Kraken darauf entschieden. Ergänzt wurde das ungewöhnliche Ensemble durch grellroten Ohrschmuck, der im Wind baumelte: Glaserdbeeren fast in Originalgröße. Vergangenen Advent hatte Britta auf einmal damit angefangen, immer saisonal passende Ohrringe zu tragen, die wahrscheinlich ihr Mann Mats für sie herstellte. Der war nämlich nicht nur Architekt, sondern auch Glaskünstler mit eigener Werkstatt auf dem herrlichen alten Gehöft mitten in der Altstadt von Gudhjem, das ihnen gemeinsam gehörte. Und im Moment war eben Erdbeerzeit. Lennart war gespannt, ob Mats seiner Britta in ein paar Wochen, wenn es überall auf der Insel Erbsen und neue Kartoffeln geben würde, womöglich Gemüseohrringe anfertigen würde.

»Hoffentlich bekommen wir bald Bescheid von Doktor Eklund, was die drei da drin und auch den Feuerwehrmann vergiftet hat«, riss Tao ihn aus seinen Gedanken. »Wir stehen ja so furchtbar untätig herum.«

Lennart nickte. Wenn sich herausstellen sollte, dass diese Männer tatsächlich mit einem der giftigsten Gase überhaupt getötet worden waren, dann hatten sie es sicher nicht mit einem Gelegenheitsverbrecher zu tun. Das sah weit mehr nach dem Werk eines Geheimdienstes oder sogar einer internationalen Verbrecherbande aus. Und das würde bedeuten, dass über kurz oder lang Experten aus Kopenhagen oder seine ehemaligen Kollegen von Interpol die Ermittlungen übernehmen würden.

»Wissen wir denn schon, wer das da drin ist?«, fragte er.

»Der Pilot heißt Henrik Forsberg, ihm gehört auch die Maschine. Der Lotse hat ja mit ihm gefunkt wegen der Landung, er ist also quasi schon identifiziert. Die anderen beiden … na ja, also ich hab ja nur ganz kurz reingeschaut, aber wenn mich nicht alles täuscht, ist der ältere der beiden Bjarne Møller.«

»Du kennst ihn?«, wollte Lennart wissen.

Britta wiegte den Kopf. »Nur flüchtig. Er betreibt einen Teeladen in Rønne und veranstaltet zudem so Kulturevents. Aber ich bin mir wie gesagt nicht zu hundert Prozent sicher, ob er es auch wirklich ist.«

»Und der Dritte?«

Britta zuckte die Achseln. »Sein Gesicht kommt mir auch bekannt vor, aber ich weiß nicht mehr, woher. Ich grüble schon die ganze Zeit darüber nach, komme aber nicht drauf. Noch nicht.«

»Verstehe. Und dieser Forsberg ...«

»Ist Hotelier und Investor«, vermeldete Tao nun eifrig. »Unter anderem gehört ihm eines der größten Badehotels auf der Insel. Das *Liljanskron*. Was heißt Badehotel, er hat es inzwischen in ein ultranobles Resort verwandelt. Forsberg ist vierundfünfzig Jahre alt und gebürtiger Schwede. Verheiratet mit Bente Forsberg, zwei Kinder, ein Sohn und eine Tochter. Zudem Golfer und Mitglied im Club der Philanthropisten Bornholm.«

Lennart sah sie stirnrunzelnd an. »Er war Briefmarkensammler?«

Tao lachte. »Nein, das sind die Philatelisten«, erklärte sie. »Aber du kennst doch den Service-Club der Philanthropisten, oder?«

Lennart stand auf dem Schlauch. »Den was?«

»Service-Club. Leute, vorwiegend Männer, gesellschaftlich arriviert, die sich regelmäßig treffen und unter anderem karitativ tätig sind. Wie die Lions, die Rotarier oder die Kiwanisten.«

»Diese typischen Netzwerk-Vereinigungen alter weißer Männer eben«, brachte es Britta auf den Punkt und schien zu einer weiteren Bemerkung anzusetzen. Aber Lennart, der im Moment keine Lust auf eine Diskussion über die Aufnahmekriterien, die Sinnhaftigkeit oder die wahren Motive solcher Vereine hatte, fiel ihr ins Wort.

»Ich habe schon verstanden, bin ja kein Idiot. Aber woher weißt du das denn alles, Tao? Kennst du diesen Forsberg näher?«

Tao lächelte ihn an.

»Ich nicht. Aber unser treuer und diskreter Mitarbeiter, Kommissar Google. Und das waren nur seine ersten oberflächlichen Ergebnisse.«

Lennart grinste und nickte Tao zu. Er wusste sehr zu schätzen, dass die junge Kollegin – deren Eltern aus Vietnam stammten, die selbst aber auf der Insel geboren worden war –, sich bestens mit Computern und jeglicher neuer Technik auskannte. Zudem verstanden sich die akkurate, korrekte und eher sachliche Tao und die emotionale, manchmal impulsive Britta, die mehr als fünfundzwanzig Jahre älter war als sie, bestens. Mehr noch, sie ergänzten sich perfekt, wenn es um die Arbeit ging: Während Tao nämlich lieber im Büro blieb und am Rechner recherchierte, ja sogar freiwillig und mit Hingabe Berichte schrieb und andere Bürotätigkeiten ausführte, zog es Britta mehr in den Außendienst. Privat waren sie beide sowieso unschlagbar: loyal, humorvoll und ziemlich geduldig mit Neu-Insulanern, die sich erst nach und nach in ihre Rolle als Kripo-Chef einfanden.

»Da kommt die Spurensicherung!«, verkündete Britta und deutete auf den schweren grauen Volvo-Kombi, der jetzt, begleitet vom gelb blinkenden Follow-me-Bus, auf sie zukam.

Lennart seufzte. Anders als zu seinen beiden direkten Mitarbeiterinnen hatte er zum Leiter des technischen Erkennungsdienstes bislang kein allzu herzliches Verhältnis entwickelt, was aber vielleicht auch daran lag, dass Lennart bislang noch nicht allzu oft mit ihm zu tun gehabt hatte. Noch nicht mal den Namen des Mittfünfzigers konnte er sich merken. Heute bot sich ihm immerhin die Gelegenheit, in die Offensive zu gehen und einen Neuanfang zu machen. Dem Mann einfach völlig unvoreingenommen und offen zu begegnen.

»Sagt mal, wie heißt der jetzt noch mal?«

Die beiden Frauen sahen ihn stirnrunzelnd an.

»Na, er!«, antwortete Lennart und deutete vage auf die beiden Fahrzeuge, die eben vor ihnen anhielten.

»Der Flughafenangestellte? Im karierten Bus?«, mutmaßte Britta. Lennart schüttelte den Kopf.

»Unsinn, ich meine natürlich den … na, du weißt schon, unseren Oberspurensicherer.«

Britta setzte eben zu ihrer Antwort an, als ihr eine besonders heftige Windböe das Batiktuch vom Kopf riss. Reflexartig stürzte sie hinterher, um es wieder einzufangen. Lennarts fragender Blick ging zu Tao, doch da öffnete der Leiter der Abteilung für kriminaltechnische Ermittlungen bereits die Fahrertür des Kombis.

Er nickte ihnen im Aussteigen zu. »Abend, Kollegen. Hoffe, der Tatort ist noch nicht durch irgendwelche unbeholfenen Erste-Hilfe-Maßnahmen oder Ihre eigene Neugier kontaminiert.«

Lennart atmete tief durch. Mister Unbekannt machte es einem wirklich nicht leicht, ihn zu mögen. Dabei war er mit den Spurensicherern damals in Kopenhagen immer bestens ausgekommen und hatte die in so vielen Filmen und Büchern behauptete Feindschaft zwischen den beiden Abteilungen bislang für reines Klischee gehalten. Sein Gegenüber jedoch belehrte ihn gerade eines Besseren.

Auf der Beifahrerseite stieg Anne Geedesen aus, eine Kollegin, die nebenbei noch bei der Verkehrspolizei eingesetzt war. Es gab schlicht und ergreifend nicht genügend schwere Verbrechen auf der Insel, um zwei volle Spurensicherer-Stellen in Rønne rechtfertigen zu können, und so nahm sich der Kollege meist einfach jemanden mit, der gerade Dienst hatte. Die Polizistin winkte ihnen freundlich zu, ihr Vorgesetzter hingegen stapfte wortlos und mit sauertöpfischem Gesicht um den Wagen herum und machte sich am Kofferraum zu schaffen.

»Gerade noch zu fassen bekommen!«, rief Britta keuchend, als sie wieder zu ihnen zurückkam, und winkte mit dem Batiktuch.

»Sagt mal, wenn wir nicht reindürfen, dann darf das der Kollege ja sicher auch nicht, oder?«, raunte Lennart Britta und Tao zu. Die beiden nickten.

»Okay, wer sagt's ihm?«, flüsterte er, auch wenn er sich die Antwort schon denken konnte.

»Das ist Chefsache, würde ich sagen«, versetzte Britta leise.

Lennart seufzte und ging auf den Volvo zu. »Guten Abend. Tut mir leid, das Flugzeug ist noch nicht freigegeben. Möglicherweise ist es mit irgendeinem Gift kontaminiert. Doktor Eklund klärt das gerade im Labor ab. Bis dahin müssen wir alle stillhalten.«

Während Anne Geedesen mit einem verständnisvollen Kopfnicken reagierte, verengten sich die Augen ihres Kollegen zu Schlitzen. »Ich denke, ich kenne mich mit Giften gut genug aus, vielleicht sogar besser als Sie oder unsere Teilzeit-Gerichtsmedizinerin Eklund. Wir haben selbstredend die entsprechende Schutzkleidung dabei. Was genau sollte uns also davon abhalten, unsere Arbeit zu tun, Kollege?«

»Ich habe es doch gerade zu erklären versucht: Doktor Eklunds Anordnung«, beharrte Lennart. »Zudem wurde der Ersthelfer in die Klinik gebracht, mit klaren Vergiftungsanzeichen. Reicht Ihnen das nicht?«

»Doktor Eklund ist keine Mitarbeiterin der Reichspolizei, ihre Anordnungen haben somit für mich nur den Charakter von Empfehlungen«, blaffte der andere zurück, während er sich in einen weißen Schutzanzug zwängte.

Lennart konnte einfach nicht nachvollziehen, warum sich der Typ so aggressiv verhielt. Was hatte der nur für ein Problem? Egal, in der Sache würde Lennart heute hart bleiben. »Gut, dann spreche ich als Mitglied der Reichspolizei Doktor Eklunds Anordnung eben hiermit noch einmal selbst aus: Das Flugzeug wird nicht betreten, bis uns die Analyseergebnisse der Rechtsmedizin vorliegen«, sagte er, den Blick fest auf sein Gegenüber gerichtet. Während Anne Geedesen ihren weißen Overall bereits wieder in einer Alukiste verstaute, verhärteten sich die Gesichtszüge ihres Kollegen noch ein bisschen mehr.

»Ach ja? Wenn ich richtig informiert bin, bekleiden wir denselben Dienstgrad, Kollege Ipsen. Es ist also nicht an Ihnen, mir Befehle zu erteilen«, schnaubte er.

Lennart holte tief Luft, bevor er sagte: »Da haben Sie recht, aber ich als der Leiter der Ermittlung bin gegenüber Kollegen desselben dienstlichen Ranges weisungsbefugt«, erklärte er bestimmt. Schließlich war er nach Jahren in der Polizeiverwaltung versiert genug im Dienstrecht, um darüber Bescheid zu wissen. Wahrscheinlich wäre ihm der Spurensicherer jetzt am liebsten an die Gurgel gegangen, so wie der ihn anfunkelte. Lennart sah, wie seine Kiefermuskeln zu zucken begannen.

»Alles klar, Ipsen. Für dieses Mal haben Sie gewonnen!«, zischte er, warf seiner Kollegin einen prüfenden Blick zu und riss sich den Schutzanzug wieder herunter.

Das hämische »Na also, geht doch«, das Lennart auf der Zunge lag, verkniff er sich um des lieben Friedens willen. Trotzdem würde sich die Zusammenarbeit mit der Spurensicherung von nun an wohl noch schwieriger gestalten. Aber mit diesem Mann war definitiv nicht gut Kirschen essen. Lennart wandte sich zum Gehen.

»Eher konfrontativ, euer Gespräch, oder?«, konstatierte Tao, als er wieder zurückkam.

Lennart zuckte die Achseln. Was hätte er denn machen sollen? Auf der Sachebene hatte er nur so entscheiden können. Wenn er deswegen nun seinen ersten offiziellen Gegner auf der Insel hatte, konnte er das auch nicht ändern. Und das alles, wo er ihm doch heute eigentlich mit einer Charmeoffensive hatte begegnen wollen – die dann durch Brittas wegfliegendes Kopftuch verhindert worden war.

»Wie heißt der jetzt eigentlich?«, fragte er.

»Povlsen. Henning Povlsen«, antwortete Britta.

Lennart nickte. Den Namen würde er sich endlich merken müssen. Schließlich konnte es nie schaden, seine Feinde zu kennen.

»Sagt mal«, fuhr er an seine beiden Kolleginnen gerichtet fort, »sollen wir nicht gleich Kopenhagen informieren? Sieht aus, als könne unser Fall hier durchaus internationale Tragweite haben. Bevor hier Provinzler wie Povlsen noch irgendwas falsch machen …«

»Und Provinzlerinnen wie wir beide, meinst du?« Britta funkelte ihn an.

»Nein, euch meine ich nicht. Aber es handelt sich offensichtlich um einen Dreifachmord …«

»Kann auch schlicht ein Unfall sein«, gab Britta zu bedenken.

»Dann läge es allerdings im Zuständigkeitsbereich der nationalen Flugaufsicht«, merkte Tao an.

Lennart blieb beharrlich: »Ich will doch nur nicht, dass wir uns etwas aufhalsen, dem wir nicht gewachsen sind. So ein Giftgasmord …«

»Moment mal!«, protestierte Britta und stemmte die Fäuste in die Hüften. »Du warst als Ermittler für Interpol weiß Gott wo. Wer sollte so etwas gewachsen sein, wenn nicht du?«

»Ich bin kein Geheimdienstexperte!«

»Wer sagt das denn mit dem Geheimdienst? So ein Unsinn!« Britta war sauer.

»Beruhige dich!«, mahnte Tao und legte ihr eine Hand auf den Arm.

Doch Britta schüttelte den Kopf. »Ist doch wahr! Ich hasse diese Haltung, dass man immer gleich bei allem sagt

›Dafür sind wir auf der Insel sowieso zu blöd, da brauchen wir jemandem vom Festland‹. Wir sind sehr wohl in der Lage, selbst gute Arbeit zu leisten.«

I see a red door and I want to …

Brittas Tirade wurde abrupt von ihrem Klingelton unterbrochen, *Paint it Black* von den Rolling Stones. Sie zog ihr Handy aus der Tasche. Da hatte Lennart bei seiner Kollegin wohl einen wunden Punkt getroffen. Trotzdem – er hatte keine Lust darauf, Ärger zu bekommen, weil er seine Kompetenzen überschritt, um es einer übertrieben lokalpatriotischen Kollegin recht zu machen.

»Ja, Britta Blomdal hier, Reichskriminalpolizei Rønne«, meldete sich diese und hielt die Hand schützend vors Mikrofon. Noch immer hatte der Wind nicht wirklich nachgelassen. »Wer ist dran? Torben Mikkelsen, alles klar. Wie bitte? Sie müssen lauter reden, ich … ja, das habe ich verstanden. Wer ist bei Ihnen aufgetaucht? Frau Forsberg?«

***

Lennart hatte sich von einer Angestellten das Besprechungszimmer des Flughafens aufsperren lassen. Der Raum wurde auf der einen Seite durch eine Glasfront von der recht überschaubaren Abflughalle abgegrenzt, gegenüber gab eine Glasfront den Blick nach vorn auf den spärlich beleuchteten Parkplatz frei. Mit den schlichten Deckenspots, den undefinierbaren immergrünen Zimmerpflanzen, dem langen Konferenztisch aus Resopal in der Mitte und dem grauen Nadelfilzboden hätte es sich auch um einen Vernehmungsraum in jeder mittelgroßen Polizeidienststelle handeln können. Nur die mit grasgrünem Leder bezogenen Designerstühle passten nicht so recht ins Bild: So viel Geld gab man nicht einmal im designverliebten Dänemark für die Einrichtung von staatlichen Behörden aus.

Lennart legte sein Handy auf den Tisch und wollte sich gerade in der Halle beim Selbstbedienungs-Café mit dem sprechenden Namen »Take-off« noch eine Tasse Automatenkaffee holen, da ging bereits die Tür auf, und eine Frau trat ein. Lennart schätze sie auf Anfang fünfzig. Sie trug eine Jeans und eine streng wirkende dunkelblaue Bluse, über der Schulter hing eine Louis-Vuitton-Tasche, eine braune »Carry All«. Lennart kannte das Modell, schließlich hatte er genau dieses Designerstück seiner Ex-Frau zum vierzigsten Geburtstag geschenkt. Zwar war die Tasche so sündhaft teuer gewesen, dass es ihm die Tränen in die Augen getrieben hatte, aber immerhin war es eines der wenigen Präsente gewesen, das Andrea regelmäßig verwendet hatte. Anders als zahllose Halstücher, Parfüms und Schmuckstücke, die alle in irgendwelchen Schränken verstaubt waren, weil er nie Andreas Geschmack getroffen hatte.

Die Frau kam mit besorgtem Gesicht auf ihn zu, man sah ihr die Anspannung deutlich an. Fahrig zupfte sie sich ihre Bluse zurecht, dann sagte sie unsicher: »Bente Forsberg. Sie sind von der Polizei, hat man mir gesagt. Was ist denn los mit meinem Mann?« Ihre Stimme zitterte.

Lennart grüßte mit einem Nicken zurück. »Mein Name ist Lennart Ipsen, Reichskriminalpolizei Rønne. Möchten

Sie sich vielleicht kurz setzen, Frau Forsberg?« Er wies vage auf einen der Stühle. Ohne zu antworten, nahm die Frau Platz, Lennart setzte sich ihr gegenüber. Von Torben Mikkelsen wusste er, dass Frau Forsberg im Flughafen nachgefragt hatte, wo ihr Mann bleibe. Anscheinend hatte sie mitbekommen, dass seine Maschine bereits gelandet war, und sich dann gewundert, dass er nicht wie vereinbart zum Parkplatz gekommen war. Mikkelsen hatte sich zum Glück bedeckt gehalten und sie an die Polizisten verwiesen.

Lennart fand es gut, gleich mit ihr reden zu können. Anders als Britta hatte er selbst kein größeres Problem damit, den Angehörigen Verstorbener die traurige Nachricht zu überbringen. Von Anfang an hatte er es als Teil seines Berufes akzeptiert.

»Sagen Sie schon, was ist denn los?«

Kurz legte sich Lennart die Worte zurecht. In leisem Ton sagte er: »Wir müssen davon ausgehen, dass Ihr Mann nicht mehr am Leben ist.«

Bente Forsberg riss die Augen auf und starrte ihn fassungslos an, ihre Lippen bebten. »Sie … Henrik … ist – was?«

»Ihr Mann ist tot.«

»Tot? Das kann nicht sein, ich habe ihn gerade landen sehen, von der Straße aus, als ich hergefahren bin. Ich wollte ihn abholen. Alles wirkte problemlos, seine Citation rollte völlig normal aus.«

»Ja, die Landung ist tatsächlich normal vonstattengegangen, das hat uns der Fluglotse auch bestätigt.«

»Hatte er einen Herzinfarkt? Einen Schlaganfall?«

Seufzend schüttelte er den Kopf. »Nein, auch die beiden anderen Insassen des Jets sind nicht mehr am Leben.«

Die Frau riss die Augen auf. »Die ... ich meine ... welche anderen Insassen? Wer soll denn ...?«

Lennart runzelte die Stirn. »Ist es denn so ungewöhnlich, dass noch andere Leute mit im Flugzeug waren?«

»Nein«, sagte sie mit flackerndem Blick. »Natürlich nicht. Er hatte öfter mal ... jemanden ... an Bord. Ich dachte nur ...« Sie biss sich auf ihre Unterlippe. »Und sie sind jetzt alle drei ... ich meine ...«

Lennart nickte. Bente Forsberg fuhr unvermittelt von ihrem Stuhl hoch. »Das glaube ich einfach nicht. Die Maschine meines Mannes ist vor nicht mal einer Stunde völlig normal auf dem Flughafen gelandet. Sicher und routiniert. Und jetzt sollen alle tot sein? Drei Menschen?«, rief sie. »Was genau ist das hier? Ein gottverdammter Horrorfilm?«

»Bitte, Frau Forsberg, versuchen Sie, sich zu beruhigen.« Er horchte seinen Worten nach und musste sich eingestehen, dass sie banal und obendrein völlig utopisch klangen: Als könne eine Frau, die eben vom völlig überraschenden Tod ihres Ehemanns erfahren hatte, auf Kommando ihre Emotionen in den Griff bekommen.

Immerhin nahm sie nun wieder Platz. Lennart hörte, wie schwer sie atmete.

»Was ist passiert? Gab es denn irgendeinen technischen Defekt im Flugzeug? Abgase im Innenraum oder ... ach, ich kenne mich mit solchen technischen Dingen einfach zu wenig aus.« Dann schien ihr auf einmal etwas einzufallen. Sie hob den Kopf und fragte forschend: »Warum denn eigentlich Kriminalpolizei, wenn es sich doch um einen Unfall handelt?«

Lennart holte tief Luft. »Um ehrlich zu sein, wissen wir noch nicht genau, was vorgefallen ist«, sagte er. »Aber unsere Ermittlungen sind in vollem Gang, wir warten gerade auf die Ergebnisse der Laboruntersuchungen. Wenn wir die haben, können wir sagen, welche Substanz dafür gesorgt hat, dass die Insassen …«

Bente Forsberg ließ ihn nicht ausreden. »Substanz? Irgendwas an Bord? Gefahrgut oder …«

Lennart horchte auf. »Hat Ihr Mann so etwas denn öfter transportiert?«, fragte er.

»Nicht dass ich wüsste. Warum sollte er? Ich verstehe einfach nicht …« Sie hielt mit einem Mal inne und schluchzte laut auf.

Lennart beschloss, ihr ein wenig Zeit zu lassen. »Wir können gern auch später weiterreden, wenn Sie möchten.«

Die Frau schüttelte den Kopf und nestelte mit nervösen Fingern an ihrer Handtasche herum, die sie auf dem Stuhl neben sich gestellt hatte. Schließlich holte sie eine Schachtel Zigaretten samt Feuerzeug heraus. »Kann ich hier drin rauchen?«, fragte sie und sah sich fahrig um.

»Also eigentlich …« Lennart legte die Stirn in Falten. Im ganzen Flughafen herrschte striktes Rauchverbot, auf das mit riesigen Schildern und Aufklebern hingewiesen wurde. Er warf einen Blick zur Decke, an der gleich mehrere elektronische Rauchmelder rot blinkten. »Vielleicht wäre es besser, wenn Sie dafür kurz nach draußen gehen würden.«

Er stand auf, durchmaß den Raum, öffnete die Glastür und trat auf den Grünstreifen vor dem Flughafengebäude. Bente Forsberg folgte ihm. »Wollen Sie auch eine?«, bot sie an, was er mit einem entschiedenen Kopfschütteln ablehnte.

»Nein, danke!« Das Rauchen hatte er zusammen mit seinem alten Leben abgelegt, und auch wenn es seitdem die eine oder andere Situation gegeben hatte, in der er sich liebend gern eine angesteckt hätte: Er war aus seiner Sicht schon erstaunlich lang standhaft geblieben, hatte tatsächlich keinen einzigen Zug mehr gemacht. Das würde er auch heute nicht ändern. »Ich würde uns inzwischen etwas zu trinken besorgen. Was möchten Sie, Wasser? Kaffee?«

Bente Forsberg versuchte mit zitternden Fingern, ihre Zigarette anzuzünden, doch immer wieder blies der Wind die kleine Flamme aus. »Warten Sie, lassen Sie es mich versuchen«, bot Lennart schließlich an, ließ sich das Feuerzeug geben und hielt seine Hände schützend darum. Mit Erfolg.

»Wasser, wenn es Ihnen nichts ausmacht«, bat die Frau nach einem tiefen ersten Zug, dessen Rauch sie geräuschvoll wieder aus ihrer Lunge geblasen hatte. »Kaffee macht mich nur noch nervöser.«

»Bin gleich wieder bei Ihnen«, sagte Lennart und ging durch das Besprechungszimmer in die Abflughalle. Während der normalen Betriebszeiten hatte auch die kleine Theke des SB-Cafés geöffnet, an der es warme Snacks und Getränke gab, doch jetzt, mitten in der Nacht, war die natürlich verwaist. Während er auf den Automaten mit den gekühlten Getränken zuging, zog er sein Handy aus der Tasche und wählte Brittas Nummer, um sie auf die Hypothese mit den Flugzeugabgasen hinzuweisen, von der Bente Forsberg gerade gesprochen hatte. Er selbst wäre nicht darauf gekommen, aber irgendwie klang das gar nicht so abwegig. Britta versprach ihm, gleich Doktor Eklund anzurufen, um mit ihr darüber zu sprechen. Vielleicht hatten sie sich das mit dem Bittermandelgeruch ja doch nur eingebildet.

Er steckte das Telefon weg, zog sich zwei Flaschen stilles Wasser und wechselte zum Kaffeeautomaten. Ihnen allen stünde noch eine lange Nacht bevor, und da sein bewegter Tag früh begonnen hatte, konnte ein Wachmacher nicht schaden, auch wenn es sich dabei nur um Automatenplörre handelte. Während die Maschine mit vernehmlichen Zischen und Knacken sein Getränk zubereitete, drehte er sich um und ließ den Blick durch die Halle wandern. Die Atmosphäre des Baus, der – wie die verwendeten Materialien vermuten ließen – wohl aus den Achtzigerjahren stammte, erinnerte ihn an die seiner Grundschulaula. Einige Wände waren aus unverputzten Klinkerziegeln errichtet worden, und das Naturholz der Deckenbalken, damals der letzte Schrei in öffentlichen Gebäuden, war über die Jahre honigbraun nachgedunkelt. Am Boden hatte man grau-schwarze Marmorfliesen verlegt, die bestimmt äußerst haltbar waren, aber ziemlich trist aussahen. Zwischen den grün angestrichenen Gitter-Wartebänken standen große Tröge mit wuchernden Zimmerpflanzen. Sogar die schlichten Wanduhren kannte er aus seiner Schule.

Anscheinend hatte man kürzlich einem lokalen Maler oder einer Malerin gestattet, Bilder aufzuhängen. Die meisten der Aquarelle und Ölbilder zeigten Bornholmer Motive: die Festung Hammershus, ein paar Rundkirchen und Räuchereien, dazu den berühmten Leuchtturm von Dueodde, zwei Hafenansichten von Gudhjem und das malerische Christiansø auf den Erbseninseln. Rechts vom Kaffeeautomaten, direkt neben dem veralgten Aquarium, in dem ein paar Zierfische traurig ihre Runden drehten, fand sich die kitschige Abbildung einer Glasbläserwerkstatt. Sein Blick fiel auf das Preisschild darunter. Er musste zweimal hinsehen: Der aufgerufene Betrag entsprach seinem halben Monatsgehalt. Allzu viele Kunstwerke würden hier bestimmt nicht verkauft werden.

Mit einem schrillen Pfeifen vermeldete der Automat, dass der Kaffee fertig war. Lennart klemmte sich die Wasserflaschen unter den Arm, schnappte sich den Pappbecher und betrat erneut den Konferenzraum. Bente Forsberg schloss gerade die Außentür. Ein leichter Zigarettengeruch lag in der Luft, den Lennart jedoch eher angenehm als störend fand. Beide nahmen wieder Platz, und Lennart schob Frau Forsberg eine der Wasserflaschen hin, wofür sich die Frau nickend bedankte. Die Zigarettenpause hatte sie anscheinend etwas beruhigt.

»Meinen Sie, ich könnte Ihnen schon jetzt ein paar Fragen zu Ihrem Mann stellen?«

Sie nickte kraftlos.

»Nur wenn es Sie nicht zu sehr belastet.«

Bente Forsberg winkte ab. »Falls es mir zu viel wird, sage ich Bescheid. Was genau möchten Sie denn wissen?«

»Er kam heute Abend mit seinem Flugzeug aus Kalmar in Schweden zurück und ist selbst gebürtiger Schwede, stimmt das?«

Sie nickte. »Das ist richtig. Er stammt direkt aus Kalmar. Aber wir leben schon seit Jahrzehnten hier zusammen auf der Insel.«

»Hat er seine Familie besucht?«

»Nein. Er war gestern Abend auf einem Klassentreffen und hatte heute tagsüber noch geschäftlich dort zu tun, soviel ich weiß.«

»Verstehe. Wann ist er denn abgeflogen?«

»Gestern gegen Mittag.«

»Wissen Sie, wer mit ihm unterwegs war? Der Flugzeuginnenraum ist bislang nicht freigegeben, weshalb wir die beiden Personen noch nicht identifizieren konnten.«

»Zwei Männer?«, fragte Bente Forsberg.

»Ja.«

Sie überlegte. »Hm, genau weiß ich das leider nicht. Bjarne Møller ist immer mal wieder nach Schweden mitgeflogen. Möglich, dass er auch diesmal dabei war.«

Britta hatte also eventuell richtiggelegen mit ihrer Vermutung, dass einer der beiden Passagiere Møller war. Hatte sie nicht gesagt, er sei Teehändler?

»Sind Møller und Ihr Mann Geschäftspartner?« Lennart blieb noch bewusst im Präsens, wenn er über den Toten sprach. Er hatte die Erfahrung gemacht, dass es das für die Angehörigen zunächst ein wenig leichter machte.

»Nein. Sie waren nur flüchtige Bekannte.«

»Sie und Ihr Mann führen mehrere Hotels auf der Insel, oder?«

»Ja. Drei, um genau zu sein. Mein Mann ist aber vor allem als Investor im Tourismusbereich tätig. Er … war …«, sagte sie, machte eine Pause und wirkte, als horche sie ihren Worten nach. »Er war … wie unwirklich das klingt«, befand sie in sachlichem, fast analytischem Ton. »Und wie schrecklich«, seufzte sie.

Lennart ging nicht darauf ein, sondern fragte weiter: »Sie wohnen hier in Rønne?«

»Nein, in Allinge. Wir haben ein Haus direkt am Meer. Nicht allzu weit von unseren drei Betrieben. Einer davon ist das Hotel *Svane*, das meine Eltern gegründet haben. Sie wohnen noch immer dort, und da sie sehr betagt sind, kümmere ich mich um sie – und um den Pensionsbetrieb. Dann gehören uns noch das *Liljanskron*-Badehotel und das *Bornholm Beach Resort*, eine moderne Anlage mit relativ ambitioniertem Restaurantbetrieb. Vielleicht haben Sie ja schon mal davon gehört?«

Lennart überlegte. Hatte nicht Maren neulich davon erzählt? Kurz schweiften seine Gedanken zu Maren Fabricius ab, der Inhaberin des renommiertesten Sternelokals auf der Insel. Er hatte sie vergangenen Herbst am Rande einer Mordermittlung kennengelernt, und schon bei ihrem ersten Treffen war sie ihm sympathisch gewesen. Mittlerweile jedoch gefiel sie ihm so gut, dass er sich anstelle der unregelmäßigen romantischen Dates, die sie im Moment hatten, sogar eine ernsthafte Beziehung vorstellen konnte.

Er zwang sich in die weniger erfreuliche Gegenwart zurück. »Ja, da klingelt etwas bei mir«, antwortete er. Frau Forsberg nickte.

»Haben Sie Kinder?«, wollte er dann wissen.

Sie stöhnte auf. »Ja, eine Tochter und einen Sohn. Um Himmels willen, wie soll ich denen das nur beibringen?« Anscheinend hatte erst Lennart sie auf den Gedanken gebracht.

»Sind die beiden denn noch sehr jung?«

Sie stieß ein gepresstes Lachen aus. »Nein, sie sind bereits erwachsen. Derart erwachsen sogar, dass sie beide ausgeflogen sind, um Erfahrungen in der großen weiten Welt zu sammeln. Nils ist schon sechsundzwanzig und arbeitet als Koch in einem Berliner Sternelokal. Merrit ist zwei Jahre jünger und studiert Hospitality Management in Oxford. Aber momentan absolviert sie ein Praxissemester auf einem Kreuzfahrtschiff, das in der Karibik unterwegs ist. Ich muss sie so bald wie möglich benachrichtigen. Sie werden aus allen Wolken fallen. Ihr Vater: tot!«, sagte sie und klang dabei nach wie vor ungläubig.

Lennart beschloss, noch einmal auf die anderen beiden Opfer zurückzukommen. »Frau Forsberg, Ihr Mann hat nicht erwähnt, dass er noch jemanden mitnehmen wollte auf seinem Flug, sagten Sie?«

Sie schien nachzudenken, schüttelte dann jedoch den Kopf. »Nein, ich kann mich nicht erinnern, dass er das getan hätte. Wissen Sie, wir sahen uns in letzter Zeit nicht allzu häufig.«

Lennart legte die Stirn in Falten. »Aber Sie lebten zusammen, oder?«

»Ja, natürlich. Aber ich habe viel um die Ohren mit meinen Eltern und dem *Svane*. Zudem haben Henrik und ich die Unternehmensbereiche aufgeteilt, weshalb wir uns auch bei der Arbeit nicht allzu oft über den Weg gelaufen sind. Mein Mann war ja auch viel unterwegs, wissen Sie? Da kommt das Private manchmal zu kurz. Und dann … ist es auf einmal zu spät. Dann kann man nicht mehr miteinander reden … nie mehr.« Sie ließ ein heftiges Schluchzen vernehmen.

»Was genau waren denn die Aufgabenbereiche Ihres Mannes?«

»Nun, das Management der beiden anderen Hotels, von denen ich sprach. Und die diversen Investments und Consultingsachen, das lag ganz allein in seiner Verantwortung.«

»Was genau kann ich mir darunter vorstellen?«

Sie sah ihn müde an. Lennart merkte, dass es allmählich an der Zeit war, das Gespräch zu beenden.

»Henriks Ding ist … war … Hotel- und Tourismusmanagement. Darin ging er richtig auf. Darin und im Cockpit seiner Citation. Im Laufe der Jahre haben sich immer mehr Kontakte zu Leuten ergeben, die Nachfolger für ihre mittelständischen Hotelbetriebe suchten. M and A, Mergers and Acquisitions, wie das heutzutage heißt. Das Kaufen und Verkaufen von Unternehmen. Henrik hatte ein paar bemerkenswerte Abschlüsse gemacht, sich einen guten Ruf erarbeitet. Und sich damit fest als Berater für Unternehmensnachfolgen etabliert.«

Lennart nickte interessiert. Alles, was er bislang über Henning Forsberg erfahren hatte, klang nach einem taffen Geschäftsmann.

»Sind Sie oft zusammen geflogen?«

»Ich verstehe nicht …«

»Na ja, haben Sie Ihren Mann öfters begleitet auf seinen Flügen mit der Privatmaschine?«

»Seit Jahren so gut wie nicht mehr. Einerseits eine Frage der verfügbaren Zeit, und dann bin ich ehrlich gesagt nicht so angetan vom Fliegen in so kleinen Maschinen«, sagte sie und rang sich ein Lächeln ab, das wohl entschuldigend wirken sollte. Lennart dachte zurück an seinen heutigen Flug, die Turbulenzen und die holprige Landung. Bente Forsbergs mangelnde Begeisterung fürs Reisen in kleinen Flugzeugen konnte er definitiv nachvollziehen.

Sein Handy klingelte. Doktor Eklund. Mit einem entschuldigenden Blick in Bente Forsbergs Richtung stand er auf und nahm das Gespräch an.

***

»Niemand darf ohne Atemschutz und ohne Schutzkleidung in die Nähe der Citation, hören Sie? Alles muss erst überaus sorgfältig dekontaminiert werden.«

Lennart kannte Doktor Eklund nicht besonders gut. Wenn man es genau nahm, überhaupt nicht. Zwar hatte er bereits ein paarmal mit ihr telefoniert, sie aber noch nie persönlich getroffen, was bei der bescheidenen Größe der Insel eigentlich ungewöhnlich war. An ihrer bebenden Stimme erkannte Lennart, wie aufgeregt sie war. Er sah zu Bente Forsberg hinüber und beschloss, für dieses Telefonat lieber vor die Tür zu gehen.

»Verstehe. Haben Sie schon Ergebnisse?«

»Allerdings. Ziemlich beunruhigende sogar. Es handelt sich tatsächlich um Cyanide, respektive deren Salze. Das bestätigen die Analysen, und auch die Symptome beim verletzten Flughafenmitarbeiter sind eindeutig.«

»Cyanide?«

»Richtig. Der Volksmund spricht von Blausäure.«

Also hatte sich ihr Verdacht bestätigt. Lennart war alarmiert. Zwar kannte er sich nicht besonders gut in Chemie aus, dass es sich aber um hochgiftige Substanzen handelte, war ihm klar. »Okay. Wie haben wir damit umzugehen?«

Doktor Eklund lachte bitter auf. »Umgehen? Mit Cyanid? Am besten gar nicht.«

»Sicher. Ich meinte mit dem kontaminierten Flugzeug und den Opfern. Apropos, wie geht es dem verletzten Ersthelfer?«

»Er wird es schaffen, so viel traue ich mich inzwischen zu sagen. Womöglich ohne nennenswerte bleibende Schädigungen. Hoffen wir zumindest. Aber wäre er noch ein paar Augenblicke länger dem Gift ausgesetzt gewesen, hätte es düster ausgesehen.«

»Tatsächlich?«

»Tatsächlich. Die letale Dosis von Blausäure liegt zwischen einem und zwei Milligramm pro Kilogramm Körpergewicht. Neben oraler Aufnahme durch Verschlucken kann die Vergiftung auch durch Einatmen oder über die Haut erfolgen. Das macht das Zeug so giftig. Es ist hochgradig wasserlöslich und wird umso schneller über die Haut aufgenommen, je mehr man schwitzt. Und Lars Hansen, unser Feuerwehrmann, hat leider ganz schön transpiriert. Aber wir konnten mit verschiedenen Antitoxinen gezielt Gegenmaßnahmen bei ihm einleiten.«

»Wenn der Stoff so giftig ist – ist es dann möglich, dass der Tod der drei Insassen so schnell eingetreten ist, dass der Pilot zwar noch landen konnte, dann aber sofort das Bewusstsein verloren hat, und das Flugzeug nur noch ausrollte?«

»Ja, das ist möglich. Alles eine Frage der Dosierung beziehungsweise der Konzentration in der Atemluft.«

»Aha. Und wie habe ich mir die Reaktion des Körpers auf eine derart hohe Konzentration vorzustellen?«, wollte Lennart wissen.

»Bei einer Cyanidvergiftung durch hochgradig kontaminierte Atemluft tritt immens schnell das sogenannte *innere Ersticken* ein. Das heißt, dass die Patienten innerhalb von wenigen Augenblicken hyperventilieren, da die Zellatmung nicht mehr funktioniert. Daraufhin kommt es zum Atemstillstand, die Betroffenen verlieren umgehend das Bewusstsein. Dann folgen als unausweichliche Folgen Herzversagen und schließlich Hirntod, und das innerhalb weniger Minuten.«

»Wie sollen wir weiter vorgehen?«, fragte Lennart und hoffte auf einen Rat der Ärztin. Wobei davon auszugehen war, dass die Medizinerin ebenso wenig Erfahrung mit einer solchen Lage hatte wie er selbst.

»Zunächst müssen wir alles sorgfältig dekontaminieren, damit weder vom Flugzeuginnenraum noch von den Verstorbenen eine Gefahr für irgendwen ausgeht. Ich habe der Feuerwehr und dem Katastrophenschutz Bescheid gegeben. Sie kümmern sich. Und zum Glück gibt es in der hiesigen Luftwaffenbasis eine kleine ABC-Einheit, die habe ich hinzugezogen. Die Leute müssten in den kommenden Minuten bei Ihnen eintreffen. Und sobald ich hier wegkann, komme ich natürlich auch wieder zum Flughafen.«

»Hören Sie, meine Kolleginnen haben mir gesagt, dass Ihnen Bittermandelgeruch aufgefallen sei, als Sie sich dem Flugzeug genähert haben.«

»Ja. Ein recht verlässliches Indiz, dass es sich um Cyanid beziehungsweise Blausäure handeln könnte, aber ich wollte keine voreiligen Schlüsse ziehen. Der Stoff kommt übrigens tatsächlich in bitteren Mandeln, Aprikosenkernen und sogar Maniok vor. Weiß ich alles noch aus der Facharztausbildung«, sagte sie und klang dabei ein wenig stolz.

»Ich selbst habe beim Flugzeug nichts dergleichen gerochen. Könnte das daran liegen, dass sich das Gas durch die offen stehende Kabinentür bereits verflüchtigt hatte?«

»Könnte es, ja. Es bestünde allerdings auch die Möglichkeit, dass Sie – wie ein Drittel bis die Hälfte aller Menschen – aufgrund einer genetischen Besonderheit den Geruch überhaupt nicht wahrnehmen können.«

Lennart schluckte. Dabei hatte er sich in Sicherheit gewähnt, als er nichts gerochen hatte. »Verstehe«, flüsterte er ins Telefon.

Frau Doktor Eklund räusperte sich. »Ich müsste jetzt weitermachen. Wir sehen uns am Flugzeug.«

Lennart bedankte und verabschiedete sich. Er ließ das Handy in seine Hosentasche gleiten, sog für einen Moment die kühle Luft in seine Lunge und seufzte tief. Blausäure? Cyanid? Ein Giftgas-Anschlag auf drei Männer in einem Privatjet? Auf seiner Hygge-Insel Bornholm? Womit hatten sie es hier bloß zu tun? Waren die Insassen des Flugzeugs etwa Opfer eines Terroranschlags geworden? Waren sie in Organisierte Kriminalität verwickelt? In Terrorismus oder irgendwelche Geheimdienstaktivitäten? Auch wenn das schwer vorstellbar klang – ausschließen konnten sie derzeit nichts. Da schien das alternative Szenario, dass einfach einer von ihnen das giftige Zeug illegal im Passagierraum transportiert hatte und es versehentlich ausgetreten war, trotz der Tragik des Geschehens fast schon beruhigend.

Ob er trotz Brittas Lokalpatriotismus nicht doch lieber umgehend Kopenhagen verständigen sollte? Schließlich war er auf die Insel gekommen, um endlich eine ruhige Kugel zu schieben. Wollte er sich wirklich erneut mit internationalen Fällen und Mehrfachmorden beschäftigen?

Lennart bemerkte, dass seine Hände zitterten. Er war so nervös wie schon lange nicht mehr. Seufzend richtete er seinen Blick nach oben. Es hatte aufgeklart, der Wind war deutlich abgeflaut. Am Himmel tauchte auf einmal eine seltsame Kette von Lichtern auf, die sich erstaunlich schnell übers Firmament zog. Am Anfang dachte er, es handle sich um einen Kondensstreifen, der vom fahlen Licht des Mondes beschienen wurde, doch dann hatte er das Gefühl, auf einzelne Punkte zu blicken, die einander wie auf einer Schnur aufgefädelt folgten. Er kniff die Augen zusammen. Ob ihm seine Sinne einen Streich spielten?

»Die Satelliten von Elon Musk«, hörte er neben sich eine leise Stimme. Er wandte sich um und blickte in einen weiteren Lichtpunkt: die Zigarette, die Bente Forsberg sich gerade angesteckt hatte.

»Ich verstehe nicht …«

»Die Lichterscheinung, die aussieht, als wäre gerade der Schlitten von Santa Claus über uns hinweggeflogen. Es handelt sich um die Starlink-Satelliten des amerikanischen Raumfahrtunternehmens SpaceEx. Eine Megakonstellation aus über zweitausend Hightechflugkörpern, die schnelles Internet in die entlegensten Winkel der Erde bringen sollen. Und angeblich werden noch mehr als zehntausend von den Dingern dazukommen. Schon jetzt sieht man sie auf jeder Langzeitaufnahme, die Sie vom Nachthimmel machen.«

Lennart blickte Bente Forsberg ins Gesicht. Für einen Moment hatten sich ihre Gesichtszüge ein wenig gelöst, als hätte sie dieser thematische Exkurs vom plötzlichen Tod ihres Mannes abgelenkt.

»Das wusste ich gar nicht. Sie interessieren sich für solche Dinge?«

Sie sah ihn mit wachen Augen an. »Nun ja, ich habe kürzlich durchaus …«, begann sie, hielt dann inne, senkte den Blick und erklärte traurig: »Mein Mann hat mir das vor ein paar Wochen erzählt. Auch er hatte dieses Phänomen gesehen und sogar fotografiert, glaube ich. Als Pilot war er einfach an allem interessiert, was sich über unseren Köpfen so bewegt.«

Mit hängendem Kopf stand sie da und zog an ihrer Zigarette. Ihre Traurigkeit war mit Wucht zurückgekommen.

»Hatte Ihr Mann eigentlich Kontakte ins Ausland?«, fragte er vage.

»Wie meinen Sie das?«

So genau wusste er das selbst nicht. Erwartete er tatsächlich, dass sie ihm von irgendwelchen Verbindungen ihres verstorbenen Mannes zur sizilianischen Mafia oder zu kolumbianischen Drogenkartellen berichtete? »Ich meine geschäftlich. In welchen Ländern hat er seine Investments denn getätigt?«

Sie runzelte die Stirn. »Hier in Dänemark vorwiegend, oft sogar auf der Insel. Und dann in Schweden. Ach ja, und eine Kurklinik in Riga hatte er auch im Portfolio. Die gehört aber einer deutschen Holding, darüber haben wir unlängst gesprochen. Und dann hat er von einem Projekt in Frankreich erzählt, da weiß ich aber keine Details.« Klang alles nicht gerade nach dem organisierten Verbrechen, mit dem sich Henrik Forsberg womöglich angelegt hatte. Andererseits: Wer wusste schon, ob der Anschlag wirklich dem Piloten gegolten hatte? Vielleicht war der ja auch einfach nur eine Art Kollateralschaden beim Giftgasmord an einem der Passagiere gewesen? Das herauszufinden, würde in den nächsten Tagen seine Aufgabe sein.

»Worauf wollen Sie hinaus?«, wollte Bente Forsberg wissen, doch Lennart winkte ab.

»Nur so eine Idee. Falls ich da noch mehr Informationen brauche, komme ich auf Sie zu, dann können wir uns vielleicht auch relevante Geschäftsunterlagen ansehen. Aber wie gesagt, nur bei Bedarf.« Dann bedankte er sich und erklärte, er müsse zurück zum Flugzeug, um sich mit den Bergungskräften und der Gerichtsmedizin abzusprechen. Vorher aber fragte er noch nach, ob Bente Forsberg trotz der schlimmen Nachricht ohne Hilfe zurechtkäme, und bot ihr die Dienste des Kriseninterventionsteams an. Doch die Frau des Piloten winkte ab.

***

Wenig später fuhr Lennart wieder auf die von grellen Scheinwerfern angestrahlte Citation zu. Torben, der diensthabende Lotse, hatte ihm diesmal den karierten Vorfeld-Bus geliehen, und Lennart war selbst über die Landebahn gefahren. Der Flughafen war inzwischen offiziell geschlossen worden. Torben hatte in einem Nebensatz noch angemerkt, dass die Maschine, mit der Lennart aus Kopenhagen gekommen war, nur deswegen noch hatte landen dürfen, weil die vorhandenen Kraftstoffvorräte keine Änderung der Flugroute mehr erlaubt hätten.

Lennart stellte den Wagen ein Stückchen entfernt im Gras ab und stieg aus, um die letzten Meter zu Fuß zu gehen. Die Feuerwehr von Rønne war inzwischen als Verstärkung der Flughafenkräfte eingetroffen, ebenso wie ein kleiner Transporter in Flecktarn-Lackierung. Man hatte die Szenerie mit mehreren mobilen Scheinwerfern ausgeleuchtet und eine Flatterleine gezogen, hinter der seine beiden Kolleginnen geduldig warteten. Im gleißend hellen Licht hantierten auf der anderen Seite der Absperrung mehrere Leute mit Vollschutzanzügen und zylinderförmigen Folienkapuzen, unter denen Gasmasken hervorschauten.

Lennart kniff die Augen zusammen und merkte, wie ihm eine vage Beklemmung die Kehle hinaufkroch. Das alles sah ganz und gar nicht mehr nach seiner beschaulichen

Trauminsel aus, sondern einmal mehr nach dem Set eines Endzeit-Horrorfilms. Eben hievten zwei der Gestalten einen der toten Männer aus der Kabinentür. Es musste das jüngste der Mordopfer sein, bei dem ihnen bislang jeglicher Hinweis auf die Identität fehlte. Man legte die Leiche auf dem Boden ab, und eine weitere, kleinere Person im Ganzkörperanzug beugte sich darüber. Lennart vermutete, dass sich unter der Schutzkleidung Doktor Eklund befand, die nun begann, den Toten zu untersuchen. Sie hatte vorhin am Telefon davon gesprochen, dass die Leichen »dekontaminiert« werden mussten. Wie das vonstattenging, wollte er sich lieber gar nicht ausmalen. Er wandte den Blick ab und winkte seinen beiden Mitarbeiterinnen.

Britta bemerkte ihn zuerst und kam ihm entgegen. Sie berichtete, dass die Einsatzkräfte nun die Toten bergen würden, um dann systematisch den Innenraum von den Giftresten zu befreien, was auf jeden Fall einige Stunden in Anspruch nehmen würde. Zwar sei der Kollege von der Spurensicherung dagegen vehement und ziemlich lautstark auf die Barrikaden gegangen, Doktor Eklund habe ihm aber ruhig und sachlich erklärt, dass hier eindeutig der Schutz der Gesundheit vor der Untersuchung des Tatorts auf Spuren gehe. Als ihr Britta beigesprungen war und mit Engelszungen auf den Kollegen eingeredet hatte, war der unter Protest zusammen mit seiner Kollegin abgezogen. Man solle ihn informieren, wenn alle mit ihrer Arbeit durch seien, auch wenn er dann sicherlich nichts mehr finden würde.

»Wie gut, dass du das mit Geduld und im Gespräch gelöst hast. Mir wäre der Spurensicherungs-Typ wahrscheinlich an die Gurgel gegangen. Wer weiß, wie das ausgegangen wäre.«

Britta lächelte. »Ihr Männer immer mit eurem überschießenden Adrenalin. Was würdet ihr nur ohne die ausgleichende und diplomatische Art von uns Frauen machen? Wahrscheinlich hättet ihr euch in einer reinen Männerwelt inzwischen schon alle gegenseitig den Schädel eingeschlagen.«

Lennart widersprach nicht, sondern zuckte nur die Achseln.

»Also werden wir wohl diesmal einen Tatort ohne verwertbare Spuren haben«, brummte er.

»Davon müssen wir wohl ausgehen. Aber krass, die Sache mit der Blausäure, oder?«

»Absolut. Krasser als alles, was mir bislang in meinem Berufsleben untergekommen ist. Ich glaube, wir müssen wirklich die Kollegen in Kopenhagen hinzuziehen.«

»Bitte? Das kann doch nicht dein Ernst sein!«, protestierte Britta. »Wir werden das schaffen. Wir drei zusammen. Und niemand sonst.«

»Das werden wir noch sehen«, murmelte Lennart nur und fasste ihr und Tao dann in knappen Worten die Neuigkeiten zusammen, die sich aus der ersten Unterhaltung mit Bente Forsberg ergeben hatten. »Wir werden morgen bei ihr vorbeischauen, ich habe uns schon angekündigt«, schloss er seinen Bericht.

»Ich bin hier auf etwas gestoßen, das euch interessieren dürfte!«, hörte Lennart jemanden rufen. Er sah in die Richtung, aus der die Worte gekommen waren, hin zur abgesperrten Fläche vor der Maschine. Dort hatte Doktor

Eklund während seiner Unterhaltung mit den Kolleginnen an den drei Leichen herumhantiert, die inzwischen alle auf Planen abgelegt worden waren. Ein grausiger Anblick.

Jetzt trat die Gerichtsmedizinerin zu ihnen an die Absperrung und drückte ihnen drei Kärtchen in die Hand, die sie vorher mit einem feuchten Reinigungstuch akribisch gesäubert hatte. Lennart seufzte. Fingerabdrücke würde es nach der Reinigungsprozedur ebenso wenig geben wie Faserspuren, Haare oder Hautschuppen.

Die Plastikkarten stellten sich als die Personalausweise aller drei Flugzeuginsassen heraus. Dazu überreichte Doktor Eklund Tao noch ein Plastiktütchen mit etwas, das auf den ersten Blick ein wenig an Kräutertee erinnerte. »Die Ausweise waren in der Kleidung der Herren, das Plastiktütchen befand sich in der Sakkoinnentasche des älteren der beiden Passagiere«, erklärte die Ärztin. Ihre Silhouette verriet, dass sie klein und schlank sein musste. Lennart versuchte, unter dem Kunststoffschild der Kapuze ihr Gesicht zu erkennen, doch sie trug nach wie vor eine große Atemschutzmaske.

Britta nahm die Dokumente an sich, bevor er einen Blick darauf werfen konnte. Er wollte sich noch bei Doktor Eklund bedanken, die hatte aber bereits kehrtgemacht und lief eiligen Schrittes wieder auf den Privatjet zu.

»Bingo!«, murmelte Britta, woraufhin Lennart sie fragend ansah. Sie hielt einen Ausweis hoch und seufzte: »Der Ältere ist tatsächlich Møller, der Teehändler aus Rønne. Der arme Kerl.«

»Wobei es sich beim Reiseproviant in diesem Tütchen

eindeutig nicht um Tee handelt«, vermeldete Tao im selben Moment. »Das Zeug riecht nach Hasch!«

»Drogen? Ob das der Grund war für …«, begann Lennart, doch Tao unterbrach ihn gleich wieder.

»Also wenn die da drin nicht noch ein paar Kisten oder Koffer davon finden, wohl kaum. Das hier dürften nicht mehr als ein paar Gramm sein.«

Sie hielt das kleine Plastiktütchen hoch.

»Hm, wahrscheinlich ein bisschen zu wenig, um ins Visier von Drogenbossen zu geraten, die um ihr Geschäft fürchten«, stimmte Lennart zu.

»Einfach nur Eigenbedarf, wenn ihr mich fragt«, merkte nun auch Britta an.

»Damit wäre er wahrscheinlich nicht mal für den Eigenbedarf weit gekommen«, kam es mit einem Grinsen von Tao.

»Wie alt ist … war dieser Møller denn?«, wollte Lennart von Britta wissen.

Britta blickte durch ihre halbhohe rote Lesebrille auf den Ausweis. »Moment, lass mich kurz rechnen … ziemlich genau neunundfünfzig.«

»Okay. Und der Jüngere, wer war das?«

Britta besah sich den Ausweis des anderen Passagiers. »Iversen! Dass ich da nicht gleich draufgekommen bin«, rief sie aus und schlug sich mit dem Handrücken gegen die Stirn. »Das ist Finn Iversen. Der übrigens morgen zweiunddreißig geworden wäre. Wie bitter«, sagte sie leise. »Ich hab doch von Anfang an gewusst, dass ich ihn schon öfter gesehen habe. Jetzt weiß ich es wieder. Iversen, klar, wer sonst!«

Lennart sah fragend zu Tao, aber auch sie schien keine Ahnung zu haben, wer dieser Iversen war, von dem Britta tat, als sei er so prominent, dass man ihn kennen musste.

»Na, das ist der Mann von Birte Lauritsen!«

Eben wollte Lennart ein genervtes »Und wer, bitte, ist das?« hervorpressen, da schob Britta schon nach: »Birte Lauritsen, die Pfarrerin von Østerlars!«

Mittwoch, 24. April

Es war bereits kurz nach neun, als Lennart am nächsten Morgen sein Mercedes-Coupé auf dem Besucherparkplatz der *Østerlars-Kirke*, einer der schönsten, bekanntesten und bemerkenswertesten Rundkirchen Bornholms, abstellte. Er schälte sich aus seinem niedrigen Fahrzeug und seufzte. Der Oldtimer aus dem Jahr 1980 – ein Familienerbstück von zweifelhafter Ästhetik, das ihm nach der Scheidung von Andrea geblieben war, während sie die weitaus praktischere moderne »Familienkutsche« behalten hatte –, vermeldete schon wieder einen leeren Tank. Lennart haderte permanent mit dem silbernen Wagen, obwohl der sich trotz Lennarts Befürchtungen im vergangenen Winter als zuverlässig und sogar einigermaßen alltagstauglich erwiesen hatte. Trotzdem: Der Mercedes genehmigte sich über fünfzehn Liter feinstes Superbenzin und besaß obendrein nicht einmal einen Katalysator, was nicht nur Lennarts Geldbeutel, sondern auch sein ökologisches Gewissen tagtäglich ein wenig mehr plagte. *Das Wägelchen kriegt so viel, wie es braucht*, hatte hingegen sein Großonkel, dem er das Auto zu verdanken hatte, immer nonchalant gesagt. Und um etwas wie Abgase hatte der sich wahrscheinlich ein Leben lang keine Gedanken gemacht.

Lennart warf die Fahrertür ins Schloss. Trotz der viel zu kurzen Nacht war er früh von zu Hause aufgebrochen, Britta würde erst in zehn Minuten kommen. Zeit genug also, sich erst noch ein wenig auf dem Gelände umzusehen, um sich einen ersten Eindruck zu verschaffen. Britta und er hatten heute Morgen bereits telefoniert: Povlsen hatte sich bei Britta gemeldet und ihr ein entscheidendes erstes Ergebnis seiner Arbeit durchgegeben, die er im Morgengrauen endlich hatte aufnehmen können: Die Blausäure war nicht etwa versehentlich in der Flugzeugkabine ausgelaufen, sondern aus einer Vorrichtung ausgeströmt, die durch das Funksignal eines Handys ausgelöst worden war. Genaueres dazu würden sie hoffentlich im Laufe des Tages erfahren.

Eines allerdings stand für Lennart bereits fest: Sie hatten es mit einem gezielten, von langer Hand geplanten Giftgasanschlag auf einen der Männer im Flugzeug zu tun – oder womöglich sogar auf alle drei. Lennart hätte nicht gedacht, dass sein zweiter größerer Fall hier auf der Insel bereits eine derartig dramatische Tragweite aufweisen würde. Er beschloss, spätestens gegen Mittag die Reichspolizei Kopenhagen zu informieren, zuvor aber Britta zuliebe die Füße noch stillzuhalten. Bis dahin würde sich womöglich durch die Befragung der Angehörigen der Nebel ein wenig lichten und sie wüssten vielleicht, in welcher Beziehung die Männer wirklich gestanden hatten, wem der Anschlag gegolten hatte und ob die Spuren eher in Richtung Geheimdienstaktivitäten oder internationale Kriminalität deuteten. Dann konnte er sich auch gezielter an den entsprechenden Experten wenden.

Er streckte sich und sog die frische Luft des kühlen Morgens tief in seine Lunge. Gleich würden sie auf die Pfarrerin der Gemeinde treffen, deren Ehemann einer der Passagiere gewesen war. Auch wenn sie ihn noch nicht zu vermissen schien – bislang hatte sich die Frau noch nicht bei der Polizei gemeldet, um sich nach dem Verbleib ihres Mannes zu erkundigen.

Lennarts Blick fiel auf den mächtigen runden Bau, der eher an eine wehrhafte Bastion aus dem Mittelalter erinnerte als an eine Kirche. Eine Art archaische Burg, deren blütenweiße meterdicke Wände das gleißende Sonnenlicht des wolkenlosen Frühjahrsmorgens grell zurückwarfen. Die Sturmböen der gestrigen Nacht hatten sich inzwischen vollständig gelegt und einer leichten Brise Platz gemacht, in der sich die knospenden Zweige der Bäume sanft hin- und herbewegten. Um das Gotteshaus herum lag wie auf Bornholm üblich ein von Bäumen bestandener Friedhof, umgeben von einer schulterhohen Natursteinmauer. Links neben dem eigentlichen Rundbau befand sich der breite Glockenturm, ein separater Bau mit quadratischem Grundriss. Das Dach der imposanten Kirche bildete eine mächtige, spitz zulaufende Kuppel, die mit inzwischen vergrauten Holzschindeln eingedeckt war.

Der Kies knirschte unter Lennarts Schuhen, als er sich umwandte und auf ein niedriges, langgestrecktes Nebengebäude zuging, einen schlichten Riegel aus dunkel getünchten, rohen Brettern, das wie eine Stallung oder eine Remise aussah. Die Doppeltür des Baus stand offen, und ein Wegweiser mit der Aufschrift »Kleine Ausstellung« weckte Lennarts Neugier. Doch als er um die Ecke bog und einen Blick ins Innere warf, durchfuhr ihn ein leichter Schauder: In der ehemaligen Stallung war als zentrales Objekt eine ziemlich düstere Beerdigungskutsche ausgestellt. Sie besaß große Holzräder, über der grauen Ladefläche war ein auf vier Säulen schwebender Baldachin aus verschossenem schwarzem Samt angebracht, an den Seiten hingen Vorhänge herunter, und in der Mitte des Daches prangte ein mächtiges weißes Elfenbeinkreuz. Lennart schluckte. Der lederne Kutschbock sah aus, als wäre eben erst jemand davon abgestiegen, und irgendwie wirkte das gesamte Gefährt so ohne Pferde und Deichsel wie die schaurige Geisterkutsche aus einem Horrorepos vom Beginn des letzten Jahrhunderts. Neben der Kutsche standen die Werkzeuge und Gerätschaften, die es für Beerdigungen brauchte: ein Kreuz an einer langen Stange, ein silbern glänzender Weihwasserkessel, ein Weihrauchschwenker, dazu Blecheimer, Gießkannen und eine große rostige Schaufel. Hier drin kam es Lennart gleich noch ein paar Grad kälter vor als drüben auf dem Parkplatz.

Neben der Kutsche informierte eine kleine Schautafel über den Gebrauch des Gefährts, das zwischen 1920 und den Sechzigerjahren verwendet worden war. Lennart überflog den Text und erfuhr, dass die Bevölkerung des Ortes im Falle einer Beerdigung nicht nur die Pferde zur Verfügung stellen musste, sondern auch dem vorbeifahrenden Fuhrwerk mit einem Kniefall, einem stillen Gebet und mehreren ausgeführten Kreuzzeichen Ehrerbietung zu zollen hatte. Besonders interessant fand er, dass das Elfenbeinkreuz mit einem Mechanismus aufgestellt und abgesenkt werden konnte. Bei erhobenem Kreuz befand sich ein Toter im Sarg, lag es flach auf dem Baldachin, war der Wagen hingegen leer.

Mit einem Mal fühlte sich Lennart in eine andere Zeit zurückversetzt, in die kleine dörfliche Welt eines Bornholms von vor hundert Jahren, in der die Menschen noch nicht von Tourismus und Kunsthandwerk, sondern von Ackerbau, Viehzucht und Fischfang lebten. In der sie ein karges, entbehrungsreiches, aber dennoch womöglich nicht weniger glückliches Leben führten als heute, da man mit den manchmal zweifelhaften Errungenschaften der modernen Welt gesegnet war. Was musste für eine Ruhe geherrscht haben, abends, nach getaner Arbeit auf einem der Vierseithöfe, in einer der Windmühlen oder Pfarrhöfe – ohne Motorenlärm, ohne das Gewummer von Bassboxen, das Dröhnen von Klimageräten oder das endlose Geplapper der Fernsehprogramme.

»Sehr schön, ein bisschen Nachhilfe in Sachen Inseltradition kann dir ja nicht schaden!«

Lennart fuhr herum. Natürlich war es Britta, die ihn aus seinen nostalgischen Gedanken riss.

»Ziemlich spooky, dieser Leichenwagen!«, gab Lennart zurück, nachdem er seine Kollegin begrüßt hatte.

»Findest du? Andererseits war es doch auch eine schöne Tradition, dass der ganze Ort, das gesamte Umfeld eines Verstorbenen an dessen Beerdigung teilhatte, sich einbringen musste und damit auch viel aktiver Abschied nehmen konnte als bei einer der sterilen und antiseptischen Urnenbeisetzungen heutzutage.«

Lennart zog die Schultern hoch. Damit mochte sie recht haben.

»Ich würde mir selbst schon wünschen, dass bei meiner letzten Reise möglichst viele mithelfen und Anteil nehmen«, erklärte Britta lächelnd.

Er überlegte. Obwohl er beruflich so häufig mit Tod,

Trauer und deren Bewältigung konfrontiert war, machte er sich äußerst selten und vor allem überaus ungern Gedanken über sein eigenes Ableben. So hatte man es in seiner Familie stets gehalten, und als seine Mutter vor ein paar Jahren überraschend gestorben war, wusste niemand wirklich, wie man den Abschied am besten in ihrem Sinne gestalten sollte. Denn auch seine Mutter hatte stets gelebt, als wäre sie unsterblich. Um dann viel zu früh zu sterben, ohne Vorwarnung, ohne die Möglichkeit eines Abschieds. Dennoch war es eine würdige Feier geworden, und so hatte er sich auch danach gedanklich weder mit seiner Beerdigung noch mit der seines Vaters befasst, die hoffentlich beide noch viele Jahre in der Zukunft liegen würden.

»Gehen wir dann mal rüber zum Pfarrhof?«, entschloss er sich kurzerhand zu einem abrupten Wechsel dieses verdrängten und unangenehmen Themas.

»Hab ich da etwa einen wunden Punkt erwischt, Lennart?«

Er winkte ab, und sie liefen quer über den Parkplatz auf das Pfarrhaus zu, das links außerhalb der Friedhofsmauer lag.

»Was für ein sensationelles Anwesen«, versetzte Lennart beeindruckt.

»Ja, die Herren Geistlichen wussten schon, wo es schön ist. Und bestimmt auch, wie man es sich gut gehen ließ. Besonders wichtig in den Pfarrhäusern waren übrigens die Speisekammern, wusstest du das?«

Lennart schüttelte den Kopf.

»Weil die Kirche immer etwas für Bedürftige und Arme auf Lager haben musste?«

Britta lachte auf. »Im Gegenteil. Weil es zum guten Ton gehörte, dem Pfarrer einen Schinken, einen Laib Käse, ein paar Gläser Kompott, geräucherte oder eingelegte Heringe, saure Gurken, Marmelade oder ein frisches Brot vorbeizubringen. So hat das auch mein Großvater gemacht. Er war Müller, und der erste Sack Mehl der Partie ging immer in den Pfarrhof.«

»Kein Wunder also, dass Pfarrer auf alten Zeichnungen und Bildern immer ziemlich füllig dargestellt werden«, kommentierte Lennart augenzwinkernd.

»Erraten. Pfarrerin Lauritsen allerdings entspricht diesem Klischee in keiner Weise, falls du dich das gefragt hast«, sagte Britta noch, bevor sie auf den Klingelknopf am Gartentürchen drückte.

Die gewünschte Reaktion jedoch blieb aus, in dem hübschen, gelb getünchten Haus, das inmitten eines gepflegten Gärtchens mit mehreren Obstbäumen stand, rührte sich auch nach wiederholtem Klingeln nichts. »Vielleicht ist sie drüben in der Kirche«, sagte Britta schulterzuckend. Lennart nickte, und sie wandten sich zum Gehen.

»Woher kennst du Pfarrerin Lauritsen eigentlich?«, wollte Lennart wissen, während sie durch ein schmiedeeisernes Tor den Friedhof betraten und über den Kiesweg auf die Kirche zugingen.

»Sie ist seit zwei Jahren hier und hat sich von Anfang im Kriseninterventionsteam engagiert. Ich hatte daher zweimal mit ihr zu tun. War vor deiner Zeit.«

»Ah, verstehe. Ich dachte schon …«, begann Lennart, hielt dann aber inne. *Ich dachte schon, du würdest allen Ernstes den Gottesdienst besuchen*, hatte er eigentlich sagen wollen, aber erstens ging ihn das nichts an, und zweitens, noch wichtiger, stand ihm ein Urteil darüber nicht zu. Nur weil er selbst nichts mit Kirche und Religion am Hut hatte, hieß das nicht, dass das seine Kollegin ebenso sehen musste.

»Was dachtest du?«, fragte Britta prompt, blieb mit in die Hüften gestemmten Händen stehen und sah ihn forschend an.

»Ich … also … dachte, du würdest sie eben anderswoher kennen.«

Britta schmunzelte. »Du hast gedacht, ich sei Kirchgängerin, hätte dir das aber bisher verheimlicht, stimmt's? Und das fändest du irgendwie seltsam.«

Lennart tat empört. »Nein, Unsinn, ist ja deine Privatsache.«

Brittas Schmunzeln weitete sich zu einem breiten Grinsen. »Dann ist ja gut. Ich bin nämlich genau das.«

»Was?«

»Heimliche Kirchgängerin. Frau Lauritsen macht echt tolle Sachen. Richtige Happenings, wie man früher gesagt hätte: Jazz-Gottesdienste oder so einen Lobpreis im Hip-Hop-Style. Damit spricht sie übrigens nicht nur ältere Damen wie mich an, sondern auch viele junge Leute. Und was sie sagt, predigt, die Art, wie sie betet und über ihren Glauben spricht, das ist wirklich nicht verkehrt.«

Nun war Lennart tatsächlich bass erstaunt. Warum hatte sie bislang nie darüber gesprochen? Dabei hatte er gedacht, sie gut zu kennen, schließlich redeten sie oft und gern auch über private Dinge.

»Jetzt schau nicht, als wären dir gerade die Jungfrau Maria und der Leibhaftige gleichzeitig erschienen. Ich habe eben auch eine dunkle Seite, die du noch nicht kennst.« Sie lachte in sich hinein. »Und es gibt da ein Ereignis in meinem Leben, das mich ziemlich traurig und auch ziemlich demütig gemacht hat.«

Mit gerunzelter Stirn musterte Lennart seine Kollegin. Wovon sprach sie? Ob er nachfragen sollte? Oder war das der völlig falsche Moment? Schließlich hatten sie eigentlich gerade wirklich anderes zu tun …

»Nein, bitte frag nicht, ich könnte es dir im Moment ohnehin nicht in Ruhe erzählen. Vielleicht irgendwann mal, okay?«, schien Britta wieder einmal seine Gedanken zu erraten und schob ihn weiter. Er war froh, dass sie ihm die Entscheidung abgenommen hatte. »Und jetzt ab in die Kirche mit dir«, drängte sie. »Hast du überhaupt schon mal eine Rundkirche besichtigt in deiner Zeit auf der Insel? Wie lange bist du jetzt …«

»Acht Monate.«

»Und, hast du?«

»Besichtigt? Das jetzt nicht direkt«, murmelte er ertappt. Schließlich ermunterte ihn Britta immer mal wieder, sich in seiner Freizeit mit den Sehenswürdigkeiten seiner neuen Heimat zu beschäftigen. »Aber ich glaube, als Kind haben mich meine Eltern im Urlaub mal in eine reingeschleppt.«

»Ach ja? Das ist lange her. Dann wird es höchste Zeit für eine kleine Auffrischung.«

»Britta, wir sind doch hier, um Pfarrerin Lauritsen …«

»Ich weiß.« Britta zog die schwere hölzerne Eingangstür zum Kirchenraum auf. »Aber umschauen kannst du dich nebenbei trotzdem. Ist ja nicht verboten!«

Sie betraten einen kleinen Vorraum, vor dessen rechter Wand ein Kassenhäuschen installiert war – die Rundkirche von Østerlars kostete Eintritt. Entsprechend erwartungsvoll blickte die ältere Frau, die die Eintrittskarten verkaufte, sie an. Bestimmt hielt sie sie für Touristen und wartete auf die erste Einnahme des Tages. Die beiden Polizisten grüßten, Britta stellte sich und Lennart mit Namen und Dienstgrad vor und erklärte, dass sie dringend mit der Pfarrerin sprechen müssten.

»Da bräuchte ich gerade mal Ihre Ausweise, bitte.«

Sie holten die Dokumente heraus und hielten sie der Kassiererin vor die Plexiglasscheibe.

»Dürfte ich die mal kurz haben?«

Lennart und Britta sahen sich verwundert an, erfüllten der Frau jedoch den Wunsch. Sie stand auf, ging zu dem kleinen Kopierer hinter sich, legte die Dienstausweise darauf und drückte auf den Startknopf. Ratternd setzte sich das Gerät in Bewegung, und nach einer Weile kam die Frau mit der Kopie zurück, schrieb etwas in schnörkeliger Handschrift darauf und schob ihnen das Papier samt Kugelschreiber und Originalausweisen hin.

»Wenn Sie hier bitte noch beide unterschreiben könnten«, forderte sie sie bestimmt auf.

Achselzuckend griff sich Lennart das Blatt und las, was die Dame notiert hatte: Kostenloser Eintritt – Ausnahme wegen polizeilicher Tätigkeit. Sogar das Datum hatte sie fein säuberlich vermerkt.

»Man weiß ja nie, nicht dass ich es am Ende selbst bezahlen muss«, fügte sie erklärend hinzu und legte das unterschriebene Blatt zufrieden in eine Schublade. »Sie können jetzt die Kirche betreten, Pfarrerin Lauritsen ist meines Wissens allerdings gerade in ein Gebet vertieft«, sagte sie noch, da hatte Lennart bereits die Tür zum Kirchenschiff aufgezogen. Es handelte sich um einen kreisrunden, kuppelförmigen Bau, in dessen Zentrum wie eine riesige Säule eine massive, ebenfalls kreisförmige Mauer eingezogen war, die wohl die Dachkonstruktion abstützte. Sie wies vier offene Durchgänge zu einem kleineren Kreisrund auf, in dem ein paar Stühle um ein behauenes steinernes Taufbecken standen – den Mittelpunkt des Gotteshauses. Ringsherum war der Putz mit Fresken bemalt, die für Lennart mittelalterlich anmuteten. Den Fußbodenbelag bildeten einfache, rohe Tonziegel. An der dem Eingang gegenüberliegenden Seite konnte man einen hölzernen, dezent verzierten Altar ausmachen. Und davor saß mit gesenktem Kopf eine junge Frau auf einer Kirchenbank.

Sie wandte sich um, als Britta und Lennart sich ihr näherten. Die beiden stellten sich offiziell vor, baten sie, sitzen zu bleiben, zogen sich aus einer Ecke zwei Stühle heran und setzten sich zu ihr. Die schlanke junge Frau mit den auffälligen Sommersprossen, der blassen Haut, der auffallend großen runden Brille und dem langen rotblonden Haar sah sie mit festem, abwartendem Blick an.

»Ist etwas mit Finn?«, fragte sie leise.

Lennart und Britta sahen sich an. Dann nickte Lennart langsam.

Die Augen der Frau füllten sich mit Tränen, ihre Mundwinkel begannen zu zucken.

»Woher … wussten Sie das?«, fragte Britta zögerlich.

»Ich wusste es nicht, aber ich habe ihn seit gestern Abend nicht mehr erreicht.« Ihre Stimme klang brüchig. »Das wäre per se nicht einmal so ungewöhnlich. Er hatte unterwegs öfters mal sein Handy aus und war sich auch noch nicht sicher, ob er gestern oder heute … aber irgendwie hatte ich dann so ein seltsames Gefühl heute Morgen. Was ist passiert? Hatte er einen Unfall? Mit dem Flugzeug? Ein Absturz?«

Britta und Lennart referierten ihr die wenigen Fakten, die bislang gesichert vorlagen, und die Pfarrerin brach in Tränen aus.

»Finn und ich dachten, wir hätten noch so viel Zeit füreinander und miteinander. Und jetzt hat ihn Gott so früh zu sich geholt«, schluchzte sie nach einer Weile und fügte an: »Ich … muss für ihn beten.«

»Dürften wir Ihnen vorher nur noch ein paar Fragen stellen?«

Sie nickte und wischte sich die Tränen von der Wange.

»Finn Iversen – Sie haben in der Ehe beide Ihre ursprünglichen Namen behalten?«, frage Lennart.

»Ja. Weder ich noch er wollten unsere eigenen Namen aufgeben.«

»Wann haben Sie geheiratet?«, wollte Britta wissen.

»Zweitausendneun«, sagte sie, schien dann noch einmal nachzurechnen und nickte schließlich zur Bestätigung. Lennart zog die Stirn kraus. »Sind Sie sicher, dass Sie sich da nicht vertan haben?«

Sie blickte ihn verwundert an.

»Ich meine, das wären vierzehn Jahre, damals waren Sie höchstens …«, begann er, doch sie unterbrach ihn: »Achtzehn. Wir waren beide noch in der Schule. Die Trauung fand in der Kapelle des Gymnasiums statt, feiern durften wir im Musiksaal. War bis dahin noch nie vorgekommen, dass zwei aktive Schüler sich das Jawort geben.«

Was für eine ungewöhnliche Frau ihnen da offenbar gegenübersaß. Er zumindest kannte sonst niemanden, der bereits in diesem jungen Alter geheiratet hatte.

»Ihr Mann ist also vorgestern im Flugzeug von Henrik Forsberg nach Kalmar in Schweden aufgebrochen«, fuhr Britta fort. »Was hatte er dort vor?«

Wieder schluchzte sie auf. »Er hatte sich mit den Verantwortlichen einiger Pfarreien und freikirchlicher Gemeinschaften aus Südschweden verabredet. Wir sind dabei, ein richtig großes christliches Jugendfestival hier auf der Insel zu organisieren. Das soll möglichst international werden, deshalb haben wir vor allem in die Nachbarländer schon unsere Fühler ausgestreckt. Aber wir werden auch aus Amerika unterstützt, genauer gesagt vom Hillview-Movement.« Auf Lennarts Stirnrunzeln hin erklärte sie: »Eine freikirchliche Bewegung in den USA, die unserem eigenen Verständnis von Glaube, Liebe und Gemeinschaft ziemlich nahekommt.«

»Aber Sie sind eine … klassische protestantische Pfarrerin, oder?«, fragte er erstaunt.

»Klassisch? Ja, selbstverständlich, wir sind Protestanten. Aber die Amtskirche in Dänemark ist diesbezüglich sehr tolerant und hat nichts gegen das geplante Treffen. Im Gegenteil, sie steht voll dahinter. Wir wollen die jungen Leute dort abholen, wo sie stehen. Finn hat sich jedenfalls in Kalmar mit Leuten getroffen, die uns von schwedischer Seite aus unterstützen wollten. Prediger, Pfarrer, Jugendaktivisten.«

Das Thema schien sie ein wenig abzulenken. Sie wirkte ruhiger.

»Ihr Mann war also auch Pfarrer?«

Sie wiegte den Kopf. »Nicht direkt. Wir haben zusammen Theologie studiert, aber während mir von vornherein klar war, dass ich in die Seelsorge gehen will, war er sich nie so ganz sicher, ob sein Herz mehr für die Lehre oder fürs Pfarramt schlägt. Also hat er sich erst mal beidem gewidmet.«

»Wie dürfen wir das verstehen?«

»Finn hat einen kleinen sechsstündigen Lehrauftrag an der Uni in Aarhus. Hatte.« Da war es schon wieder, das Problem mit der Vergangenheitsform. »Und hier, in meiner Pfarrei, bringt er sich ganz aktiv in die Jugendarbeit ein. Unentgeltlich, versteht sich. Er habilitiert über die Hillview-Jugendbewegung in Nordamerika und ihre reformtheologischen Komponenten. Erst letzte Woche ist er von einem Rechercheaufenthalt in Chicago zurückgekommen. Es gab da einen großen Kongress über die Neuausrichtung von Hillview. Ich wäre natürlich gern mitgefahren, habe aber keine Vertretung für die Pfarrei bekommen.«

»Sie wohnen beide hier im Pfarrhaus?«

»Ja. Und Finn hatte zusätzlich ein kleines Apartment in Aarhus. Vieles hat er aber auch von hier aus gemacht. Wir haben immerhin Glasfaser, zum Glück, bei den diversen Videokonferenzen und Online-Seminaren.«

»War Ihr Mann gut mit Henrik Forsberg bekannt?«, schaltete sich Britta ein.

Birte Lauritsen legte die Stirn in Falten. Man sah ihr an, dass sie nach der richtigen Formulierung suchte. »Gut bekannt?«, wiederholte sie schließlich. »Nein, das kann man so nicht sagen. Sie kannten sich, das ja, waren aber keine Freunde oder sowas. Eigentlich kam der Kontakt über mich zustande, denn Herr Forsberg und ich sind beide bei den Philanthropisten Bornholm.«

Lennarts Blick ging zu Britta. »Ach, sind Sie als Frau denn da überhaupt, ich meine …«

»Ja, dieses Vorurteil hält sich hartnäckig«, sagte sie müde. »Wobei, ganz unrecht haben Sie damit nicht. Ich war tatsächlich die erste Frau, die man in unserem Club aufgenommen hat. Und das nicht einmal ganz freiwillig. Aber das ist eine andere Geschichte. Jedenfalls sind … waren wir Philanthropische Freunde, Forsberg und ich.«

»Sie waren befreundet?« Lennart war erstaunt. Damit hatte er nicht gerechnet.

Doch die Pfarrerin winkte entschieden ab. »Nein, nein, Sie verstehen das falsch. Wissen Sie, es gibt in den Clubs die Bezeichnung des ›Philanthropischen Freundes‹. Aber das sagt zunächst nichts über den Grad einer Beziehung aus – eben nur, dass man Mitglied im selben Club ist. Wie dem auch sei: Ich kannte Forsberg und habe den Kontakt zwischen ihm und Finn wegen des Fluges hergestellt. Und jetzt …« Sie stockte, offenbar kurz davor, wieder in Tränen auszubrechen. »Ich trage letztlich sogar Schuld an seinem Tod!«, flüsterte sie. Dann schien sie sich wieder zu fangen. »Nein, das ist Unsinn. Ich konnte nicht ahnen, dass etwas passieren würde, also habe ich mir auch nichts vorzuwerfen«, sagte sie in bemüht sachlichem Tonfall.

»Die Leute, mit denen sich Ihr Mann in Kalmar getroffen hat, wissen Sie, wer das genau war?«, wollte Britta als Nächstes wissen.

Birte Lauritsen zuckte die Schultern. »Es gab genau genommen zwei Meetings, eines gestern in Kalmar und eines bereits vorgestern Abend in Karlskrona. Finn hat einen Mietwagen genommen und in einer kleinen Pension übernachtet. Ich kenne die Namen einiger Teilnehmer, aber wer von ihnen letztlich dabei war, müsste ich in den Unterlagen meines Mannes nachschauen.«

»Das würde uns allerdings sehr helfen.«

»Aber Sie denken doch nicht etwa, dass dieser ... Anschlag sich ausgerechnet gegen meinen Mann gerichtet hat, oder?«

Lennart zuckte die Achseln. »Das wissen wir noch nicht, um ehrlich zu sein. Aber ausschließen können wir zu diesem Zeitpunkt nichts.«

Die Pfarrerin schüttelte ungläubig den Kopf. »Wer sollte Finn denn so etwas antun? Das ist absurd und völlig unvorstellbar, glauben Sie mir.«

»Halten Sie ein solches Szenario bei Henrik Forsberg für wahrscheinlicher?«, konterte Lennart.

»Das kann ich Ihnen nicht sagen. Aber Finn hatte keine Feinde, schon gar keine, die zu so etwas in der Lage wären.«

»Vielen Dank für Ihre Einschätzung«, sagte Lennart und stand auf. Britta tat es ihm gleich. »Wir wollen Sie nicht zu sehr beanspruchen.«

»Schon gut, ich verstehe das ja.« Auch Birte Lauritsen erhob sich. »Darf ich Sie im Gegenzug darum bitten, mich zu informieren, wenn es neue Erkenntnisse gibt? Das hilft mir, das Geschehene besser einordnen zu können.«

»Selbstverständlich«, antwortete Britta und legte der Frau eine Hand auf den Arm. »Falls Sie Hilfe brauchen …«

Die Pfarrerin schüttelte den Kopf. »Der Herr stellt uns Menschen und unseren Glauben bisweilen auf harte Proben, die wir annehmen oder an denen wir zerbrechen können. Ich hoffe, mir gelingt Ersteres. Aber ich weiß es nicht.« Wieder liefen Tränen übers Gesicht der Pfarrerin.

***

»Lust auf Frühstück?«, fragte Lennart Britta, als sie sich wieder draußen auf dem Friedhof befanden. Er wollte mit ihr noch einmal in Ruhe das Gespräch durchgehen. »Wollen wir uns dort drüben kurz ins Café setzen? Ich könnte verdammt gut eine Tasse Kaffee vertragen.«

»Das könnte ich auch!«, stimmte Britta zu, und sie schlugen den Weg zum unweit der Kirche gelegenen Gehöft ein, an dem ein Blechschild auf einen Cafébetrieb hinwies. Das ochsenblutrot getünchte Gebäude war ein ehemaliger Gutshof und lag der Friedhofsmauer gegenüber. Im Garten davor standen unter Kirsch- und Apfelbäumen, deren Knospen bestimmt in den nächsten Tagen aufblühen würden, einige Tische mit weißen Holzbänken, die obligatorische dänische Flagge flatterte im Wind. Im Durchgang zum Innenhof stellte die Töpferei, die sich ebenfalls in dem Komplex befand, ihre Waren aus. Britta und Lennart gingen an langen Regalen mit dezent in verschiedenen Grün- und Blautönen glasierten Tellern, Tassen und Blumentöpfen vorbei.

»Die machen hübsche Sachen hier«, sagte Lennart im Plauderton, auch wenn er normalerweise keinen großen Wert auf Geschirr, Besteck, Gläser oder derlei Dinge legte. Glücklicherweise hatte er sich darüber bei seinem Einzug ins Häuschen auf Bornholm keine Gedanken machen müssen, denn das hatte er samt Einrichtung, Kochgeschirr und Bettwäsche komplett möbliert übernommen. Zwar entsprach nicht alles seinem Geschmack, aber für das halbe Jahr, das der Mietvertrag noch lief, reichte ihm das locker. Danach allerdings würde er sich wohl etwas Eigenes suchen und auch selbst einrichten müssen – vielleicht konnte er ja dann hier in der Töpferei etwas Nettes kaufen. Beim Gedanken, sein erstes Häuschen wieder zu verlassen, wurde ihm in letzter Zeit immer schwerer ums Herz. Aber im September würde sein Vermieter aus Kanada zurückkehren, und er musste sich etwas anderes suchen.

»Wenn du was brauchst, sag Bescheid, ich kenne die Inhaberin von diversen Kunsthandwerkmärkten, die macht mir sicher einen Sonderpreis.«

»Mache ich, danke. Aber im Moment bin ich noch versorgt.«

Sie betraten das Café, einen niedrigen Raum mit dunkler Holzdecke. Zwei der runden Tische waren von älteren Paaren besetzt, an einem weiteren hatte ein Fahrradtourist eine große Karte vor sich ausgebreitet. Lennart und Britta bestellten zwei große Tassen Kaffee, einen Streuselkuchen mit Rhabarber sowie ein Stück *Drømmekage*, Traumkuchen, den berühmten dänischen Blechkuchen mit einer Auflage aus braunem Zucker und karamellisierten Kokosraspeln – für Lennart, der sonst eigentlich viel lieber herzhaft als süß aß, eine schöne Kindheitserinnerung an Samstagnachmittage in Omas Garten. Dann nahmen sie sich aus einer Holztruhe zwei Sitzkissen mit nach draußen, setzten sich dort an einen der Tische und blinzelten in die Sonne.

»Ganz schön frisch, ist dir lieber, wenn wir wieder reingehen?«, fragte Lennart.

Britta winkte ab. »Nein, lass mal. Hier draußen sind wir wenigstens ungestört.«

Lennart nickte, und sie drehten ihre Stühle in Richtung der Kirche.

»Beeindruckender Bau«, erklärte Lennart nach einer Weile. Er hatte irgendwie keine Lust, gleich über den Fall zu reden.

»Ja, eine Bastion des Glaubens, wenn man so will.«

»Wirklich beinahe eine Festung«, bekräftigte Lennart.

»Nicht nur beinahe. Die Rundkirchen sind ursprünglich als Wehrkirchen gebaut worden. So Mitte des zwölften Jahrhunderts, wenn mich nicht alles täuscht. Bornholm war wegen seiner Lage ja immer wieder räuberischen Angriffen vom Meer her ausgesetzt, und die Leute konnten dann im Kuppelbau der Rundkirche Zuflucht suchen. Die Mauern sind immerhin über zwei Meter dick. Daran dürften sich viele Angreifer die Zähne ausgebissen haben. Übrigens ist die *Østerlars-Kirke* hier die größte der vier Rundkirchen auf der Insel und hat somit auch den imposantesten Mittelpfeiler wegen der großen Dachlast. Früher wurden in den beiden oberen Stockwerken in Friedenszeiten Waren gelagert, bei Angriffen konnte man sich dort verschanzen. Außerdem gab es rundumlaufende Wehrgänge, um Überfälle abzuwehren. Letztlich waren das also tatsächlich eher Burgen als Gotteshäuser.«

»Was du alles weißt«, sagte Lennart kopfschüttelnd und grinste.

»Das ist noch nicht alles. Das Kuppeldach wurde zum Beispiel erst später hinzugefügt, deshalb musste man auch im Außenbereich die Stützmauern anbringen, um die schwerere Last zu tragen. Die jetzige Dachkonstruktion ist wirklich beeindruckend und kann in allen Rundkirchen besichtigt werden.«

»Wenn sie dich mal rauswerfen, kannst du problemlos als Fremdenführerin anheuern.«

»Danke für die Blumen. Aber ich könnte mir vorstellen, dass das ein noch härteres Brot ist als unser Job. Von den Touristen hört dir doch kaum einer länger als zehn Minuten zu, bevor die wieder auf ihre Handys glotzen.«

Lennart lachte. »Du hörst dich an wie eine genervte Teenie-Mutter. Dabei ist das doch eher mein Part.« Dann wechselte er das Thema: »Meinst du, ihr Glaube hilft Frau Lauritsen bei der Trauerbewältigung?«

»Na ja, ich denke schon.«

»Oder eher ihre Ausbildung und die Erfahrung im Kriseninterventionsteam?«

Britta zuckte die Achseln.

»Könntest du dir vorstellen, dass du das auch hinbekämst, wenn jemand von deinen … also…«

»Du meinst, wenn Mats etwas passieren würde?«, half Britta ihm.

Lennart wiegte den Kopf hin und her.

»Sagen wir es so: Ich weiß um den Trost, den Glaube und Religion spenden können, wenn es wirklich hart auf hart kommt.«

Lennart runzelte die Stirn. Wieder so eine Andeutung wie vorher, als sie nach der Pfarrerin gesucht hatten. Worauf sie wohl anspielte?

»Und du? Wie hältst du es damit?«, fragte sie jetzt zurück.

»Womit?«

»Na, mit der Kirche, dem Glauben. Du weißt doch, was ich meine.« Britta zwinkerte ihm aufmunternd zu.

Lennart seufzte. »Na schön: Meine Mutter, Gott hab sie selig, war eifrige Kirchgängerin. Sang im Kirchenchor und hat sich in der Gemeinde engagiert. Und wollte natürlich um jeden Preis, dass ich mit ihr in die Messe ging, als ich noch ein Kind war. Tat ich es nicht, hatte ich das Gefühl, sie wäre persönlich enttäuscht von mir. Wenn ich hingegen mitkam, war ich der Traumsohn, der nichts falsch machen konnte, zumindest zwei, drei Tage lang.«

Britta lachte. »Also nehme ich an, du warst in deiner Kindheit viel in der Kirche, um von diversen anderen Verfehlungen abzulenken.«

Lennart grinste. »Erraten. Allerdings immer nur, um Mama einen Gefallen zu tun. Inhaltlich konnte ich damit nie etwas anfangen. Und mit vierzehn oder fünfzehn habe ich mich dann verweigert und die Enttäuschung meiner Mutter einfach ausgesessen. Irgendwann hat sie es aufgegeben. Ich habe es ihr nie gesagt, aber letztlich hat sie mich mit ihrem emotionalen Zwang, mit ihrer Art sanfter Erpressung eher von alldem weggetrieben. Und damit zum Atheisten gemacht.« Britta nickte.

»Na ja, und Papa hat immer gesagt, er glaube zwar an Gott, müsse dafür aber nicht in eine Kirche gehen«, fuhr Lennart fort. »Er hatte immer einen viel entspannteren Umgang mit Religion. Hat er immer noch.«

»Du hast mal gesagt, dass deine Mama immer gelebt hat, als wäre sie unsterblich. Meinst du, dass ihr der Glaube an ein Leben nach dem Tod dessen Schrecken schon zu Lebzeiten genommen hat?«

Lennart dachte nach. Diese Frage hatte er sich so nie gestellt, er hatte einfach immer vermutet, sie habe den Gedanken an die eigene Endlichkeit schlicht verdrängt, bis ihr Herz schließlich von einer Sekunde auf die andere aufgehört hatte zu schlagen. Aber vielleicht lag Britta mit ihrer Hypothese gar nicht so falsch.

»Hat Kirche also etwas Nostalgisches für dich, weil du als Kind so oft hingehen musstest, oder kommen da eher unangenehme Gefühle hoch?«

Er schüttelte entschieden den Kopf. »Nein, ich bin nicht nachhaltig traumatisiert oder so, weil man mich in die Messe geschleift hat. Ich habe nur keinen Zugang zu dem allen. Vielleicht gibt es ja etwas wie eine transzendente Macht, ich allerdings lasse mich erst durch stichhaltige Beweise endgültig davon überzeugen.«

Britta lachte auf. »Oh, das mit dem Gottesbeweis könnte schwierig werden, danach haben dann doch schon ganz andere gesucht als unsereins.«

»Vielleicht bin ich eher Agnostiker: Ich weiß nicht, ob da was ist, aber es schert mich auch nicht besonders. Allerdings gehe ich tatsächlich öfters mal in Kirchen. Ich mag die Stille dieser Orte, die Kraft, die von ihnen ausgeht. Man kommt ein wenig zu sich selbst. Der Faszination einer gotischen Kathedrale wie dem Kölner Dom, Notre-Dame oder dem Wiener Stephansdom kann auch ich mich nicht entziehen. Und auch kleine Landkirchen haben was. Aber mir fehlt da eben die spirituelle Komponente. Wobei ich zugeben muss, dass ich immer eine Kerze anzünde, vor allem, wenn ich auf Reisen bin. Und mehr Geld einwerfe als verlangt, um mich dafür zu bedanken, dass mir unterwegs nichts passiert ist. Na ja, und wenn mal was Besonderes ansteht, bei meinen Mädels, irgendeine Prüfung oder eine Operation oder so, dann kann das auch mal vorkommen, aber das ist dann …«

Britta hakte ein, indem sie ihm milde lächelnd eine Hand auf den Unterarm legte. »Moment, kurze Rückfrage: Bei wem bedankst du dich denn, wenn auf einer Reise alles gut gegangen ist?« Sie fixierte ihn mit einem gespannten Blick.

»Na ja, das kommt darauf an, wo genau die Kerzen in der Kirche stehen. Oft ist da eine Jesusstatue, manchmal auch mal Maria oder irgendein lokaler Schutzpatron, aber …« Er stockte, und noch bevor er etwas sagen konnte, lachte Britta bereits los.

»Sei mir nicht böse, Chef, aber wenn du eins nicht bist, dann Atheist. Ich glaube, deine Mama hat da durchaus den Grundstein für einen Glauben gelegt, auf dem deine Kerzen jetzt brennen.«

Lennart musste nun auch lachen. »Okay, denkbar schwache Argumentation von mir. Aber ich war auch nicht vorbereitet, du hast mich kalt erwischt.«

»Sorry, Lennart, sei mir nicht böse, ja?«

Noch immer lachend schüttelte er den Kopf. »Kein Thema. Aber jetzt wieder zurück zum Wesentlichen: Wenn du immer mal wieder hier warst, zu ... Veranstaltungen ...«

»Kannst sie ruhig Messen nennen.« Britta zwinkerte ihm zu.

»Von mir aus, Messen, war da manchmal auch Iversen involviert?«

»Dabei war er öfters, aber er hat sich eigentlich nie wirklich eingebracht, gepredigt oder so. Ich hab das immer so verstanden, dass er seiner Frau nicht das Terrain streitig machen wollte.«

»Schade, hätte mich interessiert, was für ein Typ er so war.«

Britta winkte ab. »Dazu kann ich wirklich nichts sagen, sorry.«

Lennart biss herzhaft in seinen Paradieskuchen. Auf einmal schmeckte er nicht mehr nur nach den Nachmittagen bei der Oma, sondern auch ein wenig nach dem Weg von der Kirche nach Hause, an der Hand seiner Mutter. Ein guter Geschmack, fand Lennart. Der Geschmack von Geborgenheit, Sorglosigkeit und jener inneren Wärme, die man vielleicht nur als Kind wirklich fühlt.

»Tao hat geschrieben, hast du gesehen?«, unterbrach Britta seine nostalgischen Gedanken. »Sie hat inzwischen einen Angehörigen von Møller ausfindig gemacht. Seinen Sohn.«

»Das heißt, er hat doch Familie? Hattest du nicht gestern gemeint, er lebt allein?«

»Na ja, also, das stimmt schon. Auch wenn viele meinen, er hätte durchaus eine feste Beziehung, die er aber nicht so offen lebt.«

Lennart zog die Brauen zusammen. »Du sprichst in Rätseln, Britta.«

»Sorry, Chef.«

»Britta! Sowohl das ständige ›Sorry‹ als auch den ›Chef‹ haben wir doch inzwischen überwunden.«

Sie seufzte. »Sor... ich meine, ja, also, man munkelt zwar, er sei schwul und habe auch einen Lebenspartner, aber er hat es nie offiziell gemacht.«

»Und wer ist dieser Freund?«, hakte Lennart nach.

»Das weiß ich nicht. Aber immerhin hat Tao noch was über den Sohn in Erfahrung gebracht. Er heißt Erik Møller, wohnt in Kopenhagen und ist schon siebenunddreißig. Sein Vater war also noch ziemlich jung, als er geboren wurde.«

»Hat sie ihn denn schon telefonisch erreicht?«

»Leider nicht, aber sie probiert es weiter, schreibt sie«, erklärte Britta und steckte Lesebrille und Telefon weg.

»Na schön. Wir sollten ins Büro zurückfahren, und dann werde ich wohl oder übel mal mit der Hauptstadt telefonieren.«

Britta presste die Lippen aufeinander und atmete tief ein. »Lennart, wir haben doch noch fast nichts ermittelt. Willst du wirklich mit leeren Händen vor den Kopenhagenern stehen und sagen: ›Hier, macht mal, wir wissen von gar nichts?‹ Was gibt denn das für ein Bild ab?«

Lennart seufzte. »Wir dürfen einfach nicht zu viel Zeit verlieren. Das kann uns ansonsten gewaltig um die Ohren fliegen, verstehst du das nicht? Und dann müssen wir uns am Ende für alle Schritte, die wir allein oder eben nicht unternommen haben, rechtfertigen.«

»Eben. Deshalb dürfen wir ja nichts überstürzen. Wir sollten uns jetzt erst mal mit Doktor Eklund und Povlsen kurzschließen …«

»Mit wem?«, warf Lennart grinsend ein.

Britta lächelte süffisant zurück. »Erzähl mir nichts. Den Namen vergisst du nach eurem Zusammentreffen gestern Nacht bestimmt nicht mehr so schnell.«

Aber das musste er ja nicht zugeben. »Tatsächlich müssten wir schleunigst mehr über diese Vorrichtung erfahren, aus der das Gas geströmt ist. Und herausfinden, wie sich der oder die Täter das alles beschafft haben.«

»Dazu wäre Hilfe von außen schon ganz gut. Aber vielleicht nur als Unterstützung. Man müsste jemanden haben, der einen erst mal mit ein paar grundlegenden Infos versorgt, damit wir alles besser einschätzen können.«

Brittas Idee war nicht von der Hand zu weisen: Je mehr sie bereits vorab in Erfahrung bringen konnten, desto besser standen sie letztlich vor den nationalen Ermittlern da.

»Hm, ich wüsste jemanden, an den ich mich bei der Reichspolizei wenden könnte, ohne dass es gleich riesige Kreise zieht. Lass mich mal schnell was versuchen.«

Er zog sein Handy heraus, suchte in den Kontakten eine Nummer heraus und rief dort an. Doch schon nach dem ersten Klingeln wurde er weggedrückt. »Hätte mich auch gewundert«, brummte er und legte sein Telefon auf den Tisch. »Ich versuche es später noch mal. Aber letztendlich werden wir die nötigen Stellen auch offiziell verständigen müssen, da kannst du dich noch so sträuben, Britta.«

»Ja, ja, schon gut. Also ins Büro?«

Lennart zuckte die Achseln. »Wir könnten natürlich auch den Umstand nutzen, dass wir sowieso schon auf der Ostseite der Insel sind, und kurz bei Bente Forsberg in Sandvig vorbeischauen.«

»Du bist der Chef, du entscheidest.«

»Okay, dann Variante zwei. Doktor Eklund und dieser … na, du weißt schon, wen ich meine, sollen in der Zwischenzeit noch mehr Erkenntnisse zusammentragen.«

***

Zwanzig Minuten später hielt Lennart hinter dem von Britta gelenkten grauen Kleinbus auf einer Parkbucht direkt an den Klippen von Stammershalle, einem winzigen Naturschutzgebiet direkt an der Küste. Links von der Straße lag am Fuße eines sanften Hügels das tatsächlich recht beeindruckende Resort *Liljanskron*, rechts zogen sich bis zum Meer ein paar rötliche, mit Flechten bedeckte zerklüftete Felsen hin, zwischen denen aufgestellte Steinplatten immer wieder wie Finger in die Luft ragten.

Lennart verstand nicht, warum seine Kollegin nicht gleich auf den Hotelparkplatz eingebogen war. Er stellte den Motor ab, zog sich die drahtlosen Kopfhörer heraus und öffnete die Fahrertür. Bis eben hatte er noch telefoniert. Nach nur zehn Minuten hatte Peer, sein ehemaliger Kollege aus Kopenhagen, bei dem er während der Fortbildung übernachtet und den er eben vom Café aus zu erreichen versucht hatte, zurückgerufen. Lennart hatte ihm kurz die bis jetzt gesicherten Fakten ihres neuen Falls skizziert und ihn um unbürokratische Hilfe gebeten. Schließlich war Peer Experte für internationale Kriminalität und hatte sogar schon mehrere Male mit dubiosen Giftanschlägen zu tun gehabt, die zwar nie aufgeklärt werden konnten, die man jedoch letztlich Geheimdiensten zuschrieb. Mit seinem Insiderwissen würde er ihnen bestimmt helfen können, ohne in der Zentrale in Kopenhagen gleich die Pferde scheu zu machen. Lennart hatte sich mit Peer zu einem Videocall am frühen Nachmittag verabredet.

Nun stieg Britta aus dem Bus und kam auf den Mercedes zu.

»Warum halten wir hier?«, fragte Lennart verwundert.

Seine Kollegin zwinkerte ihm zu. »Weil du das hier bestimmt noch nicht kennst, darauf würde ich wetten!« Da hatte sie durchaus recht, aber was um alles in der Welt tat das im Moment zur Sache? Es galt einen brutalen dreifachen Mord von womöglich internationaler Tragweite aufzuklären. Und zwar so schnell wie möglich. Schließlich war es vor allem Britta, die den Kopenhagenern unbedingt zeigen wollte, wie effektiv sie hier auf der Insel arbeiteten. Die Frau war manchmal ein wandelnder Widerspruch.

»Wir befinden uns hier in Stammershalle«, sagte sie feierlich und deutete über ein paar flache Felsen hinweg

Richtung Meer. »Die Dolmen, die du dort drüben siehst, gehören zu einem ausgedehnten Gräberfeld. Man hat Werkzeuge aus Feuerstein gefunden – ein Nachweis, dass bereits 7500 vor Christus Menschen hier gelebt haben. Die Gräber stammen wahrscheinlich aus der Eisen- und der Bronzezeit, worauf Grabbeigaben wie Messer und Schmuck hindeuten. Sogar die Urnen waren aus Bronze.«

»Soso«, erwiderte Lennart kurz angebunden. »Aber meinst du nicht, wir sollten jetzt …«

»Die Monumente, etwa die Bautasteine, zeugen davon, dass dieses Areal für eine sehr, sehr lange Periode als Gräberfeld genutzt wurde.«

»Was für Steine?«

»Na, die Bautasteine. In Frankreich sagt man Menhir«, erklärte Britta in leicht dozierendem Tonfall.

»Die Hinkelsteine also?« Er zeigte auf die aufgerichteten Felsbrocken, die in einem angedeuteten Kreis angeordnet waren und wirklich ein wenig aussahen, als habe Obelix höchstselbst sie für eine spätere Verwendung hier abgestellt.

»Genau die. Komm, wir schauen sie uns an. Es gibt auch eine Info-Tafel.«

Lennart schüttelte lächelnd den Kopf. »Nein, Britta, das tun wir nicht. Wir widmen uns jetzt dem Bauwerk zu unserer Linken. Und dem mit Sicherheit krassesten Mehrfachmord, den die Insel je erlebt hat.«

Er wandte sich um und deutete auf den riesigen Hotelkomplex. Das Zentrum bildete ein mächtiger, dottergelb gestrichener Bau, der wohl einmal das ursprüngliche Badehotel gewesen war. Das fünfgeschossige Gebäude wirkte wie ein Grandhotel aus der Gründerzeit, auffallend waren die langen Reihen von weißen Holzfenstern, von denen einige nach außen geöffnet waren. Die Anlage musste eine begehrte Herberge für die Sommerfrischler gewesen sein, die Anfang des zwanzigsten Jahrhunderts auf der Insel Urlaub gemacht hatten. Vom Zentralbau, über dessen Mitte sich eine Kuppel wölbte, gingen je ein niedrigerer, langer Flügeltrakt nach links und rechts ab. An sich schon ein beeindruckendes Ensemble, und doch war dieses historisch anmutende Bauwerk nur ein Teil der Anlage: Auf dem weitläufigen, hügeligen Gelände befanden sich noch zahlreiche weitere Zimmertrakte, teilweise mit grau verwittertem Holz verkleidet, teilweise so in den Hügel eingepasst und mit Gras bewachsen, dass man sie kaum als Wohngebäude wahrnahm. Links am Ende des riesigen Grundstücks lag eine Schwimmhalle mit Außenbecken und Liegewiese, auf der gerade zwei Gärtner den Rasen mähten.

»Wow«, entfuhr es Lennart. »Das ist ja wirklich ein großer Komplex.«

»Absolut. Früher waren Badehotels ja eher kleine, hyggelige Hotels am Strand. Dieses hier hat zumindest die Bezeichnung behalten.«

Auch in Lennart weckte der Begriff »Badehotel« Erinnerungen an unbeschwerte Sommerferien in schlichten, gemütlichen und keineswegs überkandidelten Hotels. Dieses große Resort schien so gar nicht in diese Kategorie zu passen.

»Gehen wir rüber?«, fragte Britta. Anscheinend hatte sie akzeptiert, dass jetzt nicht der allerbeste Moment für Sightseeing war.

Lennart nickte, sperrte den Mercedes ab, und sie überquerten die Straße. Die Hotelhalle, die sie kurz darauf betraten, hielt, was das Äußere versprach: Alles war in hellen, dezenten Farben gehalten, ein alter polierter Holzfußboden verströmte im Wechsel mit dicken pastellfarbenen Teppichen eine gediegene, aber nicht altmodische Atmosphäre. Manche der Einrichtungsgegenstände waren wahrscheinlich über hundert Jahre alt. Ganz offensichtlich neu war jedoch die weiße gläserne Theke mit der Aufschrift »Rezeption«, die sich im Zentrum des Raums befand. Sie gingen darauf zu, stellten sich vor, und der junge Mann dahinter bat sie, noch ein wenig in einer hellblauen Sitzgruppe Platz zu nehmen, er sage Frau Forsberg Bescheid, dass die Polizisten auf sie warteten. Bevor er ging, erklärte er noch im leisen Ton, wie betroffen das gesamte Hotelpersonal vom Tod des Chefs sei.

Lennart und Britta nahmen in der Sitzgruppe Platz und unterhielten sich fast andächtig, obwohl außer ihnen fast keine Gäste zu sehen waren. Die Saison hatte noch nicht begonnen. Durch die bodentiefen Fenster der Lobby konnte man über die Felsen hinweg bis zur Ostsee blicken. Sogar die Erbseninseln mit ihrem Hauptort, dem kleinen Christiansø, waren auszumachen. Hier ließ es sich bei einem Buch und einem Gläschen Wein oder Whisky bestimmt zu jeder Jahreszeit bestens aushalten. Lennart griff sich einen der edlen Prospekte, die auf dem kleinen Couchtisch bereitlagen, und blätterte darin herum. Wie die Hochglanzfotos des Wellnessbereichs und der Zimmer in den neuen Gebäudeteilen verrieten, war die Einrichtung dort hochmodern gehalten, während die Räume des Haupthauses sich traditionell dänisch gaben: viel Holz, helle Stoffe, dezente Farben. Ein kurzer Text informierte darüber, dass das Haus im Jahr 1911 von einem Berliner Geschäftsmann als Sommerresidenz gebaut worden war. Von den Zwanzigerjahren an hatte er dann regelmäßig Landsleute zur Sommerfrische mit Direktflügen aus der deutschen Hauptstadt eingeflogen. Sogar ein kleiner Zoo mit Löwen und Bären war vom exzentrischen Hotelier unterhalten worden. Einige Bärenhöhlen seien noch heute zu besichtigen, so der Werbetext. Nach mehreren Eigentümerwechseln befand sich das Haus seit nunmehr fünfzehn Jahren im Besitz der *Forsberg Holding*, die es über die Jahre hinweg stets vergrößert und renoviert hatte, erfuhr Lennart. Mit Erfolg: 2020 hatte die Anlage einen Designpreis des Hotel- und Gastronomieverbandes verliehen bekommen, das Restaurant war mit respektablen 17 Punkten im Gault Millau bewertet. 2022 schließlich war man in den illustren Kreis der »50 most beautiful Seaside Resorts of the World« aufgenommen worden. Einigermaßen beeindruckt legte Lennart seinen Prospekt wieder vor sich auf den Tisch.

»Guten Tag«, grüßte Bente Forsberg im selben Moment und nahm in einem der Sessel Platz. Sie trug eine graue Bluse und einen wollenen Pullunder zu einer eng geschnittenen Hose. Man sah ihr an, dass sie kaum geschlafen hatte, die Schatten um ihre geröteten Augen waren trotz ihres Make-ups unübersehbar. »Ich habe gar nicht mit Ihnen gerechnet. Sie haben Glück, dass Sie mich hier noch erreichen, ich bin eigentlich bereits auf dem Sprung in unser Hotel in Sandvig.«

»Guten Tag, Frau Forsberg. Umso besser«, sagte Lennart. »Haben Sie etwas Zeit für ein paar weitere Fragen?«

»Ja, natürlich. Ich weiß sowieso gerade gar nicht, wo mir der Kopf steht und was ich zuerst machen soll. Das alles ... ist so furchtbar.« Sie schniefte, zog ein Taschentuch hervor und schnäuzte sich. »Aber das bringt Ihnen nichts. Wie kann ich Ihnen helfen? Gibt es schon Neuigkeiten, was genau sich zugetragen hat? War es denn nun ein Unfall oder ... etwas ... anderes?«

»Leider hat sich unser gestriger Verdacht bestätigt: Ihr Mann und seine beiden Passagiere wurden ermordet. Mit einem hochgiftigen Gas, das gezielt in der Kabine verströmt wurde.«

Bente Forsberg riss die Augen auf und starrte sie mit offenem Mund an. Ihre Lippen begannen zu beben. »Gas? Ermordet? Das ... kann doch nicht ... ich meine, das ist ja ... absurd, wer sollte das denn getan haben?«, stammelte sie und knetete nervös ihre Hände.

»Das herauszufinden, ist jetzt unsere vordringlichste Aufgabe. Deshalb sind wir hier.«

Die Frau sah Lennart hilflos an. »Aber wer sollte Henrik denn auf diese grässliche Art umbringen wollen? Diese ... Passagiere, kann es denn nicht sein, dass sich alles um einen von ihnen dreht?«

Lennart hob die Schultern. »Das wissen wir noch nicht.«

»Wer waren die beiden denn nun?«

»Bei dem einen handelt es sich, wie Sie ja schon vermutet hatten, um Bjarne Møller. Und der andere ist Finn Iversen, ein junger Theologe.«

»Ein … junger… doch nicht etwa der Mann von Pfarrerin Lauritsen aus Østerlars?« Die Nachricht schien sie besonders zu schockieren. Sie wirkte noch blasser als zuvor.

»Doch. Kannten Sie ihn denn?«, wollte Britta wissen.

»Ich … nein, nur vom Hörensagen und von ein paar Gottesdiensten, die ich dort besucht habe. Aber er war ja noch blutjung!«

»Das stimmt. Sagen Sie, hatte Ihr Mann sich denn in letzter Zeit mit irgendjemandem angelegt, gab es Streit, vielleicht mit Geschäftspartnern?«, fragte Lennart.

Bente Forsberg schüttelte entschieden den Kopf. »Sicher nicht in einem Ausmaß, um etwas Derartiges zu provozieren.« Sie schien eine Weile nachzudenken, dann erklärte sie kopfschüttelnd: »Das muss gegen einen der anderen gerichtet gewesen sein, glauben Sie mir.«

»Sie haben gestern erzählt, dass Ihr Mann auch im Investmentbereich tätig war und sogar mit ganzen Firmen gemakelt hat.«

»Er hat Nachfolger für Betriebe gesucht, ja.«

Lennart nickte. »Genau. Da ging es sicherlich um hohe Summen. So etwas kann für Konflikte sorgen. Eine zu niedrige Bewertung, ein geplatzter Deal, irgendwelche Streitigkeiten unter den Inhabern, säumige Zahlungen, was weiß ich. Hat Ihr Mann nie von so etwas erzählt?«

»Wie gesagt, dieses Business war von Anfang an ausschließlich Henriks Sache. Wie auch die Beteiligungen an Resorts und weiteren Gastro-Betrieben. Wir haben darüber nie allzu viel gesprochen, schon gar nicht über Details.«

Lennart seufzte. Das würde schwieriger werden als gedacht. »Überlegen Sie doch bitte noch einmal. Gab es vielleicht Kontakte, die irgendwie … nicht ganz einfach waren? Etwa mit seinen Auslandsprojekten?«

»Sie meinen irgendetwas Zwielichtiges, Dubioses? Kann ich mir nicht vorstellen. Ich weiß, dass er in Südfrankreich an etwas dran war. Ich kann Ihnen da die nächsten Tage Unterlagen zukommen lassen, wenn Ihnen das hilft.«

»Darum müssten wir Sie bitten, ja.«

Sie nickte. »Ich lasse Ihnen heraussuchen, womit er im Investmentbereich befasst war.«

»Bei solchen Projekten, musste er da auch vor Ort sein?«

»Heute geht natürlich viel auch mit Videocalls, das muss ich Ihnen ja bestimmt nicht sagen. Eine der wenigen positiven Langzeitfolgen der Pandemie und etwas, das uns gerade hier auf der Insel viele Vorteile bringt. Aber ja, er war hin und wieder in Frankreich. An der Mittelmeerküste, Côte d'Azur. Er kannte die Gegend, weil er immer auch mal mit Freunden beim Segeln dort war. Dadurch hat sich auch ein Kontakt für diese Beteiligung ergeben, glaube ich.«

»Er war dann mit dem Flugzeug dort?«

»Ja, das war er. Er sagte immer, dass seine Citation gerade für solche Strecken am besten geeignet sei. Wie gesagt, ich war nie ein allzu großer Fan dieser Maschinen, auch wenn es Henriks große Leidenschaft war.«

Lennart beschloss, sich Informationen über die Flugbewegungen der Citation in den letzten Wochen zu besorgen.

»Und alles das hier haben Sie und Ihr Mann zusammen aufgebaut?«, schaltete sich Britta ein und machte eine ausladende Handbewegung durch die Hotellobby.

»Zu Beginn, ja. Dann aber haben wir es aufgeteilt. Das *Svane* ist allein mein Bereich. Ich weiß gar nicht, wie ich das alles allein, ohne Henrik, stemmen soll.« Sie seufzte schwer, dann begann sie wieder zu weinen.

»Wie genau ist denn die Geschäftsstruktur? Wissen Sie schon, wer alles erbt? Ich meine, sind Sie Alleinerbin oder bekommen Ihre Kinder auch einen festgelegten Anteil?«

Sie schüttelte schniefend den Kopf. »Das ist nicht ganz so einfach, es handelt sich um ein etwas verschachteltes System aus einzelnen Betrieben, die allerdings alle unter der *Forsberg Holding* firmieren. Für Details müssten Sie sich an unseren Steuerberater wenden, falls nötig. Und zu Ihrer Frage wegen der Kinder: Ja, sie sollen später alles bekommen. Mal sehen, wie schnell einer von beiden oder sogar alle zwei einsteigen können.«

»Konnten Sie Ihre Kinder schon erreichen?«

»Meinen Sohn, ja. Sie können sich vorstellen, wie geschockt er war. Er klärt jetzt ab, wie schnell er aus seiner Küche wegkann, und kommt dann her. Merrit konnte ich leider noch nicht kontaktieren. Sie hat wohl gerade keinen Empfang auf dem Schiff. Aber ich habe ihr eine Nachricht hinterlassen. Ich hoffe, dass sie sich meldet, sobald sie wieder in einem Hafen ist.« Bente Forsberg sah auf die Uhr. »Wenn es möglich wäre … Ich müsste jetzt ins *Svane*, dort esse ich jeden Tag mit meinen Eltern zu Mittag. Die beiden muss ich auch noch über Henriks Tod informieren.« Sie senkte den Blick und atmete schwer.

»Hoffentlich setzt es ihnen nicht allzu sehr zu. In ihrem Alter so eine Nachricht …«

Britta und Lennart nickten. »Natürlich. Wenn Sie uns einfach möglichst bald ein paar Informationen über dic Geschäftspartner Ihres Mannes zusammenstellen könnten, wäre das hervorragend. Und vielleicht auch eine Liste enger Freunde und gemeinsamer Bekannter.«

»Natürlich. Ich nehme an, dass ich mit der … Organisation des Begräbnisses im Moment noch warten muss?«

»Das stimmt«, antwortete Britta. »Bis die Gerichtsmedizin die Freigabe erteilt. Wir informieren Sie natürlich.«

Dann bedankten sie sich beide bei Bente Forsberg, standen auf und durchquerten die Halle Richtung Ausgang.

***

»Na dann, auf ins Büro!«, rief Lennart, als er und Britta zurück an den Autos waren.

»Büro? Und was ist mit Mittagessen? Ich meine, Frau Forsbergs Eltern bekommen jetzt auch was, sollen wir denn verhungern?«

Lennart schaute auf sein Handy. »Aber es ist gerade mal zwanzig nach elf, und wir hatten doch auch das Gebäck zum Kaffee …«

»Schon, aber wenn wir um zwei gleich den Videocall mit Kopenhagen haben, willst du ja nicht in den Unterzucker fallen, oder?«

Lennart lachte herzhaft auf. Er wusste, wie wichtig Britta regelmäßige Mahlzeiten waren – selbst wenn die

Welt kopfstand. »Das wäre natürlich fatal«, gab er sarkastisch zurück. Schließlich aber lenkte er ein. Irgendwann mussten sie in der Tat etwas zu sich nehmen, und falls sie, wie er hoffte, in der Videokonferenz neue Informationen bekommen würden, hätten sie danach wahrscheinlich mehr als genug zu tun. »Also gut, dann lass uns zu einem schnellen Lunch gehen. Ich weiß auch schon, wohin.«

»Zum Foodtruck von Taos Eltern? Oh ja! Ich hätte mal wieder Lust auf Vietnamesisch.«

Lennart verneinte. »Heute nicht. Wir gehen ins *Argousier.*«

Britta sah ihn ungläubig an. »Ins Sternelokal? Findest du das nicht ein klein wenig übertrieben?«

»Das passt schon. Wir speisen ja nicht à la Carte, sondern können am Personalessen teilnehmen. Ganz unkompliziert.«

»Klar, du hast ja schließlich Beziehungen! Respektive *eine Beziehung.*«

Lennart machte eine wegwerfende Handbewegung. »Jetzt tu nicht so, als wüsstest du von nichts.«

Britta schmunzelte. »Ich freu mich für dich! Wobei … ist von hier aus natürlich nicht der nächste Weg.«

»Das schon, aber es lohnt sich. Und wenn wir die Strecke durchs Inselinnere nehmen, ist der Umweg gar nicht so weit.«

»Auch wieder wahr. Und du bist dir sicher, dass es okay ist, wenn ich auch mitkomme? Ich meine, sie hat ja dich eingeladen und nicht mich, also …«

»Absolut okay, glaub mir.«

»Okay, dann auf zum Personalessen. Diesmal fährst aber du voraus. Das *Argousier* ist einzig und allein dein Terrain. Bis gleich, Chef!« Sie wandte sich um, warf ihm über die Schulter noch eine Kusshand zu und stieg in den VW-Bus.

***

Lennart stellte das Radio ab und stieg aus. Das Restaurant von Maren Fabricius lag im Gebiet von Sømarken im Süden der Insel, direkt an einem herrlichen Strand, den man vom Parkplatz aus überblicken konnte. Der einstöckige Bau, der mit verwitterten Holzlatten verkleidet war, wirkte eher wie eine schlichte Strandbude. Dass sich hier eines der renommiertesten und möglicherweise innovativsten Restaurants des Landes verbarg, ja, ein regelrechter Tempel für die momentan so im Trend liegende Nordic Cuisine mit ihrem Hang zu strikter Regionalität und Nachhaltigkeit, vermutete man auf den ersten Blick bestimmt nicht. Wer hierherkam, um zu essen, wusste, was er tat.

Erst vor zwei Wochen hatte der Betrieb neben einem zweiten regulären Stern auch einen für sein ökologisches Konzept bekommen. Lennart hatte daraufhin ganz allein mit Maren mit einem besonderen Wein angestoßen, und sie hatten einen wundervollen Abend und eine aufregende Nacht in ihrem Strandhäuschen gleich neben dem *Argousier* verbracht – und waren im Morgengrauen mit dem freien Blick auf die Ostsee aufgewacht. Seitdem hatten sie sich noch öfter gesehen als zuvor, wenn auch nicht jeden Tag, dann doch beinahe. Die logische Folge einer Annäherung, die sich ganz langsam entwickelt hatte. Und das noch immer tat. Maren, die ja nicht nur Gründerin, Inhaberin und Küchenchefin des Sternelokals war, sondern auch Kochbuchautorin, Foodbloggerin und Frontfrau mehrerer kulinarischer Fernsehsendungen im dänischen Privatfernsehen, war im Winterhalbjahr viel unterwegs gewesen. Wie immer, wenn ihr Restaurant für mehrere Monate geschlossen hatte. War zwischen Kopenhagen, mehreren europäischen Metropolen, Asien, Amerika und Südafrika hin- und hergejettet, auf der Suche nach neuen Foodtrends, auf Pressereise für ihr neues Kochbuch der nordischen Küche und auch auf Kochchallenges, die sie im Beisein von Kamerateams zu bestreiten hatte. Doch immer wieder hatte sie auch im Strandhaus Station gemacht, einmal sogar für drei Wochen, um Rezepte und Texte für ihr Buch zu schreiben. Währenddessen hatten sie und Lennart sich häufig gesehen, und wenn Maren unterwegs war, hatten sie oft telefoniert. Dass Maren in einer Woche das *Argousier* wieder für die Sommersaison aufsperren würde, freute ihn – sie konnten dann einfach mal ausprobieren, wie sich ein Alltag zusammen anfühlte, in dem jeder regelmäßig seiner gewohnten Arbeit nachging. Lennart war gespannt, wie sich dadurch ihr Verhältnis weiterentwickelte, und würde ansonsten einfach alles auf sich zukommen lassen.

»Noch mal: Ist es echt in Ordnung, wenn ich dabei bin?«, fragte Britta, als sie aus dem Auto ausstieg und mit wehendem Haar auf ihn zukam. Hier im Südwesten der Insel blies der Wind noch ein wenig stärker als an der Nordküste.

»Klar. Mach dir keine Sorgen. Maren hat mehrmals betont, dass ich gern jemanden mitbringen kann. Außerdem haben sie so eine Kasse, in die man einzahlen kann. Dann musst du nicht mal ein schlechtes Gewissen haben.«

Britta nickte mit strahlendem Lächeln. Lennart sah seiner Kollegin an, wie sehr sie sich auf das bevorstehende Mittagessen freute. Und sicherlich auch darauf, Maren und ihn zusammen zu sehen, um Mutmaßungen über ihren aktuellen Beziehungsstatus anzustellen.

Sie umrundeten das Restaurant, ließen den leeren Gastraum mit seinen großen Fenstern rechts liegen und bogen hinter dem Haus in Richtung Küchentrakt ab. Nicht nur von dort klangen Stimmen an Lennarts Ohr, sondern auch aus dem großen, mit Klarglasscheiben versehenen Gewächshaus. Offenbar fand der Personallunch heute dort statt: Auf zwei Böcken lag eine lange, schmale Holzplatte, um die eine ganze Reihe ungleicher Stühle gruppiert waren. Nur wenige waren belegt, stattdessen standen einige Angestellte von Maren um einen runden Holztisch mit mehreren Glaskannen, hatten Gläser in der Hand und nippten daran, als befänden sie sich auf einer Weinprobe. Eine Mittzwanzigerin mit dunklen Haaren und ein rothaariger junger Mann mit dichtem Backenbart drehten sich nach den Neuankömmlingen um, winkten Lennart zu und grüßten. Sie trugen graue Kochjacken und hatten schwarz-weiß gemusterte Bandanas im Haar. Er hatte die beiden schon ein paarmal im *Argousier* getroffen.

»Ist Maren …«, fragte Lennart von der Glastür aus, doch die junge Frau erklärte, noch bevor er ausreden konnte: »Sie ist gerade noch drüben am Pass und richtet an. Wir bekommen heute zwei Gerichte zum Probieren, die auf die neue Karte sollen. Geht einfach rein, du kennst dich ja aus.«

Lennart hob eine Hand zum Gruß, dann betraten er und Britta die moderne, von diversen Edelstahleinbauten dominierte Küche. Wie immer drang Musik aus den an der Decke angebrachten Lautsprechern, heute allerdings nicht wie so oft Reggae-Sound, sondern geheimnisvolle sphärische Klänge, die der Weltmusik in jenem überambitionierten Fair-Trade-Café ähnelten, in das ihn seine Freunde vorgestern in Kopenhagen noch geschleppt hatten. Maren, heute in einem grellen magentafarbenen Kochoutfit, stand wie angekündigt hinter einer Theke und ordnete mittels einer Pinzette winzige lilafarbene Blüten in Halbkreisform auf einem Teller an, auf dem sich bereits zwei Teigtaschen und ein Klecks heller Sauce befanden.

»Maren? Ich hoffe, ich …«, begann er, doch die Köchin hob ihre linke Hand und sagte nur: »Wie schön, deine Stimme zu hören, mein Herz, aber gib mir bitte zwei Minuten, ich bin hier gerade im Flow. Könnte was echt Cooles werden! Hallo, Britta! Willkommen!«

Lennart nickte. Er kannte diese Momente bereits, wenn Maren so auf eine Sache konzentriert war, dass niemand sie stören durfte. Derartige Kreativschübe kamen bei ihr manchmal aus heiterem Himmel und konnten im Niederschreiben eines Rezeptes oder auch einem spontanen Probekochen enden. Erst letzte Woche waren sie gerade zu einem Strandspaziergang aufgebrochen, als sie nach drei Minuten irgendwelche Knospen von einem Strauch zupfte und erklärte, sie müssten sofort umdrehen, um etwas auszuprobieren. Das Ergebnis des Experiments jedoch hatte so bitter geschmeckt, dass sie danach in eine Räucherei gefahren waren, um sich ein Stück Lachs mit Kartoffelsalat zu gönnen.

»›Mein Herz‹ – ach, ist das entzückend!«, flüsterte ihm Britta ins Ohr, drückte seinen Unterarm und riss ihn damit aus seinen Gedanken.

»Wie meinst du?«

»Ihr seid so süß zusammen«, trällerte sie verzückt, woraufhin sich Lennart umgehend mit einem prüfenden Blick zu Maren versicherte, dass die das nicht mitbekommen hatte. Die jedoch werkelte ungerührt und hochkonzentriert weiter, was Lennart einigermaßen beruhigte.

»Britta, kannst du das bitte lassen?«, zischte er trotzdem zurück und schob Britta vor sich aus der Küche.

»Geht schon mal rüber ins Greenhouse, probiert unsere neuen Tees und Säfte, und ich komm dann gleich zu euch.«

Draußen strahlte Britta noch immer von einem Ohr zum anderen. »Ihr seid einfach ein tolles Paar!«

Lennart seufzte. Britta benahm sich wie seine Oma, seine Mutter und sämtliche seiner Tanten in Personalunion. Obwohl noch nicht einmal er selbst wusste, ob er und Maren überhaupt schon ein richtiges Paar waren, schien seine Kollegin innerlich bereits die Hochzeitsglocken zu läuten. Vielleicht hätte er sie doch nicht mit hierherbringen sollen. Noch nicht.

»Ich habe übrigens immer gemerkt, wenn ihr Zeit verbracht habt, Maren und du«, ließ Britta jedoch nicht vom

Thema ab. »Du hast dann so ein ganz spezielles Grinsen im Gesicht. Am vergangenen Wochenende habt ihr zum Beispiel ganz sicher etwas unternommen. Denn am Montag, als du vor deiner Fortbildung noch im Büro warst, hast du über das ganze Gesicht gestrahlt.«

»Das lag nicht an Maren, sondern an der Aussicht, die Insel mal für zwei Tage verlassen zu dürfen«, log Lennart. Natürlich hatten sie sich gesehen, auch wenn Maren wegen der Vorbereitung des Menüs momentan relativ wenig Zeit hatte. Außerdem verbrachte sie jetzt im Frühjahr endlose Stunden damit, irgendwelche Blüten, Blätter oder Sprösslinge einzulegen, zu Marmelade zu verarbeiten oder anderweitig haltbar zu machen. So etwa die Stachelbeerknospen, aus denen sie mittels Essigsud »nordische Oliven« hergestellt hatte. Ihr gesamtes Strandhaus war am Samstag mit Einweckgläsern vollgestellt gewesen und ein saurer Geruch durch die Küche gewabert.

Britta setzte ein verschmitztes Lächeln auf. »Du gibst dich doch nur so ruppig, weil du wie viele Männer nicht gern über Gefühle redest. Stimmt's?«

Lennart schüttelte den Kopf. Natürlich, Britta lag vollkommen richtig mit ihrer Vermutung. Aber es war sein gutes Recht, das weiterhin strikt zu leugnen.

»Keine Angst, ich sage schon nichts mehr und bringe dich auch nicht in unangenehme Situationen«, versprach sie.

Lennart lächelte resigniert. Das hatte sein Vater damals, vor dessen erstem Besuch bei Andreas Eltern, auch gesagt, um dann wenig später seinen Sohn mutwillig von einem Fettnäpfchen ins nächste zu schubsen. Er hatte dessen späterer Frau sogar bereits beim ersten Treffen Klein-Lennarts Kosenamen für sein bestes Stück verraten. Nur gut, dass Britta den nicht kannte und wie alle anderen nie erfahren würde. Es sei denn, Lennarts Vater fände eine Gelegenheit, das kleine Geheimnis demnächst in großer Runde auszuplaudern.

Seufzend betrat Lennart das Gewächshaus, Britta folgte ihm. Keine schlechte Idee, an einem sonnigen, aber doch noch ziemlich kühlen Tag diesen lichtdurchfluteten Raum zum Essen zu nutzen.

***

Eine halbe Stunde später lehnte sich Lennart zufrieden zurück. Gerade hatten sie Marens neuestes Gericht fürs Sommermenü verkostet: eine raffinierte Kombination aus Ravioli, gefüllt mit grünem Spargel und abgeflämmten Frühlingszwiebeln, dazu eine Sauce aus einem Bornholmer Blauschimmelkäse, selbst angesetzter Hefe, eingelegten Rosenknospen und karamellisierten Schnittlauchblüten. Dass das darübergestreute graue Pulver die Asche einer bestimmten Flechtenart war, die es nur auf der Insel gab, nahm er schulterzuckend zur Kenntnis. Geschmeckt hätte er so etwas nie im Leben. Die Kreation war allseits auf große Begeisterung gestoßen, einige der Köche machten kleinere Verbesserungsvorschläge, dann verkündete die Chefköchin, dass man damit alle Gerichte fürs vierzehngängige Menü beisammenhabe.

Lennarts Befürchtung, sein ganzes Mittagessen bestünde aus zwei Miniteigtaschen wurde zum Glück schnell zerstreut, denn zum Sattwerden hatte Loredana, eine italienische Angestellte von Maren, ihre legendäre frische Pasta gemacht, dazu selbst eingekochten Tomatensugo aus der *Argousier*-Ernte des Vorjahrs mit frisch gepulten Ostsee-Garnelen. So wie er wischte auch Britta den Teller danach mit Brot restlos sauber, und es freute ihn, dass es ihr geschmeckt hatte.

Während sich die Köchinnen und Köche erhoben, blieb Maren noch sitzen. »Kaffee?«, fragte sie Lennart und Britta, woraufhin beide dankbar nickten. Die Küchenchefin bat eine der jungen Frauen, ihnen drei Tassen zu bringen, rutschte mit ihrem Stuhl noch ein Stück näher an Lennart heran und legte ihren Kopf auf seine Schulter. »Schön, dass ihr beide gekommen seid«, sagte sie und gab Lennart einen Kuss auf die Wange. »Und dass euch meine Ravioli geschmeckt haben.«

»Und wie!«, bekräftigte Britta noch einmal begeistert. »Es ist ja so toll, dass du und Lennart, also, dass ihr euch, ich meine … na, ihr wisst schon.«

Lennart seufzte. Jetzt begann Mama Brittas kleine Fragestunde. Doch Maren lachte nur und sagte: »Und ob, ich weiß, was du meinst, Britta. Ich finde es auch toll, muss ich sagen. Nur Lennart kann über sowas schlecht reden. Aber das wird schon noch. Und jetzt erzählt mal: Ihr habt ja einen hammermäßigen neuen Fall, oder?«

Lennart warf einen prüfenden Blick zu Britta. Er wollte nicht in den Verdacht geraten, irgendwelche Dienstgeheimnisse auszuplaudern. »Maren, du weißt doch, dass wir mitten in laufenden Ermittlungen nichts sagen können, was irgendwie … also … Rückschlüsse auf Verdächtige oder …«, wand er sich und merkte selbst, wie ungelenk er sich dabei anstellte. Britta hingegen hatte weitaus weniger Scheu. »Ach papperlapapp, bei Maren ist das doch was ganz anderes«, sagte sie und machte eine wegwerfende Handbewegung. Lennart hätte gern gefragt, warum, doch Britta plauderte schon munter weiter und schilderte in bunten Farben und allen Details ihren bisherigen Ermittlungsstand.

»Und jetzt kommen wir gerade von Bente, der Witwe von Henrik Forsberg. Tolles Hotel, das *Liljanskron*.«

Maren nickte. »Und ziemlich hochtrabende Küchenpläne, auch wenn die Michelin-Prüfer sich bislang noch nicht dazu durchringen konnten, sie auszuzeichnen. Wisst ihr eigentlich, dass der Sohn der Forsbergs mal Teil meiner Küchenmannschaft war?«

Lennart schüttelte erstaunt den Kopf.

»Nils war nach seiner Ausbildung als Commis de Cuisine bei uns«, begann Maren zu erzählen.

»Als … was?« Lennart kannte sich mit diesen französischen Küchenausdrücken nicht aus.

»Als Jungkoch. Drei, vier Jahre müsste das jetzt her sein. Damals hatte er gerade seine Lehre in Frankreich mit Bravour abgeschlossen, irgendwo im Süden. Côte d'Azur oder so. Sein Vater hatte da Beziehungen. Dann wollte Mutter Forsberg, dass er wieder auf die Insel kommt und sich ein bisschen mit nordischer Küche beschäftigt. Sie hatte mich vor seiner Bewerbung schon mal angerufen und ihn empfohlen, unter Kollegen quasi. Der Junge ist begabt, keine Frage, aber letztlich hat es hier bei uns nicht so wirklich funktioniert mit ihm.«

»Inwiefern?«

»Na ja, ich will's mal so sagen: Er ist einer, der sich nicht leicht unterordnen kann. Dabei haben wir hier wirklich eine denkbar flache Hierarchie. Aber als Commis bist du nun mal noch ziemlich grün hinter den Ohren, französische Küche hin oder her. Und wenn du dir dann von niemandem etwas sagen lassen willst, auch wenn es einfach nur gut gemeinte Tipps sind, dann haut es auf Dauer nicht hin. Er war auch schnell aufbrausend, immer gleich auf hundertachtzig, gerade mit meinen anderen Jungs in der Küche. Und er hat die Kollegen vom Service nicht ernst genommen. Bisschen überheblich einfach.«

»Also hast du ihm gekündigt?«, hakte Britta ein.

Maren schüttelte den Kopf. »Nein, dazu kam es nicht, er ist ziemlich schnell von selbst weitergezogen. Obwohl sein Vater strikt dagegen war, daran erinnere ich mich noch. Der war dann sogar mal hier, gleich nach der Kündigung, und wollte wissen, woran es gelegen hat. Hat gesagt, ich solle das Schreiben zerreißen, sein Sohn würde selbstredend weiter bei mir arbeiten. Wie in der Elternsprechstunde in der Schule, dabei war Nils ja längst erwachsen, konnte kündigen, wann er wollte, auch ohne seinen Vater um Erlaubnis zu fragen.«

»Verstehe. Das heißt, der Junge stand ziemlich unter der Fuchtel seines Vaters?«, schlussfolgerte Lennart.

Maren lachte kurz auf und nahm einen Schluck Wasser, bevor sie erklärte: »Und wie! Der war ein Choleriker vor dem Herrn und hat ihm anscheinend immer wieder ziemlich Druck gemacht. Ein typisches Alphamännchen halt.

Hat mir damals weitschweifend erzählt, wie er sich alles selbst aufgebaut hat und dass er auch von seinen Kindern Leistung und Disziplin erwartet. Ich solle seinen Sohn ruhig ›hart rannehmen‹, hat er damals gesagt. Ich hab nicht nachgefragt, was er damit meinte.«

»Gab es Streit vor der Kündigung?«, fragte Lennart.

»Kleine Reibereien in der Küche, aber zu mir war er immer korrekt, da kann ich nichts sagen. Wir sind auch nicht im Ärger auseinandergegangen. Wisst ihr denn, wo er jetzt arbeitet? Er war wohl mal kurz in Spanien, dann in England, aber jetzt …«

»Berlin«, antwortete Britta.

»Okay. Mal schauen, wie lange er da bleibt. Denn ich bin mir sicher, dass Bente Forsberg ihren Sohn Nils im *Liljanskron* irgendwann als Küchenchef haben möchte. Das könnte auf lange Sicht durchaus was werden. Falls er sich ändert und mehr Teamplayer wird.«

»Wenn er erst mal Chef ist, muss er ja auf niemanden mehr hören«, merkte Britta augenzwinkernd an.

Maren schüttelte lachend den Kopf. »Dann kocht er aber bald allein, weil ihm das Personal nach kürzester Zeit wegläuft. Die Zeit brüllender Küchendespoten ist zum Glück vorbei.«

Eine junge Frau brachte drei Tassen Kaffee. Lennart hätte zwar auch gegen einen Espresso nichts einzuwenden gehabt, aber bei Maren gab es nur Filterkaffee aus irgendeinem fairen und ökologischen Anbau in Guatemala. Oder war es Peru gewesen? Aus der Küche hörte man jetzt wieder Töpfeklappern und diverse andere Geräusche.

»Deine Brigade ist anscheinend schon wieder am Werkeln, Maren«, kommentierte Britta.

»Klar. Wir müssen jetzt, im Frühjahr, alles ernten und haltbar machen, was wir kriegen können. Heute zum Beispiel sind Kirschknospen dran. Die sind herrlich zu den dänischen braunen Krabben, die wir Ende Juli frisch servieren werden.«

Lennart nickte, auch wenn er eigentlich fand, dass die ausgewachsenen Kirschen, die aus den Knospen entstanden wären, fast mehr Reiz hatten.

»Wir müssen dann auch wieder«, erklärte er stattdessen, als sie ihren Kaffee und auch die Essenz ausgetrunken hatten, die heute zum Essen gereicht worden war. Letztere hatte ihn ein wenig ratlos zurückgelassen. Lennart hielt Maren wirklich für eine geniale Köchin, der es meist gelang, ganz außergewöhnliche, hinreißende und überraschende Geschmackserlebnisse zu kreieren. Das Getränk allerdings – eine Mischung aus Kräuterauszügen, Holunderblüten und frischen Brennnesselblättern – gehörte für ihn jedoch nicht dazu. Er würde ihr das auch in einer ruhigen Minute sagen, schließlich erkundigte sie sich immer wieder nach seiner ehrlichen Meinung zu ihren Neuschöpfungen. Nun aber mussten sie aufbrechen, schließlich war für vierzehn Uhr der Videocall mit Kopenhagen anberaumt.

Lennart erhob sich und wollte sich mit einem Kuss von Maren verabschieden, doch sie bestand darauf, die beiden noch zum Auto zu begleiten.

»Bevor ich für den Rest des Tages wieder in die Küche gehe, will ich doch zumindest noch einen kurzen Blick auf die Ostsee werfen. Zumal der Wind jetzt die ganzen Wolken vertrieben hat.« Sie wies mit der Hand zum Himmel, der bis auf ein paar sich auflösende Kondensstreifen makellos war. Dennoch – als sie das Gewächshaus verließen, schloss Lennart seine Wildlederjacke bis zum Kragen: Hier direkt am Meer pfiff es empfindlich kalt um die Ecke. Maren hakte sich bei ihm unter.

»Ach, ihr seid mit zwei Autos da?«, sagte sie beiläufig und deutete auf den Abteilungsbus neben dem SLC.

»Ja, warum fragst du?«

»Ach, nur so. Ich hab meine Karre doch in der Werkstatt, müsste aber noch wohin. Aber ich leihe mir einfach von jemandem aus dem Team ein Auto aus, kein Problem.«

Lennart gab ihr einen Kuss auf die Wange, zog den Mercedesschlüssel aus der Hosentasche, hielt ihn Maren hin und erklärte: »Unsinn, ist doch gar keine Frage. Britta nimmt mich mit.«

»Logisch. Ich kann dich auch heimbringen, Chef.«

Maren zwinkerte ihr zu. »Hast du noch immer nicht ganz wegbekommen, das mit dem Chef, oder?«

Britta lächelte zurück. »Na, besser ich nenne ihn so als du!«

»Da besteht keine Gefahr!«, erwiderte die Köchin und lachte ihr lautes, offenes Lachen, das Lennart so gefiel. »Dann nehme ich das großzügige Angebot an«, sagte sie schließlich und strich Lennart zärtlich über den Arm, bevor sie sich auf die Zehenspitzen stellte, um ihn auf den Mund zu küssen.

»Muss ich irgendwas beachten bei deinem historischen Fahrzeug?«, wollte sie noch wissen.

Lennart zuckte die Achseln. »Ich glaube nicht. Na ja, der linke Fensterheber klemmt ab und zu. Wenn der Motor heiß ist, solltest du auf keinen Fall Gas geben beim Anlassen, und die Fahrertür hängt manchmal, dann musst du sie noch mal ganz aufmachen und mit Schwung zuschlagen. Ab achtzig surrt außerdem irgendwas im Armaturenbrett, aber ich glaube, das ist nur die Tachowelle. Ach ja, und wenn die Batterieleuchte angeht, ignorier sie einfach. Die hat nur einen Wackelkontakt.«

Marens skeptischer Blick ging zu Britta. »Ob ich mir doch lieber woanders was leihe?«

»Papperlapapp. Das sind alles nur Kleinigkeiten«, merkte Lennart beleidigt an.

»Na gut, ich probier's«, sagte sie ein wenig unsicher. »Ich bring ihn dir dann heute Abend vorbei, ja?«, bot sie an, und er nickte begeistert. »Das wäre mir eine ganz besondere Freude!«, sagte er und nahm sie zum Abschied noch einmal in den Arm.

***

Während Britta ausparkte, winkte ihnen Maren noch einmal zu, den Schlüssel zu seinem Oldtimer in der Hand. Er musste unwillkürlich lächeln, während er sie aus dem Seitenfenster betrachtete. Das war ihm schon so gegangen, als er und Maren sich zum ersten Mal gesehen hatten. Ihr Strahlen machte etwas mit den Leuten, da war er sich sicher. Dabei passte sie, wie seine Töchter es bei ihrem letzten Besuch etwas respektlos ausgedrückt hatten, eigentlich ganz und gar nicht in sein »Beuteschema«: Maren sah ganz anders aus als seine blonde, gertenschlanke Ex-Frau Andrea und die Freundinnen, die er vor ihr gehabt hatte. Sie hatte dunkles Haar und war, wie sie selbst sagte, »zu klein für ihr Gewicht«. Tatsächlich maß sie gerade gut einen Meter sechzig und hatte eher weibliche Formen. Und dazu die süßesten Grübchen, die er kannte.

»Stopp, Britta, warte mal kurz«, bat Lennart seine Kollegin. Maren hatte auf einmal aufgeregt angefangen zu winken. Lennart ließ seine Scheibe herunter.

»Ich wollte euch bloß noch warnen: Könnte sein, dass der Brennnessel-Holunderblüten-Auszug ein wenig wassertreibend wirkt. Nur dass ihr euch nicht wundert!«, rief die Köchin und verschwand hinter der Hausecke.

Die Fahrt verlief still, allerdings erst, nachdem Britta wiederholt ihrem Entzücken darüber Ausdruck verliehen hatte, wie »herzerfrischend«, »goldig« und »allerliebst« Maren und er miteinander umgingen. Lennart hatte das alles nur mit einem nonchalanten Kopfnicken quittiert, und seine Kollegin war schließlich verstummt. Das plötzliche Klingeln seines Telefons ließ ihn hochschrecken, und er öffnete die Augen. Anscheinend war er für einen Moment eingenickt. Sein Mund war trocken, als er das Gespräch annahm. Es war Tao.

»Lennart, hör zu«, sprudelte sie ohne Begrüßung los, »ich habe spannende Informationen über Erik.«

Bevor Lennart, der noch nicht ganz wach war, nachfragen konnte, erklärte sie: »Erik Møller. Der Sohn vom getöteten Bjarne Møller, du erinnerst dich?«

»Klar«, murmelte er und räusperte sich.

»Okay, ich weiß jetzt, warum wir den vorher nicht erreicht haben. Man kann ihn nämlich nicht einfach so anrufen. Wegen seines Berufs. Rate mal, was der so macht!«

»Schweigemönch?«

»Irrtum, er ist Pilot. Heute Morgen ist er von Kopenhagen aus nach Chicago gestartet und dürfte jetzt gerade irgendwo über dem Atlantik sein.«

»Pilot?«, murmelte Lennart. »Das heißt, er kennt sich ziemlich gut mit Flugzeugen aus. Interessant.«

»Ja, aber jetzt halt dich gut fest: Was dich noch mehr interessieren dürfte, ist, was er heute früh gemacht hat«, jubilierte Tao geradezu.

»Was denn?«

»Er ist mit der ersten Maschine von Rønne in die Hauptstadt geflogen. Sein Name steht auf der Passagierliste, und er hat seinen Flug auch angetreten.«

Lennart war baff. »Echt jetzt? Er war also gestern Abend noch auf der Insel? Das ist ja … der Hammer! Kannst du bei seiner Fluggesellschaft hinterlegen, dass er sich meldet, sobald er in Chicago wieder festen Boden unter den Füßen hat?«, bat er. »Der hat uns wohl einiges zu erklären.« Britta warf ihm angesichts seiner lebhaften Reaktion einen neugierigen Blick zu. Doch sie musste jetzt warten, er würde erst zu Ende telefonieren.

»Klar, kann ich machen«, antwortete Tao. »Aber meinst du nicht, es wäre noch besser, wenn ihn unsere amerikanischen Kollegen gleich mal zu sich bitten?«

Lennart überlegte kurz, sagte dann aber: »Ich glaube, das ist momentan übertrieben. Wir wissen noch zu wenig über ihn, und nur dass er auf der Insel war und mit Flugzeugen zu tun hat, macht ihn ja nicht per se verdächtig. Und wenn wir zumindest fürs Erste noch kein Amtshilfegesuch über den großen Teich schicken müssten, wäre das auch hilfreich.«

Dann legte er auf und berichtete Britta von dem Anruf, während diese auf den reservierten Stellplatz vor dem ehemaligen Zollamt am Hafen von Rønne einbog. Hier waren die Polizeidienststelle und damit auch die Büroräume ihrer Abteilung untergebracht.

»Wow«, stieß sie überrascht aus. »Ob das wohl eine erste heiße Spur ist?«

»Könnte sein, jedenfalls dürfte die Unterhaltung mit diesem Erik Møller interessant werden«, kommentierte Lennart, und sie stiegen aus dem Auto.

»Geh du ruhig schon zu Tao, ich muss ganz dringend mal für kleine Prinzessinnen!«, rief Britta und rannte auf die Eingangstür zu. Marens Warnung hatte sich offenbar als berechtigt erwiesen.

***

Es war ein paar Minuten vor zwei, als sie sich alle drei im Besprechungsraum einfanden. Lennart hatte sich einen Kaffee aus der Maschine geholt. Sein kleines Nickerchen im Auto hatte ihn nicht frischer, sondern nur noch müder gemacht. Er fühlte sich schwer und schläfrig, seine Laune war mies, obwohl er nicht einmal genau hätte sagen können, weshalb. Was er jedoch im Konferenzraum sah, hob seine Laune gleich merklich und ließ ihn schmunzeln: Tao hatte das Zimmer nicht nur aufgeräumt und gelüftet, sie hatte es regelrecht dekoriert – zumindest auf jener Seite, die man bei der Videokonferenz gleich sehen würde. Hier stand nun ein Flipchart mit einigen Pfeilen und kryptischen Abkürzungen. An der Wand dahinter hing eine Karte der Insel neben dem obligatorischen Porträt des Königs, und den Besprechungstisch zierte ein kleines Aufstellfähnchen. Sogar Kekse und kleine Wasserfläschchen hatte Tao bereitgestellt. Lennart war gerührt vom Engagement seiner jungen Kollegin.

»Vielen Dank, Tao, da müssen wir also nicht einmal einen virtuellen Hintergrund einstellen.«

Sie zuckte mit den Schultern. »Nicht der Rede wert. Aber die in Kopenhagen sollen nicht denken, sie hätten es mit irgendeiner kleinen Provinzklitsche zu tun.«

»Auch wenn das durchaus der Fall ist«, kommentierte Britta augenzwinkernd, »zum Glück.«

»Klein, aber fein«, merkte Tao noch an und erklärte, dass auch Doktor Eklund darum gebeten habe, ihre neuesten Erkenntnisse in einer Videokonferenz präsentieren zu können. Sie würde sich gegen drei melden, habe aber nur eine halbe Stunde Zeit, weil dann die Sprechstunde ihrer Hausarztpraxis in Snogebæk begann. Lennart hatte nichts dagegen, schlug vor, dass auch der Kollege von der Spurensicherung sich zuschalten sollte, damit alle Beteiligten auf dem gleichen Stand seien.

»Aber Lennart, wäre es nicht sinnvoller, Henning Povlsen kommt kurz rauf? Ich meine, es sind schließlich nur zwei Stockwerke von seinem Keller zu uns …«

Lennart winkte ab. »Wir wollen doch nicht zu viert in eine Kamera schauen, das ist zu eng. Unkomfortabel, auch für ihn. Und schließlich spart er sich den Weg und hat dadurch mehr Zeit für seine Arbeit.« Dass Lennart es vor allem weitaus angenehmer fand, nicht mit diesem Povlsen in einem Raum sein zu müssen, behielt er für sich.

Tao zuckte mit den Schultern und schickte dem Spurensicherer eine kurze Mail mit einer Einladung zum Videocall.

Dann setzten sie sich nebeneinander an den Tisch. Tao hatte ihr Laptop bereits so ausgerichtet, dass die Kamera sie alle auf einmal erfassen konnte. Sogar ein kleines Aufstellmikrofon hatte Tao in der Tischmitte platziert.

»Also«, begann Lennart. Er hatte sich ein paar Worte für die beiden zurechtgelegt, die er vor dem Call noch loswerden wollte. »Das Gespräch mit meinem ehemaligen Kollegen Peer ist erst mal informell. Er hatte schon mit so etwas Ähnlichem zu tun. Das heißt aber nicht, dass wir uns nicht im Anschluss auch ganz offiziell an die Hauptstadt wenden und um Unterstützung beziehungsweise die Übernahme der Ermittlungen bitten können. Ist das klar?«

Die beiden nickten.

»Wahrscheinlich hätte ich das längst machen sollen, aber es ist, wie es ist. Ich erwarte von euch, dass ihr die Entscheidung mittragt, wenn ich sie treffe. Ohne Wenn und Aber. Verstanden?«

»Verstanden«, sagte Britta leise. »Aber wir müssen ja auch nichts überstürzen. Hatten wir doch eigentlich so besprochen.«

Lennart wollte eben etwas erwidern, da sprang Britta auf. »Ich gehe nur mal noch ganz schnell wohin, bevor's losgeht. Maren hatte recht mit ihrer Warnung.«

Lennart nickte. »Die kam nur leider zu spät, da hatten wir das Zeug ja schon getrunken. Ich glaube, ich verabschiede mich auch kurz.«

Nach zwei Minuten waren sie beide zurück. Gleichzeitig signalisierte das Videoprogramm mit einem metallischen Ton, dass Peer zum Gespräch bereit war. Tao drückte eine Taste, und auf dem Bildschirm erschien Lennarts Freund aus Kopenhagen. Sie begrüßten sich, Lennart stellte seine beiden Kolleginnen vor und dankte Peer dafür, dass er sich so spontan Zeit für sie genommen hatte.

»Kein Problem, für dich immer – und für charmante Frauen auf Dänemarks schönster Insel allemal. Vielleicht kommen Amelie und ich doch mal auf ein Wochenende bei dir vorbei. Respekt übrigens, sieht ziemlich repräsentativ aus, euer Büro.«

Lennarts Blick ging zu Tao, auf deren Gesicht sich ein Strahlen breitmachte.

»Ich hingegen … muss mich dieser elektronischen Hilfsmittel bedienen – bei mir sieht's einfach immer aus wie Kraut und Rüben.«

Tatsächlich hatte Peer den offiziellen virtuellen Hintergrund der dänischen Reichspolizei eingestellt.

»Also, dann schießt mal los! Ihr stolzen Insulaner braucht Amtshilfe aus der Hauptstadt?«

Lennart sah, wie Brittas Miene sich verfinsterte, und kam ihrem Protest zuvor: »Peer, wie ich dir schon sagte, soll das hier fürs Erste keine offizielle Amtshilfe sein, sondern nur ein Gefallen unter Freunden. Wir würden gern versuchen, erst mal allein mit den Ermittlungen klarzukommen, damit wir schon etwas vorzuweisen haben, wenn wir den Fall an euch übergeben. Aber deine Expertise kann uns sicher helfen.«

»Schon verstanden, keine Sorge«, beruhigte Peer. »Ich weiß doch noch von früher, dass du am liebsten alles allein machst und dir nicht in die Karten schauen lässt. Aber ich hoffe auch, dass du inzwischen weißt, wann es Zeit wird, Verstärkung zu rufen …«

Britta und Tao zwinkerten sich amüsiert zu.

»Klar, Peer.«

»Falls es wirklich internationale Tragweite hat oder der geringste Verdacht auf terroristischen Hintergrund besteht, sind wir mit im Boot, klar?«, gab Peer zurück und kratzte sich am Hinterkopf. Lennart musste neidlos anerkennen, dass der Freund mit seinen strohblonden Haaren, den Sommersprossen und dem jungenhaften Gesicht deutlich jünger aussah als er selbst, dabei waren sie beide inzwischen siebenundvierzig Jahre alt.

»Also: Womit kann ich euch behilflich sein, Lenny?«

Wieder lächelten sich Britta und Tao an. Diesen Spitznamen hätte Peer auch gern für sich behalten können, schließlich hörte der sich immer eher nach einem Hund an als nach einem Mann, der unaufhaltsam auf die fünfzig zuging.

Im Folgenden schilderten Lennart und seine Kolleginnen Peer, was sie über den Anschlag auf die drei Männer und die Installation im Inneren des Flugzeugs wussten, mit der das hochgiftige Gas freigesetzt worden war.

Lennart entging nicht, dass Peer am Ende ihres Berichts ziemlich schockiert schien.

»Wow, das hört sich allerdings schon nach einem ziemlich großen Kaliber für die Inselpolizei an, wenn ich mir den Kommentar erlauben darf.«

»Das Thema hatten wir doch schon.«

»Lenny, ich bitte dich, du musst ...«

Lennart ließ ihn nicht ausreden. »Gibst du jetzt bitte eine inhaltliche Einschätzung ab?«

»Na schön, zum weiteren Vorgehen dann später. Ich hatte mit Cyaniden schon mal zu tun. Ein unliebsamer Dissident, der von einem Schurkenstaat aus dem Weg geräumt wurde. Auf den ersten Blick spricht daher einiges für Geheimdienste oder organisiertes Verbrechen.«

»Wieso glaubst du das?«

»Na ja, Blausäure ist nicht irgendein Wald-und-Wiesen-Gift.«

»Und schwierig zu beschaffen, oder?«

Er sah Peer kurz auflachen. »Allerdings. Andererseits: Im Darknet gibt es so gut wie nichts, was es nicht gibt. Wenn man sich richtig in die Sache reinfuchst, dann kann man das schon auch als Privatmann bekommen. Muss also nicht zwangsläufig ein Dienst dahinterstecken.«

»Wer hat denn prinzipiell Zugang zu solchen Substanzen?«

»Du meinst, wofür man das Zeug legal braucht? Es gibt chemische Anwendungen und Produkte, bei deren Herstellung Blausäure eingesetzt wird. Zum Beispiel wird es zur Produktion von Zusatzstoffen in Pflanzenschutz- und Futtermitteln eingesetzt.«

»Futtermittel?«, wiederholte Lennart schockiert.

»Nagelt mich nicht fest, für Details müsstet ihr wirklich einen Chemiker fragen. Ihr könnt euch allerdings sicher sein, dass man es angesichts seiner immensen Toxizität nicht einfach im Laborbedarf oder im Chemiebaukasten findet. Schließlich handelt es sich um das Gift, das die Nazis eingesetzt haben, um in den Gaskammern ihrer Vernichtungslager Millionen Menschen zu ermorden.«

Lennarts Kehle schnürte sich zu. »Das teuflische Gift des Holocaust? Zyklon B?«

»So nannten sie es damals, ja. Auch im Ersten Weltkrieg wurde es schon als chemischer Kampfstoff eingesetzt. Und selbst die Amerikaner haben damit bis Ende des vergangenen Jahrhunderts in einigen Staaten die Todesstrafe vollstreckt.«

»Und im Darknet gibt es das einfach so zu kaufen?«, hakte Britta nach.

Peer schüttelte den Kopf. »Hatte ich ja schon angedeutet: einfach ganz sicher nicht. Man muss sich schon ein wenig Mühe geben. Es gibt nicht viele Quellen. Vor allem, weil das Zeug so schwer zu transportieren und damit auch zu verschicken ist. Es ist einfach ungeheuer flüchtig, und wenn was austritt, kann es ganz leicht zur Katastrophe kommen, bei der mehrere Menschen auf einmal getötet werden. Aber wo ein Wille ist – inklusive des entsprechenden Kleingelds und Know-hows –, da ist auch ein Weg.«

»Aber warum dann ausgerechnet diese Substanz? Ich meine, hätte es für unseren Täter nicht bessere und einfachere Alternativen gegeben?«, wollte Lennart wissen.

»Einfachere ja, aber so wie ihr mir das geschildert habt, musste er sich darauf verlassen können, dass sein Gift innerhalb von Sekunden tötet. Er hat seine Maschinerie ja erst direkt nach der Landung in Gang gesetzt. Für so etwas ist Blausäure geradezu prädestiniert«, erklärte Peer.

Lennart nickte. »Was sagst du zum Vorgehen, zu dieser seltsamen technischen Installation? Hattet ihr schon mal etwas Ähnliches?«

Peer schien zu überlegen. »Na ja, rein technisch ist das ja nichts anderes als ein Fernauslöser für Sprengsätze. Ihr sagtet, das Ding wurde per Mobilfunk aktiviert?«

»Das ist, was wir von der Spurensicherung bisher wissen«, antwortete Tao.

»Also, so etwas ist technisch schon ambitioniert, aber auch keine Raketenwissenschaft. Was es zu kaufen gibt, sind spezielle Ausströmer für Gase, die von Kammerjägern benutzt werden. Die müssen dann nämlich nicht im Raum sein, wenn das freigesetzt wird. So etwas vermute ich hier auch. Bei denen geht das mit Zeitschaltung, neuerdings auch mit Bluetooth. Wenn du daran einen Mobilfunk-Sender anschließt, funktioniert das technisch genauso. Du schickst dem Empfangsteil eine Nachricht, und los geht's. Aber ich will da eurer Spurensicherung nicht vorgreifen.«

»Wenn du dir die Vorgehensweise ansiehst und auf dein Bauchgefühl hörst«, fuhr Lennart fort, »würdest du eher sagen, es handelt sich um einen Einzeltäter, oder steckt deiner Meinung nach eine größere Organisation, zum Beispiel ein Geheimdienst, dahinter?«

Peer zog die Mundwinkel nach unten und gleichzeitig die Schultern hoch. »Ganz spontan gesagt: Für einen Geheimdienst ist mir das zu kompliziert, zu speziell, zu aufwendig. Warum das ganze Gedöns? Geheimdienste haben ganz andere Möglichkeiten und fackeln in der Regel auch nicht lange, die hätten einfach irgendwas am Flugzeug manipuliert und es über der Ostsee abstürzen lassen. Aber dass sie im Cockpit extra so eine Installation anbringen und mit dem Gas befüllen, um sie dann exakt im Moment der Landung zu aktivieren, das hört sich für mich nach eingehender Beschäftigung mit dem Thema an, ja fast mit einer gewissen Lust an technischem Firlefanz. Vor meinem inneren Auge ist der Täter vielleicht ein krasser Technik-Nerd oder so, der einen von den dreien auf dem Kieker hatte. Aber das ist jetzt nur meine Mutmaßung.«

»Okay.« Lennart war ein klein wenig beruhigt. »Das hört sich zumindest etwas besser an als befürchtet. Sag mal, solche chemischen Substanzen, aus welchen Ländern stammen die denn wahrscheinlich?«

»Hm, das ist wirklich schwer zu sagen. Klar, in Russland, China oder Indien bekommt man übers Darknet wahrscheinlich so ziemlich alles, einschließlich radioaktiven Materials, wie wir alle wissen. Irgendwo in diesen riesigen Ländern gibt es ein paar Spinner, die skrupellos genug sind, so was anzubieten. Aber letztlich kann es auch von einem Chemiearbeiter im deutschen Ruhrgebiet oder irgendwo in Spanien stammen, der was illegal abzwackt und vercheckt. Wer weiß das schon?«

»Verstehe«, sagte Lennart seufzend.

»Was wisst ihr denn schon alles zu den Opfern?«, stellte Peer nun eine Frage.

»Noch nicht allzu viel, leider.« Lennart fasste seinem Freund kurz zusammen, was sie bisher an Informationen zu den drei Männern gesammelt hatten. »Der Pilot hatte einige internationale Investments laufen«, schloss er.

Peer kratzte sich am Kopf. »Balkan? Sizilien?«

Lennart winkte ab. »Du meinst wegen Mafia oder so? Nein, nichts Offensichtliches. Südfrankreich.«

»Marseille?«

»Saint-Tropez.«

Peer zuckte die Achseln und grinste. »Klingt eher nach Ferienvergnügen als nach Mafia. Zumindest fallen mir da unten spontan keine größeren Organisationen ein, zu denen so ein Anschlag passen würde. Aber wer weiß schon, was da alles so am Entstehen ist? War denn einer von denen irgendein Aktivist, hat sich gegen ein Regime aufgelehnt, für eine Sache gekämpft oder so?«

Lennart sah seine beiden Kolleginnen an. Die blickten genauso ratlos drein wie er. »Bis jetzt wissen wir da noch nichts. Aber auf Bornholm gibt es ja auch keine separatistischen Tendenzen wie in Korsika oder dem Baskenland. Hier sind die meisten mit ihrer politischen Lage ganz zufrieden. Macht jedenfalls den Eindruck.«

Peer lachte. »Wäre auch ein etwas zu kleiner Staat so ein unabhängiges Bornholm.«

»Aber durchaus exklusiv – und mit viel Gemeinsinn!«, fügte Britta grinsend an und erntete dafür ein eifriges Kopfnicken von Tao.

Auf dem Bildschirm erschien die Meldung, dass sich

Henning Povlsen im virtuellen Warteraum befand. Lennart fragte Peer, ob er noch Zeit und Lust habe, sich die Erkenntnisse der Spurensicherung anzuhören, was der bejahte. Tao bestätigte Povlsens Anfrage, und kurz darauf war dessen Gesicht in einem neuen Fenster auf dem Monitor zu sehen.

Britta übernahm die Vorstellung von Peer, und Povlsen grüßte in die Runde, wobei er Lennart jedoch ignorierte. *Wie kindisch*, dachte der, ließ sich aber lediglich zu einem süffisanten Grinsen hinreißen.

Dann teilte der Spurensicherer einige Bilder der Vorrichtung, aus der das Gas ausgetreten war. Peer nickte und erklärte, dabei handle es sich tatsächlich um jenes Gerät, das auch von Kammerjägern verwendet wurde.

»Das könnte uns schon mal weiterbringen. Allzu viele Händler dafür wird es ja nicht geben«, flüsterte Lennart Tao zu. Die nickte. Sie würde sich der Sache annehmen und dazu recherchieren.

»Was den Auslöser angeht, handelt es sich um einen Empfänger mit SIM-Karte, wie er auch als Fernauslöser für Sprengsätze verwendet wird.« Auch das also, wie Peer es vermutet hatte. »So etwas gibt es inzwischen als Bausatz im Internet, dazu muss man sich noch nicht einmal zwingend hinter die Pforten des Darknet bemühen«, fuhr Povlsen fort. »Das alles war unter dem Pilotensitz installiert.«

Lennart merkte auf. »Lassen sich dadurch vielleicht Rückschlüsse ziehen, dass der Anschlag Forsberg galt?«

»Keine Ahnung, derartige Mutmaßungen liegen nicht in meiner Zuständigkeit«, raunzte Povlsen zurück, fügte dann aber etwas sachlicher an: »Andererseits gibt es nicht viele andere Stellen in der Kabine, wo es so gut reinpasst und gleichzeitig so wenig auffällt. Ist aber nur die irrelevante Vermutung eines Provinzbeamten.«

Niemand kommentierte diese Äußerung. Stattdessen fragte Britta: »Gehen wir mal davon aus, dass das Gas mit Absicht erst kurz nach der Landung verströmt wurde – hätte dann jemand vor Ort sein müssen, also in der Nähe des Rollfelds, um das … Dings da in der Kabine auszulösen?«

Povlsen zog die Stirn kraus. »Nein, wie ich schon sagte: Es handelt sich um einen mobilfunkgestützten Auslöser. Wenn das Ding Netz hatte, hätte man theoretisch auch Hunderte von Kilometern entfernt sein können.«

»Aber wie hätte man dann wissen sollen, wann die Landung erfolgt?«

»Guter Einwand«, merkte Povlsen an. »Sicher, man hätte mit einer App wie Flightradar sehen können, wann die Cessna ankommt, aber das wäre wohl zu wenig exakt gewesen. Schließlich ging es dabei buchstäblich um Sekunden. Wahrscheinlicher ist schon, dass man jemanden am Flughafen postiert hat. Alternativ hätte man noch den Flughafenfunk oder das Funkgerät in der Maschine abhören können. Oder sogar eine Wanze im Cockpit verstecken.«

»Habt ihr so eine gefunden?«

»Bis jetzt nicht«, räumte Povlsen ein.

»Wir können also davon ausgehen, dass der Täter zumindest in Rønne oder der näheren Umgebung war«, fasste Tao zusammen. »Oder hier einen Komplizen hatte.«

Povlsen schürzte die Lippen. »Das ist zum jetzigen Zeitpunkt jedenfalls wahrscheinlich, ja.«

Nun schaltete sich Peer wieder ins Gespräch ein: »Da wir gerade bei Hypothesen sind: Habt ihr schon eine Idee, warum der Täter das nicht alles viel früher ausgelöst hat? Ich meine, eigentlich ist das Ding dafür gemacht, es notfalls von überall auf der Welt zu zünden, weshalb also nicht das Flugzeug beim Rückflug über der Ostsee gepflegt abstürzen lassen, und alles spricht für einen Unfall? Überlegt mal: Wie viele nie gehobene Wracks liegen da draußen?«

Lennart nickte. Tatsächlich hatte auch er sich diese Frage schon gestellt.

»Ein mögliches Szenario wäre doch, dass die Vorrichtung ganz einfach gestreikt hat«, warf Britta in den Raum.

»Um dann durch Zufall direkt nach der Landung doch noch auszulösen? Eher unwahrscheinlich, oder?«, fand Peer.

»Außerdem dürfen wir nicht vergessen, dass das alles eine einigermaßen stabile Mobilfunkverbindung voraussetzt. Über dem offenen Meer gibt es die aber nicht zwingend, oder?«, gab Lennart zu bedenken, der an seine letzte Überfahrt mit der Fähre von Rügen aus dachte. Kaum hatte man die Küstengewässer verlassen, war es mit dem Handyempfang bereits vorbei gewesen.

»Nicht von der Hand zu weisen«, stimmte Peer ihm zu.

Da meldete sich Tao zaghaft zu Wort: »Sollten wir nicht auch dran denken, dass es dem Täter – wobei es sich wie immer auch um mehrere Leute oder um eine Frau handeln kann – mit dieser speziellen Todesart auch darum gegangen sein könnte, irgendeine Art Exempel zu statuieren?«

Alle anderen machten zustimmende Gesten.

»Guter Punkt, Kollegin«, lobte Peer daraufhin, und auf Taos Gesicht machte sich ein Strahlen breit.

»Danke«, versetzte sie ein wenig schüchtern. »So ähnlich wie wenn man einem Vergewaltiger oder Ehebrecher Verletzungen im Intimbereich zufügt, bevor man ihn tötet? Wir hatten auf der Akademie mal so einen Fall.«

»Wie gesagt, guter Punkt. Was ich mich allerdings frage: Wäre das Vorgehen dazu nicht zu vage, zu unpräzise?«, gab Peer zu bedenken. »Ich meine: Was genau sollte die Aussage sein?«

Lennart fand, dass es allmählich an der Zeit war, die Besprechung zu beenden. All das wollte er eigentlich nicht in einem so großen Kreis diskutieren, schon gar nicht, wenn der Spurensicherer mit von der Partie war. »Das herauszufinden, ist letztlich eine der Hauptaufgaben für Britta, Tao und mich in den nächsten Tagen. Wir stehen ja erst ganz am Anfang unserer Ermittlungen.«

Peer nickte. »Schon klar, Lenny, ich wollte weder deine Kompetenz infrage stellen noch mich irgendwo einmischen.«

Lennart rang sich ein Lächeln ab. »Kein Problem, Peer, habe ich auch nicht so verstanden.«

»Trotzdem, noch mal zu unserem Thema vom Anfang: Wenn ihr, sagen wir, in zwei, drei Tagen noch nichts Substantielles habt, sind wir ganz offiziell am Drücker, klar?«, sagte Peer. »Vielleicht können wir dann ja mal wieder zusammenarbeiten wie in alten Tagen.«

»Falls du endlich die Insel kennenlernen willst: Nimm dir einfach ein paar Tage frei, pack Amelie ein, ihr besucht mich, und wir gehen was Nettes essen. Muss ja keine gemeinsame Ermittlung sein.«

Peer hob beschwichtigend die Hände. »Ich kann mir vorstellen, wie das jetzt bei euch ankommt: Die Schlauen aus der Hauptstadt meinen, sie müssten den Provinzlern unter die Arme greifen und so. Aber dieser Fall ist wirklich außergewöhnlich, niemand kann wissen, welche Tragweite er noch bekommt. Und wenn die Presse davon Wind bekommt … Also, zwei Tage?«

»Abgemacht. Zwei Tage, dann bekommst du ein Update«, stimmte Lennart zu. Auch Britta schien mit Peers Vorschlag hochzufrieden, so wie sie strahlte.

Durch lautes Räuspern machte nun Henning Povlsen wieder auf sich aufmerksam. »Wenn ich die gemütliche Runde mal kurz stören dürfte: Ich hätte da noch ein paar Fakten beizusteuern, und dann würde ich mich gern wieder meiner Arbeit hier im bescheidenen Provinzlabor widmen.«

Lennart nickte. »Wir sind ganz Ohr.«

»Zunächst mal: Dieser Møller, der ältere der beiden Passagiere, hatte Drogen dabei.«

»Das wissen wir schon«, fuhr Tao ihm ein wenig in die Parade. »Ein Beutelchen Gras, stimmt's?«

Povlsen grinste überlegen. »Auch, aber das ist nicht der Rede wert. Was ich sonst noch gefunden habe, allerdings schon eher, würde ich meinen. Eine ordentliche Portion Ecstasy aus seinem Rucksack …« Er zeigte ein Marmeladenglas voller weißer Pillen in die Kamera, stellte es wieder weg und holte dann einen Gefrierbeutel mit lauter kleinen Schnipseln hervor, die aussahen wie bunte Papierchen, Esspapier oder seltsam geformte Oblaten. »Und dann noch das hier.«

»LSD? So viel?«, entfuhr es Lennart, der das Zeug noch von der Polizeischule kannte, seitdem aber eigentlich nie mehr gesehen hatte. »Ist das nicht völlig aus der Mode?«, fragte er dann vage in die Runde.

»Amelie hat mir erst neulich erzählt, dass es wieder im Kommen ist – und unter Althippies wohl sowieso nie totzukriegen war«, sagte Peer.

Britta nickte. »Wir haben hier auf der Insel auch ein paar notorische Konsumenten. Tatsächlich sind die meisten schon über sechzig.«

»Møller hat also gedealt?«, stellte Tao in den Raum. »Das ist schon noch mal eine neue Dimension, oder? Ich meine, Drogenmafia und so …«

»Das ist allerdings alles, was wir bisher gefunden haben«, räumte Povlsen ein. »Letztlich keine riesige Menge. Aber weder Frachtraum noch das weitere Gepäck der Insassen sind bisher untersucht worden. Daher müssten ich und meine Kollegin wie gesagt auch dringend weiterarbeiten. Vorher aber noch etwas: In der Umhängetasche von Finn Iversen befand sich Bargeld. Und das nicht zu knapp. Übrigens weder in dänischen noch in schwedischen Kronen, sondern in Euro. Fast fünfzehntausend, also etwa einhundertzwölftausend dänische Kronen. Ob ihr damit etwas anfangen könnt, müsst ihr selbst wissen. Damit würde ich mich mal verabschieden. Schönen Tag noch zusammen.«

Povlsen wartete keine Reaktion auf seine Verabschiedung ab, sondern loggte sich einfach aus dem Gespräch aus. Eben einfach ein ungehobelter Typ, freute sich Lennart, sein Urteil bestätigt zu sehen.

Trotzdem, die neuen Informationen, die sie vom Spurensicherer bekommen hatten, waren durchaus interessant. Ob die Sache mit dem Bargeld wirklich etwas zu bedeuten hatte? Allzu viel war es natürlich nicht, vielleicht hatte Iversen einfach nur ein Auto oder ein Boot verkauft. Andererseits: Warum handelte es sich dann nicht um schwedische Währung, sondern um Euroscheine? Die Sache war zumindest nicht alltäglich und verlangte nach Abklärung in einem Gespräch mit der Pfarrerin.

Doch nun mussten sie erst mal noch mit Doktor Eklund sprechen. Lennart sah auf die Uhr, noch fünf Minuten bis drei. Er verabschiedete sich also von Peer, dankte ihm ein weiteres Mal für seine spontane Hilfe, versprach, sich bei ihm mit neuen Ergebnissen zu melden, und lud ihn und seine Lebensgefährtin erneut auf die Insel ein. Dann stand er auf und holte sich und Britta, die schon wieder auf der Toilette verschwunden war, eine weitere Tasse Kaffee. Als er zurückkam, hatte sich die Ärztin gerade eingewählt. Das Bildschirmfenster, in dem sie eigentlich erscheinen sollte, war allerdings schwarz.

»Tut mir furchtbar leid, aber anscheinend funktioniert meine Kamera nicht, keine Ahnung, woran das liegt. Na ja, dann muss es eben nur mit Ton gehen.«

Lennart schüttelte ungläubig den Kopf. Ob er das Gesicht dieser Frau in seinem Leben noch einmal zu sehen bekäme?

Die Gerichtsmedizinerin informierte sie über ihre ersten Untersuchungsergebnisse: Wie vermutet, hatten aufgrund der enorm hohen Konzentration des giftigen Gases in der Kabine alle Insassen innehrhalb von wenigen Augenblicken hyperventiliert. Ob die Obduktion wirklich von ihr selbst auf der Insel durchgeführt werden könne, sei wegen der Kontamination noch nicht ganz sicher, dazu warte sie noch auf toxikologischen Expertenrat aus der Hauptstadt. Auf den ersten Blick jedenfalls seien alle drei Getöteten grundsätzlich gesund gewesen, Henrik Forsberg habe erst vor drei Wochen im Klinikum von Rønne seinen Check-up für die Verlängerung der Pilotenlizenz ohne Beanstandungen abgelegt. Dann verabschiedete sich die Ärztin in ihre Sprechstunde.

***

Nach dem Ende der Besprechung hatte auch Lennart einen Umweg zur Toilette einlegen müssen. Jetzt hatte er gerade seine Bürotür hinter sich geschlossen und am Schreibtisch Platz genommen, da ging sein Telefon. Es war Bjarne Møllers Sohn Erik, der gerade in Chicago gelandet war. Lennart erzählte ihm ohne größere Umschweife vom Schicksal seines Vaters und den Umständen, die zu dessen Tod geführt hatten. Der Mann schwieg eine ganze Weile und versicherte sich dann noch einmal, dass es sich bei dem Toten auch wirklich um Bjarne Møller, Teehändler aus Rønne, handelte. Erik wirkte schockiert von der Nachricht, und gerade die Umstände, die Sache mit dem Giftgas, schien er kaum glauben zu können. Als er sich ein wenig gefangen hatte, erzählte er kurz von sich. Er sei Pilot bei einer großen norwegischen Airline und werde vor allem auf Langstrecken- und Interkontinentalflügen eingesetzt. Freimütig gestand er auch sofort ein, dass er sich am Vorabend noch auf der Insel befunden und die Nacht dort verbracht hatte, um dann morgens mit der ersten Maschine nach Kopenhagen zurückzufliegen.

»Hatten Sie vor, Ihren Vater zu treffen?«, fragte Lennart.

»Nein, ganz bestimmt nicht«, antwortete Møller wie aus der Pistole geschossen. »Dazu müssen Sie wissen, dass wir kaum noch Kontakt hatten. Wir hatten eine komplett konträre Auffassung von manchen Aspekten des Lebens. Und da kann es manchmal besser sein, mit einer Sache abzuschließen, als immer dieselben Grabenkämpfe auszufechten. Ich glaube übrigens, dass mein Vater und ich diesbezüglich eine ähnliche Sichtweise hatten.« Møller sagte das ganz sachlich, ohne erkennbare Emotionen.

»Wann haben Sie ihn denn zum letzten Mal gesehen oder von ihm gehört?«

Jetzt hörte Lennart Erik Møller schnauben. »Unser letztes Treffen, das kann ich Ihnen ziemlich genau sagen, war vor zwei Jahren. Damals war meine Tochter gerade ein halbes Jahr alt, und wir haben sie eingepackt und sind zum Großvater nach Bornholm gefahren. Meine Frau wollte das, sie fand, er hätte ein Recht darauf, den Nachwuchs kennenzulernen. Und dachte sich, es würde uns wieder zusammenbringen, als Familie. Sie hatte es gut gemeint, aber letztlich hätten wir uns das sparen können.

Mein Vater hat uns nach einer halben Stunde geradezu vor die Tür gesetzt. Er sei kein Opa, dazu fühle er sich noch zu jung. Ich glaube, er wollte einfach ein anderes Leben führen, in dem seine frühere Familie keinen Platz mehr hatte.«

»Ist Ihre Mutter denn ….«, versuchte Lennart einzuhaken, doch Møller ließ ihn nicht aussprechen.

»Meine Mutter ist vor ziemlich genau vier Jahren gestorben, es war mein dreiunddreißigster Geburtstag. Die Ärzte sprachen vom plötzlichen Herztod, aber wahrscheinlich war ihr Herz einfach gebrochen. Broken-Heart-Syndrom. Mein Vater hat ihr übel mitgespielt, aber das gehört wohl jetzt nicht hierher.«

»Ich würde Sie dennoch bitten, mir ein wenig davon zu erzählen.«

Møller ließ ein tiefes Seufzen vernehmen. »Na schön, wenn Sie meinen. Also, fangen wir von vorn an: Wir waren nie eine Familie wie jede andere. Mein Vater hatte den Teeladen in Rønne, dazu aber noch Tausende andere Sachen. Musik, Kultur, Kunst – außerdem ist er immer mal wieder zu Trips um die halbe Welt aufgebrochen. Mit dem Segelboot, dem VW-Bus, zu Fuß, mit dem Rad. ›Dein Vater ist ein Tramp, ein Hippie!‹, hieß es in meiner Klasse deshalb immer. Hat mich allerdings nicht sonderlich gestört. Schlimmer war der Umstand, dass er sich für mich nie wirklich interessiert hat. Er war sehr jung, als ich auf die Welt kam. Gerade mal zwanzig, nicht reif für ein Kind. Meine Mutter wurde ihm schon bald völlig gleichgültig, und sie war ihm zu spießig. Sie hat zwar auch als Künstlerin gearbeitet, als Töpferin, vor allem aber war sie

Grundschullehrerin. Eine ziemlich engagierte und akribische obendrein. Alle beide, letztlich jeder von uns dreien hat sein Ding gemacht. Bis zu diesem einen Tag, an dem mein Vater meine Mutter auf einmal vor die Tür gesetzt hat. Sie war gerade in ihrer Keramikwerkstatt im Hinterhof, und er hat ihr gesagt, sie müsse ausziehen, das Haus habe schließlich er von meinen Großeltern geerbt, und ihr gehöre nichts. Sie müsse gehen, weil er von nun an mit einem Mann zusammenleben wolle.«

»Und Ihre Mutter hatte von alldem nichts geahnt?«

»Das hat sie zumindest immer gesagt. Sie habe vermutet, dass er auf seinen Reisen nicht treu gewesen sei, aber von Männern habe sie nichts gewusst.«

»Wie lange ist das jetzt her?«

»Sieben oder acht Jahre. Mama hat sich dann, so schnell es ging, aufs Festland versetzen lassen, in einen Vorort von Kopenhagen, wo auch ihre Schwester lebte. Sie hat sich eine kleine Wohnung genommen, und in der ist sie regelrecht eingegangen. Verwelkt wie eine Pflanze, um die sich niemand mehr kümmert. Ich konnte nichts tun gegen ihren Kummer. Sie war so verletzt, dass sie nicht einmal für Trost von mir empfänglich war und auch keinerlei professionelle Hilfe wollte. Ich habe sie oft besucht, aber sie saß nur da an ihrem Tisch, wollte nicht mehr in die Schule, interessierte sich für gar nichts mehr. Sie hat ihre Werkstatt so vermisst, ihr altes Leben, die Insel. Mein Vater hat nur gelacht über sie und versucht, sie in ihrem ehemaligen Freundeskreis schlecht zu machen. Irgendwann ging es nicht mehr weiter für sie. Sie hat ihre Wohnung nicht mehr verlassen. Mit Mitte fünfzig, wissen Sie?«

»Das hört sich furchtbar an. Wie hat Ihr Vater auf den Tod Ihrer Mutter reagiert?«

»Mit einem Achselzucken. Das war's. Wie eben auch auf die Geburt seiner einzigen Enkelin.«

»Verstehe. Aus welchem Grund waren Sie denn gestern auf Bornholm?«

»Meine Frau und ich möchten uns ein Sommerhaus zulegen. Ich bin ja auf der Insel aufgewachsen, wir leben jetzt in Kopenhagen und fänden es schön, wenn die kleine Ida auch teilweise auf dem Land aufwachsen könnte, im Inselidyll, zumindest an Wochenenden und in den Ferien.«

Lennart lächelte. Møllers Tochter hieß genau wie seine. »Und Sie sind fündig geworden?«

»Ich habe drei Objekte vorab besichtigt, um zu sehen, ob es sich lohnt, dass meine Frau sie sich ansieht. Und ja, es gibt da ein Haus, das mir gefallen würde.«

»Sicher kann das jemand bezeugen, oder?«

»Wie? Sie meinen allen Ernstes, ich ...«, stammelte Møller, offenbar ehrlich verwirrt. »Ich kann Ihnen gern die Nummer der Maklerin geben«, fuhr er dann jedoch fort.

»Wie haben Sie denn Ihren Abend verbracht?«

»Ich habe mich mit zwei Freunden getroffen. Wir waren zusammen essen, bis etwa halb zehn. Auch deren Kontaktdaten kann ich Ihnen zukommen lassen, wenn Sie das für nötig erachten.« Er klang jetzt etwas weniger freundlich. »Danach bin ich ins Hotel gefahren, nach Rønne. Ob das jemand bezeugen kann, weiß ich allerdings nicht, die Rezeption war nicht mehr besetzt.«

»Wie heißt denn das Hotel?«, wollte Lennart wissen. Sie würden selbstredend die Angaben von Møllers Sohn überprüfen.

»Das *Bornholm Beach Resort.*« Jenes dritte Hotel also, das im Besitz von Henrik und Bente Forsberg war. Bestimmt ein Zufall … Zumal es sich nicht nur – wie der Name verriet – am Strand, sondern auch noch direkt hinter dem Flughafen befand. Dort abzusteigen, ergab für einen Piloten also durchaus Sinn.

»Ich bin übrigens morgen Abend wieder zurück in Kopenhagen. Wenn Sie möchten, kann ich danach auf die Insel kommen, ich habe ein paar Tage frei. Ich meine, falls Sie noch Gesprächsbedarf haben.«

»Das könnte durchaus sein. Wissen Sie denn, an wen wir uns hier vor Ort inzwischen wenden können? Wir müssten uns zu Hause bei Ihrem Vater umsehen. Gibt es vielleicht Freunde, Nachbarn, weitere Verwandte, die einen Schlüssel haben? Das wäre mir lieber, als die Wohnung öffnen zu lassen.«

»Klar, melden Sie sich doch einfach bei Ludger. Ludger Hedegaard. Er wohnt ja auch im Haus.«

»Ein Mieter Ihres Vaters?«, wollte Lennart wissen.

»Nein, sein Lebensgefährte.«

***

Der Weg zu Møllers Laden, dem *Bornholmsk Thehus*, dauerte nur gut zehn Minuten und war für Lennart eine willkommene Gelegenheit, einen Moment an die frische Luft zu kommen.

Während sich Britta auf ihr altes Fahrrad geschwungen hatte, mit dem sie stets alle Besorgungen im Städtchen erledigte und das daher einen festen Platz im Korridor der Polizeistation hatte, beschloss Lennart, einen kurzen Spaziergang zu machen. Inzwischen hatte sich der Himmel zwar zugezogen, aber es war trocken und fast schon mild, die Luft duftete immer entschiedener nach Frühling, sogar der Wind hatte sich gelegt. Endlich waren auch die Straßen wieder belebter, die Menschen kehrten zurück ins Freie. Als Lennart den *Store Torv*, den großen Marktplatz der Stadt mit seinen Geschäften, Restaurants, Kneipen und Verkaufsständen, überquerte, begann er unwillkürlich zu lächeln. Ein Straßenmusiker spielte Gitarre und sang dazu *»Those were the days …«*, und im *Café Fred*, so etwas wie das Wohnzimmer der Stadt, waren bereits alle Tische auf der Terrasse besetzt. Auch wenn einige der Gäste noch immer in Decken gehüllt unter Heizstrahlern saßen, war das doch ein untrügliches Zeichen, dass die Sommersaison nun definitiv nicht mehr aufzuhalten war.

Lennart beschloss, noch schnell zur öffentlichen Toilette einzubiegen. Beim nächsten Essen im *Argousier* würde er Maren vorab fragen, welche Wirkungen von ihren Essenzen und Kräuterauszügen zu erwarten waren.

Anschließend setzte er seinen Weg durchs Zentrum Rønnes fort und dachte noch einmal über die eben beendete Konferenz nach. Zwei Tage also blieben ihnen, um in ihrem Fall einige entscheidende Schritte weiterzukommen. Dann würden unweigerlich die Kollegen aus Kopenhagen übernehmen. Er spürte, wie ihn diese Herausforderung nun doch ein wenig anspornte. Schließlich war er nicht schon immer irgendein Provinzermittler gewesen, sondern einer der führenden Kriminaler Dänemarks. Damals, in seinem alten Leben. Sein Handwerkszeug beherrschte er noch immer, auch wenn er sich auf die beschauliche Insel zurückgezogen hatte. Und er wollte Peer und all den anderen, die ihn womöglich längst abgeschrieben hatten, gerne zeigen, dass er es noch immer draufhatte. Lennart atmete tief durch. Auf einmal war da wieder dieses Fieber, diese innere Unruhe, die ihn früher so oft bei seinen großen Fällen angetrieben hatte. Und die zu jenem berüchtigten Tunnelblick geführt hatte, aus dem er bis zur Aufklärung nicht mehr recht herausgekommen war. Ob das nun ein gutes Zeichen war oder doch die ersten Anzeichen für einen Rückfall in schlechte Angewohnheiten, konnte er nicht sagen.

Er kickte mit dem Fuß gegen eine leere Bierdose, was ihm tadelnde Blicke zweier älterer Fahrradtouristinnen einbrachte, die auf einer Bank ihr Softeis aßen. Lennart ignorierte sie. Stattdessen machte er eine Bestandsaufnahme. Sie hatten schon ein wenig Zeit verloren. Einen Vormittag lang hatten sie eher so ermittelt, als ob es um einen Einbruch oder Betrug ginge und nicht um den spektakulärsten, undurchsichtigsten Mordfall, den die Insel je gesehen hatte.

Er fühlte Wut in sich aufsteigen. Wut auf sich selbst, darüber, dass er nicht gleich richtig angebissen hatte, gezaudert hatte und insgeheim den Dreifachmord am liebsten weitergereicht hätte. Nein, so leicht konnte er es sich nicht machen, resümierte er. In zwei Tagen würden sie nennenswerte Ergebnisse auf dem Tisch haben. Punkt. Er, Britta und Tao waren ein gutes Team, auch wenn man sie in Kopenhagen wahrscheinlich heillos unterschätzte. Er war schließlich schon immer dann zu Höchstform aufgelaufen, wenn alle dachten, er sei mit seinem Latein am Ende. Er ballte seine rechte Hand zur Faust. Ja, sie würden gute Arbeit abliefern. Verdammt gute Arbeit. Arbeit, die Peer und den anderen Staunen abnötigen würde.

Zwei Straßenecken weiter traf Lennart wieder auf Britta. Sie stand neben ihrem abgesperrten Rad und wartete bereits auf ihn. Tao hatte das Angebot, zu Møllers Laden mitzukommen, wie erwartet mit dem Verweis auf dringende Büroarbeiten dankend abgelehnt. Sie wollte sich um die Freigabe der Handys der Ermordeten kümmern, auch um anhand der Bewegungsprofile zusammen mit den schwedischen Kollegen nachzuvollziehen, wo genau die drei Männer sich im Nachbarland aufgehalten hatten. Hoffentlich konnten sie daraus dann Rückschlüsse auf den Verlauf der letzten Stunden vor deren Ermordung ziehen.

»Auf geht's, lass uns keine Zeit verlieren. Die Uhr tickt!«, sagte Lennart, als er bei Britta ankam, und klatschte zur Unterstützung seiner Worte energisch in die Hände. Seine Kollegin sah ihn forschend an – kein Wunder, sie ahnte schließlich noch nichts von Lennarts unerwartetem Motivationsschub.

»Woher denn die plötzliche Eile? Wolltest du den Fall nicht sowieso abgeben?«

Lennart schüttelte den Kopf. »Ich bin inzwischen ganz froh über die Herausforderung, die das mit sich bringt.

Wir haben ein Ultimatum gestellt bekommen, und ich bin nicht gewillt, das ergebnislos verstreichen zu lassen. Also, machen wir uns ans Werk. Vielleicht liefert das Gespräch mit Møllers Lebensgefährten ja endlich einen Hinweis, wem dieser Anschlag nun gegolten hat.«

Britta wiegte den Kopf. »Das klingt zwar ziemlich optimistisch, aber die Hoffnung stirbt schließlich zuletzt. Warst du schon mal hier?« Sie machte eine ausladende Handbewegung und zeigte auf die Häuserzeile, die vor ihnen lag. »Im Teeladen, meine ich.«

Lennart verneinte. Tee war nicht so wirklich sein Ding. Bei jeder Tasse, die er trank, fragte er sich, wieso er sich nicht doch für Kaffee entschieden hatte. Ganz anders als seine beiden Töchter. Die brauten sich nämlich zu allen Gelegenheiten irgendein aromatisiertes Zeug zusammen.

Britta und er betrachteten eine Weile das niedrige, weinrot gestrichene Eckhaus, das sich weit in zwei Richtungen ausdehnte. Das Erdgeschoss wurde dominiert von drei großen Schaufenstern, über denen in goldenen Lettern der Schriftzug *Bornholmsk Thehus* prangte. Daneben führte ein schmales Tor in einen Innenhof. Ein wenig wirkte das Ensemble mit dem steilen Ziegeldach wie ein altes landwirtschaftliches Gehöft, das man jedoch fälschlicherweise mitten in die Stadt gebaut hatte.

»Das ist ein traditioneller alter Handwerkerhof. Früher war hier eine der Keramikmanufakturen untergebracht. Der Bornholmer Ton war ja geradezu weltberühmt.«

»Ah, deswegen gibt es so viele Töpfereien auf der Insel?«, mutmaßte Lennart.

»Schon, irgendwie. Nur dass die sich inzwischen alle ihren Ton im Internet bestellen.«

»Verstehe. Und Møller hat das Ding dann gekauft?«

»Nein«, erklärte Britta. »Er hat alles geerbt und umgebaut. In der Zeitung stand einmal ein Bericht über das Ensemble. Fand ich ganz interessant, schließlich ist das Haus von Mats und mir in Gudhjem ganz ähnlich. Ich habe mich auch ein paarmal mit Møller darüber unterhalten, bei Kulturevents, zu denen ich auch eingeladen war. Zu denen er übrigens seinen Lebensgefährten nie mitgebracht hat. Oder mir zumindest nicht vorgestellt. Eine Wohnung bewohnt Møller selbst, zusätzlich hat er wohl einiges vermietet. Es befinden sich auch zwei Ateliers von Künstlern auf dem Gelände. Ich kenne hier zum Beispiel eine Kollegin, die auch mit Siebdrucktechniken arbeitet.«

Brittas Erklärungen erinnerten Lennart an das Gespräch mit Møllers Sohn, in dem dieser vom Atelier seiner Mutter gesprochen hatte, das diese so schmerzlich vermisst hatte. Er gab Britta ein Zeichen, ihm zu folgen, und ging als Erstes auf den Durchgang zu, der in den Innenhof führte. Aus dem unebenen Pflaster in der engen Passage wuchsen Grasbüschel und zart blühende Gänseblümchen, die beiden Wände waren auf ganzer Länge von Stockrosen bestanden, die bereits jede Menge Knospen gebildet hatten. Rechts prangten die Firmenschilder einer Werbeagentur, einer Malerin und eines Musikstudios, das Instrumentalunterricht anbot. Wahrscheinlich waren es dessen Fenster, aus denen die leisen Klavierklänge drangen. Im Zentrum des Hofes stand einer der berühmten

Bornholmer Feigenbäume bereits in voller Blüte, darunter eine Holzbank mit grau getigerter Katze darauf. Auch in dem Geviert wuchsen die Stockrosen in dichten Reihen vor den unverputzten Ziegelfassaden, die von grauen Holzfenstern aufgelockert wurden.

»Ziemlich idyllisch hier«, fand Lennart. »Fast wie aus einem Werbeprospekt.«

»Das kann man wohl sagen. Falls Sie zum Teeladen wollen: Der macht erst morgen wieder auf, der Inhaber ist verreist.«

Sie drehten sich um. Ein grauhaariger Mann blickte sie aus wachen Augen an. Über seiner Schulter hing eine naturlederne Umhängetasche. Ein Lehrer, war sich Lennart sicher. Der Mann in Tweedsakko und aufgekrempelter Jeans, den Lennart auf Mitte fünfzig schätzte, hatte kurz geschnittenes Haar und einen exakt getrimmten graumelierten Bart. Er hob eine Hand zum Gruß, ging ohne weiteren Kommentar an ihnen vorbei auf eine der Eingangstüren zu, zog einen Schlüssel aus der Tasche und sperrte auf.

»Entschuldigen Sie, wir wollten zu …« Lennart machte eine Pause, holte sein Handy hervor und klickte sich zu seinen Notizen durch. Rasch hatte er gefunden, was er suchte, und fuhr fort: »Hier ist es: zu Herrn Hedegaard. Er soll hier wohnen.«

Der Mann wandte sich um. »Das stimmt. Ich bin Ludger Hedegaard. Was kann ich für Sie tun?«

Lennart und Britta stellten sich zunächst vor und fragten, ob sie kurz mit ihm in seine Wohnung kommen dürften.

»Bei mir herrscht leider im Moment ziemliches Chaos«, sagte Hedegaard jedoch entschuldigend und kratzte sich am Hinterkopf. »Aber vielleicht können wir uns ja dort drüben kurz unterhalten, wenn Sie möchten.« Er wies mit einer Kopfbewegung auf die weiße Bank unterm Feigenbaum.

Britta und Lennart folgten ihm dorthin, und sie setzen sich. »Es geht um Ihren Lebensgefährten, Bjarne Møller«, begann Lennart mit ernster Miene.

»Meinen … was?«

»Sie sind doch ein Paar, oder sind wir da etwa falsch informiert?«

»Nun, Lebensgefährte … wessen Worte sind denn das?«

»Møllers Sohn. Sie müssen schon entschuldigen, aber …«

Ludger Hedegaard winkte ab. »Lassen Sie nur. Bjarne und ich, wir sind … befreundet, ja. Worum geht es denn genau?« Lennart wusste nicht, warum sich der Mann so seltsam benahm, aber das würden sie bestimmt gleich noch erfahren. Zunächst aber informierten sie ihn über Bjarne Møllers Schicksal, worauf sich seine Augen sofort mit Tränen füllten. Und wie die anderen Angehörigen, mit denen sie schon gesprochen hatten, schien auch Ludger Hedegaard völlig schockiert über die Umstände, die zum Tod des Freundes geführt hatten. Er könne sich nicht annähernd vorstellen, wer zu so etwas in der Lage sei, betonte er immer wieder.

»Haben Sie sich denn keine Sorgen gemacht, als Bjarne Møller gestern Nacht nicht zurückgekommen ist?«, fragte Britta schließlich.

»Ich habe es ja gar nicht mitbekommen. Wir leben in getrennten Wohnungen und sind auch nicht immer über alle Schritte informiert, die der jeweils andere tut. Aber als ich eben von der Arbeit nach Hause kam, habe ich bemerkt, dass der Laden geschlossen ist, und fand das ziemlich seltsam.«

»Schreiben Sie sich denn keine Nachricht, wenn es mal später wird?«, wollte Britta erstaunt wissen.

Hedegaard schüttelte matt den Kopf. »Bjarne besitzt kein Handy. Das heißt, er hat schon eins, ein furchtbar altes Ding, das ist aber ständig ausgeschaltet. Er verwendet es nur in Notfällen.«

Lennart nickte, zog sein eigenes Mobiltelefon aus der Tasche und schrieb eine SMS an Tao: *Møller hatte wahrscheinlich kein Handy dabei.*

»Sie arbeiten also nicht im Teeladen mit?«, fragte er dann.

Hedegaard runzelte die Stirn und sagte: »Nein, wo denken Sie hin? Ich bin diplomierter Pädagoge und als Jugendsozialarbeiter bei der Regionalverwaltung der Insel tätig. Zudem Autor von mehreren pädagogischen Ratgebern und in loser Folge Gastdozent an der Uni in Aarhus, wo ich auch promoviert habe.«

Lennart horchte seinen Worten nach, die fast klangen, als wolle er sich um eine Professur bewerben. Aarhus – war da nicht auch Finn Iversen an der Universität tätig gewesen?

»Ich darf sagen, dass ich hin und wieder auch in TV-Sendungen auftrete, falls Sie sich fragen, woher Sie mich kennen.« Auf einmal schien wieder Elan in den Mann zu kommen.

Lennart zog die Brauen hoch. Er war – zumal seit seinem Umzug auf die Insel – bekennender Vielseher, gern auch von Realityformaten. *Unterschichtenfernsehen*, hatte Andrea das immer abschätzig genannt. Hedegaards Gesicht war ihm dabei jedoch noch nicht untergekommen. »Ach ja?«

»Ja. Ich war der *Erziehungs-Coach* in der gleichnamigen Sendung und der Pädagogik-Experte bei *Raus aus dem Teenie-Chaos*.«

»Verstehe«, gab Lennart kurz zurück und nahm sich vor, mal eine dieser Sendungen in der Mediathek anzusehen. Im Augenblick aber war das nicht ihr Thema.

Das war wohl auch Britta durch den Kopf gegangen. »Warum ist Bjarne Møller denn nach Schweden geflogen, wissen Sie das?«, fuhr sie mit der Befragung fort.

Hedegaard nickte. »Er war als Dozent für ein Teeseminar gebucht. Bjarne machte das immer wieder. Er war Teesommelier, müssen Sie wissen.«

Lennart wunderte sich. Wofür es inzwischen nicht alles Sommeliers gab: Allein hier auf der Insel waren sie selbst ihm schon in den Sparten Bier, Brot, Lakritz, Gin, Rum, Schokolade und sogar Räucherfisch untergekommen. Nun also auch noch in Sachen Tee.

»Wo war das?«

»In einem großen Hotel in Kalmar.«

»Welches?«, hakte Lennart ein.

»Ich bin mir nicht sicher. Bjarne hatte mir den Namen zwar genannt, aber ich erinnere mich nicht.« Lennart schrieb Tao eine weitere kurze Notiz, in der er sie bat, das herauszufinden.

»Haben Sie Schlüssel zu Møllers Wohnung und zum Laden?«, fragte er.

»Zur Wohnung ja. Die Geschäftsschlüssel habe ich nicht, aber sie müssten an Bjarnes Schlüsselbrett hängen.«

»Könnten wir die Wohnung mal in Augenschein nehmen?«

Mit einem Achselzucken bejahte Hedegaard, stand auf, ging zurück zu seiner Wohnungstür, in deren Schloss noch immer der Schlüsselbund steckte, zog ihn ab und machte den beiden Polizisten ein Zeichen, ihm zu folgen. Dann sperrte er eine Tür etwas weiter vorn auf.

»Sie können sich schon kurz hier umsehen, wenn Ihnen das hilft«, sagte er schließlich und bat sie herein.

Sie betraten einen dunklen Korridor und folgten Hedegaard in das Wohnzimmer, dessen Fenster auf die Straße hinaus gingen. Das Erste, was Lennart hier drin wahrnahm, war der muffige Geruch, eine Mischung aus Tabakrauch, Räucherstäbchen, einem schweren altmodischen Herrenparfüm mit Ambernote – und dem unverkennbaren Aroma von Hasch. Offensichtlich war an Taos Theorie mit dem Eigenbedarf in Bezug auf Møllers illegale Fracht durchaus etwas dran. Als habe er Lennarts Gedanken erraten, ging Hedegaard eilig zu einem der schmalen Fenster und öffnete es. Wie fast immer in Dänemark ging es nach außen auf.

»Ich lüfte mal kurz durch. Diese alten Räume brauchen immer ordentlich Frischluft. Das ist bei mir drüben nicht anders.«

Lennart sah sich um. Niedrige Holzdecken, denen man ansah, dass hier seit Jahren stark geraucht wurde, ein einfacher hölzerner Riemenboden, die Wände hüfthoch vertäfelt. Darüber waren sie ehemals weiß getüncht gewesen, hatten inzwischen aber eine schmutzig beige Farbe angenommen. Die Einrichtung bildete eine seltsame Melange aus alten, dunklen und ziemlich abgewohnten Designklassikern der Siebziger- und Achtzigerjahre: Eine Chaiselongue mit zerschlissenem Brokatbezug stand neben einem klassischen schwarzen Leder-Zweisitzer, in einer Ecke fand sich ein Exemplar des geradezu unvermeidliche Eames-Loungechairs, der ebenfalls seine besten Tage hinter sich hatte. Ein Esstisch aus dunklem Holz, Stahlrohrstühle mit weinroter Kunststoff-Sitzschale. Bjarne Møller hatte offensichtlich kein Händchen für harmonische Einrichtung gehabt – oder darauf schlicht keinen Wert gelegt. Die Wände waren fast gänzlich mit Regalen vollgestellt, in denen Bücher, CDs und Schallplatten kreuz und quer durcheinanderlagen. Eines der Regalbretter bildete offenbar die Hausbar, bestehend aus einigen nicht ganz sauber gespülten Gläsern und zahlreichen angebrochenen Whiskyflaschen. In einer Ecke stand auf einem niedrigen Bord aus Acrylglas neben einem Fernsehgerät eine große Stereoanlage. Einige Vinylplatten lagen davor. Lennart ging darauf zu. Er kannte fast keine der Bands, aber an den LP-Covern war unschwer zu erkennen, dass es sich dabei um Jazz handeln musste. Auf einem gläsernen Couchtisch fand sich ein Aschenbecher mit den Resten zweier Zigarren und eines Joints.

»Herr Møller konsumierte regelmäßig Drogen?« Lennart ließ den Satz mehr wie eine Feststellung als wie eine Frage klingen.

Ludger Hedegaard holte tief Luft und seufzte. »Drogen …? Nun ja, er rauchte hin und wieder etwas Gras«, sagte er dann fast entschuldigend.

»Sie auch?«, fragte Lennart ohne Umschweife.

Ludger hob abwehrend die Hände. »Ich nicht, nein. Im Gegenteil, ich bin sogar meist in meine Wohnung gegangen, wenn er sich einen Joint angezündet hat. Ich halte nichts davon.«

»Und wie sieht es mit LSD und Ecstasy aus?«, legte Britta nach.

Der Mann blickte entgeistert zwischen ihnen hin und her. »Ecstasy?«, wiederholte er ungläubig.

Britta nickte. »Wir haben eine ziemliche Menge davon bei Herrn Møller gefunden. Dazu Hasch und eben LSD.«

»Um nicht lange um den heißen Brei herumzureden: Ganz offenbar hat Ihr Lebensgefährte gedealt«, fügte Lennart hinzu.

»Wie bitte?«

»Sie haben schon richtig gehört.«

»Das … also … ich muss mich setzen.« Hedegaard zog sich einen der Stühle am Esstisch heraus, nahm Platz und stützte den Kopf in die Hände. Die beiden sahen ihm eine Weile dabei zu, bis Lennart schließlich sagte: »Sie müssen sich dazu nicht äußern, wenn Sie nicht möchten. Ich würde es Ihnen aber dennoch empfehlen. In Ihrer Stellung …«

Jetzt fuhr der andere auf einmal hoch und kam mit flehendem Gesichtsausdruck auf Lennart zu, die Hände vor dem Körper gefaltet wie ein Bittsteller. »Sie müssen mir glauben, ich habe nichts damit zu schaffen. Ich wusste nichts davon. Lediglich das mit dem Hasch, da war ich im Bilde.«

Lennart seufzte vernehmlich. »Wir werden natürlich Ihre Wohnung durchsuchen, zudem diese hier und den Laden. Gibt es denn noch weitere Räumlichkeiten, die Sie oder Herr Møller nutzen?«

»Hinter dem Laden befindet sich noch ein kleines Lager. Dort hat Bjarne auch immer seine Teemischungen hergestellt und aromatisiert. Und ich habe noch einen kleinen Proberaum, ganz hinten, im ehemaligen Tonlager des Gehöfts. Ich spiele Tenorsaxophon, dort habe ich niemanden gestört. Aber Sie müssen mir glauben, dass ich nie etwas mit Drogen am Hut hatte. Bitte!« Sichtlich erschüttert schloss er die Augen. Eine Träne lief ihm über die Wange, dann setzte er sich erneut an den Tisch. »Ich habe gesehen, was dieses Dreckszeug mit Leuten macht. Gerade bei Kindern und Jugendlichen. Ich habe einige im Sumpf versinken sehen. Ist es denn nicht denkbar, dass Bjarne das zugesteckt wurde?«

Britta und Lennart zuckten die Achseln.

»Haschisch, ja, das wusste ich. Ich fand es wirklich ganz und gar nicht gut, habe es aber schweren Herzens gebilligt. Was hätte ich auch tun sollen? Sicher, es ist illegal in Dänemark, nach wie vor, darüber diskutierten wir immer wieder. Bjarne war natürlich für die Freigabe, wie es sie in anderen Ländern längst gibt. Ich lehne das rigoros ab, gerade wegen der großen Risiken für Heranwachsende. Aber hätte ich ihn anzeigen sollen? Er hatte diese schrecklichen Rückenschmerzen, und das Zeug hat die angeblich gelindert. Aber Ecstasy und andere Sachen –

das muss ein Irrtum sein, glauben Sie mir. Dazu kannte ich Bjarne schließlich gut genug.«

»Das werden wir sehen, wenn sich die Kollegen vom Rauschgift hier ein wenig näher umschauen.«

»Da muss ich gleich noch … wie soll ich sagen, also …«, stammelte Hedegaard, »neben meinem Probenraum hat Bjarne ein wenig mit Hanfpflanzen experimentiert. Es ist eine Art … Plantage. Also, im sehr kleinen Stil natürlich. Aber auch damit habe ich nicht das Geringste zu schaffen gehabt.«

Lennart lachte bitter auf. »Wird ja immer interessanter!« Er bat Britta, bei Gericht einen Durchsuchungsbeschluss für das gesamte Gebäude zu beantragen. Sie nickte, zog ihr Telefon aus der Handtasche und ging nach draußen.

»Kann ich mir eine Kanne Tee machen? Ich bräuchte etwas zu trinken. Möchten Sie auch etwas?« Lennart lehnte ab, begleitete Ludger Hedegaard aber in die Küche.

Nach dem etwas angestaubten Wohnzimmer wirkte diese überraschend modern. Sie bestand aus einer grau lackierten Küchenzeile mit schlichten Edelstahlgeräten und einer Naturholzplatte. In der Spüle türmten sich Tassen und Gläser, auf einem Bord darüber ruhte eine kleine Sammlung verschiedenster Teekannen. Hedegaard befüllte den Wasserkocher und zog eine Schublade auf. Seufzend zog er eine Teedose hervor. »Ekkodalstee. Das war Bjarnes Kassenschlager. Und auch seine eigene Lieblingssorte.« Er verharrte kurz, wieder lief ihm eine Träne über die Wange.

»Wie lange sind Sie und Bjarne Møller schon ein Paar?«, fragte Lennart, während Hedegaard Tee in ein Metallsieb löffelte.

»Ein Paar? Nun, wann ist man das? Wir hatten eine eher freie Auffassung von so etwas.«

»Ich meine ... seit wann sind Sie offiziell zusammen?«

»Offiziell gar nicht«, erklärte Ludger leise, ohne dabei aufzusehen.

»Das heißt, Sie hielten Ihre Partnerschaft geheim?«

»Geheim ... nun ja, ich bin ... wir sind nicht damit hausieren gegangen, wenn Sie verstehen, was ich meine.«

Lennart nickte.

»Ist das ein Problem?«

»Nein«, antwortete Lennart schnell. »Ist schließlich Ihre Privatangelegenheit. Ich wundere mich nur, weil das Telefonat mit Møllers Sohn uns einen ganz anderen Eindruck vermittelt hat.«

»Inwiefern?«

»Na ja, Erik Møller hat mir ganz offen vom Coming-out seines Vaters erzählt, das zum Ende seiner Ehe geführt hat – und eben auch von der Beziehung mit Ihnen.«

Hedegaard goss die Kanne mit kochendem Wasser auf, dann wandte er sich um, lehnte sich gegen die Küchenzeile und kratzte sich nachdenklich am Kinn. »Nun, wie soll ich das am besten sagen: Auch in dieser Frage waren Bjarne und ich nicht unbedingt derselben Auffassung.«

Lennart sagte nichts, sondern wartete, bis Ludger weitersprach.

»Ich bin Jugendbeauftragter hier auf der Insel. Führe Game-Conventions durch, veranstalte Discos, Partys und Ausflüge, darüber hinaus betreue ich zwei Wohngemeinschaften für Jugendliche mit Problemen, vor allem Jungs. Wir sind hier auf dem Land, einige Leute sind noch nicht so weit und stehen gleichgeschlechtlichen Lebensgemeinschaften nach wie vor feindselig gegenüber. Wenn man im pädagogischen Bereich tätig ist, begegnet einem da oft Misstrauen. Nicht falsch verstehen: Ich bekenne mich zu meiner sexuellen Orientierung. Aber ich sehe sie als meine Privatsache an, die niemanden etwas angeht.«

»Und Bjarne sah das anders?«

Hedegaard stöhnte. »Bjarne war ein Freigeist, in allem. Manche haben ihn auch nur den Althippie genannt. Er pfiff auf gesellschaftliche Konventionen, machte immer sein Ding, trug sein Herz auf der Zunge und sagte immer radikal das, was er dachte. Das machte ihn interessant, es war faszinierend in meinen Augen – aber eben in mancherlei Hinsicht auch nicht ganz einfach.«

»Verstehe. Hatten Sie oft Streit wegen solcher grundlegend verschiedenen Einstellungen?«

»Hin und wieder, ja. Manchmal gab es dann auch eine kurze Funkstille zwischen uns, aber wir haben uns immer wieder zusammengerauft. Er war ein emotionaler, impulsiver Mann. In jeglicher Hinsicht, positiv wie negativ.«

Lennart hob interessiert den Kopf.

»Er hat mich immer seinen kleinen Spießer genannt, und das bin ich wohl im Herzen auch. Aber wie heißt es so schön: Gegensätze ziehen sich an. Natürlich war da auch viel, was uns verband: die Begeisterung für Bücher und Jazz etwa. Ich spiele einigermaßen gut Saxophon, und

Bjarne hatte sich in den letzten Jahren als Veranstalter von Konzerten, Lesungen und Poetry-Slams auf der Insel einen echten Namen gemacht. In zwei Wochen beginnt der *Swing-Spring* …« Er schlug die Hand vor die Augen. »Ich weiß nicht einmal, wer sich nun um all das kümmern soll, ich war gar nicht in die Organisation involviert.«

Offensichtlich machte bei den beiden wirklich jeder sein eigenes Ding – in vielerlei Hinsicht.

Britta kam zurück und blieb in der Tür stehen. »Tao kümmert sich«, vermeldete sie knapp.

Lennart bedankte sich mit einem Nicken bei ihr und wandte sich dann wieder Hedegaard zu. »Erik Møller hat mir vom schwierigen Verhältnis zwischen ihm und seinem Vater erzählt – und von der Sache mit seiner Mutter, Bjarne Møllers Ex-Frau.«

»Die *Sache*?«, wiederholte Ludger Hedegaard skeptisch. »Was genau hat er Ihnen denn gesagt?«

»Nun, dass er sich seiner Frau gegenüber nicht sonderlich empathisch verhalten habe, nachdem er an ihr nicht mehr interessiert war. Und dass sie an gebrochenem Herzen gestorben sei.«

Hedegaard schnaubte abfällig. »Dieser Junge hatte schon immer einen Hang zum Melodramatischen. Mehr kann und möchte ich dazu nicht sagen. Er hat Bjarne ständig nur Vorwürfe gemacht, weil der sein Leben nicht so geführt hat, wie sein Sohn und seine Frau es sich vorgestellt hatten.«

»Sie mögen ihn nicht?«, bemerkte Britta.

»Hm, ich würde eher sagen, er ist mir gleichgültig. Seinem Vater war er es letztlich auch. Bjarne wollte sich nicht mehr von ihm emotional erpressen lassen. Auch nicht mit seiner Enkeltochter. Wobei das Kind selbst nichts dafür kann, schon klar.«

»Wissen Sie denn, wer das alles hier erben wird?«, fragte Lennart.

Hedegaard zuckte die Achseln. »Nein, das kann ich Ihnen nicht sagen. Diesbezüglich hielt Bjarne sich immer bedeckt. Aber seinen Pflichtteil wird der Sohnemann schon einklagen, da bin ich mir sicher.« Ludger Hedegaard goss seinen Tee ab. »Brauchen Sie mich denn noch lange?«, wollte er wissen. »Ich würde sonst mal zu mir rübergehen, ich möchte ein, zwei Telefonate führen, mit engen Freunden sprechen. Dieses schreckliche Geschehen und die merkwürdigen Umstände – ich kann mir einfach nicht erklären, was dahintersteckt. Ich muss das bereden, das hilft mir bestimmt.«

»Kein Problem. Sie können einstweilen zu sich in die Wohnung, während wir uns hier und im Laden weiter umsehen. Hatte Herr Møller denn dort auch sein Büro?«

»Ich verstehe nicht … Sie können doch nicht einfach hierbleiben!« Hedegaard sah sie ungläubig an. »Oder haben Sie etwa schon den Durchsuchungsbeschluss bekommen?«

»Das … nein, aber ich hatte es so verstanden, dass es Ihnen nichts ausmacht, wenn wir hier inzwischen unserer Arbeit nachgehen. In der Wohnung des Toten dürften wir uns ohnehin im Rahmen der Todesfallermittlung umsehen. Und der Beschluss für den Rest ist reine Formsache, zumal wir bei Bjarne die Drogen gefunden haben.«

»Nun, dann warten wir einfach den Lauf der Dinge ab. Ich würde hier gern alles wieder abschließen und den Beschluss des Gerichts abwarten«, gab sich Ludger Hedegaard auf einmal weit weniger kooperativ.

»Kein Problem. Wir werden einfach Wohnung, Laden und die anderen Räumlichkeiten fürs Erste versiegeln. Diese Möglichkeit haben wir auch ohne Durchsuchungsbeschluss, schließlich geht es hier um laufende Ermittlungen in einem Mordfall und einem Drogendelikt. Ihre Wohnung müssten wir dann ebenfalls fürs Erste mit Siegeln versehen. Die Gefahr, dass Beweisstücke verschwinden, ist mir zu groß.«

Damit ließen sie Hedegaard stehen, der ihnen ziemlich perplex hinterhersah.

***

Vor dem Teeladen zwinkerte Britta ihrem Kollegen zu. »Unserem störrischen Ludger hast du ja ganz schön eingeschenkt!«

Lennart grinste zurück. »War doch seltsam: Am Anfang hat er voll kooperiert, und auf einmal bekam er Bedenken. Würde mich nicht wundern, wenn wir auch bei ihm Dinge in der Wohnung finden würden, die er lieber verheimlichen möchte.«

»Im Moment brennt zumindest nichts an«, sagte Britta nickend und sperrte ihr Fahrrad auf. »Und spätestens morgen früh sollten wir unseren gerichtlichen Beschluss haben. Vielleicht ist auch Hedegaard bis dahin wieder ein bisschen gesprächiger.«

»Hoffentlich. Bis gleich im Büro also.« Auch wenn der Nachmittag schon fortgeschritten war: Feierabend konnten sie heute beim besten Willen noch nicht machen.

Auch wenn Tao selbst nicht so recht zufrieden schien mit den Ergebnissen, die sie ihnen kurz darauf im Büro unterbreitete – Lennart fand es recht beeindruckend, was seine junge Kollegin in der Zwischenzeit nur von ihrem Schreibtisch aus herausgefunden hatte. Zwar würde sie die Handys von Henrik Forsberg und Finn Iversen erst am nächsten Morgen bekommen, sie verfügte aber bereits über eine Auflistung der letzten Gespräche. Sicher war inzwischen, dass Bjarne Møller tatsächlich ein Seminar für angehende Teesommeliers in einem der besten Hotels in Kalmar geleitet hatte, und zwar am Abend seiner Ankunft in Schweden sowie am darauffolgenden Vormittag. Der Teehändler hatte in dem Hotel auch übernachtet und nach Aussage des Hotelpersonals noch bis spät in die Nacht mit den Seminarteilnehmern an der Bar zusammengesessen. Auf Handydaten konnten sie bei Møller, wie es nach ihrem Gespräch mit Ludger Hedegaard aussah, ohnehin nicht hoffen.

»Das mit dem Klassentreffen von Forsberg kann ich leider erst morgen abklären, dann bekomme ich von seiner ehemaligen Schule eine Liste seiner früheren Mitschüler. Ich rufe dann einfach ein paar von ihnen an. Und ich habe seinen Bruder ermittelt, allerdings noch keine Nummer von ihm.«

Lennart nickte anerkennend. Tao war einfach eine brillante Mitarbeiterin.

»Okay, das ist doch schon mal …«, begann er, wurde aber von Tao unterbrochen.

»Das ist noch längst nicht alles«, versetzte sie und klang dabei fast ein wenig empört. »Finn Iversen hatte nämlich tatsächlich ein Treffen mit Mitgliedern der Hillview-Bewegung. Ich habe einen von ihnen ans Telefon gekriegt. Auch dazu gibt es morgen Näheres. Mein Kontakt – ein schwedischer Pastor der Freikirche – schreibt mir später noch, wer alles dabei war. Ich habe gefragt, ob er sich vorstellen könne, dass Iversen vielleicht Spendengelder in bar mit zurück nach Bornholm genommen hat. Kann er beim besten Willen nicht, sagt er.«

Lennart bedankte sich, ging in sein Büro und wählte die Nummer von Pfarrerin Birte Lauritsen. Ohne große Umschweife fragte er sie, ob sie sich vorstellen könne, warum ihr Mann eine solche Summe Bargeld in Euro bei sich gehabt hatte.

»Wie viel, bitte?«, fragte sie ungläubig, und Lennart wiederholte ihr den Betrag.

Die junge Frau schwieg. Eine ganze Weile konnte er nur ihren Atem durch den Lautsprecher hören.

»Ich weiß jetzt auch nicht … im Moment kann ich kaum einen klaren Gedanken fassen. Aber ich werde darüber nachdenken.«

»Er hat also Ihres Wissens nichts verkauft, für das er so viel Geld bekommen hätte?«

»Verkauft?«

»Ja, ein Auto, ein Boot, Schmuck, was weiß ich …«

Wieder folgte ein längeres Schweigen, in das hinein Lennart der Pfarrerin eine weitere Hypothese präsentierte: »Oder könnten das vielleicht Spendengelder von den schwedischen Mitstreitern sein, die er für die Vorbereitung des von Ihnen erwähnten Jugendtreffens bekommen hat?«

Diesmal antwortete sie gleich. »Ja!«, rief sie erstaunlich laut in den Hörer. »Jetzt wo Sie es sagen, das könnte natürlich sein. Warum nicht, das würde vielleicht Sinn ergeben.«

Ihre fast schon enthusiastische Reaktion kam Lennart seltsam vor. »Ist so etwas schon öfter vorgekommen?«

»Nun, eine von Finns großen Stärken war der Charme, mit denen er den Leuten alles Mögliche aufschwatzen konnte – und zwar so, dass die das Gefühl hatten, das sei die beste Idee ihres Lebens gewesen. So hat er es auch bei Spenden gemacht. Er hätte wohl sogar einen harten Knochen wie Henrik Forsberg dazu gebracht, für einen guten Zweck zu spenden, glauben Sie mir.«

Lennart stutzte. »Sie denken, das Geld stammt von ihm?«

»Nein, das wollte ich damit nicht sagen. Es war nur ein Beispiel. Forsberg war ja dafür bekannt, dass er, nun ja, ein taffer Geschäftsmann war.«

»Dem Geld über alles ging?«, vermutete Lennart.

»Dem Geld und der eigene Profit sehr wichtig waren, ja. Wobei das gar nicht wertend gemeint sein soll.«

Es klang aber so, konstatierte Lennart bei sich. »Forsberg war doch auch bei diesem Club, den …«

»Den Philanthropisten«, ergänzte Birte Lauritsen. »Natürlich, aber auch dort gibt es selbstredend Mitglieder, die karitativer sind als andere. Aber wie gesagt, es war nur ein Beispiel.«

»Verstehe«, murmelte Lennart und verabschiedete sich. Irgendwie hatte ihn die geradezu übereifrige Reaktion der Pfarrerin eher wieder von der Idee abgebracht, dass es sich bei dem gefundenen Bargeld wirklich um eine Spende für die Kirche handelte. Da musste etwas ganz anderes dahinterstecken. Doch das würden sie wohl erst morgen herausfinden. Ein Blick auf die Uhr sagte ihm, dass es Zeit war, Feierabend zu machen – für sich und auch für seine beiden Mitarbeiterinnen.

***

Es war schon nach sechs, als Britta Lennart mit dem Dienst-Kleinbus zu Hause absetzte, da Maren ja noch immer den Mercedes hatte. Auf seinen eigenen fahrbaren Untersatz verzichten zu müssen, nervte Lennart schon nach so kurzer Zeit mehr, als er gedacht hatte, auch wenn er das Maren natürlich nicht spüren lassen würde. Noch dazu hatte er ihr das Auto ja ohne Not geradezu aufgedrängt. Dennoch – obwohl er die alte Kiste nicht besonders gern mochte und wusste, wie unpraktisch sie sein konnte, sorgte sie für unverzichtbare Unabhängigkeit. Und auch wenn er Britta wirklich gut leiden konnte: Eine Rückfahrt allein hätte ihm besser getan als das wiederholte Durchkauen des aktuellen Falles mit ihr. Auch deswegen, weil er gern schon weiter gewesen wäre – er spürte, wie sehr ihm das Ultimatum mit Peer im Nacken saß. Buchstäblich, denn er merkte auch, wie sich seine Hals- und Schultermuskulatur zu verspannen begann. Zum ersten Mal seit über einem Jahr war da wieder dieser fiese Schmerz wie der Klammergriff einer unsichtbaren Macht.

»Hoffentlich haben wir uns damit nicht übernommen«, gab sich Britta auf einmal erstaunlich selbstkritisch. Woher kam denn auf einmal dieser Zweifel, nachdem sie am Nachmittag noch vollmundig getönt hatte, sie schafften das locker und ohne Hilfe vom Festland? Gewann nun doch allmählich die Vernunft Oberhand über ihren Lokalpatriotismus?

»Du hast völlig recht, Britta, wir stehen vor verdammt vielen Herausforderungen«, sagte er, als sie bereits vor seinem Haus angekommen waren. »Und ja, vielleicht werden wir in zwei Tagen Unterstützung anfordern. Aber bis dahin sollten wir zumindest noch klären, wem dieser perfide Anschlag überhaupt galt. Wozu wir einfach mehr über die drei Insassen im Flugzeug herausfinden müssen. Dass die ihre letzten Stunden nicht hier, sondern allesamt in Schweden verbracht haben, gibt mir irgendwie das Gefühl, gelähmt zu sein. Als bekämen wir das alles nur aus zweiter Hand mit, weil wir nicht vor Ort sind.«

Britta nickte bedächtig. »Stimmt. Wenn man dort wäre, wäre es vielleicht einfacher«, sagte sie nachdenklich, bevor Lennart die Beifahrertür öffnete und ausstieg.

Sie verabschiedeten sich, und während Britta den Bus zurücksetzte, sog Lennart die kühle Luft, die von der kaum hundert Meter entfernten Ostsee herauf zu seinem gelben Häuschen wehte, tief in seine Lunge. Er lauschte den Wellen, die gegen die Felsen unten am Strand brandeten. Ob er einfach den engen Hohlweg zwischen den Rosenhecken nehmen und einen kleinen Spaziergang machen sollte, um sich den Kopf freiblasen zu lassen? Um eine neue Perspektive, einen neuen Blick auf all das zu bekommen, was er gestern und heute erfahren hatte?

Eigentlich tat er das viel zu selten. Dabei hatte er sich dieses Fleckchen Erde nicht zuletzt wegen der Allgegenwart des Meeres ausgesucht, das ihn normalerweise sofort auf andere Gedanken brachte. Und doch hatte still und leise auch hier auf Bornholm der Alltag bei ihm Einzug gehalten, hatten sich Gewohnheiten herausgebildet, tägliche Pflichten entwickelt, die ihn allzu selten die Schönheiten der Insel bewusst genießen ließen. Da waren die Bürozeiten, die auch nicht kürzer waren als woanders, das Kochen, das Putzen seines Häuschens, der Garten, um den er sich zunächst nicht hatte kümmern wollen und der ihm nun doch ans Herz gewachsen war – bis auf die Bienen, mit denen er immer noch auf Kriegsfuß stand. Und seit ein paar Wochen besuchte er sogar wieder einigermaßen regelmäßig ein Fitnessstudio in Rønne, um den Winterspeck loszuwerden.

Nein, lieber ein andermal. Heute passte es einfach nicht mit dem Spaziergang. Schließlich dämmerte es bereits, zudem hatte er ziemlichen Kohldampf, und wenn Maren ihm wie angekündigt später noch das Auto vorbeibringen würde, sollte er unbedingt vor ihrer Ankunft noch staubsaugen. Er schloss die Tür auf und warf sein Telefon, den Geldbeutel und seinen Hausschlüssel in den Korb auf der kleinen Kommode im Hausgang. Eine Angewohnheit, zu der er sich gezwungen hatte, nachdem er mehrmals eine halbe Ewigkeit eines dieser Dinge gesucht hatte. In Ermangelung seiner früheren Mitbewohnerinnen Andrea,

Ida und Magda, die sich bei einer solchen Suche stets als sehr hilfreich erwiesen hatten, war das ungeheuer frustrierend gewesen, nicht zuletzt, da er schlicht niemand anderem die Schuld für das im Haus herrschende Chaos geben konnte als sich selbst.

Lennart bog in die Küche ab und stöhnte ein wenig beim Anblick des Geschirrs der letzten Tage, das sich auf der Arbeitsfläche der Küche stapelte und das er längst in die Spülmaschine hätte räumen sollen. Wenn die nicht noch darauf gewartet hätte, ausgeräumt zu werden. Was ihn an den begeisterten Post eines offensichtlich ebenfalls allein lebenden Influencers erinnerte, den er neulich bei Instagram gesehen hatte. Der besaß statt eines Küchenschranks einfach zwei Spülmaschinen, die er abwechselnd leerte und befüllte. Vielleicht wäre das ja was für seine nächste Wohnung, wenn er im Herbst hier rausmusste. Aber wie würde Maren diesen Life-Hack wohl finden? Er stutzte und wunderte sich ein wenig, dass er sich darüber allen Ernstes bereits Gedanken machte.

Der Anblick, den das Innere des Kühlschranks bot, war nicht allzu inspirierend: eine halbe Packung Toast, ein wenig Frischkäse, eine Dose Thunfisch, Essiggurken, Butter und ein Stück Blauschimmelkäse, dessen Ecken schon bedenklich eingetrocknet waren. Dazu Cola Zero, eine Flasche Crémant, H-Milch, eine halbe Packung Putenbrust und etwas Sahne. Und natürlich jenes Sammelsurium aus Grill- und Chilisaucen, Marmeladen und Senftuben und einer Flasche antiallergischer Sonnencreme, das seit jeher den immer gleichen Bodensatz seiner Kühlschränke bildete. Nur die Nagellackfläschchen im Türfach, die Andrea immer dazu beigesteuert hatte, fehlten. Da Maren als Köchin keinen benutzte, bestand auch keine Gefahr, dass die in absehbarer Zeit wieder Einzug hielten. Nur einer der vielen Vorzüge dieser Frau.

Er räumte alle essbaren Zutaten heraus, schob das Geschirr beiseite und machte sich daran, sich einen Stapel seiner berühmt-berüchtigten Restesandwiches zuzubereiten, die sich immer nach dem verbliebenen Angebot im Kühlschrank richteten und sich trotz bisweilen gewagter Kombinationen schon oft als überraschend schmackhaft herausgestellt hatten. Seinem Vorratsschrank entnahm er noch ein Glas Erdnussbutter und richtete sich pfeifend sein Abendessen. Das würde er im Wohnzimmer genießen, entweder vor dem Fernseher oder mit einem Hörbuch auf den Kopfhörern. Denn kaum etwas war für ihn so frustrierend wie die Vorstellung, allein in aller Stille essen zu müssen. Hatte er sonst überhaupt keine Probleme, ganz für sich zu sein, beim Essen musste sich bei Lennart immer etwas rühren.

Als er mit seinen drei Broten und der Dose Cola ins Wohnzimmer ging, fiel ihm auf, dass sein Anrufbeantworter blinkte. Sein Vater, war er ganz sicher. Außer diesem benutzten schließlich nur noch ein paar Meinungsforschungsinstitute seinen Festnetzanschluss – und der immer gleiche Fake-Computerservice, der ihm verkündete, sein Antivirusschutz müsse dringend sofort mittels seiner Kontodaten einschließlich Geheimnummer erneuert werden. Er stellte also das Essen ab, holte sich das Mobilteil von der Kommode im Korridor, setzte sich an den Esstisch und ließ die Nachricht auf Lautsprecher abspielen.

»Junge, jetzt pass mal gut auf. Ach so, hier ist dein Vater, aber das kannst du dir ja wahrscheinlich denken, sonst sagt bestimmt niemand ›Junge‹ zu dir. Vielleicht hast du auch meine Stimme erkannt. Egal. Ruf mich bitte dringend mal an. Wenn du Zeit hast, versteht sich.«

Lennart seufzte. Wann war der Mann, den er in seiner Kindheit stets wegen seiner Effizienz und Präzision bewundert hatte, nur so schrecklich umständlich geworden? Lennarts Handy vibrierte. Eine Nachricht von Magda, seiner älteren Tochter: »Papa kannst du jetzt vielleicht endlich mal anrufen«. Er hatte heute schon mehrere ähnlich lautende Aufforderungen bekommen, allesamt ohne Satzzeichen, und alle hatte Lennart lediglich mit einem kleinen roten Herzchen beantwortet. »Schick bloß nicht wieder dein bescheuertes Emoji«, kam prompt hinterher. Irgendwie klang das dringender als die Rückrufbitte seines Vaters, fand Lennart, stöpselte sich die drahtlosen Kopfhörer in die Ohren und wählte die Handynummer seiner Tochter.

»Ja?«, hörte er Magda genervt ins Telefon blaffen.

»Ja? Ist das alles?«

»Na gut, wie wär's damit: Guten Abend, liebster Vater, wie schön, dass du nach deinem sicher furchtbar anstrengenden Tag auf der Urlaubsinsel endlich mal die Zeit findest, dich bei deinem Kind zu melden, das dich schon den ganzen Tag zu erreichen versucht hat?«

Lennart runzelte die Stirn. Wenn sie so vor sich hin schimpfte, hörte sich Magda fast genauso an wie seine Ex-

Frau Andrea in stressigen Situationen. War so etwas genetisch bedingt, oder verbrachte das Mädchen einfach nur zu viel Zeit mit seiner Mutter?

»Hallo? Hat's dir jetzt die Sprache verschlagen?«

»Nein, nein. Sorry, ich hab's wirklich nicht früher geschafft. Wir haben einen ziemlich krassen Fall reinbekommen gestern Nacht«, entschuldigte er sich vage.

»Aha«, gab Magda verschnupft zurück. »Ist ja klar, dass deine Scheißarbeit mal wieder wichtiger ist.«

Lennart beschloss, das einfach zu ignorieren. »Also: Was gibt's denn so Dringendes?«

»Was es gibt? Hier ist alles total kacke, das gibt's. Aber na ja, egal!«

»Wie, egal? Weshalb sollte ich dich denn so dringend anrufen?«

»Ach, hat sich inzwischen erledigt. Ich hab Mama schon gefragt, und sie hat's mir verboten. Natürlich.«

»Könntest du mir vielleicht netterweise noch erzählen, was?«

»Hab doch gesagt, ist schon vorbei jetzt. Warte mal!«

Lennart glaubte zu hören, dass sie ihr Telefon weglegte.

»Mann, Ida, jetzt räum endlich die Scheißspülmaschine aus, wie Mama es gesagt hat, klar?«, hörte er dann in gedämpftem Ton. »Sonst gibt's wieder Riesenärger, wenn sie nachher heimkommt!«

Lennart warf einen sehnsüchtigen Blick auf sein Sandwich. »Wer ist da überhaupt am Telefon?«, kam es nun von seiner jüngeren Tochter Ida.

»Papa. Obwohl dich das überhaupt nix angeht!«, hörte Lennart Magda zurückblaffen.

»Ich will auch mit Papa reden!«

»Dann ruf ihn selber an, Pisskopf!«

Ida war daraufhin natürlich stinksauer, und im Folgenden bekam Lennart einen Geschwisterstreit wie aus dem Bilderbuch mit. Während Magda Ida beschuldigte, nichts im Haushalt zu machen und sich immer nur mit fadenscheinigen Ausreden vor der Arbeit in der Küche zu drücken, konterte die mit dem Argument, dass sie zweimal Nachmittagsunterricht habe, sich zudem im Schulsanitätsdienst und der Umwelt-AG engagiere und außerdem mit vierzehn noch ein Kind sei, während Magda mit ihren sechzehneinhalb quasi bereits zu den Erwachsenen gehöre und daher mehr Pflichten übernehmen müsse.

Dann erst schien sich Magda auf einmal an das angefangene Gespräch mit ihrem Vater zu erinnern. Es knackte in der Leitung, und ihre Stimme war wieder deutlicher zu vernehmen.

»Papa, bist du noch dran?«, wollte sie wissen.

»Schon. Wieso streitet ihr denn so?«

Eine Weile blieb es still. »Wir streiten doch gar nicht!«, konterte Magda dann im Brustton der Überzeugung.

»Ach ja? Und was war das gerade?«

»Unser normaler Umgangston!«

Lennart zog die Brauen nach oben. Genau das hatte er befürchtet. »Kannst du bitte mal auf Lautsprecher stellen?«, bat er. Murrend kam Magda seiner Aufforderung nach, und jetzt begrüßte auch Ida ihn.

»Hey, Mädels, darf ich mal was fragen?«, versuchte Lennart daraufhin, die Gemüter zu beruhigen. »Wieso müsst ihr denn überhaupt so viel machen – was ist denn mit Mama?«

»Mama? Na ja, die sagt, dass wir auch Pflichten übernehmen müssen«, erklärte Ida genervt. »Aber selber geht sie dauernd zum Yoga und zur Nageltante und trifft sich mit ihren ›Mädels‹.«

Das letzte Wort hatte sie mit einem abfälligen Ton versehen. Lennart wusste, warum: Schon oft hatten er und seine Töchter darüber gelacht, wenn Andrea mit fast fünfzig von ihren Kolleginnen oder Freundinnen als von ihren *Mädels* sprach. *Damen mittleren Alters* hätte es wohl deutlich besser getroffen.

»Wer sind denn ihre *Mädels* so?«

»Na ja, andere Lehrerinnen eben. Aus unserer Schule – worst case, wenn du mich fragst! Möchte gar nicht wissen, was die alles über uns erzählen«, erklärte Ida und fand zu Lennarts Erstaunen die Zustimmung ihrer Schwester.

»So? Was gäbe es denn da für Geheimnisse?«, fragte Lennart herausfordernd.

»Zum Beispiel, dass Ida in der letzten Matheschulaufgabe eine …«, setzte Magda an, dann aber wurde ihre Stimme jäh erstickt, als halte ihr jemand die Hand vor den Mund.

»Halt die Klappe, sonst erzähle ich Papa, was am Wochenende war, verstanden, Bitch?«, zischte Ida. Lennart schüttelte den Kopf. »Was war denn am Wochenende, Magda? Und wie war das mit Mathe?«

»Ach, vergiss es, Papa!«

»Ich find's unfair, dass ihr mir nie was erzählt, seitdem

ich nicht mehr bei euch wohne. Da komm ich mir richtig zurückgesetzt vor.«

»Papa, so ist das doch nicht gemeint!«

»Kommt aber so rüber!«

»Also …«

»Kein Wort, klar?«, hörte er Magda ihrer Schwester zuzischen. »Gar nichts, Papa. Ich war nur auf einer Geburtstagsparty eingeladen«, sagte sie dann mit normaler Stimme.

»Ach ja? Sonst nichts?«, gab er ungläubig zurück.

»Und dann hat sie am nächsten Morgen alles knallorange vollgekotzt, weil sie viel zu viel Fanta mit Wodka getrunken hat!«, vermeldete Ida triumphierend.

Na also! Lennart wusste schon noch, welche Knöpfe er bei seinen Töchtern zu drücken hatte.

»Halt die Fresse, ich hab bloß was Falsches gegessen! Aber dein Fünfer in Mathe steht dafür mit fetter roter Tinte auf dem Papier!«

»Und? Dafür hat Mama dich beim Vapen erwischt!«

»Und du musst vielleicht wiederholen, weil nicht mal mehr die Nachhilfe bei Mamas Freund was bringt.«

»Mama hat jetzt einen Freund?«, hakte Lennart erstaunt ein.

»Was? Nein, das ist nur ein Mathelehrer aus unserer Schule. Er ist viel jünger als Mama, verheiratet mit zwei kleinen Kindern. Keine Sorge, Papa«, antwortete Magda, und Lennart glaubte, ein Schmunzeln in ihren Worten mitschwingen zu hören.

»Mama kann machen, was sie will, ist mir völlig egal«, beeilte er sich zu versichern. »Und was wolltest du jetzt von mir, Magda?«

»Mann, hat sich erledigt, glaub's mir endlich!«, blaffte seine Tochter jetzt wieder misslaunig.

»Sie wollte zu so einem Maifest in Binz, aber Mama sagt, da wird nur gesoffen, und wegen der Sache mit dem Fanta …«

»Schnauze!«, fuhr Magda ihrer Schwester in die Parade. »Papa, wenn sonst nix mehr ist, dann lass uns einfach morgen wieder reden, ja? Wir müssen noch was für die Schule machen, vor allem Ida, und dann auch noch Wäsche zusammenlegen und bügeln. Und Ida hat noch das Bad aufzuräumen, weil morgen unsere Putzfrau kommt. Bis dann!«

»Jetzt wartet doch!«

»Papa, ehrlich jetzt …«

»Ich hab euch lieb, ihr zwei!«

»Ja, wissen wir. Bis dann!« Und schon hatte Magda aufgelegt. Seufzend biss Lennart endlich von seinem Sandwich ab.

Er blickte auf, nahm einen Schluck aus der Coladose und sah versonnen aus dem Wohnzimmerfenster über die im fahlen Licht der Dämmerung liegende Ostsee, als könne er, wenn er nur genau genug hinsah, einen Blick auf seine Kinder auf der gut hundertdreißig Kilometer entfernten Insel Rügen erhaschen. Nachdenklich kratzte er sich am Kopf. Natürlich hatte es auch früher Reibereien zwischen den Töchtern gegeben. Nicht selten sogar, weil sich Andrea und er wieder einmal gestritten hatten und dann ihren Frust an den Kindern ausließen. Die hatten sie dann unbewusst imitiert und waren sich selbst über irgendetwas in die Haare geraten. Aber das heute hatte irgendwie anders geklungen. Rauer, schonungsloser. Ganz zu schweigen von den sonstigen Problemen, mit denen die Mädchen zu kämpfen hatten. Seine große Tochter begann also gerade damit, auf irgendwelchen Partys mit Alkohol und Rauchen ihre Grenzen auszutesten, während Idas Schulleistungen in den Keller gingen. Ganz prima!

Na gut. Lennart holte tief Luft und versuchte, sich zu beruhigen. So ungewöhnlich war das auch wieder nicht, eher völlig normal für Mädchen in dem Alter. Alltägliche Probleme von Teenagern, aber dass er aus der Ferne nun nicht mehr steuernd und erziehend eingreifen konnte, rief in ihm ein Gefühl hilfloser Beklemmung hervor. Er musste unbedingt mal wieder nach Rügen. Um mit Andrea zu sprechen, was genau im Moment eigentlich los war. Und um am Alltag seiner Töchter teilzunehmen. Sonst würden sie ihm ohne Zweifel nach und nach entgleiten, von Tag zu Tag erwachsener und selbstständiger werden, ohne ihn noch auf dem Schirm zu haben. Er dachte zurück an das Gespräch, das er vorhin mit Møllers Sohn geführt hatte, an das, was der Pilot über seinen Vater gesagt hatte. Würden seine Kinder Lennart auch eines Tages vorwerfen, dass er sich zu wenig um sie gekümmert hatte? Dass er nicht greifbar gewesen war, wenn sie jemanden zum Reden gebraucht hätten? Dass er immer nur den bequemen Weg gegangen war, ohne sich groß für die Befindlichkeit seiner Kinder zu interessieren? Er zuckte die Schulter. Er wusste es nicht, hoffte aber, auch aus der Entfernung kein allzu schlechter Vater zu sein.

Lennart erschrak, als seine Ohrhörer einen eingehenden Anruf vermeldeten. Er hatte ganz vergessen, sie nach dem Telefonat herauszunehmen. *Anruf von Karl Ipsen Handy. Annehmen?*, quäkte die Computerstimme, und Lennart antwortete mit einem etwas unwirschen: »Ja«.

Karl Ipsen konnte man auf alle Fälle nicht den Vorwurf machen, er kümmere sich zu wenig um seinen Nachwuchs, auch wenn der schon stramm auf die fünfzig zuging.

»Junge? Bist du dran?«

»Aber natürlich. Hallo, Papa.«

»Störe ich?«

»Nein, Papa.«

»Wenn ich störe, kann ich mich auch später noch mal melden. Oder morgen.«

»Du störst aber gar nicht«, gab Lennart kraftlos zurück.

»Umso besser. Hast du es streng?«

»Ein bisschen. Ein ziemlich verzwickter neuer Fall, und wir haben noch gar keinen Plan, in welche Richtung es gehen wird.«

»Ah ja. Na, das schaukelst du schon. Hör zu, wir kommen ja morgen auf die Insel, Mirjam und ich.«

Lennart schluckte. Morgen schon? Das hatte er gar nicht mehr wirklich auf dem Zettel gehabt.

»Du musst uns nicht vom Flughafen abholen, das Hotel bietet auch einen Shuttle-Service an. Wobei es schon schön wäre, wenn du kurz Zeit hättest, uns zu fahren. Ist ja immer ein wenig unpersönlich, so ein Shuttle.«

Natürlich erwartete Karl Ipsen eine persönliche Abholung am Terminal. »Wo wohnt ihr denn?«, fragte Lennart, ohne das weiter zu kommentieren.

»Hatte ich dir das gar nicht gesagt? Das ist so ein Wellnessbunker an der Küste im Norden. *Nordic Star*, heißt es, glaube ich.«

Lennart war überrascht. Er kannte das noble und ziemlich stylish wirkende Ressort vom Vorbeifahren und konnte sich zwar erinnern, dass sein Vater und dessen Lebensgefährtin Mirjam – die über zehn Jahre jünger und ziemlich quirlig war – einen Hotelaufenthalt auf Bornholm geplant hatten. Doch dass der in einem derart edlen und sicherlich enorm hochpreisigen Resort stattfinden sollte, hörte er gerade zum ersten Mal.

»Mirjam hat es ausgewählt wegen des schönen Wellnessbereichs«, erklärte Karl Ipsen und schob im Flüsterton hinterher: »Für meinen Geschmack wären eine kleine Pension und ein paar Strandspaziergänge völlig ausreichend gewesen. Ich hatte ihr auch vorgeschlagen, dass wir bei dir im Gästezimmer übernachten können.«

Lennart riss die Augen auf.

»Aber Mirjam hat gleich abgewinkt: Sie besteht auf Hallenbad und Sauna und den ganzen Quatsch.«

Lennart war erleichtert. Er liebte seinen Vater und mochte auch Mirjam wirklich gern, weil sie so eine heitere Art hatte, die einen sofort anstecken konnte. Und auch weil sie dem alten Herrn schlicht guttat, ihn zwar so akzeptierte, wie er war, ihm aber auch immer ein wenig Feuer unterm Hintern machte. Damit hatte sie ihm bestimmt auch besser über den Tod von Lennarts Mutter hinweggeholfen, als wenn er ganz auf sich allein gestellt gewesen wäre. Sie allerdings beide gleichzeitig im Haus zu haben, wäre ihm, gerade in der aktuellen beruflichen Situation, dann doch ein bisschen zu viel geworden.

»Ach komm schon, Papa! Schadet dir sicher nichts, wenn du statt deiner dauernden Werkelei im Garten und im Haus auch mal ausspannst und was für dich tust. Und das *Nordic Star* ist wirklich ein Wahnsinns-Resort!«

»Kennst du das Haus?«

»Vom Hörensagen«, gab er zurück.

»Ehrlich, Junge: Das mag schön und gut sein, aber mir graut davor. Allein diese Saunen! Der Geruch macht mir Beklemmungen. Überall laufen alte Leute mit ihren weißen Bademänteln herum, trinken energetisch aufgeladenes Ingwerwasser und essen getrocknete Früchte. Und dann hat Mirjam auch noch damit begonnen, im eiskalten Meer zu schwimmen. Schrecklich.«

Lennart konnte sich ein Lachen nicht verkneifen. »Ach was, Papa, das ist ein richtiger Jungbrunnen für dich.«

»Jungbrunnen? Sie besteht darauf, dass ich mit zum Yoga komme. Ich und Yoga, kannst du dir das vorstellen?«

»Ehrlich gesagt nicht wirklich«, gab Lennart mit einem Grinsen zu. »Aber vielleicht wird es deine neue Leidenschaft.«

Nun hörte Lennart seinen Vater vernehmlich stöhnen. »Vielleicht aber auch mein Sargnagel«, sagte Karl Ipsen nun noch ein wenig leiser. »Manchmal denke ich, ich hätte mir besser jemanden in meinem Alter suchen sollen.«

»Also Papa, bitte!«, protestierte Lennart.

»Na ja, Schwamm drüber. Es ist, wie es ist. Aber hör mal, wenn du mich vielleicht ab und an mal holen könntest, wäre mir schon viel geholfen, Junge. Mir wird in diesen Hotels schnell langweilig, weil ich zu wenig zu tun habe.«

»Lies doch was.«

»Sagt Mirjam auch immer.«

»Und?«

»Ich mag nicht. In der Zeit, in der ich lese, kann ich auch was Sinnvolles machen.«

»Lesen *ist* sinnvoll, Papa.«

»Ach ja?«

»Ja. Man kann wunderbar entspannen dabei, wird gut unterhalten und kann in ganz andere Welten abtauchen.«

»Ich mag aber meine Welt recht gern.«

»Lesen bildet, Papa.«

»Das habe ich dir vor dreißig Jahren auch immer gepredigt, hat dich aber nicht im Geringsten interessiert. Du hast nur vor der Glotze gesessen.«

Damit hatte sein Vater nicht ganz unrecht, erst mit Anfang, Mitte zwanzig hatte er von sich aus wenigstens hin und wieder mal ein Buch in die Hand genommen. Und war seitdem nie mehr ganz davon abgekommen. Während seiner gesamten Schulzeit hingegen hatten ihn seine Eltern immer erfolglos bekniet zu lesen, mit denselben Argumenten, die er eben seinem Vater ans Herz gelegt hatte. Irgendwie schien sich das Eltern-Kind-Verhältnis zwischen Lennart und Karl allmählich umzukehren.

»Das tut hier gar nichts zur Sache, Papa. Außerdem halten einen Bücher geistig fit und flexibel.«

»Findest du, ich lasse nach?«

»Nein, bis jetzt nicht. Nicht wirklich. Nicht … allzu sehr jedenfalls.«

Stille.

»Papa?«

»Ja?«, kam es verschnupft zurück.

»War nur Spaß. Du bist noch gut drauf – für dein Alter jedenfalls.«

»Mal sehen, wie es *dir* mit Ende siebzig geht. Nimm den Mund mal nicht zu voll. Also, holst du mich ab, dann und wann? Dann kann ich bei dir im Garten arbeiten und wir können so Männersachen machen.«

Lennart musste wieder grinsen. »Was sind denn bitte schön Männersachen?«

»Na ja, angeln, im Garten arbeiten, mal ein Bierchen trinken, Pilze suchen.«

»Kleines Mammut erlegen.«

»Gibt es die jetzt auf der Insel?«

Lennart konnte das grinsende Gesicht seines Vaters förmlich vor sich sehen. Über seine eigenen Sparwitze konnte der schon immer am besten lachen.

»Hotelshuttle oder nicht, ich hole euch morgen schon ab, wenn es irgendwie geht, und dann sehen wir weiter, ja? Ich muss jetzt Schluss machen.«

»Prima, dann sehen wir uns morgen. Mach dir bloß keinen Stress!«, schloss der Vater und legte auf.

»Keine Sorge, den machst du mir schon«, brummte Lennart, musste dann aber doch lächeln. Er wäre heilfroh, wenn er in dreißig Jahren noch so agil wäre wie sein Vater. Aber das musste man dem ja nicht unbedingt aufs Butterbrot schmieren.

Lennart trank seine Cola aus und brachte das Geschirr in die Küche. Ob er Maren anrufen sollte? Die wollte schließlich noch sein Auto bringen. Andererseits sah es dann vielleicht so aus, als ginge es ihm nur weniger um sie als vielmehr um den Mercedes. Also noch ein wenig lesen? Lennart seufzte. Nein, doch lieber Netflix, das war weniger anstrengend. Er sah auf das Buch, das in seiner Lesenische mit Meerblick lag und das er schon so lange nicht mehr angerührt hatte, und fühlte sich ein wenig wie als Teenager, wenn er wieder mal die Klassenlektüre weggelegt und zur Fernbedienung gegriffen hatte. Er ließ sich auf die Couch fallen, schaltete den Fernseher an und richtete sich gerade auf einen gemütlichen Abend allein ein. Da klingelte es. Genervt stieß er die Luft aus. Konnte man nicht einmal in Ruhe fernsehen nach so einem Tag? Doch dann hellte sich seine Miene auf. Er hatte so eine vage Ahnung, wer da vor seiner Haustür stand.

Donnerstag, 25. April

Am nächsten Morgen war Lennart schon früh wach geworden. Es hatte gerade erst zu dämmern begonnen, als er leise die Bettdecke zurückgeschlagen hatte, um sich eine Jogginghose und einen Hoodie anzuziehen und sich möglichst lautlos aus dem Haus zu schleichen. Erstens, um eine Runde am Strand zu joggen, zweitens, um frische Brötchen, Zimtschnecken und *Wienerbrød* beim nächstgelegenen Bäcker zu holen. Denn anders als sonst an einem ganz normalen Werktag würde es heute ein Frühstück geben, das nicht nur aus einem schwarzen Kaffee und der digitalen Ausgabe der Tageszeitung bestand.

Der Grund war ebenso einfach wie revolutionär. Es war tatsächlich Maren gewesen, die ihm einen Besuch abgestattet hatte, um den Mercedes vorbeizubringen – mit dem festen Vorsatz, nicht mehr zu sich nach Hause zurückzukehren. Und hatte somit zum ersten Mal die Nacht bei ihm verbracht. Sonst hatten sie sich immer in ihrem Strandhaus direkt neben dem *Argousier* getroffen, warum, wusste Lennart auch nicht so genau. Ebenso wenig wusste er, warum das gestern eigentlich ein so großer Schritt für ihn gewesen war. Der sich aber heute Morgen verdammt gut anfühlte.

Er legte die Schlüssel schon mal in den Wagen und lief los. Bis hinunter zum Meer mit den Klippen und den vielen sandigen Buchten waren es nur ein paar Meter. Obwohl es ein wenig bergab ging, war er schon nach wenigen Minuten außer Puste. Dennoch zwang er sich, dem Küstenweg, der ein Stück oberhalb der Felsen verlief, weiter zu folgen. Er musste unbedingt etwas für seine Fitness tun, für seine Kondition, seinen Kreislauf. Und das nicht nur, weil er sich nun definitiv wieder in einer Beziehung befand – auch wenn Britta ihn genau damit sicher aufziehen würde, wenn sie ihn in seinem Laufdress sähe. Nein, er wollte einfach wieder sportlicher werden. Und er musste nachdenken, was ihm schon früher beim Joggen einfach am besten gelungen war. Nachdenken über sein Leben, über seine Beziehung zu Maren und vor allem aber über diesen seltsam kryptischen Mordfall, mit dem er es vor zwei Tagen zu tun bekommen hatte.

Sie wussten, wie perfide und planvoll der oder die Täter vorgegangen waren, sie hatten die Opfer identifiziert, mit deren Angehörigen gesprochen, erste Erkenntnisse über die Lebensverhältnisse der drei Männer gesammelt. Doch die Zeit vor ihrem Tod lag für Lennart und seine Kolleginnen nach wie vor im Dunkeln. War es wirklich nur Zufall gewesen, dass sie sich alle gleichzeitig in dem kleinen Privatjet befunden hatten, als das tödliche Gas ausgeströmt war? Keuchend blieb Lennart einen Moment stehen, beugte sich vornüber und stützte die Hände auf die Knie. Es musste etwas geben, was die drei Männer verband. Etwas, das er einfach nicht sah. Noch nicht.

Er drehte sich um und setzte sich wieder in Bewegung, fest entschlossen, den Tag zu nutzen, um ein gutes Stück in der Aufklärung seines Falles voranzukommen. Ziemlich außer Atem kam er vor dem Haus an und stützte sich kurz auf dem Mercedes auf. Eigentlich musste er dringend duschen, wollte aber Maren nicht schon so früh wecken. Konnte man nicht auch mal verschwitzt ein paar Brötchen holen? Lennart zuckte die Achseln, wischte sich den ärgsten Schweiß von Gesicht und Nacken und stieg ein.

Als er auf dem Fahrersitz Platz genommen hatte, runzelte er verwirrt die Stirn: Ein seltsamer, undefinierbarer Geruch stieg ihm in die Nase, ganz anders als der Hauch von Moder, Benzin und alten Teppichen, der sonst den Innenraum seines SLC durchströmte. Würzig und irgendwie … erdig. Lennart kratzte sich am Kopf, sah sich dann nach hinten um und musste mit einem Mal laut lachen: Auf der blau gepolsterten Rücksitzbank seines Mercedes standen mehrere graue Kisten aus Kunststoff, alle bis zum Rand mit für ihn undefinierbarem Grünzeug gefüllt. In einem lagen Zweige, an deren Spitze grüne Knospen zu sehen waren, der zweite enthielt sandige Wurzeln, der letzte schließlich hellgrüne Blätter, die nach jungen Birkentrieben aussahen.

Bestimmt würde Maren daraus irgendwelche Essenzen für ihr Restaurant ziehen, Tees herstellen oder Öl aromatisieren. Auch wenn Lennart nicht sonderlich an seinem alten Wagen hing – eine Decke hätte sie schon unterlegen können. Er dachte kurz nach, dann stieg er noch einmal aus und ging zum Kofferraum des silbernen Coupés. Damit seine Rücksitzbank nicht noch mehr in Mitleidenschaft gezogen wurde, würde er die Autodecke, die er für solche Fälle immer dabeihatte, einfach jetzt noch unter Marens bizarre Ernte schieben. Doch als der Kofferraumdeckel aufschwang, traute er seinen Augen nicht: Auch dieser war gut zur Hälfte mit Kisten vollgestapelt, alle gefüllt mit seltsamen Pflanzenbestandteilen. Niemals käme er an die gehäkelte Decke in der Reserveradmulde. Er schüttelte lächelnd den Kopf und schloss den Deckel wieder.

Schon eine etwas spezielle Person, die er sich da angelacht hatte. Eine, die sich nicht besonders dafür interessierte, was die anderen von ihr dachten, die keine Angst davor hatte, als ein wenig sonderbar zu gelten, und die das, was sie tat, mit Leidenschaft und Herzblut machte. Und mit einer bedingungslosen Hingabe, wie sie Lennart noch bei kaum jemandem vorher gesehen hatte. Die Konsequenzen in Form eines Autos voller Erntekörbe musste er nun eben hinnehmen. Es gab Schlimmeres. Immerhin hatte sie nur Pflanzen im Mercedes eingelagert und nicht auch noch beim Fischhändler ihres Vertrauens eingekauft.

Als er vom Bäcker zurückgekehrt war, schlich sich Lennart die Treppe hinauf in den ersten Stock, wo er einen kurzen prüfenden Blick ins Schlafzimmer warf. Beruhigt nahm er zur Kenntnis, dass Maren offensichtlich noch schlief. Die Überraschung mit dem Frühstück sollte ihm also gelingen. Zuvor allerdings musste er duschen.

Er schlüpfte also aus seinen Sportklamotten, stieg in die Kabine und drehte das Wasser auf. Innerlich zählte er wie immer mit hochgezogenen Schultern bis fünf – spätestens dann kam normalerweise warmes Wasser. Doch heute war auch, als er bei sieben angekommen war, noch keinerlei Temperaturänderung zu verzeichnen. Allmählich begann er zu bibbern und blickte mit gerunzelter Stirn zum Wasserhahn. Nein, der stand eindeutig auf warm. Weshalb kam dann kein heißes Wasser? Ob seine Heizung den Geist aufgegeben hatte? Ausgerechnet jetzt, nachdem sie den ganzen Winter über tadellos funktioniert hatte?

Seltsam. Als ihm aber auch nach einer Minute die Wassertropfen noch eiskalt auf Kopf und Schultern regneten, war klar, dass etwas nicht stimmte. Er vollführte einen Schnellwaschgang, dann entstieg er frierend und zitternd seiner Dusche. Ausgerechnet heute musste das passieren, wenn Maren zum ersten Mal bei ihm übernachtete. Er griff nach dem Handtuch auf dem Heizkörper, das nicht wie gewohnt kuschelig angewärmt, sondern ebenfalls unangenehm kalt war.

Jetzt erinnerte er sich daran, dass es ihm schon beim Aufstehen im ganzen Haus kühl vorgekommen war, doch das hatte er nicht weiter beachtet. Er trocknete sich ab, schlang sich sein Handtuch um die Hüften und stapfte frierend und ein wenig missmutig in die Küche. Dort vermeldete die in einem der Einbauschränke verborgene Gastherme eine Störung, die sich auch nach mehrmaliger Betätigung des RESET-Knopfes nicht beheben ließ. Frustriert knallte er den Schrank so laut zu, dass kurz darauf oben eine Zimmertür zu hören war. Maren war aufgewacht.

***

Das Malheur mit dem Warmwasser quittierte Maren mit schallendem Lachen und mutmaßte grinsend, seine Heizung sei vielleicht heimlich in ihn verliebt und zeige sich nun eifersüchtig. Nach dem Frühstück schrieb Lennart seinem Vermieter noch eine schnelle Mail. Die Chancen, dass der von Kanada aus in absehbarer Zeit für eine Lösung des Problems sorgen konnte, schätzte er als äußerst gering ein. Doch er selbst hatte im Moment wirklich andere Sorgen – und auch keine Ahnung, wen er überhaupt mit einer Reparatur hätte beauftragen können. Vielleicht würde er nachher Britta fragen, ob sie einen zuverlässigen Installateur kannte.

Dann brachen sie zusammen auf. Lennart sollte Maren auf dem Weg in die Polizeistation bei einer ihrer Köchinnen absetzen, die sie später ins Restaurant mitnehmen würde.

»Wegen der Kisten, Lennart«, sagte die Köchin ein wenig verlegen beim Einsteigen, »ich räum die so bald wie möglich raus, ja? Aber im Moment … also … haben wir die ganze Küche und das Glashaus noch voll von diversen anderen Sachen.«

Lennart grinste. Er wollte gar nicht wissen, wie es im Moment im *Argousier* aussah.

»Ist leider im Frühling so«, erklärte sie weiter. »Die Natur sprießt überall, und ich muss versuchen, mit allem hinterherzukommen.« Sie zog verschmitzt grinsend die Schultern hoch. Eine Geste, die bei Lennart jeglichen Protest gegen diese Zweckentfremdung seines Wagens als Lebensmittellager umgehend dahinschmelzen ließ. Er lehnte sich zu Maren hinüber und ließ sich auf die Wange küssen.

»Kein Problem, die Sachen stören mich überhaupt nicht«, log er daher.

»Ich glaub dir zwar kein Wort, danke dir aber für dein Verständnis«, sagte sie mit einem Augenzwinkern und drückte ihm einen weiteren Kuss auf die Backe. »Scheint, als würdest du mich tatsächlich mögen, wenn du schon so gut mit meinen Schrullen umgehen kannst.«

Als er gegen neun in seiner Abteilung ankam, betrat Lennart als Erstes Taos Büro. Wie immer um diese Tageszeit war sie schon in die Arbeit vertieft. Mit großen Kopfhörern, um sich vor störenden Geräuschen abzuschotten, saß sie vor dem Laptop. Lennart ging zur Kaffeemaschine. Es war höchste Zeit für eine weitere Tasse.

»Oh, guten Morgen, Lennart!« Tao war erst aufgeschreckt, als sich der Vollautomat malmend und knackend in Betrieb gesetzt hatte.

Lennart begrüßte seine Kollegin lächelnd. »Wie lange bist du denn schon bei der Arbeit, Tao?«

»Seit halb sieben. Du weißt doch, dass ich am besten vorankomme, wenn sonst noch niemand da ist.«

Lennart zog die Brauen nach oben, da schob sie nach: »Aber ist natürlich auch gut, wenn ihr da seid, nicht dass das jetzt irgendwie falsch rüberkommt.«

Er lachte. Tao war immer darauf bedacht, niemandem auf die Füße zu treten. »Britta schon da?«, fragte er mit einem warmen Lächeln.

»Noch nicht.«

Lennart nahm die Kaffeetasse aus der Maschine und lehnte sich gegen den Kühlschrank. Wie auch die Kaffeemaschine war der in Taos Büro untergebracht, weil hier am ehesten Platz dafür war und ihre Abteilung nicht über eine Küche verfügte.

»Willst du denn gar nicht wissen, was es Neues gibt, Lennart?«, fragte Tao unvermittelt.

»Und ob ich das will!«

Tao nickte zufrieden und legte voller Eifer los. »Okay, dann hör mal zu: Heute Morgen lagen bereits die Handys von Henrik Forsberg und Finn Iversen auf meinem Tisch. Die nehme ich mir später vor: Nachrichten, Mails, Kontakte, letzte Anrufe, das ganze Programm. Schreibe ich alles zusammen, dann sehen wir da hoffentlich ein bisschen klarer. Aber vorher zu Forsberg: Ich weiß inzwischen aus sicherer Quelle, dass es in Kalmar tatsächlich ein Klassentreffen gab.«

»Okay. Dann hatte seine Frau also recht.«

»Sollte man meinen – aber Forsberg hat gar nicht daran teilgenommen.«

Lennart riss erstaunt die Augen auf. »Echt jetzt?«

Tao nickte. »Jedenfalls sagen das übereinstimmend gleich drei seiner früheren Mitschüler. Allerdings haben sie sich beim Treffen über ihn unterhalten: Er hatte die Einladungsmail erhalten, aber es gab niemanden, mit dem er in der letzten Zeit Kontakt hatte.«

»Klingt interessant. Am besten, wir telefonieren mal die restlichen Gäste des Abends ab.«

»Also … *ich* telefoniere die ab, meinst du?«, fragte sie und klang dabei irgendwie herausfordernd.

»Na ja … ich dachte …«

»… dass ich das gern mache?«, führte Tao seinen Gedanken zu Ende.

Lennart zuckte die Achseln. Tao grinste ihn an.

»Mache ich doch auch, kein Problem. Ich bin und bleibe nun mal ein Büro-Nerd. Also, die Frau, die das Treffen organisiert hat, schickt mir später die komplette

Kontaktliste. Unsere schwedischen Nachbarn sind erstaunlich kooperativ dafür, dass wir die Polizei eines anderen Landes sind.«

Lennart nickte. »Ist auch schon gesichert, wo die anderen beiden waren?«

Tao schüttelte den Kopf. »Noch nicht. Aber bei Iversen dürfte uns die Standortbestimmung seines Handys helfen. Und die Managerin des Hotels, in dem das Teeseminar stattgefunden hat, ruft mich nachher auch noch zurück.«

Lennart reckte den Daumen nach oben und stellte seine leere Kaffeetasse in die schmale Spüle. »Ich klemme mich jetzt auch hinter den Computer. Wir müssen dringend herausfinden, was alle drei Opfer miteinander verband, außer dass sie zusammen im Flugzeug saßen.«

»Da hätten wir im Falle von Forsberg und Birte Lauritsen schon mal die Philanthropisten. Sie waren im selben Club.«

»Das schon. Aber Møller …«

»… war das auch. Er hat sogar maßgeblich die Veranstaltungen des Vereins organisiert«, hörte Lennart auf einmal Brittas Stimme hinter sich. Er hatte gar niemanden kommen gehört. Sie begrüßte die beiden und stellte einen bunten Korb aus geflochtenen Kunststoffstreifen auf dem Kühlschrank ab.

»Ich hab uns heute zur Stärkung ein paar Sandwiches mitgebracht. Wer weiß, ob wir im Verlauf des Tages was Vernünftiges zu essen bekommen.«

Lennart lächelte. Britta hatte offensichtlich mal wieder panische Angst, das leibliche Wohl könne bei stressigen Ermittlungen auf der Strecke bleiben.

»Heute alles ohne Fleisch. Mats und ich versuchen uns gerade als Vegetarier«, verkündete sie, während sie die belegten Brote im Kühlschrank verstaute.

»Sehr gut! Vernünftig, gesund und nachhaltig. Und lecker, versteht sich«, gab Tao begeistert zurück. Lennart wusste, dass sie schon seit Jahren kein Fleisch mehr aß. Bei Britta und ihrem Mann wunderte ihn das allerdings. Sie liebten die Spezialitäten der Insel – und die bestanden, wie er längst gelernt hatte, zu einem guten Teil aus tierischen Produkten: vom klassischen Räucherhering bis zum *Plankebøf*, einem riesigen Rindersteak, das auf einem Brett serviert wurde, unter einer dicken Kruste aus gratiniertem Kartoffelpüree.

»Echt jetzt?«, fragte er daher erstaunt. »Weder Fisch noch Fleisch?«

Britta zog die Stirn in Falten. »Wer redet denn bitte von Fisch? Den darf man als Vegetarier natürlich essen. Ist schließlich total gesund, wegen Omega drei und so. Nein, uns geht es nur um das Fleisch. Streng genommen auch vor allem das rote – Hühnchen und Pute enthalten ja ungeheuer viel gesundes Eiweiß, weißt du? Da wäre es völlig kontraproduktiv, das ganz vom Speiseplan zu streichen.«

Tao schüttelte den Kopf. »Du und deine spezielle Weltsicht! Du bist jetzt also Ovo-Lacto-Fisch-Geflügel-Vegetarier? Hut ab! Seit wann denn?« Sie schmunzelte.

»Na ja, also, Mats hält immerhin schon seit drei Tagen durch und ich seit gestern«, erwiderte Britta todernst. Lennart schüttelte grinsend den Kopf. Hätte es Britta nicht bereits gegeben, man hätte sie schleunigst erfinden müssen.

»Jetzt mal zu den etwas wichtigeren Dingen als deiner Ernährungsweise: Møller war also auch in diesem Club?«, hakte er nach.

»Genau«, bestätigte Britta.

»Seit wann weißt du das?«

»Habe ich heute Morgen herausgefunden«, antwortete Britta.

»Bei wem?«

»Bei einem Telefonat.«

Lennart sah zu Tao, die zog die Achseln hoch.

»Mit wem denn?«

»Mit dem Präsidenten des besagten Clubs.«

»Den kennst du?«

Britta nickte. »Und ob.«

»Gut, dann mach uns doch bitte einen Termin mit dem Herrn.«

»Das sollte kein Problem sein, er hat nicht nur großes Verständnis für Polizeiarbeit, er kennt sich sogar bestens damit aus«, erklärte Britta mit vielsagendem Lächeln.

Lennart schwante Böses. Wahrscheinlich so ein notorischer Krimifan, der sich wegen seines Hobbys selbst für einen Profi-Ermittler hielt. »Soso«, brummte er.

»Genau. Also, Morten nimmt sich bestimmt gern Zeit, um über seine verstorbenen Mitglieder beziehungsweise Angehörigen Rede und Antwort zu stehen. Er ist natürlich total schockiert, wie du dir denken kannst.«

»Morten?«, wiederholte Lennart.

»Morten.«

»Morten Nygaard?«

»Kennst du noch einen anderen?«

»Schon, aber … ach, egal.«

Morten Nygaard war sein direkter Vorgänger im Amt des Abteilungsleiters gewesen. Am Anfang hatte der Pensionär ihn ein wenig genervt – durch sein andauerndes unangekündigtes Auftauchen im Büro, vor allem aber, weil er sich über seine ehemaligen Mitarbeiterinnen Tao und Britta ungeniert Informationen über ihre aktuellen Fälle besorgte. Denn die beiden Frauen stellten, wie Lennart wusste und zähneknirschend hinnahm, die Loyalität zu ihrem Ex-Chef ganz eindeutig über die Verpflichtung zur Verschwiegenheit. Doch im Laufe der Zeit hatte auch er Morten als verlässlichen und ungeheuer klugen Mann schätzen gelernt. Der Lennart zudem immer wieder mit den Bienenstöcken half, die dieser für seinen Vermieter zu betreuen hatte. Ohne Nygaard wäre er dabei völlig aufgeschmissen. Dass Britta sicher bereits wieder mit ihm über ihren brisanten Mordfall konferiert und dabei mutmaßlich sämtliche Details zum Ermittlungsstand weitergegeben hatte, nervte Lennart trotzdem.

»Also hast du bestimmt schon ein Treffen vereinbart, oder?«

Britta nickte lächelnd.

»Okay, gut so. Wann hat er Zeit für uns?«

»Heute Nachmittag. Er hat noch einen Augenarzttermin. Und dann noch Physiotherapie wegen seiner Schulter.«

»Hochinteressant«, murmelte Lennart.

Britta ignorierte sein Grummeln. »Aber heute Nachmittag meldet er sich, sobald er frei ist, dann treffen wir ihn. Passt das, Chef?«, fuhr sie ungerührt fort.

»Nenn mich nicht Chef«, gab Lennart mit leichter Resignation in der Stimme zurück. Dann klatschte er in die Hände. »Okay, dann lasst uns mal den Tag planen. Ist der Durchsuchungsbeschluss für Møllers Wohnung und seinen Laden schon da?«

»Ja, liegt auf deinem Schreibtisch«, antwortete Tao.

»Gut. Britta, wir fahren da hin und sehen uns alles noch einmal genau an.«

»Braucht ihr die Spurensicherung?«, wollte Tao wissen.

»Noch nicht. Die sollen mal schön nach uns rein. Wenn wir fertig sind, möchte ich außerdem noch einmal zu Pfarrerin Lauritsen. Die Sache mit dem Geld, das ihr Mann dabeihatte, lässt mir keine Ruhe. Und wir müssen Bente Forsberg einen Besuch abstatten, die uns hoffentlich Näheres über die Auslandsgeschäfte ihres Mannes sagen wird und, wenn wir Glück haben, auch die versprochenen Unterlagen vorbereitet hat. Schließlich zu Morten. Mal hören, was er zu den Beziehungen zwischen den drei Männern zu sagen hat.«

»Na dann, auf in den Kampf!«, sagte Britta und sah ihn auffordernd an.

Lennart schenkte ihr ein Lächeln. »Tao, du hältst hier wieder die Stellung?«

»Wenn ihr eure gesammelten Hausbesuche allein schafft, ja. Ich werde mir wie gesagt erst mal die Handys vornehmen und sehen, was ansonsten den Tag über an Ergebnissen reinkommt.«

»Alles klar. Aber wenn wir heute Abend nicht wirklich substanziell weiter sind, müssen wir offiziell Hilfe in der Hauptstadt anfordern«, mahnte Lennart.

Tao und Britta warfen sich einen schnellen Blick zu.

»Ich meine das völlig ernst. Also gebt euer Bestes!«

»Bist du anderes von uns gewohnt?«, fragte Britta augenzwinkernd.

Lennart seufzte, schüttelte den Kopf und verließ das Büro.

***

Es war ein für Lennart geradezu magischer Duft, der ihm in Møllers Teehandel in die Nase stieg. Ein Duft aus Kindertagen, süß und verheißungsvoll, der wunderbare Erinnerungen in ihm wachrief. Mit seiner Mutter war er als Kind oft ins nahe gelegene Flensburg zum Einkaufen gefahren. Meist am Freitag nach der Schule, wenn sie frei hatte und für ihn keine Hausaufgaben zu erledigen waren. Diese Einkaufsnachmittage – ohne den Vater, der stets etwas angeblich Unaufschiebbares im Garten zu erledigen hatte – hatten immer in einem großartigen Finale gemündet: Erst waren sie in eine kleine altmodische Süßwarenhandlung gegangen, wo sich Lennart stets eine »Mischtüte« verschiedener Bonbons und Schokoladendrops hatte zusammenstellen dürfen, und danach in den Teeladen, in dem seine Mutter sich immer wieder neue Mischungen und Variationen empfehlen ließ. Als Kind hatten ihn vor allem die großen Blechdosen fasziniert, die die deckenhohen Regale gefüllt hatten und die für die betagte und ziemlich beleibte Inhaberin nur mithilfe einer Schiebeleiter erreichbar gewesen waren. Und natürlich der Duft, jene Mischung aus herben Noten vom Schwarztee und den diversen Fruchtaromen und Blüten, die den Rezepturen zugesetzt waren. Begeisterung für das Getränk an sich hatte sich jedoch nie bei ihm eingestellt.

Møllers Teeladen wirkte selbst hier auf der beschaulichen Insel, auf der für die Touristen vieles bewusst im Retro-Style gehalten war, ein wenig aus der Zeit gefallen. Møller hatte seine Tees in großen grünen Metallboxen aufbewahrt, mit denen an der gesamten Rückwand des Ladens die Holzregale bestückt waren. Der Rest des Geschäftes war zugestellt mit niedrigen Regalreihen voller Teegeschirr, Kannen, allen erdenklichen Formen von Sieben und Filtern und einer kleinen Bücherabteilung über Anbau und Zubereitung von Tee. Außerdem hatte man eine Ecke mit Spirituosen und Schnäpsen von der Insel eingerichtet, wie dem unvermeidlichen Sanddorngeist und verschiedenen Bornholmer Gins, dazu ein paar schottische Whiskys. Lennart erinnerte sich an die angebrochenen Flaschen, die sie gestern in Møllers Wohnung hatten stehen sehen. Offenbar war der Verstorbene nicht nur beim Tee selbst einer seiner besten Kunden gewesen.

»Kommst du mal?«, rief ihm Britta aus dem Raum zu, in den man durch eine Tür hinter dem Tresen gelangte. »Ich hab hier was, das dürfte dich interessieren.«

Lennart umrundete den wuchtigen antiken Ladentisch. Mit den zahllosen kleinen Schublädchen sah dieser aus, als hätte der Teehändler ihn aus einer alten Apotheke, einem Kurzwaren- oder Schraubenladen. Darauf stand eine schwere altertümliche Registrierkasse aus glänzendem Metall.

Das Zimmer dahinter war weit größer, als Lennart vermutet hatte. Møller hatte hier seine Tees gemischt, abgewogen und verpackt. Auf einem langen, L-förmigen Metalltisch, der auch in einem Labor hätte stehen können, befanden sich mehrere digitale und analoge Waagen und in den schlichten Regalen an der Wand große Plastiksäcke mit Tee, Blütenblättern und getrockneten oder kandierten Früchten. Dazu Papierbeutel in verschiedenen Größen und noch ungefaltete Versandkartons. In einer Ecke schließlich ein kleiner Holzschreibtisch mit einem Desktop-Computer samt in die Jahre gekommenem Monitor und Drucker. Der Geruch war derselbe wie vorn im Laden, nur um Längen intensiver. Britta stand an dem Metalltisch und hatte mehrere kleine Plastikbeutel vor sich liegen.

»Ich musste nicht einmal lange danach suchen.«

Lennart sah sie stirnrunzelnd an.

»Nach dem Hasch und den Ecstasy-Pillen, meine ich.«

Jetzt warf auch Lennart einen Blick auf die Beutel mit einer beachtlichen Menge an Drogen darin. Ihr Verdacht vom Vortag, Møller habe im größeren Stil gedealt, war damit zur Gewissheit geworden.

»Okay, das sollen die Kollegen vom Rauschgift übernehmen. Nicht unwahrscheinlich, dass hier unter den ganzen Tees und Früchten noch mehr von dem Zeug lagert. Und Tao muss wohl doch mal raus aus ihrem Schneckenhäuschen und sich ansehen, ob es auf diesem Rechner irgendwas Interessantes gibt. Wir beide nehmen uns inzwischen in Ruhe Møllers Wohnung vor.«

***

Tao war zunächst nicht gerade begeistert gewesen, ihre Schreibtischrecherche unterbrechen zu müssen, um den Computer vor Ort auf relevante Inhalte zu überprüfen. Dann hatte sie aber bereits nach kürzester Zeit das einfache Passwort geknackt und machte sich umgehend ans Sichten der Dateien. Britta und Lennart stießen währenddessen in der Wohnung des ermordeten Teehändlers zwischen Schallplatten, jeder Menge vergilbten, meist ziemlich hochliterarischen oder gar philosophisch klingenden Büchern und allerlei esoterischem Krimskrams wie Klangschalen, Räucherstäbchen und Massagezubehör noch auf ein wenig mehr Hasch und LSD in kleinen Blechdöschen. Auch hier hatte Møller einen Schreibtisch stehen, auf dem ziemlich ungeordnet die Unterlagen für das bevorstehende Swing-Festival lagen sowie Verträge und Abrechnungen zu anderen von ihm organisierten Kulturevents: Krimilesungen, ein paar Abende mit lokalen Kabarettisten, eine Fantasy-Buch-Nacht sowie ein zweitägiger Poetry-Slam im Besucherzentrum von Hammershus.

Für Lennart hatte sich bei der Durchsuchung nach und nach jenes Bild von Bjarne Møller verfestigt, das sich bereits am Vortag in Umrissen abgezeichnet hatte: Der Mann hatte neben seinem Teeladen noch diverse andere Interessen gehabt, vom illegalen Drogenhandel und dem Veranstalten zahlreicher Kulturevents bis hin zur Mitgliedschaft bei den Philanthropisten. Außerdem hatten sie einen E-Bass, einen klassischen Kontrabass und entsprechende Noten gefunden. Møller hatte sich allem Anschein nach sogar als Hobbymusiker betätigt.

Während sich Britta noch in der Küche umsah, ließ Lennart sich in den bequemen Eames-Sessel fallen und nahm ein gerahmtes Bild aus dem Regal, das Møller neben einem dunkelhäutigen Mann mit Gitarre zeigte. Wahrscheinlich ein Pressefoto, das nach einem Konzert entstanden war. War der Gitarrist eine internationale Jazzgröße? Lennart kannte sich mit dieser Musik nicht aus. Er kniff die Augen zusammen, um Møller auf der Abbildung besser erkennen zu können. Er sah zufrieden aus, trug ein rundes Seemannsmützchen auf dem schulterlangen grauen Haar, das weit aufgeknöpfte schwarze Leinenhemd hing über der Hose. Vervollständigt wurde das Outfit durch eine wild gemusterte Weste und eine runde Brille mit rotem Rand. Man sah auf den ersten Blick, dass dieser Mann ein eher unkonventionelles Leben geführt hatte.

Lennart stellte das Foto zurück und schloss für einen Moment die Augen, um besser nachdenken zu können. Bei den vielen Hobbys und Terminen hatte Møller wohl nicht viel Zeit mit seinem Lebenspartner verbracht. Und wenn, war diese offensichtlich nicht immer harmonisch verlaufen, das hatte Ludger ja am Vortag bereits angedeutet. Ein Grund dafür war die unterschiedliche Sichtweise bezüglich ihrer Beziehung, die Møller gern öffentlich gemacht hätte, während Hedegaard sich das mit Blick auf seine Stellung als Jugendbeauftragter nicht getraut hatte. Und dann war da noch die Sache mit den Drogen. War Ludger darüber im Bilde gewesen, dass sein Partner nicht nur Hasch für den Eigenbedarf vorhielt, sondern im großen Stil dealte? Und wenn ja – wie hatte Hedegaard, der engagierte Sozialarbeiter, der sich um das Wohl der Inseljugend kümmerte, wohl darauf reagiert? Während er versuchte, schwierige Jugendliche von einem Abgleiten auf die schiefe Bahn zu bewahren und sich um Drogenkonsumenten kümmerte, besorgte sein Mann denen skrupellos neuen Stoff? Unvorstellbar!

Vielleicht war der Konflikt ja eskaliert, und Ludger hatte überreagiert … möglich, aber Lennart blieb skeptisch. Passte die Art, wie der Teehändler ums Leben gekommen war, wirklich zu dieser Theorie?

Wenn Møller von seinem Freund Ludger getötet worden wäre, dann wohl eher infolge eines Streits, als Tötung im Affekt. Ein Messer, das durch den Raum geflogen war, ein Schlag mit irgendeinem Gegenstand – aber doch kein minutiös geplanter perfider Giftgasanschlag in einem Privatflugzeug, in dem Møller nur Passagier gewesen war. Und hätte Ludger wirklich zwei Unschuldige mit in den Tod geschickt? Wohl kaum.

Er seufzte. Vielleicht war ja unter den anderen, die Møller nicht wohlgesonnen gewesen waren, ein geeigneterer Kandidat für diese Art Mord. Ludger Hedegaard hatte von der verstorbenen Ex-Frau gesprochen und betont, dass es immer wieder Streit mit dem Sohn gegeben hatte. Schließlich war der mitsamt seiner Familie vom Vater abgewiesen und damit sicher tief gekränkt worden. Ein nicht zu unterschätzender emotionaler Faktor für Erik Møller, der sich als Pilot mit Flugzeugen bestens auskannte. Und zur Tatzeit auf der Insel gewesen war. Lag da der Schlüssel zum Fall? Lennart grübelte. Der erfolgreiche junge Berufspilot einer großen Airline, der auf einmal zum kaltblütigen Dreifachmörder wird, weil sein schwuler Vater seiner Mutter das Herz gebrochen hat und seine Enkeltochter nicht sehen will? Der einen Anschlag mit Giftgas plant und ausführt, weil er sich nicht genügend wertgeschätzt fühlt von einem Vater, der so ganz und gar nicht nach seinen Wertevorstellungen lebt? Lennart seufzte wieder. Dieses Szenario war auch nicht viel wahrscheinlicher als das vorherige. Dennoch würde er sich noch einmal genauer mit dem Sohn, womöglich auch mit dessen Frau unterhalten müssen.

Lennart stand auf, um sich noch ein wenig umzusehen, bevor die Kollegen von Spurensicherung und Drogenfahndung hier alles auf links drehten. Er ging zu dem schweren Sideboard auf der Fensterseite des Wohnzimmers und zog willkürlich ein paar Schubladen auf. Was er in einer davon erblickte, überraschte Lennart deutlich mehr, als wenn er auf ein paar Kilo Kokain gestoßen wäre: Fein säuberlich gefaltet lagen dort gleich mehrere Tischtücher übereinander, die allesamt aus der Produktion von Britta Blomdal stammten. Lennart hatte schon mehrere von ihnen geschenkt bekommen, um damit sein Haus, das in Brittas Augen noch immer viel zu kahl und sachlich eingerichtet war, wohnlicher und damit hyggeliger zu machen. Daher erkannte er sofort die orangefarbenen Heringe und die blauen Hummer, die sich auf Møllers Tischwäsche fanden. Er nahm das oberste Tuch heraus und ging damit in die Küche, wo Britta noch immer dabei war, die Küchenschränke zu durchsuchen.

»Schau mal, was ich gefunden habe!«

Britta wandte den Kopf und lächelte. »Was Tischkultur angeht, hatte er auf jeden Fall einen ziemlich erlesenen Geschmack«, sagte sie augenzwinkernd.

»Also war er Kunde bei dir?«, fragte Lennart mit gerunzelter Stirn.

»Sieht so aus, oder?«

»Er hat sogar noch einige mehr davon im Schrank. Wusstest du das?«

»Dass er ein paar Tischtücher von mir hat? Klar. Er hat sie schließlich bei mir gekauft. Ist so etwas neuerdings verboten?«

Lennart schüttelte den Kopf. »Das nicht, aber du hast eben nicht davon erzählt.«

»Hätte ich das tun müssen?«

»Wäre schon ganz interessant gewesen …«

»Ich bin nicht davon ausgegangen, dass der Kauf einer Tischdecke besonders relevant ist. Ach ja, damit du das gleich weißt: Pfarrerin Lauritsen findet auch immer mal wieder was in meinem Laden. Bei aller Bescheidenheit: Man kommt auf Bornholm nur schwer an meinen Sachen vorbei, wenn man das Schöne und Besondere schätzt.«

Lennart ignorierte Brittas provokativen Tonfall. Stattdessen musste er grinsen. »Hätte ich Møller gar nicht zugetraut, dass er sich so viel Zeit für das Schöne und Besondere nimmt, nach allem, was wir über ihn wissen.«

»Na ja, eigentlich war er vor allem deshalb bei uns auf dem Hof, weil Mats auch seinen Tee für das Hofcafé bei ihm bezieht. Genauer: bezogen hat.«

»Ach ja?«

Mats Lund, Brittas Mann, betrieb ein Café auf dem gemeinsamen Künstlerhof des Ehepaars in Gudhjem. Lennart mochte den Tausendsassa, der gefühlt in wirklich jede Richtung begabt war. Und schätzte den ausnehmend guten Espresso, den er machte. Vielleicht den besten auf der gesamten Insel. Von dem könnte er jetzt eine Tasse vertragen.

»Weißt du, wir Bornholmer Geschäftsleute versuchen, uns gegenseitig zu unterstützen. Dazu gehört auch, dass man lokal einkauft. Wir verwenden im Café Tassen aus der Töpferei um die Ecke, Gläser von Tine Borup, Kaffee aus der Insel-Rösterei und eben auch Tee vom *Bornholmsk Thehus*.«

»Verstehe. Also kannte Mats ihn gut?«

»Gut würde ich jetzt nicht sagen. Besser als ich, das ja. Wie gesagt, Møller war hin und wieder mal da, hat Mats neuen Tee vorbeigebracht. Dann haben sie sich auch über philosophische Bücher unterhalten oder so. Und einmal hat Mats bei einem dieser philosophischen Gesprächsabende, die Møller veranstaltet hat, etwas über französischen Poststrukturalismus erzählt – was auch immer das sein mag. Ich hab ja keinen blassen Schimmer von dem Zeug und kapiere auch nicht, was Mats daran so fasziniert. Egal. Und bevor du jetzt sauer auf mich bist: Das alles hatte ich bis gestern Abend gar nicht mehr auf dem Schirm. Mats hat mich daran erinnert, als wir über den Fall gesprochen haben. Ist auch schon lange her mit dieser Veranstaltung.«

Lennart zog die Schultern hoch. »Hättest du mir ja trotzdem erzählen können.«

»Ich hab's nicht für relevant gehalten, sorry.«

Er nickte, konnte seinen Unmut aber nur schwer verbergen.

»Chef, ehrlich jetzt … ich meine, Lennart … okay, du hast ja irgendwie mal wieder recht. Tut mir leid. Übrigens hatte sich Møller in den letzten Monaten wohl auch für Baurecht interessiert, darin kennt sich mein Göttergatte als diplomierter Architekt ja ganz gut aus.«

»Hatte er denn irgendein Bauprojekt geplant?«, hakte Lennart nach.

»Das habe ich Mats auch gefragt, aber Møller hat sich wohl immer bedeckt gehalten, worum es genau ging.«

»Dazu müssen wir auf jeden Fall Ludger Hedegaard und Møllers Sohn befragen.«

»Definitiv«, stimmte Britta zu.

»Weiß ich denn jetzt wirklich alles über Mats' Beziehung zu Møller?«, fragte Lennart und gab sich keinerlei Mühe, seine Skepsis zu verbergen.

»Na ja … wenn du mich so direkt fragst … fast.«

Lennart seufzte. »Was kommt denn jetzt noch, Britta?«

Seine Kollegin senkte betreten den Blick. »Mats hat sich ein, zwei Mal was mitbringen lassen von Møller …«, erklärte sie zögerlich.

Lennart verstand nicht. »Das sagtest du ja schon, er hat ihm häufiger Tee vorbeigebracht.«

»Ich rede nicht von Tee, sondern von Gras, Lennart.«

Dem fiel die Kinnlade herunter. »Er hat … Drogen gekauft? Du willst mir allen Ernstes sagen, dass unser Mordopfer der Dealer von deinem Mats war?«

»Moment: Ich *wollte* dir das gar nicht sagen, du hast mir das Messer auf die Brust gesetzt!«

Nun sah sie Lennart wieder direkt in die Augen und lächelte. Diese Unschuldsmiene beherrschte sie wie kaum eine Zweite. Fehlte nur noch der Heiligenschein.

Lennart zog die Stirn in tiefe Falten. »Ich … glaub das jetzt nicht so ganz … wie kannst du mir sowas verschweigen – und wieso macht ihr sowas überhaupt?«

Sicher, Britta und Mats waren ziemlich unkonventionell und ziemlich alternativ unterwegs – aber dass sie illegale Drogen konsumierten, hätte er nun wirklich nicht erwartet. Er selbst hatte bei aller Modernität, die er – nicht zuletzt wegen seiner beiden Teenager-Töchter – anstrebte, ziemlich restriktive Ansichten, was die Legalisierung der sogenannten »weichen Drogen« anging. Er war nun einmal in einer Welt und zu einer Zeit aufgewachsen, in der es noch klare Fronten gab: Marihuana war in allen Formen des Konsums illegal und kam allein schon aus diesem Grund für ihn nicht infrage, basta. Die Substanz wurde damals allgemein als Einstiegsdroge gesehen, was seine Lehrer, die Medien und auch seine Eltern immer wieder unterstrichen und betont hatten, wie gefährlich das Zeug für die Gehirne von Jugendlichen sein konnte. Dass diese Ansicht auf einmal überholt sein sollte, wollte nicht in seinen Kopf. Er selbst hatte während des Studiums immer wieder Hasch-Konsumenten im Freundeskreis erlebt, die irgendwann in Lethargie erstarrten und mittags letztlich nur noch aufstanden, um sich ihren nächsten Joint zu drehen. Und dann war da dieser eine gute Freund gewesen, der damals auf der Klassenfahrt nach Kopenhagen zum ersten Mal Hasch konsumiert hatte und von da an in einen Sumpf abgerutscht war, in dem er sich mit nicht einmal neunzehn Jahren den goldenen Schuss gesetzt hatte. Zufall, vielleicht. Für Lennart allerdings Mahnung genug.

Das alles versuchte er immer wieder, auch seinen Mädchen zu vermitteln, doch die wuchsen diesbezüglich in einem gänzlich anderen Umfeld auf. Er hoffte dennoch, dass seine Predigten bei Magda und Ida etwas gebracht hatten. Denn selbst wenn Cannabis gar nicht so gefährlich war, wie man früher propagiert hatte: Musste man neben Alkohol unbedingt noch eine weitere Droge legalisieren, um sich aus der Realität wegzuschießen, um für einen Moment die Kontrolle über sein Leben zu verlieren? Für ihn selbst war ein solcher Kontrollverlust ohnehin wenig erstrebenswert, ein Vollrausch hatte für ihn weder Angenehmes noch Verheißungsvolles, sondern löste schlicht Angst aus – und das diffuse Unbehagen, vielleicht nie mehr aus dem Dämmerzustand in die Realität zurückzufinden.

»›Macht ihr sowas?‹« Brittas erstaunt klingendes Zitat seines letzten Satzes unterbrach Lennarts Gedanken und brachte ihn wieder zurück ins Hier und Jetzt. Sie hatte jedes Wort einzeln betont. »Ich habe wohlgemerkt nur von Mats gesprochen. Wenn du es ganz genau wissen willst …«

»Hallo? Sind Sie hier drin?«, tönte es von der Wohnungstür her, die gerade geöffnet wurde.

Lennart erkannte die Stimme von Ludger Hedegaard. »Lass uns das bitte nachher vertiefen, Britta, nicht hier vor … ihm.«

Britta zog skeptisch die Brauen hoch, nickte aber letzten Endes.

»Wir sind in der Küche!«, rief Lennart in Richtung Korridor. Kurz darauf erschien Møllers Lebensgefährte in der Tür. Heute trug er ein dunkelgrünes Cordsakko und hatte erneut die lederne Umhängetasche über der Schulter.

Lennart und Britta konfrontierten Ludger zunächst mit den weiteren Drogenfunden im Teeladen – wieder beharrte der darauf, von Ecstasy, LSD und Co. nie irgendetwas mitbekommen zu haben.

»Herr Hedegaard«, setzte Lennart seufzend an, »ich glaube Ihnen ja, dass Sie an Bjarne Møllers Drogengeschäften nicht aktiv beteiligt waren, ich würde Ihnen sogar noch abkaufen, dass Sie das alles kritisch sahen und Ihren Freund davon abbringen wollten. Aber dass Sie nie etwas davon mitgekriegt haben, können Sie mir wirklich nicht erzählen.«

»Ich kann Ihnen nichts anderes sagen«, gab Hedegaard schmallippig zurück. »Weil es nun mal der Wahrheit entspricht. Ich wusste nur von den Cannabisprodukten für Bjarnes eigenen Konsum.«

Lennart nahm ihm das einfach nicht ab, aber er würde das Thema erst mal gut sein lassen. Sollten die Kollegen vom Rauschgiftdezernat sich doch damit rumschlagen.

Es war Britta, die die nächste Frage stellte und damit dem Gespräch eine andere Richtung gab: »Bjarne war ja sehr aktiv als Veranstalter in der Kulturszene der Insel. Gab es da jemanden, dem er auf die Füße getreten ist, mit dem er Streit hatte?«

»Er war nicht nur als Veranstalter, sondern auch selbst als Künstler aktiv. Er hat zum Beispiel selbst Leseabende bestritten und Bass in einer Jazzcombo gespielt.«

Lennart war erstaunt, was manche Leute alles in ihrer Freizeit zu Wege brachten, während er das Gefühl hatte, mit seinem Beruf jeden Tag so ausgelastet zu sein, dass er kaum mehr Kraft für ein einziges Hobby hatte.

»Und, gab es da manchmal Ärger?«, hakte Britta nach.

Ludger Hedegaard zog sich einen der beiden Stahlrohrstühle unter dem schmalen Küchentisch heraus, stellte seine Aktentasche daneben auf dem Boden ab und setzte sich.

»Und ob«, lautete seine Antwort auf Brittas Frage. »Immer und immer wieder. Mit Bands, die nach einem Konzert viel mehr Geld wollten als abgemacht, oder Veranstaltern, die sich von der Konkurrenz durch Bjarne bedroht fühlten. Das Swing-Festival etwa lief wirklich gut und machte Bjarne zu einer richtigen Größe im Live-Musikbusiness der Insel, an der man nicht mehr vorbeikam. Er hatte vor, in nächster Zeit in Pop und Rock einzusteigen, vielleicht auch mal etwas Großes aufzuziehen. Aber dazu kam es ja nicht mehr.«

Lennart nickte. Das alles klang nach normalen Reibereien unter Mitbewerbern und Vertragspartnern.

»Gab es sonst noch jemanden, mit dem er im Clinch lag?«

Hedegaard schloss die Augen und holte tief Luft. »Wissen Sie, Bjarne war kein einfacher Mensch. Ein streitbarer Geist, der mit seiner Weltsicht öfters angeeckt ist. Eine Art verspäteter Hippie, wenn Sie so wollen. Alles musste in Freiheit geschehen, die Menschen sollten alles ausprobieren können, wenn sie nur niemand anderem schadeten. So hat er es auch beim Hasch gehalten. Er sah das als Mittel zur Bewusstseinserweiterung an, die den Leuten helfen sollte, mit ihrem Leben klarzukommen, Sinn für sich zu finden. Damit verstieß er immer wieder gegen Konventionen und war ständig in Diskussionen verwickelt. Aber das machte ihn eben auch interessant.«

Lennart entging nicht, dass die Stimme des Mannes beim letzten Satz brach. Er presste die Lippen aufeinander, seine Augen wurden feucht.

Einen Augenblick wartete Lennart ab, bis er sagte: »Aber wie passt dazu seine Mitgliedschaft bei den Philanthropisten? Ist das nicht eher ein ziemlich konservativer Haufen?«

»Allerdings«, gab Hedegaard mit einem schweren Seufzer zurück. »Aber ich habe das Gefühl, die wollten sich mit einem Bohemien, wie es Bjarne war, ein wenig schmücken. Außerdem ist es ihr erklärtes Ziel, aus allen Lebensbereichen und Berufsfeldern Mitglieder zu haben. Also haben sie ihn gefragt, ob er bei ihnen mitmachen will.«

Lennart nickte. »Verstehe. Das erklärt, warum der Club ihn aufnehmen wollte. Aber dass Bjarne Møller nicht rundweg abgelehnt hat, wundert mich sehr, nach allem, was wir inzwischen über ihn erfahren haben. Sie sagten ja gerade selbst, er konnte nicht viel mit Konventionen anfangen. Und da hat er sich so mir nichts, dir nichts in die Hierarchie eines derartigen Clubs einfinden können?«

Hedegaard schüttelte energisch den Kopf. »Im Gegenteil. Er konnte das ganz und gar nicht. Und ja, es gibt dort hierarchische Strukturen, tausend Regeln und ungeschriebene Gesetze, an die man sich zu halten hat. Aber es hat ihm nichts ausgemacht, sich daran zu reiben, im Gegenteil, es war genau sein Ding, sich als Enfant terrible zu zeigen. Sein Ziel war, den Haufen von innen heraus zu reformieren, hat er immer gesagt. Wobei Bjarne prinzipiell schon hinter den Vereins-Grundsätzen, hinter dem charitativen Gedanken stand. Er konnte der Idee eines Netzwerks, das man aufbaut und letztlich nutzen kann, um Gutes zu schaffen, wirklich etwas abgewinnen. Aber es hat ihm eben auch gefallen, die Leute zu provozieren und zu einer anderen Denkweise herauszufordern. Verstehen Sie?«

Lennart zog die Brauen zusammen. »Schon klar, was Sie meinen. Herrn Møllers Beweggründe scheinen mir aber dennoch recht schwer verständlich.«

Warum war Møller in diesen Verein eingetreten, wenn er sich an so vielem störte? Hatte doch mehr dahintergesteckt, als ein wenig zu provozieren? Etwa der geheime Wunsch nach einer bürgerlicheren Existenz, nach gesellschaftlichem Ansehen, sozialer Anerkennung? Oder etwa der Hintergedanke, vom internen Netzwerk, das diese Clubs boten, selbst zu profitieren? Lennart würde am Nachmittag Morten Nygaard nach seiner Einschätzung fragen.

»Da gab es noch was, womit Bjarne aneckte«, fuhr Hedegaard fort. »Es hatte mit dem Laden und dem kleinen Teesalon zu tun. Letztlich mit dem gesamten Bau hier.«

»Ach ja?« Lennart war verwundert, wie auskunftsfreudig sich Hedegaard heute gab. Gestern hatten sie ihn noch ganz anders kennengelernt.

»Eine große amerikanische Kaffeehauskette hat Pläne, sich auf der Insel anzusiedeln. Und das ausgerechnet in einem neuen Wohn- und Geschäftshaus, das direkt nebenan entstehen soll.«

»*Die* amerikanische Kaffeehauskette?«, fragte Britta erstaunt.

»Genau die«, bestätigte Ludger und rang sich mit sichtlicher Mühe ein Lächeln ab.

»Aber das ist doch …«, zischte Britta aufgebracht. An ihrem Gesichtsausdruck erkannte Lennart, dass sie bislang nicht die geringste Ahnung davon gehabt hatte. »Das ist ja die Höhe!«

Dass Britta großen Konzernen gegenüber kritisch eingestellt war, wusste er. Dass sie allzu große Veränderungen auf ihrer kleinen idyllischen Insel nicht mochte, ebenfalls – zumal sie auch persönlich betroffen sein würde, denn die Coffeeshops mit dem grün-weißen Logo wären eine ziemliche Konkurrenz für ihr Hofcafé.

Er selbst hingegen mochte zwar ganz gern, was es in diesen Läden gab, und schätzte den vergleichsweise schnellen Service. Doch auf der Insel brauchte auch er die Kette nicht wirklich. An traditionellen Cafés, Kiosken und auch an moderneren Kaffeebars herrschte schließlich kein Mangel. Seine Töchter freilich wären begeistert, wenn sie in Rønne endlich zu *Starbucks* gehen könnten.

Im folgenden Gespräch erfuhren sie von Ludger Hedegaard, dass sich Bjarne Møller mit allen Mitteln gegen die Ansiedlung einer Starbucks-Filiale neben seinem Lädchen gewehrt hatte. Mit Einsprüchen, einstweiligen Verfügungen und diversen Klagen hatte er es geschafft, dass das Nebenhaus bislang noch nicht abgerissen werden konnte. Daher also Møllers Interesse an Baurecht. Der Eigentümer und verhinderte Bauherr, ein Geschäftsmann aus Aalborg, hatte das baufällige und in die Jahre gekommene Nebengebäude vor einem Jahr nur aus dem Grund gekauft, um es abzureißen und an derselben Stelle einen Neubau hochzuziehen. Dann wäre ein Ladengeschäft an die Kaffeekette vermietet worden. Nun aber verlor er, so Ludger Hedegaard, allmählich die Lust an dem Projekt, selbst wenn es bestimmt um erhebliche Summen ging. Lennart würde versuchen, ihn die nächsten Tage ans Telefon zu bekommen.

***

»Und, wie fällt dein Fazit aus?«, fragte Britta, als sie wieder auf der Straße vor dem Schaufenster von Møllers Teehandel standen. Tao hatte ihnen eben noch berichtet, dass sich im Computer nur Rechnungen und Geschäftsunterlagen für den Laden befunden hatten. Møller hatte seine Veranstaltungs- und Kulturagentur wohl getrennt davon verwaltet. Tao hatte sich auch gleich noch das Laptop aus dem Wohnzimmer vorgenommen, auf dem sich viel Mailkorrespondenz mit Musikern, Schriftstellern und deren Agenturen befand. Zudem die genaue Gewinn-und-Verlustrechnung der vermeintlich kleinen Event-Agentur, die unterm Strich im Vorjahr jedoch deutlich mehr Gewinn abgeworfen hatte, als von Lennart vermutet.

Kein Wunder also, dass sich auf Møllers Konten insgesamt fast fünf Millionen Kronen befanden, dazu gab es noch ein Depot mit etwa der halben Summe. Noch wussten sie nicht, wer als Erbe eingesetzt worden war, aber der- oder diejenige hatte durch den Tod des Teehändlers Aussicht auf ein ordentliches Vermögen.

Lennart sah Tao noch eine Weile hinterher, die mit ihrem E-Bike wieder zurück Richtung Büro fuhr, bevor er bei Britta nachfragte: »Mein Fazit? Inwiefern?«

»Na, meinst du, der Anschlag galt ihm?«

Lennart zuckte die Achseln. »Ich meine, dass sich natürlich nichts ausschließen lässt. Aber mein Gefühl sagt mir, dass wir weitersuchen müssen. Er hat sich sicher einige Feinde gemacht, ist bewusst immer wieder angeeckt und hat Ablehnung in Kauf genommen, um die Leute ein bisschen aufzumischen oder weil er sich in der Rolle des Agent Provocateur gefiel. Wobei das alles weniger für einen Giftgasanschlag als für eine verbale Auseinandersetzung oder eine ordentliche Tracht Prügel spricht. Aber wie gesagt: nur meine Meinung. Und deine?«

»Ich sehe das ähnlich«, erklärte Britta.

Lennart reagierte mit einem beiläufigen Nicken, dem eine unangenehme Gesprächspause folgte. Ein Umstand, der ganz offensichtlich auch Britta nicht entging.

»Das kann doch nicht dein Ernst sein! Soll ich jetzt tatsächlich noch hochoffiziell erklären, was die Sache mit dem bisschen Gras angeht, das sich mein Göttergatte mal besorgt hat?«, fragte sie ungläubig.

Lennart holte tief Luft. »Britta, du bist bei der Polizei. Jetzt tu bitte nicht so, als wüsstest du nicht, welche Verwicklungen das alles auslösen kann. Außerdem hast du mir verschwiegen, dass ihr Møller durchaus näher kanntet. Ich dachte immer, ich kann mich zu hundert Prozent auf dich verlassen – und jetzt das!«

Britta schloss für einen Moment die Augen und schien ihre Gedanken zu sammeln, bevor sie mit betont ruhiger Stimme sagte: »Lass uns doch einfach mal die Dinge auseinanderhalten, Chef. Also, ich hab dir nicht gleich davon erzählt, weil ich … nun ja, vermutet hatte, dass du auf die Mitteilung, dass in meinem Haus ab und an ein Joint geraucht wird, seltsam reagieren könntest.«

»Seltsam? Das sind illegale Drogen!«, echauffierte sich Lennart.

»Ach bitte, wir sind doch nicht das Medellin-Kartell. Ich weiß ja nicht, wie das in eurer Generation ist, aber in unserem Alter hat so ziemlich jeder seine Erfahrungen damit gemacht.«

»Ach ja?«

»Ja, und manche rauchen eben immer noch ab und an was. Mal ehrlich, noch ein, zwei Jahre, dann fällt sogar bei uns in Dänemark das Verbot. Der internationale Druck steigt doch immer mehr.«

»Mag sein. Aber bis dahin ist und bleibt es illegal«, beharrte Lennart.

»Sorry, aber du bist da wirklich ein bisschen überkorrekt.« Sie stockte, atmete tief ein und fuhr fort: »Also, ich entschuldige mich dafür, dich nicht gleich informiert zu haben, dass mein Mann und Møller sich kannten. Tut mir leid. Aber ich entschuldige mich ganz bestimmt nicht bei dir dafür, was Mats ansonsten tut. Das ist seine Sache.«

Lennart zuckte beleidigt die Achseln. »Gut, das muss ich so wohl akzeptieren.« Die Frage, wie Britta selbst es mit dem Kiffen hielt, verkniff er sich fürs Erste. Hatte er bei diesem Thema wirklich eine zu restriktive Haltung? War seine Empörung darüber unangebracht, sogar übergriffig? War er gerade maximal uncool? Vielleicht. Wahrscheinlich sogar. Doch er konnte nicht umhin: Was Regeln und Gesetze anging, gab es für Lennart eben nur eine Haltung – man hatte sie zu befolgen. Ohne Wenn und Aber. Britta hatte da anscheinend eine andere Sichtweise. Lennart hoffte, dass sie es wenigstens für sich behielt, wenn sie und Mats ihre Joints rauchten. Und sich nicht von irgendeinem der anderen Kollegen dabei erwischen ließ.

Sie verabschiedeten sich. Britta sperrte ihr Fahrradschloss auf, und auch Lennart trat den Rückweg zum Büro an. Nicht ohne seiner Kollegin einen letzten Blick zuzuwerfen. Zum ersten Mal konnte er sie nicht richtig einschätzen, was ein ungutes Gefühl in seiner Magengegend hinterließ.

***

Als Lennart im Büro ankam, war Britta wie erwartet bereits zurück. Durch ihre geschlossene Tür konnte er sie telefonieren hören. Dabei stand ihr Büro normalerweise immer weit offen. Womöglich ein Zeichen, dass sie Lennart lieber aus dem Weg ging. Aber sollte sie ruhig. Vielleicht hatte er sich komisch verhalten – sie aber ebenfalls. Er beschloss, allein nach Østerlars zu Birte Lauritsen zu fahren. Ein bisschen Abstand konnte nicht schaden.

Zumal das den Vorteil hatte, dass Lennart in Ruhe seinen Gedanken nachhängen konnte, während er den SLC durchs Inselinnere steuerte. Der immer intensiver werdende Geruch der sonderbaren Ernte ließ ihn an Maren denken. Was wusste er eigentlich über sie? Letztlich auch nicht mehr als über seine Kolleginnen, konstatierte er. Wahrscheinlich sogar weniger. Sicher, sie hatten sich schon über diverse Themen unterhalten, hatten im Winter viel gechattet, als Maren so viel auf Reisen gewesen war.

Aber wie hielt *sie* es zum Beispiel mit Rauschmitteln? Sie trank nicht viel Alkohol, das wusste er, auch wenn sie sich schon manchmal eine Flasche Wein oder Champagner zusammen genehmigt hatten. Ganz anders als er liebte sie Kräuter- und Früchtetees und trank schon mal einen fruchtigen Cocktail. Aber wie stand sie zum Cannabiskonsum? Nahm auch sie wie so viele Spitzenköche, von denen er gehört hatte, regelmäßig Drogen oder Medikamente, um Stress und Druck in der Küche besser zu ertragen?

Sie hatte ihn schon ein paarmal damit aufgezogen, dass er stets alle Regeln beachtete und noch nicht einmal das rigorose Insel-Tempolimit von achtzig Stundenkilometern je nennenswert überschritt. Dass er keinen Kopfsprung vom Beckenrand wagte, wenn ein Schild es verbot, und sich in keiner Schlange vordrängelte. Weil er sich nun mal aus Prinzip an Gesetze hielt, solange sie galten. Er liebte Gesetze, daher hatte er letzten Endes auch diesen Beruf gewählt. Sie bestimmten den Ordnungsrahmen seines Weltbilds und gaben ihm ein Gefühl der relativen Sicherheit.

Hatte Maren ihm also nur deswegen nicht erzählt, dass sie sich ab und an etwas einwarf oder rauchte, weil sie wusste, was für ein überkorrekter Korinthenkacker er war, wie Britta es vorhin angedeutet hatte? Vielleicht. Er würde sie auf jeden Fall demnächst einmal ganz unverfänglich fragen, wie sie zu solchen Dingen stand. Er stieß die Luft aus. Wie würde er reagieren, wenn sie eine ähnliche Haltung wie Britta und Mats vertrat? Na ja, es wahrscheinlich einfach akzeptieren. So wie Ludger Hedegaard vieles an seinem Lebenspartner akzeptiert hatte, das er selbst nicht guthieß.

Lennart wandte sich wieder seinen Ermittlungen zu. Er war gespannt, was er gleich bei Birte Lauritsen über die Herkunft des Geldes herausfinden würde, das ihr Mann auf dem Flug dabeigehabt hatte. Die Summe, um die es sich drehte, war schließlich nicht ganz ohne.

Steckte dahinter die Lösung ihres Falles? Hatte man Finn Iversen gezielt getötet und die Ermordung von Møller und Forsberg nur als Kollateralschäden in Kauf genommen, weil die Männer sich zur falschen Zeit am falschen Ort befunden hatten?

Diesmal traf er Birte Lauritsen im Dachstuhl der Kirche an, durch den sie gerade eine Schulklasse führte. Lennart war die Treppen in die Kuppel des Rundbaus so schnell hochgestiegen, dass er ganz froh war, nicht gleich mit seiner Befragung beginnen zu müssen. Stattdessen lehnte er sich etwas abseits unauffällig an eine Wand und lauschte den Ausführungen der Pfarrerin über die gewaltige Balkenkonstruktion. Auf den ersten Blick wäre man kaum darauf gekommen, dass die junge Frau, die da fröhlich mit den Kindern scherzte, keine zwei Tage zuvor ihren Mann verloren hatte. Doch sah man genauer hin, verrieten die tiefen Schatten unter ihren Augen und ihre angestrengten Gesichtszüge, dass es ihr weit schlechter ging, als sie sich im Moment anmerken ließ.

Die Schulklasse – Lennart schätzte, dass es sich um Zehn- oder Elfjährige handelte – hing regelrecht an ihren Lippen. Nur ein kleines Grüppchen aus drei Jungs und zwei Mädchen hatte sich abseits gestellt und alberte ein wenig herum. Den Rest der Gruppe hingegen schien die Geschichte, die die Pfarrerin erzählte, regelrecht in Bann zu schlagen. Anhand des Schicksals einer erfundenen Familie, die einst hier im Dorf gelebt und gearbeitet hatte, erklärte sie die frühere Funktion der Wehrkirche. Er lächelte. Die Kinder stellten immer neue Fragen über Lars, den Zimmermann, und dessen Frau und Kinder, die die Pfarrerin geduldig beantwortete. Irgendwann jedoch drängten die beiden Lehrerinnen zum Aufbruch, die Kinder verabschiedeten sich und stürmten an Lennart vorbei die enge Treppe mit den grob behauenen Steinstufen hinunter.

Birte Lauritsen rang sich ein gequältes Lächeln ab, als sie Lennart erkannte. Er ging auf sie zu und begrüßte sie, und mit einem tiefen Seufzer erwiderte sie seinen Gruß.

»Wie geht es Ihnen?« Wie deplatziert diese Frage auch klingen musste, gehörte sie eben doch zum guten Ton.

»Das können Sie sich ja denken«, sagte sie kraftlos. »Ich habe so gut wie nicht geschlafen.«

»Und haben trotzdem diese Schülergruppe geführt und sich extra noch eine Geschichte ausgedacht?«

Birte Lauritsen nickte matt. »Ich muss mich ablenken, so komme ich wenigstens für kurze Zeit mal aus dem Gedankenkarussell raus, das sich in meinem Kopf unablässig dreht. Die kleine Geschichte vom Zimmermann Lars und seiner Familie haben Finn und ich uns mal ausgedacht. Es tat gut, sie heute den Jungs und Mädchen zu erzählen und zu sehen, dass sie ihnen gefällt. Man muss die Kids heute mehr denn je mit Inhalten abholen, die sie fesseln, gerade in meinem Metier. Dafür Interesse zu wecken, ist häufig schon völlig unmöglich geworden. Aber Sie sind nicht hier, um über die Herausforderungen moderner Religionspädagogik zu reden. Gibt es Neuigkeiten zu Finns Tod?«

»Noch keine nennenswerten. Ich müsste mich aber noch einmal über ein paar Punkte mit Ihnen unterhalten. Sollen wir uns vielleicht irgendwo setzen?« Lennart sah sich im Rund des Dachbodens nach einer Sitzgelegenheit um, doch Birte Lauritsen entgegnete: »Wenn es Ihnen nichts ausmacht, wäre es mir lieber, Sie kämen kurz noch mit mir zum Glockenturm hinüber. Ich war vorher mit den Kindern dort oben und habe in der Eile vergessen, die Tür abzuschließen. Ich möchte nicht, dass Unbefugte hinaufsteigen, oben ist nicht alles gesichert. Und glauben Sie mir – manche Touristen würden ihr Leben riskieren für ein perfektes Instagram-Foto.«

Lennart hatte nichts dagegen. Er folgte der Pfarrerin die Treppe hinunter durch den Rundbau der Kirche und überquerte mit ihr zusammen den Friedhof, auf dem zwei Frauen gerade dabei waren, ein Grab zu bepflanzen.

»Ich hätte da eine Frage wegen der Beerdigung«, wandte sich Birte Lauritsen an ihn, als sie an der Remise mit der Trauerkutsche vorbeikamen, die er gestern bereits eingehend besichtigt hatte. »Wann kann ich damit rechnen, dass Finn freigegeben wird?«

»Das kann ich Ihnen noch nicht genau sagen, aber ich werde bei der Gerichtsmedizin nachfragen. Kümmern Sie sich denn selbst darum?«

Sie sah ihn fragend an.

»Ich meine, werden Sie die Beerdigung abhalten?«

Die Pfarrerin blieb stehen, holte tief Luft und sagte dann: »Ich hatte es zunächst erwogen, habe mich aber inzwischen dagegen entschieden und meinen Kollegen von Sankt-Povl darum gebeten.«

Lennart nickte. Er kannte die Kirche im Süden der Insel, in der Nähe von Nexø, vom Vorbeifahren. Ein rechteckiger Bau im romanischen Stil, der zwar nicht ganz so viele Touristen anzog, für ihn aber nicht minder pittoresk aussah als die Rundkirche.

»Der dortige Pfarrer ist ein Freund, er wird das bestimmt ganz in meinem Sinne machen. Ich selbst kann das nicht. Bei all dem Trost, den einem der Glaube geben kann – die Trauer über diesen unerhörten Verlust ist noch viel zu groß«, erklärte Birte Lauritsen.

Absolut verständlich fand Lennart, dass sich die junge Frau nicht in der Lage sah, die Zeremonie durchzuführen. »Das ist sicher besser«, gab er zurück. Er selbst hatte bei der Beerdigung seiner Mutter kein einziges Wort herausgebracht, das nicht bereits im Ansatz von Tränen erstickt worden wäre.

Die Pfarrerin und er hatten inzwischen den im Verhältnis zur Kirche gar nicht allzu hoch aufragenden Glockenturm mit seinem steilen verschindelten Satteldach erreicht. Das obere Drittel war mit dunklem Holz verkleidet, der Rest hob sich ebenso makellos weiß getüncht vom inzwischen stahlblauen Himmel ab wie der zugehörige Kirchenbau. Die hölzerne Tür zum Treppenhaus des Turms stand offen.

»Ich müsste nur noch rasch oben nachsehen. Nicht dass ich jemanden einsperre, der sich dort unbefugt aufhält. Möchten Sie vielleicht hier warten?«

»Ich komme gern mit, wenn es Ihnen nichts ausmacht«, entgegnete Lennart. »Bin gespannt auf die Aussicht. Ich mag es ohnehin, immer mal wieder die Vogelperspektive einzunehmen.«

Lennart erinnerte sich an seinen letzten spektakulären Fall, den ersten Mord, den er zusammen mit Britta und Tao auf der Insel aufzuklären hatte: Damals hatte er kurzerhand seine Scheu vor Fahrstühlen überwunden und war auf den riesenhaft aufragenden ehemaligen Abhörturm im äußersten Südosten der Insel gefahren. Und hatte dort oben die zündende Idee gehabt, die letztendlich zur Lösung des Falles geführt hatte. Das erwartete er sich heute zwar nicht – dennoch interessierte ihn der Ausblick auf die Kirche und den sie umgebenden Friedhof.

»Wollen wir uns dort hinten kurz setzen?«, fragte die Pfarrerin, als sie nach drei Stockwerken im Dachgeschoss angekommen waren und einen Raum mit gewaltigem Dachstuhl betreten hatten. Auf der von der Kirche abgewandten Seite standen zwei große dreieckige Holzläden offen, wodurch letztlich der gesamte Giebel geöffnet war. Ein wackelig aussehendes Geländer war die einzige Absturzsicherung. Kein Wunder, dass Birte Lauritsen diesen

Bereich nicht unbeaufsichtigt lassen wollte. Lennart durchschritt den mit einfachen, knarzenden Dielen ausgelegten Dachboden, der früher wahrscheinlich als Kornspeicher gedient hatte, und sah nach draußen. Von hier oben konnte man über die sanften Hügel und Felder bis hinunter zum Meer und sogar auf die ersten Häuser am Rande Gudhjems blicken.

Birte Lauritsen deutete auf eine nicht sonderlich bequem aussehende Bank direkt vor der Brüstung. »Das hier war einer der Lieblingsplätze von Finn und mir. Wir saßen hier oft abends, haben uns von unserem Tag erzählt und ein Gläschen getrunken. Zweimal haben wir es sogar geschafft, von hier aus den Sonnenaufgang über dem Meer zu verfolgen.« Dann ließ sie sich auf die Sitzbank fallen.

In gebührendem Abstand nahm Lennart Platz. »Ich möchte mich mit Ihnen über das Geld unterhalten, das Ihr Mann auf dem Rückflug von Schweden bei sich trug. Sie konnten sich ja gestern bei unserem Telefonat keinen richtigen Reim darauf machen.«

Er suchte direkten Augenkontakt mit Birte Lauritsen, doch die wandte eilig den Blick ab.

»Ich hatte doch vermutet, dass es sich um Spendengelder handeln könnte«, erklärte sie schmallippig.

»Das ist so nicht ganz richtig«, widersprach Lennart, bemüht, nicht konfrontativ zu klingen. »Ich selbst hatte diese Vermutung geäußert, und Sie sind ziemlich bereitwillig darauf eingestiegen.«

Zu Lennarts Überraschung ließ sie mit einem Mal ein Schluchzen vernehmen. »Wahrscheinlich ist eine Pfarrerin die denkbar ungeeignetste Lügnerin«, presste sie unter

Tränen hervor. »Letzten Endes werden Sie es sowieso erfahren. Warum also sollte ich nicht einfach ganz ehrlich mit Ihnen sein?«

Lennarts Neugier war geweckt. Trotzdem ließ er der jungen Frau Zeit, bis sie von sich aus weiterredete.

»Finn hatte ein Laster, das so gar nicht zu einem tiefgläubigen Mann, zumal einem angehenden Pfarrer, passen wollte. Doch sosehr er auch dagegen angekämpft hat, es ließ ihn nicht los: Mein Mann war spielsüchtig seit seiner Studienzeit. Laster ist freilich der falsche Ausdruck, das Phänomen wird ja gemeinhin als Krankheit gesehen, ganz wie andere Suchterkrankungen auch. Und das ist es, glauben Sie mir. Vielleicht auch eine Heimsuchung, was weiß ich. Finn jedenfalls hat sehr darunter gelitten, wir beide haben das. Es ging seit Jahren so – und statt sich zu verbessern, wurde die Situation nur immer noch schlimmer.«

»Aber zumindest diesmal schien er ja gewonnen zu haben.«

»Wegen des Geldes? Da bin ich mir nicht sicher. Vielleicht hat er auch nur irgendeinen Weg gefunden, dass ihm jemand welches geliehen hat.«

»Das heißt, er hatte Schulden?«

Sie schnaubte. »Natürlich. Wissen Sie, das lief bei uns wie im Lehrbuch: Als Finn damals während des Studiums in Pokerkreise geraten ist, hat er erst mal fast immer nur gewonnen.«

»Wir sprechen von seinem Theologiestudium in Aarhus?«, hakte Lennart ungläubig ein. Wovon Birte Lauritsen da redete, das klang eher nach Chicago in den Fünfzigerjahren als nach der ruhigen Stadt in Jütland.

»Ja, da staunen Sie, so etwas gibt es auch im beschaulichen Dänemark. Nun, Finn hat schon immer gern Karten gespielt, und irgendwann hat man ihn dann eingeladen, nicht mehr nur vorn in der Kneipe um ein paar Kronen zu zocken, sondern im Hinterzimmer um große Beträge. Ihm gefiel das, und er wurde Teil der Szene. Er hatte sogar einen Unterwelt-Namen, man nannte ihn *Saint*, also den Heiligen.«

Lennart schüttelte den Kopf. Er hatte während seiner bisherigen Polizeikarriere tatsächlich nie Kontakt zu solchen Kreisen gehabt und wusste kaum etwas darüber.

»Wie gesagt, das Fatale war: Die ersten Wochen liefen bestens. Tagsüber war Finn in der Uni, nachts hat er am Pokertisch sein Geld verdient. Und ich war so naiv zu glauben, er arbeite als Nachtwächter in einer großen Bank. Das war nämlich die Version, die ich zu hören bekam.«

»Lassen Sie mich raten: Seine Glückssträhne endete bald.«

»Leider nicht bald genug. Es ging Wochen und Monate so weiter. Ich wähnte ihn vor irgendwelchen Überwachungsmonitoren seine Bücher exzerpieren, dabei war er längst tief in die Sucht abgerutscht, hatte keinerlei Kontrolle mehr darüber, was er tat. Irgendwann waren die anfänglichen Gewinne weg. Und dann hat er auf einmal damit angefangen, mir Storys aufzutischen, warum er zur Überbrückung Geld brauche.«

»Und Sie haben ihm welches gegeben?«

»Nein, ich war inzwischen misstrauisch geworden. Also bin ich ihm eines Abends nachgegangen, hab die halbe Nacht vor der Tür so einer Spelunke gewartet. Als er dann herauskam und mich sah, ist er zusammengebrochen und hat mir alles unter Tränen erzählt. Seine Spielschulden hatten sich zu einer Summe von fast dreihunderttausend Kronen angehäuft. Nach einiger Zeit standen diese Typen vor unserer Tür, mit denen er sich eingelassen hatte, und wollten Cash. Sein Opa war gerade gestorben und hatte jedem seiner Enkelkinder etwas hinterlassen. Das hat gereicht, um diese Leute auszubezahlen, und dann war tatsächlich eine ganze Weile Ruhe. Finn schien kuriert. Er hatte es als Vorsehung verstanden. Rettung in letzter Sekunde. Als hätte ihm der Großvater von oben zugesehen und ihm aus der Patsche geholfen.«

»Verstehe. Und dann ging es wieder los?«

»Zuerst hat es wirklich ausgesehen, als habe er seine Lektion gelernt. Bis er irgendwann für eine Arbeit an der Uni in Hamburg zu recherchieren hatte. Und anscheinend intuitiv wusste, wo dort illegal gezockt wurde. Er war ein paarmal nacheinander dort und irgendwann wieder völlig abgerutscht. Das hat er mir allerdings erst viel später gebeichtet.«

»Hat er es nie mit einer Therapie versucht?«, wollte Lennart wissen.

Sie lachte bitter auf. »Doch, immer wieder. Es war ein ständiges Auf und Ab. Während der Pandemie ging es ihm interessanterweise gut. Alle Welt hat unter der aufgezwungenen Isolation gelitten, wir waren aus dem genannten Grund heilfroh darum, verstehen Sie?«

Lennart nickte.

»Finn hatte sich ganz in die Arbeit gestürzt, seine Habilitation war fast fertig. Wegen Hillview hat er oft mit

Amerika gechattet, ist richtig in der Sache aufgegangen. Vor ein paar Wochen war er dann auf dem großen Hillview-Kongress. In Chicago. Da ist es wieder passiert. Ich hatte es sofort in seinen Augen gesehen, als ich ihn in Kopenhagen vom Flugzeug abgeholt habe. Es war wieder da. Er tat es ab, versuchte, mich zu beruhigen. Ich würde mir alles nur einbilden und er sei einfach motiviert im Hinblick auf den internationalen Jugendkongress hier auf der Insel, den wir zusammen planten. Der sollte quasi das Finale seiner Habilitationsschrift sein. Vor zwei Wochen erzählte er mir dann begeistert von der Zusammenkunft in Schweden, wo er viele Leute treffen wollte, die Weichen stellen für unsere Sache.«

»Und deshalb haben Sie ihm den Flug organisiert?«

Birte Lauritsen schloss für einen Moment die Augen und presste die Lippen aufeinander. Dann nickte sie zögerlich. »Keine Ahnung, was da in Schweden los war, aber als Sie gestern die Sache mit dem Geld erwähnt haben, wusste ich sofort, worum es ging.«

»Gab es denn öfter Ärger mit Leuten, bei denen er die Spielschulden hatte?«, fragte Lennart, um einen ruhigen Tonfall bemüht. Er merkte der Pfarrerin an, wie sehr es sie mitnahm, das alles vor ihm ausbreiten zu müssen.

»Eigentlich ständig«, antwortete sie bitter. »Das sind Typen, die man sonst nur aus Gangsterfilmen oder Reportagen über das Milieu kennt. Immer wieder haben die bei ihm auf der Matte gestanden.«

»Nur in Aarhus oder auch hier?«

»Einmal klingelten diese Inkassoleute an der Tür des Pfarrhofs«, schnaubte sie. »Sie haben ihm unmissverständlich zu verstehen gegeben, dass er besser schleunigst bezahlt, wenn wir weiter unbehelligt leben möchten. Sie können sich vielleicht vorstellen, wie das für mich als örtliche Pfarrerin war. Zum Glück hat es niemand mitbekommen, und wir haben die Summe mal wieder zusammengekratzt.«

»Wie haben Sie das angestellt?«

»Ich habe meine letzten Ersparnisse abgehoben und zusätzlich einen kleinen Kredit aufgenommen.«

Neben all der offensichtlichen Trauer der Frau glaubte Lennart auf einmal auch etwas wie Groll aus ihrer Stimme herauszuhören.

»Ich befand mich immer im Zwiespalt: Sollte ich ihm aus der Patsche helfen, oder vermittelte ihm das nur das Gefühl, dass er am Ende ja ohnehin wieder gerettet würde …«

Lennart kannte dieses Dilemma aus den Erzählungen der Angehörigen von Drogenkonsumenten, mit denen er es als Polizist in Kopenhagen immer wieder zu tun bekommen hatte.

»Aber Sie dürfen das nicht falsch verstehen: Ich bin nicht das arme benutzte Opfer. Finn hat in den Phasen, in denen er clean war, wirklich alles versucht, um sich das Geld auf solide Art zu beschaffen. Er hat sogar in der Töpferei gegenüber der Kirche gejobbt.«

Lennart überlegte. »Und Sie sind sich sicher, dass er sich nie auf irgendeinen … schmutzigen Handel eingelassen hat?«

Birte Lauritsen sah ihn mit gerunzelter Stirn an. »Was meinen Sie damit?«

»Nun ja, verstehen Sie mich nicht falsch, aber … manchmal fordern diese Leute bestimmte Dinge von ihren Schuldnern ein. Dienste, die sie für sie verrichten müssen.«

»Sie meinen Straftaten?«

Lennart nickte. »Manchmal werden sie gezwungen, Drogen zu schmuggeln, Migranten zu schleusen – oder eben auch Schwarzgeld zu transportieren.«

Die Pfarrerin riss die Augen auf. »Sie meinen, daher könnte eventuell das Geld …«

»Möglich wäre es.«

Birte Lauritsen schüttelte resigniert den Kopf. »Diese verdammte Scheißsucht! Finn war insgesamt ein Typ, der sich voll in Dinge reinsteigern konnte. Das hat er bei seinem Studium getan, seinem Glauben, bei der Hillview-Bewegung und der Jugendarbeit. Lauter gute Sachen, für die er alles gegeben hat. Wofür ihm nichts zu viel war, wo er keine Grenzen kannte. Nur traf das eben auch auf diese eine verdammt schlechte Sache zu.«

»Wer genau waren denn diese Leute, die damals bei Ihnen vor der Tür standen und Geld wollten?«

»Schlägertypen. Grobschlächtige, muskelbepackte Männer. Osteuropäer, wie nicht zu überhören war. Woher genau, kann ich Ihnen nicht sagen. Sie fuhren eine schwarze Mercedes-Limousine mit polnischem Kennzeichen. Aber was sagt das schon.«

Lennart hob die Brauen. »Haben Sie sich die Nummer notiert?«

Sie schüttelte den Kopf. »Dazu habe ich nicht schnell genug geschaltet. Ich dachte mir nur, dass ich die hier nie wieder sehen wollte und dass man sich mit denen ganz bestimmt nicht weiter anlegen, sondern tunlichst ihre Forderungen erfüllen sollte.«

»Verstehe. Bekam Ihr Mann durch die Spielsucht auch Probleme in seinem Beruf? Hat vielleicht jemand von der Uni-Verwaltung oder von seinem Lehrstuhl davon Wind bekommen?«

Sie schob die Unterlippe vor und schüttelte den Kopf. »Nicht dass ich wüsste. Wenn man Finn nicht ganz genau kannte, hätte man bei ihm ja nie an so etwas gedacht. Aber Laster und Tugend liegen manchmal näher beieinander, als wir vermuten.«

Da konnte Lennart ihr nur zustimmen. Letzten Endes galt das auch für so gut wie jeden Verbrecher. In seiner Laufbahn war er kaum einem Menschen begegnet, der durch und durch böse oder schlecht gewesen wäre.

»Es hat ihn innerlich regelrecht zerrissen, oft litt er wie ein Hund an diesem Zwiespalt in sich.« Sie machte eine Pause und verzog den Mund zu einem schiefen Lächeln. Auf Lennarts fragenden Blick hin erklärte sie seufzend: »Verzeihen Sie, ich hatte nur gerade so ein Bild vor Augen, wie Finn Petrus ein kleines Spielchen um die Vergebung seiner Sünden vorschlägt. Und so wie er zu Lebzeiten die Leute bequatschen konnte, gehen die hohen Herren da oben ihm jetzt bestimmt auch auf den Leim.«

Auch Lennart musste nun lächeln. »Ein schönes Bild, irgendwie tröstlich …«

»Das stimmt«, gab Birte Lauritsen zurück. »Aber wohl doch eher ziemlich katholisch, diese Sicht aufs Jenseits. Und somit eine ganz andere Baustelle als …«

Sie zuckte zusammen, als unter ihnen ein dumpfer Knall ertönte, gefolgt von einem heftigen Schlag, der die Balken des Holzturms erzittern ließ. Lennart warf der Pfarrerin einen fragenden Blick zu. Die Frau schien ebenso schockiert wie er.

»Die Tür ist wohl zugefallen«, sagte sie dann. »Wahrscheinlich der Wind.«

»Meinen Sie? Aber es hat zuvor so seltsam geknallt und …«, wollte Lennart eben erwidern, da hörten sie, wie unten im Schloss ein Schlüssel gedreht wurde.

»Man hat uns eingesperrt!« Panisch langte sie in alle Jackentaschen und klang beinahe hysterisch. »Ich habe wohl in Gedanken den Schlüssel stecken lassen …«

»Ob vielleicht die Küsterin…«

»Nein, das würde sie nicht tun!«

»Ich sehe kurz nach!« Lennart sprang auf und rannte durch den Raum in Richtung Treppenhaus. Das alles kam ihm mehr als seltsam vor. Draußen hörte man nun direkt vor dem Eingang den Motor eines Rollers aufheulen. Irgendeines dieser aufgemotzten Dinger, mit denen Jugendliche in ländlichen Regionen so gern unterwegs waren. Kies knirschte unter den Rädern, als der Rollerfahrer Gas gab, dann wurde das Geräusch schnell leiser.

Lennart nahm den ersten Absatz im Laufschritt, dann hielt er abrupt inne. Erstens wegen des beißenden Geruchs nach Schwefel, der ihm mit einem Mal in die Nase stieg, zweitens wegen dem Anblick, der sich ihm bot: Das gesamte Erdgeschoss des Turms war in wabernden roten Nebel gehüllt.

»Was zum Teufel ist hier los?«, sagte er bei sich und fand, dass dieses Bild gar nicht so schlecht passte. So stellte man sich in naiven Darstellungen das Auftreten des Gehörnten vor.

»Ach du meine Güte! Was machen wir denn bloß?« Birte Lauritsen war inzwischen bei ihm angekommen.

»Los! Gehen Sie wieder hoch«, rief er ihr zu. »Wir wissen nicht, wobei es sich bei diesem Gas oder … Qualm handelt. Ich presse mir etwas vors Gesicht und versuche, die Tür unten irgendwie aufzubekommen.«

Lennart zog sich sein T-Shirt über Mund und Nase, holte noch einmal tief Luft und hastete mit angehaltenem Atem die restlichen Stufen hinab. Hier unten war der Nebel fast undurchdringlich. Lennarts Handylampe, die er vor sich hertrug, hatte in dem dichten Qualm praktisch keinen Nutzen mehr, denn je weiter er nach unten gekommen war, desto undurchdringlicher wurde der Qualm. Dafür war die gesamte Szenerie in gleißend helles rotes Licht getaucht. Durch die wabernden Schwaden konnte Lennart eine grellrote Flamme ausmachen, die am Ende einer Art Röhre züngelte. Dazu konnte er deutlich das Zischen eines bengalischen Feuerwerkskörpers ausmachen, die er von seinen wenigen Stadionbesuchen in Brüssel kannte.

Allmählich stieg Panik in ihm hoch. Bald würde ihm die Luft ausgehen. Und wer wusste schon, was für Gase diesem giftigen Nebel beigemischt waren? Ob er wieder nach oben rennen sollte, um am offenen Giebel durchzuatmen?

Nein, dann würde es vielleicht richtig zu brennen beginnen. Er würde lieber versuchen, die zweiflügelige Tür irgendwie aufzubekommen. Er tastete sich vor und drückte die Klinke – vergeblich. Das glühende Verlangen, endlich einen Atemzug zu machen, wurde immer drängender. Was, wenn er hier gleich umkippte? Mit Sicherheit würde das schlimme Rauchvergiftungen oder Verätzungen der Lunge nach sich ziehen. Fuck! Er musste doch irgendwie diese verdammte Tür aufbringen, schließlich war das nur ein alter Kirchturm und nicht Fort Knox. Kurzerhand nahm Lennart zwei Schritte Anlauf und warf sich mit seinem gesamten Gewicht gegen das Portal – vergebens. Dafür spürte er die Wucht des Aufpralls im ganzen Körper.

»Der Riegel, Sie müssen den Riegel des rechten Flügels nach unten drücken, dann könnte es vielleicht gehen«, rief ihm von oben Birte Lauritsen zu.

Mechanisch tastete Lennart das Türblatt nach einem Beschlag ab und bekam einen Hebel zu fassen, den er nach unten zog. Mit dem Fuß trat er nun gegen die Mitte des Tores – und tatsächlich sprangen die beiden Holzflügel auf. Er machte einen Sprung nach draußen, geriet dabei jedoch ins Taumeln und verlor das Gleichgewicht, so dass er unsanft mit seiner rechten Schulter auf dem Kiesweg landete. Gierig sog er die Luft ein und blieb einfach noch ein wenig liegen. Erst als sich seine Atmung wieder einigermaßen normalisiert hatte, bemerkte er den stechenden Schmerz in seinem Arm. Der Nebel waberte jetzt aus der offen stehenden Flügeltür, deren Holz in der Mitte gesplittert war. Das Schloss hing schief und war aus seiner Befestigung gerissen.

»Sind Sie verletzt?« Nun hastete auch die Pfarrerin aus dem Turm, ein Taschentuch vor dem Mund gegen den

Qualm. Sie kniete sich neben Lennart, doch der winkte nur ab und rappelte sich hoch.

»Nur ein bisschen an der Schulter, vom Sturz, als die Tür auf einmal aufgesprungen ist. Nicht der Rede wert«, log er und klopfte sich notdürftig den Staub von Hose und Jacke. »Bei Ihnen alles in Ordnung?«

»Körperlich ja, aber ich bin … das alles hat ja mit Sicherheit mir gegolten.«

Lennart musste noch einmal tief durchatmen, nachdem er sich aufgerichtet hatte, so sehr hatte ihn die Aktion eben angestrengt. Dann jedoch hielt er noch einmal die Luft an, lief zurück durch das offen stehende Tor in den Kirchturm und kickte den Feuerwerkskörper, der nach wie vor rot qualmte, nach draußen ins Kiesbett.

Erst als er im Herausgehen noch einmal einen Blick zum ramponierten Eingangsportal warf, fiel ihm ein Blatt Papier auf, das auf der Innenseite eines der Türblätter befestigt war. Er ging näher heran. Es handelte sich um einen Computerausdruck, den man dort mit Klebeband befestigt hatte. Lennart zog es vorsichtig ab und begann murmelnd zu lesen: »An das ach so liebe Engelchen Birte. Der Teufel hat sich deinen Mann geholt. Weil er gar nicht so heilig war, wie ihr es immer hingestellt habt. Hinter eurer Fassade sind auch nur Sünde und Abgrund. Scheißkirche! Pass nur auf, liebste, brave Birte, vielleicht bist du schon lang die Nächste auf seiner Liste! Sieh dich vor!«

Unter dem getippten Text standen handschriftlich in roter Farbe wie eine Art Signatur drei weitere Worte: *Der gefallene Engel.*

»Luzifer«, flüsterte Birte Lauritsen, die hinter ihm stand und offensichtlich mitgelesen hatte. Lennart sah sie fragend an.

»Der gefallene Engel. Luzifer, jener mächtige Lieblingsengel Gottes, der hochmütig wurde und daher aus dem Himmel verbannt wurde. Seitdem kämpft er nach altchristlicher Mythologie gegen Gottes Reich und ist die mächtigste aller Teufelsgestalten.«

Lennart nickte. »Können Sie damit etwas anfangen?«

Birte Lauritsen schnaubte und erklärte leise: »Vielleicht kann ich das tatsächlich.« Sie klang beinahe, als könne sie selbst nicht glauben, was sie da gerade gesagt hatte, und schüttelte dazu noch den Kopf. »Es gibt da so eine Gruppierung, die während der Hillview-Treffen immer mal wieder versucht hat, uns zu stören. Ein paar Jugendliche, die uns vorwerfen, wir würden uns nur christlich geben, wären aber eigentlich verlogen und unehrlich.«

»Wie viele Leute sind das?« Lennart musste kräftig husten.

Birte Lauritsen zuckte die Achseln. »Acht, vielleicht zehn. Sie waren mit Mopeds hier und haben rumgebrüllt. Sie hatten zwei dieser Fackeln oder Feuerwerkskörper dabei, rote wie der hier. Sie haben sie angezündet und auf den Friedhof geworfen. Und einer von ihnen hat Leuchtmunition abgeschossen.«

»Konnten die Identitäten der Störer damals geklärt werden?«

»Wie meinen Sie das?«, fragte Birte Lauritsen nach.

»Haben meine Kollegen diese Leute ermittelt?«

Die Pfarrerin sah ihn erstaunt an. »Wir haben das nicht

angezeigt. Es ist ja nichts passiert, in meinen Augen handelte es sich lediglich um eine Provokation, einen dummen Streich.«

Lennart stieß hörbar die Luft aus. »Das mag sein. Das heute hingegen hätte auch übel ins Auge gehen können. Altes Holz fängt schnell Feuer, und wenn wir die Tür nicht aufbekommen hätten …« Er ließ den Rest seines Satzes unausgesprochen.

Birte Lauritsen nickte betroffen. »Stimmt. Meinen Sie, das alles hat irgendetwas mit Finns Tod zu tun?«

Mit hochgezogenen Schultern sagte Lennart: »Das weiß ich nicht. Aber dieses Pamphlet hier…« Er wedelte mit dem Ausdruck. »… klingt mir doch eindeutig wie eine Drohung gegen Sie.«

»Möglich.«

»Können Sie mir irgendwelche Namen nennen?«

»Nicht ohne die Gefahr, gegebenenfalls schrecklich danebenzuliegen. Wissen Sie, das damals waren Jugendliche, fast noch Kinder. Und wenn Sie eine charismatische Art der Religionsausübung pflegen, wie wir es mit Hillview tun, polarisiert das eben auch. Ich bin es gewohnt, so etwas an mir abprallen zu lassen, und Finn konnte das auch sehr gut. Ich kann mir nicht vorstellen, dass er sich noch mal mit denen angelegt hat.«

»Verstehe. Ich muss Sie trotzdem warnen und Sie bitten, vorsichtig zu sein. Sie haben recht, dieser Anschlag eben galt eindeutig Ihnen und hätte wirklich ins Auge gehen können. Wenn so etwas noch einmal passiert, sind Sie dem vielleicht ganz allein ausgesetzt. Möchten Sie für eine Weile Polizeischutz?«

»Auf keinen Fall«, sagte sie und klang dabei geradezu entrüstet.

»Schön, dann werden wir zumindest die Präsenz von Polizeistreifen hier vor Ort vorübergehend erhöhen. Nicht auszuschließen, dass wir es bei dem Rollerfahrer wirklich mit einem der Mörder Ihres Mannes zu tun haben.«

»Ja, machen Sie das.«

Lennart beschloss, die Spurensicherung anzufordern. Vielleicht waren ja Fußspuren oder sogar Fingerabdrücke zu finden. Er selbst konnte als Anhaltspunkt nur den Klang des Rollers oder Mopeds beisteuern, mit dem der Täter mutmaßlich geflüchtet war. Ziemlich dürftig, konstatierte er bitter.

»Die Kollegen werden sich der Sache annehmen. Vielleicht können Sie fürs Erste die Tür mit einem Flatterband oder dergleichen absperren, damit sich dort drin niemand unbefugt rumtreibt.«

»Das sage ich gleich der Hausmeisterin. Wie geht es denn Ihrer Schulter? Brauchen Sie keinen Arzt?«

»Nein, so schlimm ist das nicht«, gab er zurück und machte eine wegwerfende Handbewegung.

»Muss ich noch irgendetwas tun?«, fragte sie mit Blick auf die Uhr. Mittlerweile schien sie sich wieder ein wenig gefasst zu haben.

Lennart verneinte.

»Gut. Ich muss jetzt nämlich schleunigst ins örtliche Seniorenheim zum Mittagessen.«

Er blickte auf sein Handy. Es war gerade mal kurz vor elf.

»Ja, die älteren Damen und Herren essen gern früh. Ich habe dort einmal in der Woche einen Jour Fixe, die Kirche ist Träger der Einrichtung. Die Bewohner freuen sich, wenn mal Abwechslung ist, wir spielen dann noch ein wenig Karten, singen Lieder oder beten, wenn der Wunsch danach besteht. Und ein paar der Senioren haben mir hinter vorgehaltener Hand verraten, dass das Essen am Donnerstag besser sei als an den anderen Tagen. Anscheinend gibt man sich mehr Mühe, wenn die Chefin mitisst«, sagte sie und rang sich ein Lächeln ab.

Lennart erwiderte es und verabschiedete sich, nicht ohne ihr noch einmal nachzurufen: »Seien Sie auf der Hut, hören Sie?«

Er stieg ins Auto und kurbelte die Seitenscheibe herunter, fuhr aber noch nicht gleich los. Er hatte das Gefühl, zunächst dringend ein wenig Ordnung in seine Gedanken bringen zu müssen, um zu verarbeiten, was da eben geschehen war. Seine Schulter tat nun doch weitaus heftiger weh als zunächst gedacht. Er musste sich später mit irgendetwas einreiben, das die Schmerzen ein wenig linderte. Fürs Erste musste eine Schmerztablette reichen. Im Handschuhfach fand er einen fast leeren Blister Ibuprofen, drückte sich die letzten beiden Kapseln in die Hand und schluckte sie in Ermangelung einer Wasserflasche trocken hinunter.

Es war wirklich höchste Zeit, sich endlich einen vernünftigeren Überblick über diesen verworrenen Fall zu verschaffen. Je mehr er über die Leben der drei ermordeten Männer erfuhr, desto undurchsichtiger wurde alles. Er dachte über das nach, was er vorhin von Birte

Lauritsen erfahren hatte. Lag in der heftigen Spielsucht ihres verstorbenen Mannes der Schlüssel zur Aufklärung, nach dem sie so händeringend suchten? Hatte sich Finn Iversen endgültig mit den falschen Leuten eingelassen? Hatten unbefriedigte Gläubiger Ernst gemacht und den Theologen auf jene perfide Art getötet? Als eine Art Fanal, was man mit Leuten machte, die nicht spurten? Oder war der Theologe ihr Kurier gewesen? Hatte er Drogen oder andere illegale Substanzen bereits beim Hinflug nach Schweden geliefert und das Geld dafür in bar erhalten? Hing alles sogar mit den Drogengeschäften des mitreisenden Bjarne Møller zusammen? Und dann der seltsame Vorfall mit dem bengalischen Feuer. Noch ergab das alles keinen Sinn, noch lagen die Verbindungen zu sehr im Dunkeln. Die einzige Gemeinsamkeit war, dass Lennart, egal wo er im Moment auch bohrte, auf Abgründe und Brüche im Leben von Iversen und Møller stieß. Eine erstaunlich bunte Truppe, die sich da in Henrik Forsbergs Flugzeug für diesen Ausflug quer über die Ostsee zusammengefunden hatte. Es würde ihn nicht allzu sehr wundern, wenn er auch beim Eigner der Maschine auf weitere dunkle Geheimnisse stoßen würde. Ein Gespräch mit dessen Frau war das Nächste, was er auf dem Zettel hatte. Doch dafür würde er Britta bitten, sich wieder zu ihm zu gesellen.

Er rief sie im Büro an, erzählte ihr eine Kurzversion dessen, was er eben erlebt hatte, und bat sie anschließend, die Spurensicherung zu informieren.

»Und dir ist sicher nichts passiert?«, fragte Britta forschend.

»Ganz sicher«, antwortete er. Die Sache mit der Schulter würde er fürs Erste für sich behalten: Britta hätte sonst bestimmt das Gefühl gehabt, ihn bemuttern zu müssen. Stattdessen berichtete er von dem Gespräch, das er und Birte Lauritsen vor dem Zwischenfall oben auf dem Turm geführt hatten. Seine Kollegin staunte nicht schlecht über die Neuigkeiten. Lennart bat sie, sich bei den Kolleginnen und Kollegen in Aarhus über die dortige Glücksspielszene schlauzumachen, und zu fragen, ob sie in dem Zusammenhang mit dem Namen Finn Iversen etwas anfangen konnten. Dann erkundigte er sich, ob Tao bereits Neuigkeiten über die Handys der beiden Getöteten habe, was Britta jedoch verneinte.

»Okay, danke. Ich hätte dich übrigens jetzt gern beim Gespräch mit Bente Forsberg dabei. Kannst du kommen?«, bat er sie schließlich.

»Wenn du mich nicht wieder ins Kreuzverhör zu Cannabis und Co nimmst, sehr gern.«

Lennart grinste. Diese provokative Offenheit war ihm lieber als jedes Schmollen. »Werde ich nicht, versprochen.«

»Hast du schon ein Treffen mit ihr vereinbart?«

»Nein, ich dachte eigentlich, ihr hättet das inzwischen getan.«

»Wir?«

»Du oder Tao.«

»Ich kann mich nicht erinnern, dass du mich darum gebeten hast.«

Lennart seufzte. Sosehr er die Zusammenarbeit mit den beiden Frauen inzwischen auch liebte, manchmal war es schon kompliziert, vor allem, wenn eine von ihnen die Beleidigte spielte.

»Britta, wenn ich da heute Morgen zu persönlich geworden bin, tut es mir leid. Aber versteh mich bitte auch, ich konnte das doch nicht völlig unkommentiert lassen.«

»Konntest du nicht?«

»Nein. Und letztlich bist du mir auch noch eine Antwort schuldig«, gab er sich beharrlich.

»Ich bin dir eine Antwort schuldig? Als meinem Vorgesetzten?«

»Das vielleicht nicht. Nicht zwangsläufig. Aber mir als Freund und Vertrautem bist du es. Und Vertraute sind wir doch, bei alldem, was wir schon zusammen erlebt haben.«

Eine Weile blieb es still in der Leitung. Lennart schmunzelte. Er wusste schon, welche Knöpfe er bei Britta drücken musste. Auch wenn das mit den gemeinsamen Erlebnissen zugegebenermaßen etwas dick aufgetragen war.

»Schön, ich werd's in meinem Herzen bewegen. Wann treffe ich dich wo?«

»Ich versuche sofort, Bente Forsberg zu erreichen, und schreibe dir dann, ob sie in einem der Hotels oder bei sich zu Hause ist, okay?«

»Lass nur, ich kann sie schon anrufen, musst nicht du selbst machen.«

»Mir fällt als Chef kein Zacken aus der Krone, wenn ich mal eigenhändig einen Termin ausmache.«

»Ha, jetzt hast du dich sogar selber *Chef* genannt!«

Lennart musste lachen.

»Ach ja, apropos Termin: Morten ist mit seinen Arztbesuchen durch und hat heute Nachmittag definitiv Zeit für uns. Aber erst nach dem Mittagsschläfchen, sagt Rosa, sonst ist er gern mal unleidig. Findet sie zumindest. Er meldet sich, wann genau es passt. Nur dass du das nicht aus dem Blick verlierst.«

»Wie könnte ich deinen unfehlbaren und von dir so geliebten, ach was, angebeteten Ex-Chef aus dem Blickfeld verlieren!«, gab er zurück.

»Aber Lennart, wie oft habe ich dir das schon erklärt: Morten war nie unser Chef, das bist du. Er war unser Boss. Unfehlbar war er natürlich nicht, aber er konnte wirklich was, das hast du schon mitbekommen, gib's zu. Nicht nur, als er dir bei den Bienenstöcken aus der Patsche geholfen hat.«

»Ich sag ja schon nichts mehr. Ja, Morten ist schwer in Ordnung. So, und jetzt lass mich telefonieren, nicht dass Bente Forsberg auch noch Siesta macht und ich sie nicht mehr erwische.«

Damit legte er auf und wählte Bente Forsbergs Nummer. Sie nahm das Gespräch nach dem zweiten Klingeln an und erklärte, sie befinde sich wie jeden Tag zum Mittagessen bei ihren Eltern in deren Wohnung im Hotel *Svane* im Zentrum von Allinge hoch im Norden der Insel. Er und Britta könnten aber ruhig jederzeit vorbeikommen. Lennart kündigte sich für dreizehn Uhr an und sagte Britta Bescheid. Dann rieb er sich noch einmal seine schmerzende Schulter, startete den Mercedes und fuhr los.

***

Obwohl Lennart an diesem Morgen ganz entgegen seiner sonstigen Gewohnheit gefrühstückt hatte, verspürte er inzwischen ziemlichen Hunger. Wahrscheinlich trug dazu auch die Aktion eben im Turm bei. Er dachte nach. Da er nicht weit von der Østerlars-Kirche wohnte, hätte er eigentlich kurz zu Hause vorbeifahren und sich etwas zubereiten können. Doch der Gedanke an seinen leeren Kühlschrank machte diese Idee schnell zunichte. Also beschloss er, einen kurzen Abstecher ins Zentrum von Gudhjem zu machen und sich dort einen Snack zu gönnen. Das Städtchen war schließlich bestens auf Tagestouristen eingerichtet, und das kulinarische Angebot reichte von traditionellen Restaurants über die unvermeidliche Fischräucherei im Zentrum bis hin zu modernem Streetfood. Und genau das war es, wonach Lennart im Moment der Sinn stand.

Er parkte sein Auto direkt vor dem kleinen Gartenlokal namens *Kulissen* und legte vorsichtshalber seinen Dienstausweis gut sichtbar hinter die Windschutzscheibe. Als er eintrat, wurde er von Svenja, der deutschen Inhaberin mit den beeindruckenden Rastalocken, die irgendwann hier in Gudhjem hängen geblieben war, als Stammgast mit zwei Küsschen auf die Wangen begrüßt. Im idyllischen, wenn auch etwas chaotisch wirkenden, zugewucherten Garten waren die meisten Plätze an den bunten Stahlrohrtischen und Outdoorsesseln von Ausflüglern belegt.

»Hast du noch ein Plätzchen für mich?«, fragte er Svenja auf Deutsch.

»Für meinen Lieblingsgast? Versteht sich doch von selbst«, sagte sie und grinste dabei breit über das braun gebrannte Gesicht. Sie war erst vor zwei Wochen wieder aus Brasilien zurückgekommen, wo sie und ihr Mann, der in der Küche des *Kulissen* stand, das Winterhalbjahr in einer Cabana am Strand verbrachten und dort, wie hier in ihrer Gartenlaube auf Bornholm, Drinks und Snacks anboten.

»Wie immer?«, wollte Svenja wissen und zeigte ihm einen freien Platz an der Bar.

»Wie immer: einmal den Veggie-Burger mit der Artischocken-Creme, den gegrillten Paprika und dem Blauschimmelkäse. Und eine Portion Süßkartoffel-Fries mit Chili-Limonen-Mayo.«

»Mit Koriander oder ohne?«

»Natürlich mit.« Lennart liebte das Gewürz, ganz anders als der Rest seiner Familie, die nicht müde wurde, über dessen angeblich seifigen Geschmack zu schwadronieren. Dafür konnten die Mädchen sich allen Ernstes für den grässlichen Geschmack von Lakritz begeistern, was er wiederum beim besten Willen nicht nachvollziehen konnte.

»Dazu aber heute bitte keinen Cocktail, sondern ein Glas von eurem hausgemachten Hibiskus-Eistee, den du immer so anpreist.«

Svenja lächelte. »Im Dienst, wie?«

»Sozusagen.«

»Prima, einmal den Eistee. Schön, dass du dich endlich mal traust. Du kommst schon noch auf den richtigen Geschmack.«

Lennart hob die Brauen und nahm Platz. Er war nach wie vor skeptisch, zumal sein Versuch mit Marens undefinierbarem Kräutersud im Nachhinein alles andere als angenehm gewesen war. Da er Bier aber noch weniger mochte und ihm nicht der Sinn nach Cola light stand, wollte er es heute einfach mal versuchen.

***

Eine halbe Stunde später saß er bereits wieder im Mercedes und fuhr an der Küste entlang in Richtung Norden. Immerhin, seine Schulter war deutlich besser geworden. Das mit dem Tee jedoch würde eine einmalige Sache bleiben. Er hatte das Gefühl, als seien seine Geschmacksnerven noch immer von der Säure dieses seltsamen, rubinroten Gebräus betäubt. Der Burger hingegen war wie gewohnt zum Niederknien gewesen.

Ob er mit seinem Vater und Mirjam einmal hier essen gehen sollte?

Verdammt, schoss es ihm durch den Kopf. Er musste die beiden ja nachher noch vom Flughafen abholen. Er hatte es seinem Vater zwar nicht ganz fix zugesagt, aber Lennart wusste, dass der es insgeheim natürlich von ihm erwartete. Ja, beschloss er, an einem der kommenden Tage würden sie hier essen gehen. Er könnte sogar Maren fragen, ob sie mitkäme. Sie mochte das *Kulissen* schließlich genauso gern wie er. Und da Svenja neben der vegetarischen Variante auch einen leckeren Piri-Piri-Chickenburger auf der Speisekarte stehen hatte, würde auch Karl Ipsen, der mit rein vegetarischen Speisen nach wie vor auf Kriegsfuß stand, etwas bei ihr finden.

Die Fahrt auf der Küstenstraße von Gudhjem bis hinauf nach Allinge war wahrscheinlich eine der landschaftlich abwechslungsreichsten auf der Insel. Teils wurde die Küstenlinie von Felsen dominiert, die flach ins Meer ausliefen, teils führte die Strecke durch dichte Waldabschnitte, die eher an Schweden erinnerten als an die dänische Sonneninsel.

Das Hotel *Svane*, das Lennart nach kurzer Fahrt erreicht hatte, war ein ziemlich schmaler verklinkerter Bau im Zentrum des Städtchens Allinge. Bisher hatte es ihn erst einmal hierher verschlagen, denn Mats Lund hatte ihm die örtliche Tankstelle nebst angeschlossener Werkstatt wärmstens für den Service seines betagten Wagens empfohlen. Und der griechischstämmige Mechaniker, den alle auf der Insel nur *Schrauber-Nikos* nannten, hatte ihn bei seiner ersten und einzigen Panne nicht enttäuscht. Auch wenn er ihm bis zum Ende ihres Gesprächs nicht geglaubt hatte, dass Lennart mit dem gleichnamigen Inhaber des einzigen Entsorgungsunternehmens Ipsen auf der Insel weder verwandt noch verschwägert war. Dafür hatte er den Mercedes innerhalb kürzester Zeit und zu einem räsonablen Preis wieder zum Laufen gebracht.

Lennart parkte sein Auto also auf dem kleinen Marktplatz des Städtchens – neben dem grauen Dienst-Bus, vor dem Britta bereits auf ihn wartete. Als sie ihn sah, nahm sie sich die In-Ear-Kopfhörer heraus, steckte ihr Handy weg und kam auf ihren Chef zu. Lennart war froh, dass bei ihrer Begrüßung nichts mehr von der Verstimmtheit zu spüren war, die vorhin am Telefon noch in ihrem Ton gelegen hatte.

Zusammen gingen sie auf den schmalen vierstöckigen Bau zu. Allzu viele Zimmer konnte die Pension angesichts der Größe des Gebäudes nicht haben, zumal ihm Bente Forsberg ja erzählt hatte, dass sich auch die Wohnung ihrer Eltern darin befand. Der Betrieb existierte bestimmt schon seit vielen Jahrzehnten, dennoch wirkte das Haus nicht in die Jahre gekommen, sondern strahlte vielmehr eine altmodische Erhabenheit aus.

Lennart ließ den Blick über das *Svane* schweifen. Ein metallener weißer Schwan hing über der hölzernen Eingangstür, zu der drei Steinstufen hinauf führten; die weißen Sprossenfenster waren in allen Stockwerken symmetrisch angeordnet. Aus dem geschwungenen Giebel, in dessen oberem Drittel die Jahreszahl 1881 prangte, ragten zwei drachenförmige Wasserspeier heraus, die die Enden der Dachrinne bildeten.

Obwohl die Tür von einem an der Klinke eingehängten Lederriemen daran gehindert wurde, ins Schloss zu fallen, betätigte Lennart den Türklopfer aus Messing – eine elegante schlanke Frauenhand, die eine Kugel hielt. Da sich daraufhin nichts tat, drückte er die schwere Tür auf. Ein stechender Schmerz fuhr durch seinen Arm. Mist, er hatte seine Schulter vergessen. Er unterdrückte ein Stöhnen. Nicht dass Britta doch noch misstrauisch wurde. Dann betraten sie die kleine Hotelhalle, in der es erstaunlich frisch war. Als speicherten das alte Gemäuer und der durch unzählige Schuhsohlen glatt polierte steinerne Fußboden noch verbissen die Kühle des eben erst vergangenen Winters.

Von der jungen Frau hinter dem kleinen Rezeptionstresen wurden sie in den obersten Stock geschickt, dort befänden sich die Privaträume der Inhaberfamilie Hoegh.

In Ermangelung eines Fahrstuhls stiegen Lennart und Britta die Holztreppe nach oben. Die Stufen, die mit dem klassischen, grob gewirkten roten Läufer ausgelegt waren, der von Messingstangen in Position gehalten wurde, knarrten unter ihrem Gewicht. Ein wohliges, heimeliges Gefühl stieg in Lennart auf. Schon als Kind hatte er solche alten Häuser geliebt, ihren typischen Geruch, ihre Geräusche und die gesamte Atmosphäre, die einem den Eindruck vermittelte, auf angenehme Weise aus der Zeit gefallen zu sein. Seine deutsche Großmutter hatte in Flensburg ein Stadthaus aus den Zwanzigerjahren bewohnt, samt großem Garten voller riesiger Nuss- und Obstbäume und einem verwunschenen Keller, in dem die Vorräte lagerten. Stets hatte er sich dort gefürchtet, etwa wenn es an ihm gewesen war, ein Glas Birnenkompott, Pflaumenmus oder eine Flasche Apfelsaft zu holen. Im Haus der Oma hatte es immer nach irgendwelchen Lebensmitteln gerochen: nach frischem Kuchen oder einem klassischen Sonntagsbraten, nach Weihnachtsplätzchen, Filterkaffee oder Pfefferminztee. Und immer hatte herrliche Ruhe geherrscht, untermalt vom leisen, aber sonoren Ticken der großen Standuhr, jenem Familienerbstück, das irgendwann bei seinen Eltern Einzug gehalten hatte und vielleicht auch einmal in seinen Besitz übergehen würde.

Oben angekommen, standen Britta und er vor einer weiteren Tür. Daneben ein metallener Seilzug mit Messinggriff und dem Namen Hoegh. Lennart zog kräftig daran und hörte, wie im Inneren der Wohnung ein Glöckchen ertönte. Kurz darauf kamen Schritte näher, und Bente Forsberg öffnete ihnen die Tür. Wie zuvor die

Pfarrerin sah sie aus, als habe sie kaum geschlafen: Sie war blass und wirkte fahrig, als sie den beiden eine Hand zum Gruß hinhielt.

»Tut mir leid, dass ich Sie nicht im Büro empfangen kann«, sagte sie entschuldigend, »aber ich esse jeden Tag mit meinen Eltern. Sie brauchen diese Regelmäßigkeit. Wenn es Ihnen nichts ausmacht, würde ich Sie in die Küche bitten, ich räume gerade noch auf, die beiden werden sich aber gleich hinlegen, dann sind wir ungestört. Wundern Sie sich nicht, sie sind sehr betagt, meine Mutter kann fast nichts mehr hören, mein Vater hingegen wird immer redseliger.«

Bente Forsberg bemühte sich um ein entschuldigendes Lächeln und ging voran durch einen schmalen Korridor, auf dessen linker Seite eine Reihe von Zimmern abging. Auf dem Dielenboden lag ein grober Sisalläufer. Bente Forsberg führte die Polizisten in eine erstaunlich große, altertümlich anmutende Wohnküche. Hier wirkte auf den ersten Blick alles, als sei die Zeit in den späten Sechzigerjahren abrupt stehen geblieben. Die Küchenbüfetts links und rechts an der Wand bestanden aus grau gemustertem Resopal, die Arbeitsplatten wirkten abgewetzt, ihre ehemals rote Farbe ausgeblichen. Am Boden lag farblich undefinierbares zerschundenes Linoleum, Herd, Backofen und Kühlschrank waren nicht eingebaut, sondern standen frei zwischen den mächtigen Büfettschränken.

Im Zentrum dieser sonderbaren Zeitkapsel saßen an einem runden Esstisch Bente Forsbergs Eltern. Ihre Mutter war in ihrem Rollstuhl ein wenig zusammengesunken, dennoch sah man der Frau mit den ondulierten weißen

Haaren und dem erstaunlich glatten Gesicht an, dass sie ihr Leben lang eine Dame von Stand gewesen war. Auch jetzt noch trug sie ein dunkelgrünes Kostüm, den einzigen Schmuck bildete eine rot-weiße Kamee, die ein Frauenkopf zierte. Sie sah für einen Moment vom Tisch hoch, nickte den Besuchern unbeeindruckt zu, als sei es völlig alltäglich, dass während ihres Essens Leute vorbeikamen, und löffelte dann weiter ihre Suppe.

Der Greisin gegenüber saß ein groß gewachsener und für sein Alter noch erstaunlich kräftig wirkender Mann. Auch er hatte dichtes schlohweißes Haar, trug eine Hornbrille und thronte anders als seine Frau betont aufrecht auf einem der Küchenstühle. Er musterte die beiden Eindringlinge aufmerksam und blickte ein wenig misslaunig zwischen den Beamten und Bente hin und her, als erwarte er, dass man ihn endlich gebührend vorstellte.

»Mutter, Vater, das sind die beiden Polizisten, von denen ich euch erzählt habe«, sagte Bente Forsberg laut und übertrieben deutlich in Richtung Tisch.

»Kein Grund, so zu schreien, Kind!«, mokierte sich ihr Vater.

»Aber Mutter versteht mich doch sonst nicht.«

»Daran wird auch dein Schreien nichts ändern«, gab der alte Herr zurück und lachte laut auf, wobei er eine makellos weiße Zahnreihe zeigte.

»Meine Eltern, Mathilde und Alfred Hoegh«, erklärte Bente Forsberg dann in Richtung der Polizisten. Britta und Lennart stellten sich vor und entschuldigten sich für die Störung. Während Mathilde nur beiläufig nickte und die Augen nicht mehr von ihrem Teller ließ, fragte Alfred mit gerunzelter Stirn: »Wie war noch mal dein Name, Junge?«

»Ipsen. Lennart Ipsen«, wiederholte dieser.

»Ich dachte, du hättest das Fuhrunternehmen deines Vaters übernommen. Seit wann bist du denn bei der Polizei?«, fragte ihn der Mann, dessen leicht brüchige Stimme jetzt doch sein hohes Alter verriet, und musterte ihn aus wachen Augen.

Lennart schmunzelte. Da war sie wieder, die Sache mit dem anderen Lennart Ipsen auf Bornholm, dem Inhaber einer Spedition, die nicht zuletzt für die Müllabfuhr auf der Insel zuständig war. Immer wieder wurde Lennart darauf von Leuten angesprochen, die ihn zum ersten Mal trafen.

Lächelnd klärte er den alten Herrn also darüber auf, dass es sich bei der Namensgleichheit um reinen Zufall handle. Alfred Hoegh nickte und machte dabei ein fast beleidigtes, allemal aber enttäuschtes Gesicht.

»Wollen der junge Mann und seine Mutter vielleicht auch was essen?«, meldete sich jetzt auf einmal Mathilde Hoegh zu Wort, nachdem sie selbst ihren Teller leer gegessen und den Löffel geräuschvoll auf den Tisch hatte fallen lassen.

»Die beiden sind nicht verwandt. Sie sind nur Kollegen bei der Polizei, Mama. Und sie wollen bestimmt nichts essen«, rief Bente ihrer Mutter zu und schenkte Britta ein flüchtiges Lächeln zur Entschuldigung. Dann stellte sie ihren Eltern zwei Dessertschalen mit blass aussehendem Vanillepudding hin. »Nachtisch muss sein, Mutter, stimmt's?«, sagte sie und tätschelte der alten Frau die Schulter.

»Und ob. Aber der junge Mann muss wirklich etwas essen. Hat ganz eingefallene Wangen. Kocht seine Mutter denn nicht für ihn? Arbeitet wohl zu viel bei der Polizei, wie?« Ein abschätziger Blick traf Britta. »Sie soll lieber zu Hause bleiben und ihren Sohn versorgen.«

»Mutter, ich sag's dir doch, die beiden sind wegen Henriks … Unfall hier.«

»Henrik hatte einen Unfall?«, wiederholte die Greisin erstaunt. »Er ist doch gestorben, hattest du gesagt.« Den letzten Satz hatte sie ausgesprochen, als handle es sich um eine Randnotiz aus der örtlichen Zeitung, die sie nicht weiter betraf.

»Das war kein Unfall, mach uns doch nichts vor«, brummte Alfred mit erhobenem Zeigefinger.

»Wie dem auch sei, ich gehe mit den beiden mal flugs ins Wohnzimmer, wir haben etwas zu bereden.«

»Hast du denn Geheimnisse vor uns, Mädchen?«, fragte der Vater mit misstrauischer Miene.

»Was soll das denn jetzt, bitte?«, zischte Bente Forsberg.

»Bleibt doch hier – wenn sich schon mal was rührt in der Bude!«

Seine Tochter schüttelte resigniert den Kopf. Mathilde Forsberg hatte inzwischen auch ihren Pudding in geradezu atemberaubender Geschwindigkeit verspeist und knallte den Löffel erneut lautstark auf den Tisch.

»Bringst du mich jetzt endlich ins Bett für den Mittagsschlaf?«, drängelte sie.

»Ach was, bleib besser da, Tildi, jetzt wird's doch erst richtig interessant«, zischte ihr Mann ihr verschwörerisch zu. Dann zog er eine Schublade am Küchentisch auf, holte ein beiges Hörgerät heraus, schaltete es an einem kleinen Knopf ungelenk ein und ließ es über die Wachstuchdecke zu seiner Frau hinüberschlittern. Die nahm es kommentarlos in die Hand und steckte es sich mit einer routinierten Bewegung ins rechte Ohr.

Bente Forsberg seufzte. »Entschuldigen Sie, aber ich würde die beiden vielleicht noch hinüber ins Schlafzimmer bringen, wenn es Ihnen nichts ausmacht. Danach sollten wir dann ungestört sprechen können.«

»Nichts da, wir wollen dabei sein, stimmt's, Tildi?«, zeigte sich der Vater stur.

Mathilde Hoegh hob mürrisch die Schultern. »Von mir aus, auch wenn das Ding hier fürchterlich pfeift«, sie langte sich mit ihrer faltigen Hand ans Ohr und machte dabei ein schmerzverzerrtes Gesicht.

»Besser es pfeift, als du bist völlig taub«, raunte Bentes Vater seine Frau an.

»Ja, du musst reden. Aber schön, bleiben wir eben hier. Kann eh nicht wirklich schlafen bei deinem Geschnarche, Fred. Habe ja kein Zimmer mehr, seitdem Bente ihr altes Kinderzimmer wieder für ihr ganzes neumodisches Zeug da in Beschlag genommen hat.«

Britta und Lennart sahen sich stirnrunzelnd an.

»Das interessiert die beiden Polizisten sicher nicht …«

»Weiß man's?«, unkte die Mutter.

Lennart blickte zwischen den beiden Frauen hin und her, was Bente als Aufforderung zu verstehen schien, sich zu erklären. Sie zog den Stuhl, der zwischen ihren Eltern stand, zu sich heran und ließ sich kraftlos darauf niedersinken. »Ich habe in meinem Jugendzimmer einen Computer stehen, ich bin ja oft hier oben in der Wohnung bei den beiden, dann nutze ich die Zeit und …«

»Wer hat denn jetzt unseren Schwiegersohn um die Ecke gebracht?«, fragte Alfred mitten in den Satz seiner Tochter hinein. »Oder soll ich sagen, wer war der Erste, der sich dazu durchgerungen hat?«

»Vater!«, zischte Bente mit bitterböser Miene. »Lass das bitte«, herrschte sie ihn an und schlug mit der flachen Hand auf die Tischdecke.

»Er redet schrecklich viel Unsinn«, stimmte ihr die Mutter zu. »Und du hör auf, hier herumzupoltern, Kind, das hallt bei mir immer so abscheulich!« Erneut fasste sie sich an die Ohrmuschel.

Nun war wieder Alfred an der Reihe: »Wusste ich doch schon bei seiner Hochzeit, dass das kein gutes Ende nimmt mit diesem Henrik.«

»Es war auch meine Hochzeit, Vater, falls dir das entfallen ist«, merkte Bente mit finsterem Gesicht an. »Und wir beide haben uns geliebt, also hör endlich auf, so einen Mist zu erzählen!«

Ihr Vater zuckte die Achseln und grinste abfällig. Lennart war gespannt, ob sie noch mehr aus dem Mund des alten Mannes erfahren würden, was seiner Tochter so sichtlich missfiel.

»Liebe, Liebe! Dass ich nicht lache. Wenn es nur um Liebe gegangen wäre, wäre ich sicher nicht über siebzig Jahre bei deiner Mutter geblieben.«

Seine Frau schüttelte den Kopf und machte eine wegwerfende Handbewegung.

»Aber das gehört wahrscheinlich nicht hierher«, sprach Alfred Hoegh weiter. Fast ein bisschen schade, dachte Lennart insgeheim. Die beiden hatten einen hohen Unterhaltungswert.

»Was der liebe Henrik für einer ist«, kam Alfred wieder zu seinem eigentlichen Thema zurück, »war mir schon klar, als er zum ersten Mal hier bei uns im Hotel an der Rezeption stand und nach einem Zimmer gefragt hat. Nichts als ärgern mussten wir uns über ihn all die Jahre. Bloß Stress und Hektik hat er in unsere Familie gebracht!«

Bentes prüfender Blick ging zu Britta und Lennart, dann erst wandte sie sich an ihren Vater. »Henrik war mein geliebter Mann, mein engster Geschäftspartner, mein bester Freund und der Vater meiner Kinder«, sagte sie mit Nachdruck. »Dass ich dieses Haus hier überhaupt halten konnte, verdanken wir ihm und seinem Geschäftssinn. Das vergisst du anscheinend allzu leicht, Vater. Es wird jetzt wirklich Zeit für deinen Mittagsschlaf. Du wirst unerträglich.«

»Früher war er noch viel schlimmer, wenn er nicht ausgeschlafen hatte«, merkte Mathilde Hoegh an.

Lennart beschloss, einzugreifen und das Gespräch auf jenes Thema zu bringen, wegen dem sie ursprünglich hier waren. »Frau Forsberg – weil Sie die Geschäfte Ihres verstorbenen Mannes ansprechen: Wir müssten tatsächlich wissen, worin und wie viel er genau investiert hat.«

Das alte Ehepaar schwieg, und beide musterten ihre Tochter aufmerksam. Anscheinend waren sie genauso an deren Antwort interessiert wie die Polizei.

Bente Forsberg hingegen versuchte offensichtlich, den Ärger über ihren Vater hinunterzuschlucken, und erklärte, um einen sachlichen Ton bemüht, dass sie bereits einige Unterlagen habe finden können. Die allerdings befänden sich in ihrem kleinen Office im Erdgeschoss des *Svane*. Sie wolle nun nur eben noch ihre Eltern zum Mittagsschlaf begleiten, dann habe sie Zeit. Lennart antwortete mit einem verständnisvollen Nicken.

Doch als sich Bente Forsberg erhob, zum Rollstuhl ihrer Mutter ging und dessen Bremse löste, schaltete sich auf einmal Britta ein: »Ach, Frau Forsberg, ehe wir es vergessen: Ihr Mann war gar nicht, wie von Ihnen angenommen, beim Klassentreffen.«

Die Frau wandte den Kopf und warf einen schnellen Blick zu Alfred Hoegh, dann sah sie Britta mit sichtbarer Verwunderung an. »Aber ich bin mir sicher, Henrik hat von einem Klassentreffen am fraglichen Abend gesprochen.« Sie hatte ihre Stirn in Falten gelegt.

»Ja, das stimmt schon«, bestätigte Britta. »Das Treffen hat stattgefunden. Nur eben ohne Ihren Mann.«

Bente Forsberg strich sich eine Strähne aus der Stirn. »Wo könnte er denn sonst gewesen sein?«

»Vielleicht bei irgendeinem billigen Flittchen. Schon mal drüber nachgedacht?«, erklärte der Vater mit schiefem Grinsen.

Mathilde Hoegh lachte kehlig auf. »Da schließt du wohl von dir auf andere!«

Doch ihr Mann schüttelte entschieden den Kopf. »Du weißt, Tildi, dass ich mir in der Hinsicht nie etwas zuschulden habe kommen lassen. Wäre mir viel zu anstrengend gewesen. Und wenn es womöglich rausgekommen wäre! Für das bisschen Sex.«

Lennart konnte nicht umhin, er musste über die beiden Alten grinsen, auch wenn die Situation an sich alles andere als spaßig war. Ein wenig kamen sie ihm vor wie Waldorf und Statler aus der Muppet-Show. Und die arme Bente Forsberg, die eben ihren Ehemann verloren hatte, stand mittendrin in ihrem Kreuzfeuer.

»Aber für unseren Herrn Schwiegersohn würde ich da nicht so ohne Weiteres die Hand ins Feuer legen. Männer von seinem Schlag sind anfällig für was Jüngeres, wenn die eigene Frau in die Jahre kommt.«

»Es reicht, Vater. Endgültig.« Nun zog Bente den Rollstuhl ihrer Mutter energisch unter dem Tisch hervor und machte ihrem Vater ein Zeichen, ihr aus der Küche zu folgen. »Das Gespräch ist für euch beide an dieser Stelle beendet. Ihr geht jetzt mit mir rüber und legt euch hin, basta. Ich werde mich nun ganz in Ruhe und ungestört mit der Polizei unterhalten. Verstanden?« Sie redete mit ihren alten Eltern wie eine strenge Lehrerin mit Grundschülern. Ihr Vater zog genervt die Brauen nach oben.

»Grüßen Sie mir Ihren Vater, Ipsen. Ich hatte öfters mit ihm zu tun früher. Hat bei uns im Hotel immer den ganzen Müll und die schmutzige Wäsche abgeholt«, flüsterte ihm der Senior noch zu, als er in gebückter Haltung, auf einen Stock gestützt, an ihm vorbeischritt. Und auch die Mutter hob noch einmal mahnend ihre Hand und rief, als sie bereits durch die Tür geschoben wurde: »Und Sie, gnädige Frau, kochen dem Jungen bitte was

Ordentliches, hören Sie? Diese eingefallenen Wangen! In seinem Alter!« Damit waren die drei aus der Küche verschwunden.

Lennart und Britta mussten grinsen. »Die zwei könntest du abfilmen und als Comedyformat verkaufen«, flüsterte Britta Lennart zu. Der nickte lachend und fügte an: »Sieht aus, als wären sie eine ziemliche Herausforderung für ihre Tochter.«

»Allerdings«, stimmte Britta zu. »Die hatte und hat aber nicht nur diesbezüglich ihr Päckchen zu tragen, wie mir scheint.«

»Klar. Wer seinen Mann auf so tragische Weise verliert ...«

»Das auch, aber ich meine noch etwas anderes.«

»Nämlich?«

»Na, ihre Eltern haben nach all den Jahren, ja selbst über seinen Tod hinaus ein Problem mit ihrem Mann, wie man sieht. Und offensichtlich mit ihrer Meinung auch nie hinter dem Berg gehalten. Sowas kann einen doch auf Dauer völlig zermürben.«

»Und trotzdem kümmert sie sich so gewissenhaft um sie.«

»Stimmt. Sie ist wirklich sehr pflichtbewusst. Und wer weiß – vielleicht ist ja auch am Gerede der Eltern mehr dran, als Bente sich hat anmerken lassen.«

Lennart zog die Brauen zusammen. »Wie meinst du das?«

»Na ja, die Sache mit dem ›Flittchen‹, wie sich der alte Hoegh ausgedrückt hat – da hat sie schon sehr vehement widersprochen.«

»Klang aber doch ziemlich überzeugend.«

»So würde ich auch klingen«, gab Britta zurück. »Wie ziemlich jede Frau. Um nicht das Gesicht zu verlieren. Nicht vor den Polizisten, insbesondere aber nicht vor den Eltern, die dir seit Jahrzehnten predigen, dass du dir den falschen Typen geangelt hast.«

Während Lennart noch darüber nachdachte, ob Britta vielleicht recht hatte und der Verdacht von Bentes Vater nicht von ungefähr kam – vielleicht sollten sie Bente Forsberg ja mal ganz gezielt danach fragen –, betrat diese seufzend wieder die Küche. »Es tut mir leid«, sagte sie zerknirscht, »Sie dürfen nichts darauf geben, was die zwei brabbeln. Sie sind alt, leben in ihrer eigenen Welt. Nicht einfach, wenn die Eltern wieder zu störrischen, rechthaberischen, flegelhaften, aber gleichzeitig schrecklich empfindlichen Kindern werden, um die man sich unablässig kümmern muss, weil sie sonst nur allerhand Blödsinn anstellen würden.«

Die beiden Polizisten winkten ab. »Ich kenne das, mein Vater ist auch nicht ganz einfach manchmal«, merkte Lennart an – überwiegend aus Solidarität. Schließlich führte Karl Ipsen ein völlig selbstständiges Leben. Wobei, wenn er genauer darüber nachdachte: Auch bei seinem Vater verstärkten sich bestimmte Ansichten, Marotten und Gewohnheiten, je älter er wurde. Etwa seine ungewohnte neue Redseligkeit.

»Aber wahrscheinlich muss man einfach als Erwachsene das zurückgeben, was die eigenen Eltern einem geschenkt haben«, fuhr Bente Forsberg fort.

Britta nickte. »Schön, wenn man Kinder hat, die das im

Alter für einen machen«, sagte sie, und Lennart wunderte sich über den traurigen Unterton in ihrer Stimme.

Dann bat Bente Forsberg sie, ihr nach unten in ihr Büro zu folgen.

»Apropos Seniorenbetreuung, ich müsste später noch meinen Vater vom Flughafen abholen«, flüsterte Lennart Britta auf der Treppe fast entschuldigend zu. »Nur dass wir das einplanen wegen des Gesprächs mit Morten.«

»Das sollten wir hinbekommen. Aber Seniorenbetreuung? Davon ist dein Vater doch noch meilenweit entfernt«, fand Britta.

»Trotzdem: Auch er braucht Aufmerksamkeit.«

»Ach ja?«

»Und wie!«

***

Im Erdgeschoss angekommen, führte Bente Forsberg sie in ein ziemlich enges Kabuff hinter dem Rezeptionstresen. Ein älterer Herr in weinrotem Anzug mit gekreuzten goldenen Schlüsseln am Revers, den klassischen Insignien der Concierges, grüßte sie wortlos nickend und machte umgehend seinen Platz am mit Papieren und Unterlagen vollgestapelten Schreibtisch frei. Dessen Platte nahm gut und gern zwei Drittel des Zimmerchens ein, das der Grauhaarige jetzt mit einer angedeuteten Verbeugung und seltsam tänzelnden Schritten verließ. Man hätte ihn auf den ersten Blick eher in einem altehrwürdigen plüschigen Grandhotel am Genfer See vermutet als in dieser kleinen Familienpension mitten im Bornholmer Nirgendwo. Andererseits passte er mit seinem altmodischen Auftreten wiederum ganz gut zum eigentümlichen Retro-Charme des *Svane*.

Während Bente Forsberg auf dem Drehstuhl Platz nahm, postierten sich Lennart und Britta in Ermangelung weiterer Sitzgelegenheiten nebeneinander in der schmalen Lücke zwischen Schreibtisch und Wand.

»Ich muss mich noch einmal entschuldigen für meinen Vater, allein seine Wortwahl …«, sagte Bente Forsberg kopfschüttelnd, griff nach einem kleinen Stapel Papiere und zog ihn zu sich heran.

»Sie meinen das mit dem *Flittchen*?«, fragte Britta nonchalant.

Die Frau sah sie erstaunt an. Britta fuhr einfach fort: »Kein Problem, wie gesagt. Allerdings hat diese Äußerung doch auch Fragen aufgeworfen …«

Die Hotelchefin holte tief Luft und seufzte. »Sicher. Jetzt gehen Sie wahrscheinlich davon aus, dass mein Mann regelmäßig Prostituierte aufsuchte oder One-Night-Stands hatte. Danke, Papa!«, schnaubte sie.

»Wäre das denn völlig ausgeschlossen aus Ihrer Sicht?«, hakte Britta weiterhin unbeeindruckt nach.

Bente zuckte die Schultern. »Wahrscheinlich kann man das nie sicher sagen, aber so wie ich meinen Mann kenne, würde ich es in der Tat ausschließen. Ich hatte ja schon erwähnt, dass wir beide viel um die Ohren hatten und uns sicher weniger gesehen haben als durchschnittliche Eheleute, aber Henrik war nicht der Typ für schnelle außereheliche Abenteuer oder gar käuflichen Sex. Wobei ich nicht noch mehr ins Detail gehen möchte, was unser Liebesleben angeht. Reicht Ihnen das?«

Lennart entging nicht ihre plötzliche Gereiztheit. »Fürs Erste ja«, sagte er und hob beschwichtigend die Hand. »Aber dennoch wundern wir uns darüber, dass er Ihnen gesagt hat, er gehe zum Klassentreffen, wo er dann nie aufgetaucht ist. Wo könnte er denn sonst gewesen sein am besagten Abend?«

»Hm, er hatte in Kalmar durchaus noch Freunde aus Jugendtagen. Aber wer das genau war – fragen Sie mich nicht.«

»Gibt es auch Familie, die er besucht haben könnte?«

»Seine Eltern leben nicht mehr. Sie haben Henrik und seinem Bruder Arne eine große Baufirma hinterlassen, die mein Schwager weiterführt. Henrik hat sich von ihm weitestgehend ausbezahlen lassen und das Geld dann hier auf der Insel und anderswo investiert. Apropos ...« Damit griff sie erneut nach den Unterlagen.

»Nur einen Augenblick noch«, bat Lennart. »Ihr Mann und sein Bruder, standen die beiden in engem Kontakt?«

Sie wiegte den Kopf. »Nicht allzu eng, würde ich sagen. Sie waren nicht beste Freunde oder so. Aber Henrik hielt noch ein paar Firmenanteile, da gab es hin und wieder etwas zu besprechen. Darum hat er Arne ab und zu besucht, der nach wie vor im Elternhaus lebt.«

Es war Britta, die die nächste Frage stellte: »Aber wahrscheinlich hätte Ihr Mann es Ihnen ja erzählt, wenn er seinen Bruder besucht hätte, oder nicht?«

»Anzunehmen. Wobei ...« Sie zögerte.

»Ja?«, hakte Lennart ein.

Bente Forsberg schien zu überlegen, bevor sie sagte: »Ich will ganz ehrlich mit Ihnen sein: Ich war nicht begeistert davon, wenn er Arne besucht hat. Es wurde dann oft sehr feucht-fröhlich, und Henrik hat sich mehr als einmal breitschlagen lassen, seinem Bruder eine Finanzspritze zu geben. Das Baugeschäft läuft nicht mehr rund. Wahrscheinlich auch, weil Arne gern mal zu tief ins Glas schaut. Er hat nie gezögert, Henrik Geld aus dem Rücken zu leiern, das der dann nie wiedergesehen hat.«

»Sie haben also kein wirklich gutes Verhältnis zu Ihrem Schwager«, konstatierte Lennart.

Sie zuckte die Achseln. »Eher gar keins. Daran wird sich auch nichts mehr ändern. Wir konnten von Anfang an nicht gut miteinander. Aber das kommt ja gefühlt in jeder zweiten Familie vor.«

»Mindestens«, merkte Britta mit einem Schmunzeln an.

»Wir werden auf jeden Fall versuchen, Licht ins Dunkel des fraglichen Abends zu bringen. Vielleicht ergibt sich ja etwas durch die Auswertung der Handydaten Ihres Mannes«, sagte Lennart.

»Ach, das geht?«, fragte Bente Forsberg.

»Sicher. Wir werden versuchen, ein Bewegungsprofil zu erstellen, und sehen uns seine Kontakte und Nachrichten an.«

»Interessant.«

»Das wird sich herausstellen. Manchmal ist es nicht ganz einfach, so ein Ding zu knacken«, merkte Lennart an. »Sie wissen nicht zufälligerweise den Code?«

»Leider nein.«

Lennart wechselte das Thema: »Aber nun zu den Geschäften und Investments Ihres Mannes.« Er zeigte auf die Papiere, die Bente vor sich liegen hatte.

»Ja, natürlich.« Frau Forsberg reichte ihm zwei Prospekte und einige lose Blätter. »Das ist alles, was ich auf die Schnelle gefunden habe. Es dürfte sich dabei um das aktuellste Investment handeln. Ein Bauprojekt in Südfrankreich. Côte d'Azur. Aus den Schreiben geht hervor, dass Henrik in einen mondänen Ferienhaus-Park investiert hat: eine Anlage mit mehreren Pools, einem Golfplatz und einer eigenen Marina.«

»Er wollte sich Ferienhäuser in Südfrankreich kaufen? Klingt ja nicht schlecht, oder?«, fand Britta.

»Kommt darauf an, was man so mag. Sicher, für die meisten Menschen hört sich das toll an.«

»Für Sie nicht?«

»Nein«, antwortete Bente Forsberg entschieden. »Ich bin keine Freundin von warmem Wetter, von diesem ganzen Rummel an der Côte d'Azur, den Megayachten in Saint-Tropez und auch nicht von den Menschen, die dorthin pilgern, um sie zu bewundern. Ich bleibe lieber hier auf der Insel, hier gehöre ich hin, hier liebe ich das Klima, das Essen, die Landschaft. Henriks Leidenschaft für die Mittelmeerküste konnte ich nie recht teilen.«

Lennart horchte auf. Dasselbe hatte sie ihm am Abend des Anschlags auch über die Begeisterung ihres Mannes für das Fliegen gesagt. Sogar in ähnlichem Wortlaut. Ganz so reibungslos, wie sie es darstellte, war die Ehe der beiden wohl doch nicht verlaufen.

»Und trotzdem wollte er sich dort gleich mehrere Häuser kaufen?«

Sie schüttelte den Kopf. »Es ging da ja nicht um eigene Nutzung, sondern um stille Teilhaberschaft. Angedacht war ein reiner Investment-Case, denke ich. Ja, kurz hatte er wohl überlegt, ob man so etwas selbst nutzen könnte. Aber ich habe ihm deutlich klargemacht, dass ich nicht mitgekommen wäre, noch nicht einmal für die Ferien.«

»Gab es darüber Streit?«

»Nein, Henrik hat das ohne Umschweife akzeptiert. Auch er war schließlich nicht gänzlich unzufrieden, wie wir hier unser Leben führten.«

»Ist denn schon Geld geflossen für dieses Projekt?«

»Ja, es gibt bereits einen Vertrag über ein Gebäude mit mehreren Ferienapartments in der Anlage. Henrik sah da offensichtlich Potenzial.«

»Hatte er über dieses Investment hinaus noch andere Kontakte mit Südfrankreich?«, fragte Lennart.

»Nicht dass ich wüsste.«

»War er oft dort?«

»Oft? Würde ich nicht sagen.«

Lennarts Handy klingelte. Tao. Er entschuldigte sich, zwängte sich hastig hinter dem Schreibtisch vor und verließ das Minibüro. Draußen nahm er das Gespräch unter den neugierigen Blicken des Rezeptionisten an. Er würde sich lieber ein wenig bedeckt halten bei dem, was er sagte. Tao berichtete ihm zerknirscht, dass sie bei den Handys noch nicht recht weitergekommen sei. Dafür aber verfüge sie inzwischen über eine Liste der Flugbewegungen, die mit Forsbergs Citation in den letzten Monaten absolviert worden waren.

»Die Maschine war eigentlich immer nur nach Kalmar oder nach La Môle unterwegs«, verkündete sie.

»Das erste ist klar, aber wo genau liegt das zweite?«, gab er sich bewusst nebulös, um der Neugierde des Concierge nicht noch unnötig Nahrung zu bieten.

»Das zweite? La Môle?«

»Genau. Wo ist das?«

»In Frankreich. Ein kleiner Airport für Privatmaschinen direkt bei Saint-Tropez.«

»Und wie oft war er dort?«

»Insgesamt neun Mal im letzten Dreivierteljahr.«

»Oh, wow!«

»Genau. Wird nur getoppt von Kalmar, wo er eigentlich alle zwei, drei Wochen war.«

Erstaunlich häufig, fand Lennart, das war aus Bente Forsbergs Schilderungen so gar nicht hervorgegangen. »Und sonst?«

»Welche Flughäfen er sonst noch angeflogen ist? Porto-Vecchio und Viseu.«

»Italien und Rumänien?«, mutmaßte er.

»Knapp daneben. Korsika und Portugal.«

»Was du nicht sagst. Und sonst nichts?«

»Nur einmal in Bremen, das ist in Norddeutschland.«

»Danke, ist mir bekannt«, merkte Lennart etwas brummig an.

»Weiß man's? Jedenfalls ist das alles schon länger her, in letzter Zeit ging's nur noch nach Frankreich und Schweden.«

Lennart bedankte sich, legte auf und gesellte sich wieder zu Bente Forsberg und Britta, die ihn fragend anblickte.

»Frau Forsberg, das am Telefon war unsere Kollegin aus dem Büro. Sie sagte uns, dass Ihr Mann mit der Citation in den letzten Monaten neben zahlreichen Flügen nach Schweden ziemlich häufig in Südfrankreich gelandet ist, auf einem Flugplatz ganz in der Nähe von Saint-Tropez.«

Bente sah ihn forschend an. »Ja, und? Dort befindet sich ja auch dieses Investitionsobjekt.«

»Aber gerade haben Sie doch noch erzählt, Ihr Mann sei nicht so oft dort gewesen«, insistierte Lennart.

»Oft, nicht oft, was man eben darunter versteht«, gab die Frau ein wenig genervt zurück. »Ja, privat war er durchaus auch hin und wieder mal in Saint-Tropez, letzten Herbst beim Segeln, mit Freunden. Und dann noch einmal bei einem Benefiz-Golfturnier, glaube ich. Das hatten die Philanthropisten vor Ort organisiert. Aber dabei ging es nicht um das Projekt. So hatte ich Ihre Frage verstanden. Sie müssen schon entschuldigen, ich …« Sie stockte und schloss für einen Moment die Augen.

Lennart hob den Kopf und musterte die Frau. Sie wirkte nun noch nervöser und fahriger als zuvor.

»Wir verstehen, wie schwer das alles für Sie sein muss. Aber für uns ist es unerlässlich, möglichst viele Details über das Leben Ihres Mannes, vor allem über seine letzten Wochen und Monate, zu sammeln, damit wir klarer sehen, wo wir nach einem etwaigen Täter suchen müssen.«

Bente Forsberg seufzte laut und nickte. »Sicher, das lässt sich nicht vermeiden. Was möchten Sie noch wissen?«

»Sie waren nie dabei in Saint-Tropez?«

»Nein. Die Gründe kennen Sie ja schon: meine knapp bemessene Zeit, meine Eltern, die Hitze.«

»Könnten Sie uns bitte die Kontaktdaten Ihrer beiden Kinder zukommen lassen?«

Angesichts des plötzlichen Themenwechsels sah Bente Britta verwundert an. »Ist es wirklich nötig, dass Sie die beiden vernehmen?«

Britta schüttelte lächelnd den Kopf. »Es dreht sich nicht um eine Vernehmung, sondern gehört zum üblichen Prozedere, sich mit engen Angehörigen zu unterhalten. Wir können die Gespräche natürlich auch im Umfeld der Beerdigung anberaumen, wenn Ihnen das lieber ist.«

»Es ist noch nicht sicher, ob meine Tochter dabei sein kann. Sie ist auf diesem Kreuzfahrtschiff anscheinend unabkömmlich – das wird nicht einfach werden.«

»Ihr Schwager in Schweden – haben Sie den schon kontaktiert?«, fragte Lennart.

»Nein, bislang nicht.«

»Auch seine Kontaktdaten bräuchten wir bitte. Wenn Sie wünschen, können auch wir ihn über den Tod seines Bruders informieren.«

»Nein, das ist meine Pflicht, bemühen Sie sich nicht.«

»Trotzdem, die Telefonnummern …«

»Ja, die bekommen Sie. Und sagen Sie, wegen der Beerdigung: Wann kann ich die planen?«

»Geben Sie uns da bitte noch ein wenig Zeit«, entgegnete Britta.

Bente Forsberg schnaubte. »Können Sie mir denn wenigstens schon sagen, wie es um das Flugzeug steht? Ich muss mich da bald um einen Verkauf kümmern. Jeder Tag kostet Geld, und ich bin mir nicht sicher, wie das alles weitergeht im Unternehmen. Die Plätze in den Hangars sind begehrt – und daher entsprechend teuer.«

»Verstehe ich, aber da müssen Sie sich wirklich in Geduld üben, die Maschine ist das wichtigste Beweismittel im Fall. Wird dauern, bis das freigegeben werden kann.«

Die Frau hob die Brauen. »Hatte ich fast befürchtet. Na ja, kann man wohl nichts machen.«

I see a red door and I … Britta griff zu ihrem Telefon, da fing auch sein eigenes an zu vibrieren. Es war sein Vater.

»Papa, ich kann jetzt nicht, ich bin mitten in einer …«

»Junge? Hallo? Kannst du mich hören? Ich versteh dich fast nicht!«

Das mochte vielleicht daran liegen, dass Lennart ein wenig verschämt geflüstert hatte, schließlich gehörte es nicht gerade zum guten Ton, während einer Unterredung mit der Ehefrau eines Mordopfers private Telefongespräche zu führen. Andererseits wusste man bei Leuten im Alter seines Vaters nie, ob es sich bei so einem spontanen Anruf nicht um einen medizinischen Notfall handelte. Das wollte er einfach kurz abklären.

»Papa, ich kann nur gerade nicht telefonieren. Alles in Ordnung?«

»Bei dir ist alles in Ordnung? Das ist schön, Junge! Freut mich wirklich. Was machst du denn gerade?«

»Papa! Was? Ist? Los?«

»Du, also, wir sind jetzt hier im Wartebereich, stell dir vor, wir mussten hier noch mal durch die Sicherheit. Unglaublich! Also, am Flughafen, weißt du? Kopenhagen.«

»Ja, Papa, ich …«

»Die haben hier hübsche Geschäfte und Cafés, Mirjam fühlt sich ganz wohl und war gerade noch ein bisschen shoppen. Ich habe mir in der Zwischenzeit einen Milchreiskuchen gegönnt. Gab es hier. Sah aus und schmeckte wie der, den deine Großmutter immer gemacht hat. Soll ich dir einen einpacken lassen und mitbringen?«

»Nein!«

»Wir hatten zu Mittag nur so einen Salat. Mirjam wollte nicht mehr essen vor dem Weiterflug. Aber wenn du mich fragst: Wer reist, der muss auch …«

»Papa! Wann kommt ihr?«

»Wie? Junge, ich kann jetzt beim besten Willen nicht mehr lang mit dir telefonieren, wir müssen einsteigen! Können ja später reden. Wir sind in einer Stunde auf der Insel! Freuen uns, bis nachher!«

»Ja, dann … guten Flug!« Sein Vater jedoch hatte das Gespräch bereits beendet.

Lennart holte tief Luft und warf einen Blick auf seine Uhr. Auch wenn das alte Ding stets ein wenig vorging – das mit dem Abholen war locker zu schaffen. Hier waren sie ohnehin für heute durch, und Britta war mit dem Dienstwagen da.

Auch die beendete gerade ihr Telefonat. Bente Forsberg hatte sich angesichts der beiden telefonierenden Polizisten in ihren Computerbildschirm vertieft, also flüsterte Lennart seiner Kollegin zu: »Britta, ich müsste jetzt dann mal schnell zum Flughafen.«

Sie legte die Stirn in Falten. »Wie, hast du etwa auch gerade mit Tao telefoniert? Unsinn, das geht ja nicht, schließlich hatte ich sie in der Leitung. Hat dich also der Boss höchstpersönlich angerufen?«

»Wovon genau sprichst du, Britta?«

»Na, ob Morten dir gerade gesagt hat, dass wir ihn am Flughafen treffen sollen?«

»Nein, wie kommst du denn darauf? Ich habe mit meinem Vater geredet. Den muss ich abholen samt Lebensgefährtin.«

»Wann?«

»In einer guten Stunde.«

»Okay, wenn wir jetzt losfahren, können wir vorher mit Morten reden.«

»Brauchen Sie mich noch?«, fragte da auf einmal Bente Forsberg und sah müde von ihrem Monitor hoch. »Wenn nicht, würde ich mich tatsächlich auch gerne kurz aufs Ohr legen, bevor ich mit meinen Eltern Kaffee trinke.«

»Natürlich, machen Sie das, wir melden uns wieder bei Ihnen.«

Britta und Lennart verabschiedeten sich.

»Warum ist Morten denn gerade am Airport? Fliegt er in die Hauptstadt?«, fragte Lennart, als sie draußen standen.

»Nein, so wie ich das verstanden habe, geht er seinem Hobby nach, das er in den Monaten vor der Pensionierung ein wenig vernachlässigt hat.«

»Ist er Plane-Spotter?« Etwas anderes viel Lennart nicht ein.

»Er ist Pilot!«

»Pilot?«, wiederholte er ungläubig.

»Ja, Hobbyflieger. Mit diesen kleinen leichten Fliegern. Wusstest du das gar nicht?«

Lennart schüttelte den Kopf. Das hatte sein Vorgänger ihm gegenüber noch nie erwähnt.

Ein warmes Lächeln machte sich auf Brittas Gesicht breit. »Wundert mich nicht. Er hält damit gern hinterm Berg. Zumindest tat er das immer, als er noch im aktiven Dienst stand.«

»Aha. Und weshalb?«

»Weil er es nicht statthaft fand, dass ein Polizeibeamter ein so kostspieliges und elitäres Hobby hat. Er ist da ein wenig kompliziert.«

»Und woher hat er das Geld dafür?«

»Er besitzt ja keine eigene Maschine, ist nur Mitglied in einem Club.«

»Trotzdem, das kostet schon …«

»Sicher, aber er hat ja nicht schlecht verdient. Und in seiner Schwiegerfamilie gab es anscheinend schon immer Geld.«

Verblüfft schüttelte Lennart den Kopf – Morten Nygaard schaffte es doch immer wieder, ihn zu überraschen.

***

Am *Rønne Lufthavn* parkte Lennart direkt vor dem Eingang zum Terminal. Er wusste, dass sein Vater diese Annehmlichkeit sehr schätzen würde. Und auch wenn seine Schulter inzwischen fast nicht mehr wehtat, hatte er keine Lust, das Gepäck der beiden Neuankömmlinge über den halben Parkplatz zu schleppen. Wieder legte er also den Dienstausweis aufs schmale Armaturenbrett aus blauem Kunstleder, schaltete das Autoradio ab – er hatte gerade noch ein paar Songs des Swing-Albums von Robbie Williams gehört – und stieg aus. Britta kam bereits vom Besucherparkplatz auf ihn zugeeilt. Ihnen blieb noch eine gute Dreiviertelstunde, bis sein Vater mit der Propellermaschine aus Kopenhagen landen würde. »Wohin müssen wir?«, fragte er.

»Hm, so ganz genau weiß ich das nicht, ehrlich gesagt. Er ist im Vereinshangar, meinte er. Aber wie man genau dorthin kommt: keine Ahnung.«

Der Weg zu Morten Nygaard gestaltete sich noch weitaus länger und komplizierter, als Lennart ohnehin schon befürchtet hatte, inklusive einer Sicherheitskontrolle und eines straffen Fußmarschs über das halbe Vorfeld, auf dem auch heute wieder ein kräftiger Wind von der Ostsee herwehte. Schließlich schoben sie das Rolltor eines weißen Leichtbau-Hangars mit gewölbtem Blechdach auf, in dessen Inneren das Licht ziemlich schummrig war. Lennart brauchte einen Moment, bis sich seine Augen daran gewöhnt hatten. Dicht an dicht standen verschiedene Flugzeuge in der Halle, die meisten einmotorige Propellermaschinen, aber auch einige kleinere Jets und zwei Helikopter. In der linken Ecke, ein wenig abseits von den anderen Flugzeugen, war die Citation von Henrik Forsberg abgestellt worden, ringsherum mit Flatterband abgesperrt.

»Hier drüben bin ich, Kollegen!«, tönte es aus der Tiefe des Raums. Hinter einer etwas klapprig wirkenden Maschine mit gelben und orangefarbenen Siebzigerjahrestreifen trat Morten hervor und winkte sie zu sich. Er trug einen olivfarbenen Overall, und als Britta und Lennart sich ihm näherten, wischte er sich die ölverschmierten Hände an einem Lappen ab.

»Schön, dass ihr vorbeikommt! Ich wollte mich sowieso bei euch melden, als ich die Sache mit der Citation erfahren habe. Ich war es im Übrigen, der dafür gesorgt hat, dass sie hier hereingebracht wird. Man kennt doch die Neugier der Menschen, und wenn sich herumspricht, dass auf dem Vorfeld die Geistermaschine von Rønne steht, haben wir ruck, zuck lauter Schaulustige am Zaun stehen.«

»Ach, Morten, du bist und bleibst Polizist mit Leib und Seele. Und für immer unser Boss!«, jubilierte Britta regelrecht, schenkte ihrem Ex-Chef ein strahlendes Lächeln und umarmte ihn kurz zur Begrüßung.

»Man tut, was man kann, nach wie vor«, gab Morten ein wenig gönnerhaft zurück.

Lennart klopfte seinem Vorgänger nach dessen Hinweis auf seine öligen Hände lediglich auf die Schulter. »Womit bist du denn da gerade beschäftigt?«, fragte er umgehend, um etwaige Fragen nach dem genauen Fortgang der Ermittlungen im laufenden Fall erst gar nicht aufkommen zu lassen.

»Oh, ich habe alle Hände voll zu tun, unsere Cessna für die Inspektion vorzubereiten.« Geradezu liebevoll tätschelte er die Motorklappe der Maschine. »Das Mädchen hat jetzt schon fast vierzig Jahre auf dem Buckel, da muss man hier und da schon etwas machen. Aber sie ist eine wirklich treue Gefährtin.«

»Ein echtes Prachtstück aus den Siebzigern, oder? Allein die Farbe!«, geriet Britta ins Schwärmen.

»Seit wann hast du denn den Flieger?«, fragte Lennart Morten. Auch wenn das Sportflugzeug beileibe nicht mehr das neueste war – allein der Unterhalt und die Versicherung kosteten bestimmt ein Vermögen.

Sein Nachfolger lachte herzhaft auf. »Ich? Nein, für mich privat wäre das wirklich eine Nummer zu groß. Die gehört natürlich dem Verein. Wir haben drei Sportmaschinen, die SkyHawk hier ist die älteste, aber mir ehrlich gesagt auch die liebste. Sie wurde nur ein bisschen stiefmütterlich behandelt in letzter Zeit und brauchte etwas Zuwendung. Nun noch ein paar Flugstunden, um zu sehen, ob alles läuft. Dann können wir mit ihr zum Technik-Check antreten.«

»Kennst du dich denn mit sowas aus?«, fragte Lennart und versuchte, nicht allzu alarmiert zu klingen. Er hatte keine Ahnung von den geltenden Vorschriften bezüglich einer Flugzeugwartung, aber dass ein Ex-Kriminaler im Ruhestand an den Dingern rumschraubte, war ganz sicher nicht vorgesehen.

»Ich mache das natürlich nur hobbymäßig. Aber allmählich lernt man die Dinger ganz gut kennen. Die Oberaufsicht allerdings hat Ole. Er ist ausgebildeter Fluggerätemechaniker, hat die nötige Berechtigung und führt die Kontrollen durch.«

»Ole?«

Morten deutete ans Heck der Maschine. Erst jetzt fiel Lennart auf, dass dort ein ebenfalls weißhaariger Mann in Fliegeroverall stand und an einem Seilzug herumschraubte. Als er bemerkte, dass er gemustert wurde, grüßte er freundlich mit einem Schraubenschlüssel. Lennart zog die Brauen hoch. Der Mann war gut und gern achtzig. Er hoffte, dass die Maschine beim nächsten technischen Defekt, der aus seiner Sicht heraus unausweichlich war, nicht ausgerechnet über seinem Häuschen abstürzen würde, sondern wenigstens über dem offenen Meer. Zum Glück würde er selbst nie in die Verlegenheit kommen, einen Fuß in diesen Seelenverkäufer zu setzen.

»Stört es euch, wenn ich nebenbei ein wenig weitermache, während wir uns unterhalten?«, fragte Morten. Lennart verkniff sich den Hinweis darauf, dass es womöglich besser sei, sich voll und ganz auf die Arbeit an der Flugzeugtechnik zu konzentrieren.

»Ich weiß doch, dass du einer der ganz wenigen Männer bist, die zu Multitasking fähig sind«, gab Britta hingegen zurück, und Morten machte sich mit einem Lappen und einer Sprayflasche wieder daran, Teile im Motorraum zu säubern. »Also, ihr wollt bestimmt etwas über unsere Mitglieder wissen, die auf so tragische Weise Opfer dieses mysteriösen Verbrechens geworden sind.«

Sie nickten.

»Ich beneide euch wirklich nicht um die Aufgabe, einen derart komplexen Fall zu stemmen. Manchmal kann eine Pensionierung auch eine Gnade sein. Hat euch Kopenhagen denn keine Hilfe angeboten?«

Britta und Lennart sahen sich an und beschlossen in stummem Einverständnis, darauf nicht weiter einzugehen, sodass Morten nach einer kurzen Pause einfach weitersprach. »Wirklich grässlich, das alles, und ein heftiger Schlag für die Bornholmer Philanthropisten. Man könnte fast meinen, jemand hat etwas gegen unsere Vereinigung.«

»So weit würde ich nicht gehen, jedenfalls gibt es dafür bis jetzt keine Anhaltspunkte«, erklärte Lennart. »Wie würdest du denn die Beziehung zwischen Møller und Forsberg beschreiben?«

Morten hob den Kopf, drehte sich zu ihm um und kratzte sich nachdenklich hinterm Ohr. Dann sagte er: »Darüber habe ich mir auch schon Gedanken gemacht. Wisst ihr, das Seltsame ist, dass ich bei den beiden eigentlich wenig Schnittmenge sehe. Sie hatten kaum miteinander zu tun, saßen bei Clubabenden selten zusammen, haben sich, soviel ich mitbekommen habe, auch nicht zu privaten Einladungen verabredet. Und waren auch in keinem Ausschuss oder so zusammen.«

»Heißt das, sie sind sich im Club aus dem Weg gegangen?«, mutmaßte Britta.

Morten schüttelte den Kopf. »So explizit auch wieder nicht. Aber sie hatten sich einfach wenig zu sagen. Sie lebten in unterschiedlichen Welten, hatten gänzlich verschiedene Interessen.«

»Und trotzdem sind sie zusammen nach Kalmar geflogen?«

Morten hob die Schultern. »Das geht ja auch, wenn man nicht eng befreundet ist. Unter Philanthropisten gilt die Maxime, dass man sich grundsätzlich gegenseitig Hilfe anbietet. Und diese auch ohne große Umschweife annehmen kann. Eine Hand wäscht die andere. Warum also hätte Henrik Bjarne nicht mitnehmen sollen, auch wenn sie nicht eng befreundet waren?«

»Und Finn Iversen? Pflegte der intensiveren Kontakt zu einem der beiden?«, hakte Lennart ein.

»Dazu muss ich vorausschicken, dass Iversen nicht Mitglied in unserem Club war. Lediglich seine Frau gehört den Philanthropisten an.«

»Lediglich?«, wiederholte Britta irritiert.

»Das habe ich natürlich nicht so gemeint – wobei sie tatsächlich unsere erste und bislang einzige Frau ist. Wir waren zuvor ein reiner Männerclub, und damit waren auch alle ganz zufrieden. Dann jedoch mussten wir Birte als Mitglied zulassen, da sie bereits in Arhus den Philanthropisten beigetreten war – anders als wir nehmen einige Clubs aktiv auch Damen auf. Und in so einem Fall gibt es da eine verbandsinterne Zwangsaufnahmeklausel, sodass uns die Hände gebunden waren.«

Lennart musste grinsen. »Das klingt ja nach einem richtig warmen Willkommen für die Frau Pfarrerin.«

»Das war es wohl zu Beginn nicht wirklich, da magst du recht haben. Ich will nichts Schlechtes über unsere Mitglieder sagen, aber es gab einige Philanthropistische Freunde unter uns, die ein Problem damit hatten, dass nun beide Geschlechter vertreten sind. Und die haben es Birte möglicherweise zu Beginn nicht ganz leicht gemacht. Kein allzu schöner Zug, zugegeben, aber für uns ein Lernprozess.«

Britta und Lennarts Blicke trafen sich. Gleichberechtigung war wohl nicht so die Sache der Philanthropisten. Und auch Morten schien sich bei dem Thema eher unbehaglich zu fühlen. Er war nun mal ein konservativer Knochen.

Der Pensionist schien seine Gedanken zu erraten. »Also, nicht dass ihr mich falsch versteht«, fuhr er fort und sah die beiden wieder an, »ich habe damit kein prinzipielles Problem. Also, mit der Aufnahme von Frauen, meine ich. Es gibt viele Activities, bei denen die Damen, also unsere Partnerinnen, seit jeher dazugebeten werden. Auch Rosa schätzt diese Zusammenkünfte.«

»Aber auf einmal war da eine Frau als reguläres Mitglied …«, dachte Lennart laut.

»Genau. Das hatte eine andere Qualität. Eine neue Situation für alle. Aber ich will wirklich noch einmal betonen: Birte hat sich sehr gut eingelebt, hat alle Entscheidungen mitgetragen und sich immer entsprechend der Vereinsziele verhalten. Man hat letztlich gar nicht mehr gemerkt …«

»... dass sie eine Frau ist?«, mutmaßte Britta.

»Dass sie neu war auf der Insel, wollte ich sagen.« Morten klang ein wenig beleidigt angesichts von Brittas sarkastischem Unterton.

»Hat Finn Iversen oft an diesen Aktivitäten für die Lebenspartner teilgenommen, von denen du gesprochen hast?«, fragte Lennart.

Morten Nygaard schüttelte den Kopf. »Sehr selten, es war ja auch nicht ganz leicht für ihn. Er hatte de facto den Status einer männlichen Dame, wenn ihr so wollt. Bei Veranstaltungen war er der einzige Mann, der kein ordentliches Mitglied war, und da er nicht von der Insel stammte, kannte er auch nicht allzu viele von uns. Und an den Damenkränzchen und Bridgeabenden, die regelmäßig stattfinden, wollte er verständlicherweise auch nicht teilnehmen. Worüber hätte er dabei auch reden sollen? Strickmuster? Kochrezepte?«

Lennart wunderte sich erneut über das überkommene Weltbild dieses Clubs, mit dem Morten aber kein Problem zu haben schien. Auch er, der von seiner Frau doch sonst immer sehr liebevoll und mit viel Respekt sprach, hörte sich auf einmal an wie ein alter Chauvi. Das überraschte Lennart – er kannte seinen Vorgänger wohl doch noch nicht so gut wie gedacht.

»Aber da war doch noch ein Mitglied, das einen männlichen Lebenspartner hatte. Wie verhielt es sich denn mit Herrn Hedegaard bei euren Treffen?«, fuhr Britta fort.

Morten Nygaard zog die Stirn in Falten und legte schließlich seinen Lappen aus der Hand. »Bjarne Møllers … Lebensgefährte?«

»Genau«, bestätigte Britta.

Morten holte tief Luft. »Ihr wisst, dass ich wirklich keinerlei Ressentiments gegenüber homosexuellen Menschen beider Geschlechter habe. Aber einige Mitglieder vertreten eben auch diesbezüglich eine sehr … traditionelle Weltsicht. Bjarne hat gern ein wenig provoziert, wobei Hedegaard da nicht mitgemacht und sich stets völlig zurückgehalten hat. Ich erinnere mich an kein Treffen, an dem er teilgenommen hätte. Wahrscheinlich wollte er sich den Kommentaren, die es hier und da sicher gegeben hätte, nicht aussetzen.«

»Klingt alles nicht ganz so menschenfreundlich, wie man es von Philanthropisten erwarten könnte, oder?«, sagte Lennart und wiegte skeptisch den Kopf.

Morten hob abwehrend die Hände. »Das kam jetzt vielleicht zu krass rüber, so schlimm sind wir gar nicht. Und es ist auch ganz bestimmt nicht die offizielle Haltung unseres Clubs oder gar des Philanthropistischen Weltverbandes. Aber gerade hier auf der Insel dauert es eben in manchen Bereichen ziemlich lange, bis auch im letzten Hirn eine moderne Denkweise und damit ein größeres Maß an Toleranz einzieht. Und davon will ich mich gar nicht ausnehmen, ich bin sicher auch jemand, der bei Neuerungen oft eine Weile braucht.«

Lennart lächelte. Diese ironische Selbsterkenntnis passte schon besser zu Morten. »Inwiefern hat Møller denn provoziert?«, hakte er dann nach.

»Er hat ganz oft die Gegenposition zu bei uns vorherrschenden Meinungen vertreten: im Bereich Religion, zu politischen Themen, zu ökologischen Fragen und auch zur Diversität und so weiter. Das hat natürlich unsere alten Herren auf die Palme gebracht.«

»Aber auch bei euch hat er seine Beziehung zu Hedegaard nicht offiziell gemacht?«

»Nein, nicht direkt. Zumindest war das nie wirklich Thema. Er ist ja schon recht lange Mitglied bei uns, damals war er noch mit seiner Frau verheiratet. Aber mit der Zeit wurde das anders, und irgendwann hat auch der Letzte von uns verstanden, wie sich seine … Orientierung verändert hatte. Und ja, fast alle mutmaßten, dass Hedegaard und er ein Paar waren. Einige hatten sogar intern vorgeschlagen, ihn zusätzlich zu Bjarne als reguläres Mitglied aufzunehmen, um nicht in die Verlegenheit zu kommen, ihn quasi als Dame behandeln zu müssen, falls sie es doch eines Tages offiziell machen würden. Das war noch vor Birte und Finn Iversen. Aber man hat es dann doch einfach so laufen lassen, das war einfacher.«

»Um dann mit Birtes Ankunft doch wieder kompliziert zu werden, oder?«

Morten lächelte kurz über Lennarts Formulierung. »Wenn du das so sagen willst: Ja. Wir wussten allerdings immer zu schätzen, dass wir jemanden wie Bjarne Møller unter uns hatten. Allein, was er kulturell bewegt hat auf Bornholm. Davon haben wir auch profitiert: Als unser Beauftragter für Veranstaltungen und Events war er sehr engagiert, hat den Club immer wieder in seinen Teesalon zu Verkostungen und Seminaren eingeladen, Activities gesponsert und sogar einmal im Jahr ein Benefizkonzert für unser Hilfswerk organisiert. Das hat ihm Respekt eingebracht. Auch Birte möchte hier niemand mehr missen. Jedenfalls die ganz überwiegende Mehrheit. Henrik Forsberg etwa konnte es ziemlich gut mit ihr. Sie haben sich oft unterhalten, saßen immer wieder zusammen. Wahrscheinlich kam es so auch zu dem Mitflug ihres Mannes bei Henrik.«

»Verstehe«, murmelte Lennart.

»Von sich aus hätte Finn Iversen Forsberg wahrscheinlich nicht gefragt. Um das noch einmal zu betonen: Die Konstellation der drei im Flugzeug ist keine, die ich für wahrscheinlich gehalten hätte.«

»Okay, danke für die Einschätzung«, sagte Lennart nachdenklich.

Morten winkte ab. »Nicht der Rede wert. Wenn ich noch irgendetwas für euch tun kann, sagt Bescheid. Ihr wisst, wie gerne ich nach wie vor mit im Boot bin.«

Sie nickten und bedankten sich noch einmal. Morten kratzte sich nachdenklich am Kopf und holte tief Luft, bevor er sagte: »Sag mal, Lennart, ich hätte da noch was in eigener Sache. Wollte ich sowieso schon länger mal fragen …« Er stockte, und Lennart blickte ihn abwartend an.

»Ja?«, drängelte er Morten schließlich.

»… ob du dir vorstellen könntest, einer unserer Philanthropistischen Freunde zu werden.« Er strahlte Lennart an, als habe er ihm gerade einen Millionengewinn verkündet.

Der jedoch konnte kaum glauben, was sein Vorgänger ihm da angetragen hatte. Ein Eintritt in einen dieser Clubs, noch dazu angesichts dessen, was er heute darüber erfahren hatte, war so ziemlich das Letzte, was er sich vorstellen konnte. Auch Britta sah ziemlich ungläubig drein.

»Du musst auch nicht sofort antworten. Denk doch einfach mal ganz wertfrei drüber nach!«

Doch Lennart schüttelte entschieden den Kopf. »Nein, Morten, da muss ich nicht nachdenken. Damit das gleich mal klar ist: Es ehrt mich sehr, dass du da an mich denkst. Aber ich habe dazu im Moment einfach keine Muße und bin auch gar kein Vereinsmensch. Und weißt du, *ein* leitender Kriminaler in eurem Club ist sicher schon mehr als genug.«

Doch Morten gab sich noch nicht geschlagen. »Lennart, ich meine … du musst ja nicht immer kommen, und es könnte dir enorm bei einer noch besseren Integration in die Inselgesellschaft helfen.«

»Nein, Morten«, sagte Lennart lächelnd. »Das ist noch zu früh für mich.«

»Man wird in der Regel nicht wieder gefragt.«

»Dann ist das eben so, und ich muss damit leben. Und findet ihr denn nicht ohnehin, dass Britta eine viel geeignetere Kandidatin wäre? Sie als Künstlerin und hervorragende Kennerin der Insel und ihrer Geheimnisse – was Besseres könnte euch gar nicht passieren!«

Britta lachte frei heraus. »Ich? Du bist verrückt geworden, Lennart!«

»Aber du wärst sicher ein wundervolles Mitglied – und Mats eine tolle männliche Dame«, erklärte Lennart amüsiert.

»Klar, Mats beim Bridgenachmittag! Was für eine Vorstellung«, gluckste sie, dann erst wandte sie sich an Morten, der ein wenig bedröppelt dastand und wahrscheinlich nicht recht einordnen konnte, ob die beiden sich nur über ihn lustig machten: »Boss, nichts gegen euren Verein, aber ich werde garantiert nicht euer zweites weibliches Mitglied.«

»Ach ja? Nun, ich will das auch nicht anbieten wie Sauerbier. Dann vielleicht Bente«, gab sich Morten nun doch ein wenig verschnupft.

»Bente Forsberg?«, fragte Lennart.

»Ja, sie hätte da durchaus Ambitionen, denke ich. Sie hat sogar schon mal einen Vortrag bei uns gehalten – über die Geschichte der Luftfahrt auf der Insel. Von den ersten kläglichen Versuchen über die Berliner Sommerfrischler in der Nazizeit bis zu den modernen Manövern der NATO.«

»Ach ja? Sie hatte uns gar nicht erzählt, dass sie sich für so etwas interessiert, stimmt's, Britta?«

»Stimmt.«

»Mal sehen, vielleicht bieten wir ihr tatsächlich die Mitgliedschaft an, wenn ein wenig Zeit ins Land gegangen ist«, sagte Morten mehr zu sich als zu Lennart und Britta. »Sie würde ein solches Angebot wahrscheinlich ehrlich zu schätzen wissen und nicht wie andere …«

Der Rest seines Satzes ging in einem ohrenbetäubenden Getöse unter. Sie wandten die Köpfe zu dem offen stehenden Rolltor, vor dem eben eine Linienmaschine in hohem Tempo vorbeizog. Sie musste gerade gelandet sein. Lennart sah auf die Uhr: das Flugzeug aus Kopenhagen – mit seinem Vater und Mirjam an Bord.

»Morten, ich müsste dann leider mal weiter …«, erklärte er daher.

Morten nickte. »Kein Problem, lass dich nicht aufhalten. Britta und ich haben ohnehin noch einiges miteinander zu bereden, denke ich.«

Lennart hob den Kopf und musterte sein Gegenüber. Er wusste genau, was die beiden besprechen würden, sobald er den Hangar verlassen hatte: den aktuellen Ermittlungsstand – und das in allen erdenklichen Details. Resigniert seufzte er und verabschiedete sich. Gegen diese Art der Indiskretion seiner Mitarbeiterin würde er in diesem Leben sowieso nichts mehr ausrichten können.

***

In der Ankunftshalle war es ruhig, als Lennart dort ankam. Die frisch gelandeten Passagiere aus Kopenhagen warteten bestimmt noch auf ihr Gepäck. Also nutzte er die Gelegenheit, sich am Kiosk einen Filterkaffee zu kaufen. Verglichen mit der Automatenplörre, die er neulich nachts zu sich genommen hatte, war der eine regelrechte Offenbarung. Dazu gönnte er sich als kleine Stärkung einen klassischen dänischen Hot Dog. Ordentlich Röstzwiebeln und Ketchup sorgten dafür, dass der exakt so schmeckte wie die, die er sich immer in der Mittagspause am kleinen Verkaufsstand gegenüber seiner Schule geholt hatte.

Derart in Kindheitserinnerungen schwelgend, beschloss er, seinem Vater und Mirjam bei ihrem ersten gemeinsamen Aufenthalt auf Bornholm ein kleines Willkommensgeschenk zu machen. Er ging in den winzigen Laden und kaufte eine Schachtel des angeblich besten Lakritzkonfekts der Insel. *Borup-Lakrids* gab es zwar inzwischen auf dem halben Globus – wie er gelesen hatte, sogar in den Malls von Dubai und Abu Dhabi –, aber hergestellt wurde es nach wie vor hier auf Bornholm. Dabei hatte Lennart nie wirklich getestet, ob das Zeug tatsächlich so gut war, wie alle Welt sagte: Er hasste kaum ein Lebensmittel so sehr wie Lakritze, und zwar in jeder erdenklichen Darreichungsform.

Für Mirjam suchte er aus den kleinen in Plastikfolie eingepackten Blumensträußen, die das Lädchen feilbot, kurzerhand den am wenigsten verwelkten aus. Dass sie womöglich im Hotelzimmer gar keinen Platz haben würde, eine Vase aufzustellen, fiel ihm erst ein, nachdem er bereits gezahlt hatte. Auch nicht so dramatisch, schließlich kam es auf die Geste an.

Lennart nahm auf einer hölzernen Sitzbank Platz und nutzte die ihm verbleibende Zeit, um sein Handy auf neue Mails und Nachrichten zu checken. Außer ihm warteten nur noch ein älteres Ehepaar und, wie er am Logo der Jacke sehen konnte, der Mitarbeiter eines beliebten Hotels ganz in der Nähe der Festung Hammershus auf Neuankömmlinge. Kein Wunder, viele der Fluggäste von und nach Kopenhagen waren Pendler und Insulaner, die geschäftlich in der Hauptstadt zu tun hatten oder Einkäufe oder Behördengänge erledigten. Die brauchten nicht jedes Mal, wenn sie landeten, einen großen Bahnhof.

Kaum hatte er ein paar Spam-Mails in den Papierkorb verschoben und ein Foto von Magdas neuestem Physik-Fünfer mit aufmunternden Worten kommentiert, öffneten sich auch schon die gläsernen Türen. Nach und nach liefen die Passagiere an Lennart vorbei. Allmählich wurde er ungeduldig. Hatte er da was missverstanden? Doch schließlich entspannte er sich: Seine Gäste waren die allerletzten, die herauskamen, was womöglich auch an dem riesigen Lederkoffer lag, den sein Vater hinter sich herzerrte. Ein altertümliches Modell, das erstaunlicherweise schon Rollen besaß und das man angesichts seiner Ausmaße wahrscheinlich als Sperrgepäck hatte aufgeben müssen. Mirjam hingegen schob ein schmales hellgrünes Hartschalenköfferchen neben sich her, das im Vergleich zu dem Gepäckungetüm seines Vaters wie ein Beautycase aussah.

Nachdem Lennart seine Geschenke überreicht hatte und von beiden ausgiebig geherzt worden war – wobei Karl Ipsen penibel darauf geachtet hatte, als Erster an der Reihe zu sein –, machten sie sich fröhlich plaudernd zu dritt auf den Weg zu seinem Wagen. Lennart hatte selbstredend angeboten, Mirjams Koffer zu übernehmen, was die sich gern gefallen ließ und schließlich auch besser für seine lädierte Schulter war als das Monstrum seines Vaters. Dessen leises Ächzen ignorierte er fürs Erste. Bis zu dem Moment, in dem Karl Ipsen sichtlich erschöpft um eine kleine Pause zur Erholung bat – nach kaum mehr als fünfzig Metern.

»Hier, nimm du das Gepäck von Mirjam, dann kümmere ich mich um dieses Unikum«, fasste er sich dann doch ein Herz, den Blick skeptisch auf den Lederkoffer gerichtet. Zu Recht, wie sich herausstellte, denn als er ihn anhob, fuhr ein stechender Schmerz durch seinen Arm. Erst jetzt merkte er, was für ein Gewicht dieses Ding hatte. Es überstieg seine erste Schätzung bei Weitem.

»Sag mal, hast du Ziegelsteine dabei? Oder vermachst du mir heute endlich den geheimen Goldschatz deiner Vorfahren?«

Karl Ipsen winkte ab. »Unsinn, Junge! Aber man muss doch für alle Eventualitäten gewappnet sein. Ich habe einiges an Wechselklamotten eingepackt, dazu Arbeitskleidung und meine Gummistiefel, weil ich mich ja bei dir im Garten nützlich machen muss. Will, meinte ich. Will. Ja, und dann ein paar Gesellschaftsspiele, wenn du uns mal abends im Hotel besuchst. Wer weiß schon, was die da so haben. Na ja, und dann noch ein paar Gläser Marmelade und selbst eingekochte Tomatensoße, alles für dich, als Vorräte. Hoffe nur, dass keines von denen zersprungen ist. Wäre nicht gerade förderlich für meine Urlaubsgarderobe.«

Mirjam schmunzelte. Man sah ihr auf den ersten Blick an, dass sie ein paar Jahre jünger war als Lennarts Vater. Ihre Lachfältchen, die verschmitzt dreinblickenden Augen und die graue Kurzhaarfrisur spiegelten ihr heiteres Gemüt und die grundpositive Art, dem Leben und seinen Herausforderungen zu begegnen. Beides hatte Lennart schon zu schätzen gelernt. Wie auch ihre Quirligkeit, mit der sie seinen alten Herrn ordentlich auf Trab hielt. In seinen Augen ein weiterer großer Pluspunkt.

»Wir hatten so ein Malheur erst vor drei Wochen«, berichtete sie jetzt. »Da haben wir Freunde in Deutschland besucht – und im Zug hat eines von Karls Gurkengläsern im Koffer einen Sprung bekommen. Dein Vater hat dann die ganze Zeit über einen interessanten Duft verbreitet, das kann ich dir sagen!« Sie lachte auf. »Zum Glück hatten unsere Freunde zwei getrennte Gästezimmer für uns, sonst hätte ich das ja gar nicht ausgehalten.«

Karl Ipsen zuckte ein wenig pikiert mit den Achseln, stimmte aber kurz darauf auch ins Gelächter seiner Lebensgefährtin und seines Sohnes ein.

»Ihr hättet natürlich auch bei mir übernachten können, aber Karl meinte, ihr bleibt lieber im Hotel«, fühlte sich Lennart genötigt klarzustellen.

Mirjam tätschelte ihm die Schulter. »Das hast du schön gesagt, aber eigentlich bin ich diejenige, die das meinte. Denn Karl hätte es durchaus vorgezogen, bei dir zu schlafen. Wir hatten auch ein paar Diskussionen über diese Frage. Stimmt's, mein Lieber?«

Lennart warf seinem Vater einen prüfenden Blick zu, doch der sah betont unschuldig drein.

»Aber ich habe ihm erklärt, dass wir dich nicht stören und dir nicht zur Last fallen sollten. Und ich habe mir ja auch diese Wellnessanwendungen gewünscht. Wenn du erst mal in unser Alter kommst, wirst du sehen, wie gut einem solche Dinge tun.«

»Also komm! Du bist doch kaum älter als ich«, schmeichelte Lennart ihr.

»Das ist jetzt aber zu dick aufgetragen, Junge«, tönte sein Vater. »Gehen wir mal weiter?«

Lennart nickte und zerrte am Koffer seines Vaters. Der übernahm erleichtert Mirjams Trolley.

»Dabei heißt es immer, wir Frauen hätten so viel mehr Gepäck als die Herren der Schöpfung«, sagte Mirjam grinsend.

»Stimmt«, pflichtete Lennart ihr bei. »Du hast ja diesmal wirklich nur das Nötigste eingepackt, oder?« Inzwischen hatten sie Lennarts Wagen zum Glück beinahe erreicht.

»Ich brauche doch so gut wie nichts, lediglich meine Yogaklamotten und ein bisschen was Nettes fürs Abendessen im Hotel. Mehr ist ja letztlich nur Ballast«, stellte sie fest und sah noch einmal despektierlich auf das Monstrum, das Lennart hinter sich herzog.

»Verdammt!«, entfuhr es Lennart, als er den Mercedes aufschloss. Er hatte vorhin ganz vergessen, Marens Ernte aus dem Kofferraum zu räumen und so im Wageninneren zu verstauen, dass sie samt Gepäck zu dritt noch Platz im Auto hatten. Es war wirklich an der Zeit, dass Maren sich der Sachen annahm, manche davon sahen auch nicht mehr ganz frisch aus. »Ich muss nur schnell ein bisschen umschichten, einen winzigen Moment, ja?«, sagte Lennart schnell und machte sich ans Werk.

»Können wir helfen?«, fragte der Vater verwundert, doch Lennart winkte ab. Schließlich kannte nur er selbst sein Auto gut genug, um zu wissen, wo dessen geheime Platzreserven lagen. Und die waren gar nicht mal so klein, wie er jedes Mal aufs Neue feststellte. Als er bis auf drei Behälter alles verstaut hatte, besah sich Karl Ipsen prüfend deren Inhalt.

»Sag mal, Junge, sind das etwa irgendwelche psychedelischen Pflanzen?« Dass sein Vater sich gleich abstruse Theorien zurechtlegte, wunderte Lennart nicht im Geringsten. »Nimmst du Drogen, Junge?«

Lennart musste grinsen, als er die besorgte Miene seines Vaters sah. »Nein, Papa. Das sind Wildkräuter, Knospen und Triebe. Alle von der Insel. Maren möchte sie gern fermentieren oder einlegen, was weiß ich. Wenn sie allerdings noch eine Weile hier mit uns rumfahren, kann sie sie höchstens noch getrocknet verwenden«, brummte er.

»Maren? *Die* Maren vom Restaurant?«, fragte der Vater.

»Welche denn sonst, Papa«, bestätigte Lennart und platzierte die Kisten im Fond des Coupés, in dem es nun nur noch eine schmale Nische zum Sitzen gab. Da Mirjam eher zierlich war, hoffte Lennart, dass ihr das reichen würde. Sein Vater würde mit Sicherheit vorn Platz nehmen, mit einem dezenten Hinweis auf seine eingerosteten Gelenke. Eigentlich aber, weil er schlicht zu bequem war, nach hinten zu klettern.

»Ah, wie nett. Dachte ich mir gleich, dass das was werden könnte mit euch!«, raunte Karl Ipsen und stupste seine Freundin mit dem Ellenbogen in die Seite, wobei er ihr verschwörerisch zuzwinkerte.

»Jetzt tu doch nicht so, als sei das die Neuigkeit schlechthin! Ich hab dir doch immer wieder von ihr erzählt.«

»Erzählt ja, aber nur beiläufig. Jedenfalls nie, dass ihr ernsthaft liiert seid.«

»Ernsthaft liiert? Was soll das denn heißen?« Lennart blickte ihn fragend an.

»Das versteht sich ja wohl: Dass ihr eine feste … quasi … auch romantische Freundschaft pflegt.«

Lennart grinste erneut. »Und woraus schließt du das?«

»Na, einem lockeren Bekannten vermüllt man doch nicht das ganze Auto mit irgendeinem welken Grünzeug, würde ich mal annehmen, oder? Dazu gehört schon mehr.«

Lennart nickte anerkennend: Sein Vater hatte ins Schwarze getroffen. Was Menschenkenntnis anging, war der alte Herr gar nicht schlecht unterwegs. »Gut, dann gebe ich hiermit bekannt: Ich befinde mich in einer Liaison mit Maren Fabricius«, sagte er übertrieben gestelzt. »Über deren Ernsthaftigkeit möchte ich jedoch noch keine letztgültige Aussage treffen.«

»Wie schön, Junge!«, rief Karl Ipsen und hieb seinem Sohn so heftig auf die Schulter, dass der kräftig husten musste. Zum Glück hatte er die unverletzte erwischt. »Dann können wir ja alle mal zusammen einen Kniffel-Abend machen.«

»Einen was?«, fragte Mirjam verwundert.

»Yahtzee, das Würfelspiel. In Deutschland heißt es Kniffel. Und wir haben immer die deutsche Version gespielt, früher.«

»Stimmt. Und Papa hat immer die Blöcke nachkopiert, damit wir keine kaufen mussten.«

»Spricht nichts dagegen, sparsam zu sein. Also, wann spielen wir mal?«

Lennart wunderte sich. Was hatte sein Vater denn nur auf einmal mit seinen Spielen? Offenbar wieder so eine neue Leidenschaft, die er für sich entdeckt hatte.

»Ein Doppeldate?«, fragte Mirjam und klang skeptisch. »Ob Lennart und seine Freundin darauf wirklich Lust haben? Mit uns alten Leuten?«

Beide Ipsen-Männer versicherten, dass Mirjam alles andere als alt sei, und Lennart erzählte von seiner Idee, sich statt eines Spieleabends während ihres Aufenthalts auf der Insel einmal ganz zwanglos im *Kulissen* auf einen Burger zu treffen, was allgemein Anklang fand.

Schließlich saßen sie endlich alle drei im Auto, allerdings erst nach einer erneuten Umräumaktion, bei der die Mehrzahl der Kisten auf den Beifahrersitz verfrachtet wurden. Denn die vorgesehene kleine Nische im Fond war selbst für Mirjam nicht ausreichend gewesen. So hatten sich beide auf den Rücksitz gezwängt – jeweils mit einer Kiste Kirschknospen auf dem Schoß.

»Na, auf was freut ihr euch am meisten in eurem Wellnessurlaub?«, wollte Lennart wissen.

»Auf die Zeit mit dir natürlich, Junge«, posaunte Karl Ipsen heraus.

»Verstehe. Wie schön«, gab Lennart halbherzig zurück. »Und du, Mirjam?«

»Ehrlich gesagt: Ich kann's kaum erwarten, morgendliches Yoga am Strand auszuprobieren. Zum Sonnenaufgang. Das wird bestimmt eine tolle Erfahrung. Natürlich viel lesen und relaxen im Wellnessbereich. Und dann sind da noch die Shiatsu-Partner-Massagen, die wir gebucht haben. Endlich mal richtig Erholung und Zweisamkeit, stimmt's, Karl?«

»Zweisamkeit, stimmt«, murmelte der mit einer Stimme, die, wie Lennart aus Erfahrung wusste, hochgradige Skepsis ausdrückte.

»Hast du dir denn auch was zum Lesen eingepackt, Papa?«

»Ja, natürlich. Ich habe zwei Gartenbücher für dich dabei und eines übers Imkern. Dann sind mir neulich zwei deiner alten Schulbücher in die Hände gefallen, die habe ich dir auch mitgebracht.« Lennart sah ihn im Rückspiegel strahlen. Kein Wunder, dass sein Koffer so unsäglich schwer war.

»Die hättest du gern ins Altpapier befördern dürfen. Außerdem wollte ich wissen, ob du für *dich* was zu lesen dabeihast. Ansonsten leihe ich dir einen Krimi.«

»Lass mal. Ich hab meinen Rätselblock im Gepäck und kann ja auch lesen, was im Hotel so rumliegt. Außerdem hab ich mein Tablet dabei. Für den Fall, dass es kein Fernsehen gibt.«

»Karl, wie oft soll ich dir noch sagen, dass wir in einem Luxus-Resort sein werden.«

»Luxus hin oder her: Ich will meine Serie sehen!«

»Wie geht's denn den Mädchen?«, wechselte Mirjam offensiv das Thema.

Lennart hatte gerade mal drei Sätze gesagt und wollte eben ausholen, dass sich schulisch wie auch ganz allgemein

ein paar Klippen abzeichneten, die es zu umschiffen galt, da grätschte schon wieder sein Vater dazwischen. »Ach, papperlapapp, meine Enkelinnen meistern das schon! Traumtöchter hast du da, in allen Belangen.«

»Ja, Papa, prinzipiell stimmt das schon, aber …«

»Und der Garten und die Bienen, was machen die so? Alles in Ordnung, oder hast du es wieder verwildern lassen?«

Typisch: Wenn auch nur die leisesten familiären Probleme der Enkeltöchter angeschnitten wurden, wechselte deren Großvater sofort das Thema. Er hatte sie irgendwann auf einen Sockel der Unfehlbarkeit gestellt, von dem sie nichts und niemand stoßen durfte. Dabei liebte auch Lennart die beiden über alles und war richtig stolz auf sie. Deshalb waren sie aber nicht automatisch über jeden Zweifel erhaben. Also ließ er es sich nicht nehmen, ausführlich auf Mirjams Frage zu antworten, bevor er sich dem Lieblingsthema von Karl Ipsen widmete und sie den Rest der Fahrt über den Garten sprachen.

***

Das *Nordic Star Resort*, in dem die beiden ihren Urlaub verbringen würden, war ein eher kühl wirkender Bau in spektakulärer Lage an einer der hohen Klippen im Norden Bornholms. Auch hier hatte man, ähnlich wie beim *Liljanskron*, ein altes Badehotel stehen lassen und durch moderne Flachdachbauten ergänzt. Allerdings war alles einheitlich in modernem Stil gehalten, die Gebäude waren mit vergrauten horizontalen Holzlatten verkleidet, die sich mit großen Glasflächen abwechselten, was spektakuläre Blicke auf die Ostsee ermöglichte. Dass auf einen Felsen über dem Meer groß das Wort »Infinity-Pool« samt einem Pfeil nach unten geschrieben war, gefiel Lennart auf Anhieb.

Auf dem Parkplatz nahm er seinen Fahrgästen beim Aussteigen ihre Schoß-Kisten ab, half ihnen beim Gepäck und wartete noch, bis sie eingecheckt hatten, um sich dann zu verabschieden.

Doch in diesem Punkt hatte er die Rechnung ohne den Wirt gemacht. Respektive ohne seinen Vater. Denn der bestand darauf, dass Lennart noch einen Begrüßungscocktail mit ihnen nähme, dann sollte er das Zimmer besichtigen, und schließlich wollte Karl Ipsen zusammen mit seinem Sohn und Mirjam einen ersten Erkundungsspaziergang in der Gegend machen. Offensichtlich versuchte er alles, um das Alleinsein mit seiner Lebensgefährtin möglichst lange hinauszuzögern.

»Papa, ich müsste dann mal weiter, ehrlich gesagt«, sagte Lennart schließlich und drehte entschuldigend die Handflächen nach oben.

»Siehst du, Karl? Jetzt lass Lennart seine Arbeit machen, und wir gehen allein aufs Zimmer«, beeilte sich Mirjam zu sagen.

»Vorschlag zur Güte, meine Liebe: Geh du doch schon mal vor und räume die Schränke ein, und ich bringe den Jungen noch flugs zu seinem Auto.«

Sie hob resigniert die Schultern, verabschiedete sich von Lennart und stieg in den Fahrstuhl.

»Papa, können wir uns einen Moment setzen?«, bat Lennart nun zur sichtlichen Freude seines Vaters.

»Na klar, schön, dass du dir doch noch einen Moment Zeit nimmst. Eine Runde Backgammon vielleicht?«

»Papa, ich hab dir gesagt, ich muss weg. Und ich spiele auch nicht besonders gern, wie du weißt.«

»Dachte ja nur, weil du dich setzen wolltest ...«

»Um mit dir zu reden, Papa!«

Sie nahmen in zwei viel zu niedrigen Ledersesseln Platz, die vor einer Panoramascheibe standen. Das Wasser der Ostsee war ziemlich bewegt, aber immerhin hatte der kräftige Wind, der heute hier im Norden Bornholms weitaus kräftiger toste als in Rønne, auch noch die letzte Wolke vom Himmel geblasen.

»Na? Was möchtest du gern von der Seele haben, Lennart?« Karl Ipsen lehnte sich nach vorn und setzte seine forschende Psychologenmiene auf.

»Ich? Es geht nicht um mich.«

»Um deine Maren?«

»Nein. Um dich. Ich will endlich wissen, warum du dich so seltsam verhältst.«

»Seltsam? Inwiefern?« Karl Ipsen schien ehrlich verwundert.

»Papa! Du benimmst dich, als würdest du dir wünschen, dass ich heute Nacht zwischen dir und Mirjam in der Besucherritze schlafe.«

»Der was?«

»Im Spalt zwischen euren Betten, Mann!«

»Ich? Wie kommst du denn auf diese abwegige Idee?«

»Na ja, du scheinst richtiggehend Angst zu haben, mit deiner Partnerin allein zu sein. So kenne ich dich gar nicht. Geht's dir wirklich gut?«

»Mir? Ja, *mir* geht's gut.«

»Aber?«

»Aber … nichts.«

»Und Mirjam?«

»Der geht's auch gut.«

»Geht's euch zusammen denn auch gut?« Allmählich gingen Lennart die einsilbigen Antworten seines Vaters ganz schön auf die Nerven.

Der überlegte eine Weile, bevor er antwortete: »Ja, uns geht's auch zusammen gut. Zu Hause. Aber hier … weiß ich das eben nicht so recht. Verstehst du?«

»Kein bisschen.« Wieso musste sein Vater immer alles so schrecklich kompliziert machen? »Jetzt red doch endlich mal Klartext, Papa!«

»Na, hier sitzen wir ja vierundzwanzig Stunden am Tag aufeinander. Zumindest, wenn du uns nicht gerade besuchst.«

»Aber ihr hattet hier ja noch keinen einzigen Moment zu zweit.«

»Eben. Und deshalb habe ich ein wenig Bammel, ob das auch wirklich so gut läuft, wie Mirjam es sich vorstellt.«

»Was?«

»Na, das mit der Zweisamkeit. Diesem ständigen Zusammensein, diesem ununterbrochenen Wir-lassen-es-uns-gut-Gehen.«

»Aber ihr wohnt doch auch zusammen, ist es da denn anders?«, fragte Lennart verwundert.

»Aber natürlich. Völlig anders. Zu Hause läuft es prima, weil ich da meine Freiräume habe, die ich so dringend brauche.«

»Die da wären?«

»Ach, daheim, da verschwinde ich mal für ein halbes Stündchen in den Keller oder in meinen Garten, kann mich hinter dem Schuppen unbemerkt in die Sonne legen und ein kleines Nickerchen machen. Manchmal gehe ich auch in die Stadt und erledige Besorgungen. Und am Abend bin ich regelmäßig im Männerchor und beim Kegeln mit den ehemaligen Kollegen. Aber hier ... sind wir einander auf Gedeih und Verderb ausgeliefert.«

»Du kannst hier ja auch mal allein spazieren gehen. Mirjam wird sicher nichts dagegen haben.«

Karl Ipsen seufzte. »Eben doch. Weil sie nicht müde wird zu betonen, wie sehr sie sich auf Zweisamkeit freut. Also würde sie wahrscheinlich mitgehen wollen.«

»Sie mag dich eben, sei doch froh.«

»Bin ich ja. Ich mag sie schließlich auch. Aber deswegen muss man ja nicht vierundzwanzig Stunden am Tag aufeinandersitzen.« Noch bevor Lennart etwas erwidern konnte, fasste ihn sein Vater an den Händen und bat ihn: »Komm doch bitte immer mal vorbei, und dann unternehmen wir was zusammen, ja? Sehen uns ja so selten das ganze Jahr über.«

»Mache ich, Papa, versprochen. Aber jetzt müsste ich wirklich weg. Und du solltest schleunigst rauf zu Mirjam, die wartet bestimmt schon auf dich.«

Lennart stand auf. Er kam sich vor, als versuchte er, seinen kleinen Sohn im Kindergarten abzuliefern, wo der aber partout nicht bleiben mochte.

»Ich bring dich noch schnell zum Auto«, tönte Karl Ipsen und verließ mit Lennart das Hotel. Auf der Stufe vor dem Haupteingang blieb er schließlich stehen, und als Lennart an ihm vorbeifuhr, winkte er zaghaft und mit bewölkter Stirn. Zum ersten Mal kam ihm sein alter Herr zerbrechlich vor. Lennart winkte seufzend zurück – und wäre beinahe mit einem Wagen zusammengestoßen, der gerade deutlich zu schnell auf den Parkplatz einbog.

Er riss das Steuer herum und trat auf die Bremse, um dem lindgrünen Landrover Defender auszuweichen. Die Reifen des Mercedes quietschten, als die beiden Autos sich nur um Haaresbreite verfehlten. Im Augenwinkel erkannte Lennart das Gesicht von Bente Forsberg hinter dem Steuer des Geländewagens. Sie hingegen schien ihn nicht erkannt zu haben: Während er nämlich erschrocken stehen blieb, fuhr sie einfach weiter und parkte unbeirrt auf jenem Stellplatz, der laut einem Schild für die Geschäftsleitung reserviert war. Sie stieg aus und ging, ohne sich nach ihm umzudrehen, eiligen Schrittes in Richtung Hoteleingang. Gehörte dieser Betrieb etwa ebenfalls zur Familienholding der Forsbergs? Erwähnt zumindest hatte sie es nicht. Lennart überlegte kurz, ob er ihr folgen und sie fragen sollte, was sie hier mache. Aber mit welcher Begründung? Sie war schließlich keine Tatverdächtige, sondern nur die Angehörige eines der Opfer und konnte machen, was sie wollte.

Er zuckte die Achseln und fuhr vom Parkplatz. Eigentlich hätte er bei Bente Forsberg ein kleineres, unauffälligeres Auto vermutet als diese riesige Kiste. Ob der Defender eigentlich ihrem verstorbenen Mann gehört hatte? Bente Forsberg hatte am Abend des Mordes ja angegeben, sie habe ihren Mann vom Flughafen abholen wollen. Er runzelte die Stirn. Warum war der eigentlich nicht selbst gefahren? Ob man ihm den Führerschein entzogen hatte? Einem Impuls folgend, fuhr er rechts ran und wählte Taos Nummer. Sie befand sich noch im Büro, und Lennart bat sie, herauszufinden, welche Autos auf Henrik Forsberg zugelassen waren und ob gegen ihn womöglich ein Fahrverbot verhängt worden war.

»Mach ich«, sage Tao.

»Und könntest du überprüfen, ob man bei der Leiche von Henrik Forsberg ein Parkticket vom Flughafen und Autoschlüssel gefunden hat?«

»Wie kommst du denn darauf? Ich dachte, seine Frau wollte ihn am Abend der Tat abholen.«

»Ja, klar, deshalb war sie ja da.«

»Aber?«

»Nichts aber. Nur so ein Gefühl. Ein Gedanke. Einfach, um sicherzugehen. Tust du mir den Gefallen?«

»Klar, ich frag bei Povlsen nach.«

»Bei wem?« Lennart musste grinsen.

»Dem Spurensicherer, Lennart. Du weißt genau, wen ich meine.«

»Ach der, stimmt«, gab er mit einem Räuspern zurück.

Dann verabschiedete er sich bei Tao, nicht ohne den wohlmeinenden Hinweis, dass sie nun allmählich nach Hause gehen und Feierabend machen solle. Denn das war jetzt auch sein Plan. Morgen war der letzte Tag vor Ablauf ihres »Ultimatums«. Dafür musste er fit sein.

***

Als Lennart zu Hause ankam, hatte sich seine Laune eingetrübt. Die Fahrt hatte ihm Gelegenheit gegeben, über den Fall und dessen schleppenden Fortgang nachzugrübeln – ebenso wie über seinen Vater, der ihm heute so melancholisch vorgekommen war. Auch seine Songauswahl – *Seven Nation Army* von The White Stripes, *Ça plane pour moi* von Plastic Bertrand und *Smalltown Boy* von Bronsky Beat in Endlosschleife – hatte nicht zur Hebung seiner Stimmung beigetragen. Wenn er jetzt wenigstens heiß hätte duschen können, um sich den bewegten Tag von der Haut zu waschen! Doch da er weder eine Antwort auf die Mail an seinen Vermieter bekommen noch sich anderweitig um einen Heizungsbauer gekümmert hatte, würde das heute wohl ausfallen. Seufzend schloss er die Haustür auf. Immerhin, die Sonne hatte die Räume angenehm temperiert. Später würde er dann noch ein Feuerchen im Holzofen machen. Er warf seinen Schlüssel, das Handy und sein Portemonnaie in den Korb auf der kleinen Kommode, da fiel ihm ein Zettel darin auf. Er runzelte die Stirn.

Er war sicher, dass dort heute Morgen nichts dergleichen gelegen hatte. Und Maren hatte mit ihm zusammen das Haus verlassen, ohne noch einmal zurückzugehen.

Er senkte seinen Blick zum Boden und erkannte die schlammigen Abdrücke grober Schuhsohlen. Mit einem Mal gefroren seine Bewegungen. Dafür gab es beim besten Willen keine Erklärung. *Fuck*, formten seine Lippen lautlos. Jemand musste sich während des Tages Zutritt verschafft haben und kreuz und quer durchs Haus gelaufen sein. Vielleicht war der Eindringling sogar noch immer da und wartete auf ihn im Wohnzimmersessel, eine entsicherte Waffe auf ihn gerichtet. Oder strömte womöglich bereits irgendwo im Haus Cyanid aus, das er wegen dieser bescheuerten Gen-Geschichte nicht riechen konnte?

Er presste stumm die Lippen aufeinander, bis sie schmerzten, und ärgerte sich über seine Dummheit, seinen verdammten Leichtsinn. Denn natürlich lag seine Dienstwaffe mal wieder dort, wo sie am wenigsten hingehörte: im Handschuhfach des Mercedes, wo er sie in der Früh abgelegt und danach das alte hakelige Schloss abgesperrt hatte. Erstarrt stand er da und lauschte in die Stille seines Hauses. Nichts. Für einen Moment hielt er die Luft an, damit ihm sicher nichts entging, doch kein Laut war zu vernehmen.

Ganz allmählich entspannte er sich ein wenig und holte ein paarmal tief Luft. Täuschte er sich? War es die Anspannung, die ihn Gefahr sehen ließ, wo es gar keine gab? Spielten ihm seine Nerven einen Streich? Waren es seine eigenen Schuhe gewesen, die den Dreck verteilt hatten? Und hatte er heute Morgen den Zettel schlicht übersehen? Womöglich hatte Maren sich darauf einfach eine Einkaufsliste fürs Restaurant gemacht oder ihm sogar eine Botschaft hinterlassen, etwa ein paar romantische Zeilen zur vergangenen, gemeinsam verbrachten Nacht. Kurzerhand griff er nach dem Blatt und las es.

Schon nach den ersten Worten begann er, herzhaft über sich selbst zu lachen, und seine Muskeln entspannten sich. Erleichtert ließ er sich an der Wand hinab auf den Boden gleiten: Bei dem geheimnisvollen Zettel handelte es sich um die Nachricht eines Klempners aus dem benachbarten Svaneke, der vom Vermieter damit betraut worden war, seine kaputte Heizung zu reparieren. Er habe sich kurzerhand den Hausschlüssel im Werkzeugschuppen geholt, der da schon seit Jahren hänge. Leider habe er sich dabei die Füße schmutzig gemacht und keinen Putzlappen gefunden. Als kleine Entschädigung für die Verschmutzung habe er allerdings die Perlatoren aller Wasserhähne im Haus gereinigt, einen Filter ersetzt und den Duschkopf ausgetauscht. »Der Wasserdruck entspricht jetzt wieder Festland-Standard«, lautete der letzte Satz des Installateurs.

Lennart seufzte. Was für eine Insel, auf die es ihn da geschwemmt hatte! Was für herrlich unkonventionelle, hilfsbereite und ehrliche Menschen es hier gab – so hatte er das noch nirgendwo anders erlebt. Vielleicht war daran ja die Insellage schuld, die die Leute zusammenschweißte. Die große Entfernung zum Mutterland Dänemark oder der Umstand, dass auf die schier endlos scheinenden Sommer voller Licht und Sonnenschein dann doch immer wieder die kalten, dunklen Monate folgten. Wenn das kleine Eiland von der tosenden baltischen See umspült wurde und der Nebel, der so oft tief über den Stränden und Wäldern lag, zusätzlich zur gefühlten Isolation beitrug.

Noch einmal las er die Nachricht und schüttelte den Kopf über sich selbst und seine völlig überzogene Reaktion. Aber war das denn ein Wunder bei dem, was er da gerade auf dem Schreibtisch hatte? Hinzu kam, dass er sich einfach noch nicht an diese Nonchalance gewöhnt hatte, mit der Handwerker ungefragt ein völlig fremdes

Haus betraten. Ob er den besagten Schlüssel im Gartenschuppen vielleicht lieber an sich nehmen sollte? Wer konnte schon sagen, wie viele Leute über dieses sogenannte Versteck Bescheid wussten?

Ihn als Mieter hatte man jedenfalls nicht darüber informiert. Lennart würde bei einer heißen Dusche darüber nachdenken, die er sich mehr als verdient hatte. Schließlich musste er ja kontrollieren, ob die Arbeiten an der Heizungsinstallation wie versprochen ausgeführt worden waren.

Keine fünfzehn Minuten später kam er die Treppe wieder herunter, begeistert vom neuen Duschkomfort, bei dem der Klempner kein bisschen übertrieben hatte. Wie sanfter Regen hatte das Wasser seinen Körper gestreichelt. Nur bei der Schlüsselfrage war er noch nicht zu einem Ergebnis gekommen, weil er die ganze Zeit *Singin' in the Rain* geträllert hatte und sich dabei noch nicht einmal komisch vorgekommen war.

Er runzelte die Stirn, als er bemerkte, dass sein Anrufbeantworter hektisch blinkend gleich zwei neue Nachrichten anzeigte.

»Papa«, flüsterte er. Was war nur los mit dem? Er drückte auf den Wiedergabeknopf.

»Chef, ich bin's …«

Britta? Die meldete sich doch sonst ausschließlich auf dem Handy.

»… ich probier's jetzt einfach mal auf diesem Weg, weil du ja nicht ans Handy gehst. Hoffe, alles okay so weit bei dir. Wenn du das abhörst, ruf mich doch mal zurück. Ich bin jetzt zu Hause. Hab mich noch länger mit Morten unterhalten, und dabei ist mir eine Idee gekommen. Also, meld dich einfach, wenn's dir reinpasst, ja? Das war Britta!«

Lennart kratzte sich am Kopf. Sein Handy lag stumm geschaltet in der Schale im Hausflur. Er wollte es eben holen gehen, da schnarrte schon die zweite Mitteilung los.

»Junge? Bist du denn noch nicht zu Hause? Hab's auch schon auf deinem Mobiltelefon versucht. Na, hoffentlich ist dir nix passiert auf der Fahrt! Ich sag ja immer: Leg dir mal einen neuen Wagen zu.«

Ein Blick auf die Uhr sagte Lennart, dass er gerade mal zwanzig Minuten nicht erreichbar gewesen war. Warum glaubten denn heute alle, ihm sei etwas zugestoßen?

»Also, wir haben inzwischen ausgepackt und werden bald essen, aber danach hätte ich Zeit. Also … wir. Wenn du nichts vorhättest, könnten wir ja ein bisschen Kniffeln. Wenn du magst. Und die haben hier dieses Craft-Bier, das du auch immer für mich kaufst. Vielleicht möchtest du ja mit uns eins trinken? Und wie früher ganz lang erzählen. Weißt du noch? Du und Mama, ihr habt oft stundenlang in der Küche gesessen, wenn du freitags vom Studium heimkamst.«

Lennart hätte zu gern genauer gewusst, was in seinem Vater vor sich ging.

»Junge? Bist du wirklich nicht da? Na ja, ruf mich an. Bis dann, das war dein Papa.«

Ein Grinsen machte sich auf Lennarts Gesicht breit. Sein Vater und Britta hatten beide die ungewöhnliche Angewohnheit, ihren Namen erst zu nennen, nachdem sie auf eine Mailbox gesprochen hatten.

Er beschloss, erst Britta und dann seinen Vater zurückzurufen, um ihm für den Abend abzusagen. Schließlich wollte er Mirjam nicht gleich den ersten Abend in trauter Zweisamkeit mit ihrem Karl vermiesen. Vor allem aber wollte er vermeiden, wie ein Eindringling wahrgenommen zu werden, der sich zwischen die beiden drängte. Egal, ob sein Vater insgeheim danach verlangte.

Als er im Hausgang eben nach seinem Handy greifen wollte, kam ihm jedoch spontan eine Idee. Er beschloss, seinen Plan zu ändern. Also schickte er seinem Vater eine Sprachnachricht, zog sich die wildledernen Chelsea-Boots an, nahm die Lederjacke vom Haken, ließ Handy und Geldbeutel in seine Hosentasche gleiten und griff sich den Autoschlüssel. Ihm war nach einer kleinen Spritztour, und die würde ihn in einen ganz bestimmten Handwerkerhof in Gudhjem führen, in dem sie sensationellen italienischen Espresso kredenzten.

***

Während der Fahrt stellte Lennart erneut das Swing-Album von Robbie Williams auf Zufallsmodus und ließ noch einmal seinen Tag Revue passieren. Irgendwie hatte er das ungute Gefühl, etwas Entscheidendes im Fall zu übersehen, das eigentlich bereits klar vor ihnen lag. Vielleicht eine Verbindung zwischen den drei Opfern? Noch immer lag im Dunkeln, was genau die drei Männer am Abend vor ihrer Ermordung getan hatten. Ob er vielleicht nach Schweden fahren sollte, um die letzten Stunden der drei besser nachvollziehen zu können?

Sein Handy klingelte. Ein Blick aufs Display zeigte ihm, dass es Tao war, die ihn sprechen wollte. Sie hatte sich also seiner Anweisung widersetzt und noch immer nicht Feierabend gemacht. Insgeheim war er dankbar dafür, sie konnten im Moment jeglichen Input zum Fall dringend gebrauchen. Er drehte die Musik leiser, klemmte das Handy zwischen Ohr und Schulter und ließ sich von seiner Kollegin darüber informieren, dass Henrik Forsberg einen silbernen Range Rover Sport gefahren hatte, ein schweres und sündhaft teures Luxus-SUV aus britischer Produktion. Ein Führerscheinentzug lag nicht vor, auch wenn im Verkehrsregister des Hoteliers einige Geschwindigkeitsüberschreitungen vermerkt waren.

»Aber jetzt rate mal, was ich noch erfahren habe!« Lennart schmunzelte. Tao konnte ihm nie einfach so die Fakten unterbreiten, sie hatte anscheinend immer das Gefühl, sie mit einer Dramaturgie versehen zu müssen, um es noch spannender zu machen.

»Du wirst es mir gleich sagen, könnte ich mir denken.«

»Pass auf: Forsberg hatte tatsächlich einen Parkschein vom Airport-Parkplatz in der Tasche. Ausgestellt zwei Stunden vor seinem Abflug nach Kalmar. Und einen Range-Rover-Schlüssel. Was sagst du jetzt?«

»Gut gemacht, Tao, das sage ich.« Dann musste der Defender doch Bentes eigener Wagen sein. Er hatte sie diesbezüglich wohl falsch eingeschätzt.

»Woher wusstest du das?«

»Wie gesagt, nur so ein Gefühl. Wir müssen Bente Forsberg also fragen, weshalb ihr Mann nicht selbst nach Hause fahren wollte nach seiner Landung, obwohl er sein

Auto vor dem Terminal stehen hatte. So starke Sehnsucht nach seiner Frau wird er ja wohl nicht gehabt haben, so selten, wie sie sich anscheinend gesehen haben.«

Er bedankte sich, machte Tao noch einmal nachdrücklich klar, dass es nun wirklich höchste Zeit sei, nach Hause zu gehen, und drehte die Musik lauter. Schließlich lief gerade *Mack the knife*, eines seiner liebsten Lieder des Albums.

***

»Chef, was machst du denn hier?« Britta war sichtlich überrascht, als Lennart den Innenhof des alten Gehöfts mitten in der Altstadt von Gudhjem betrat, in dessen Remise nicht nur Britta ihr Atelier hatte, sondern wo auch ihr Ehemann Mats Lund seine Glasschmuckwerkstatt und sein Hofcafé betrieb. Lennart liebte diesen verwunschenen Ort, die alten Obst- und Nussbäume, unter denen man auf uraltem Kopfsteinpflaster herrlich hyggelig sitzen konnte. Britta kam gerade mit einem Tablett samt Teekanne und Tassen aus dem Wohntrakt, während Mats an einem altertümlich wirkenden Moped herumschraubte.

»Du sollst ihn doch Lennart nennen!«, meldete sich Mats. »Hallo, Herr Polizeipräsident. Du kannst gleich ein Tässchen Tee mit uns trinken und ein paar Cookies essen. Die sorgen für ganz spezielle Energie, du wirst sehen.« Er winkte ihm lächelnd zu.

Lennart grüßte zurück, zog aber instinktiv die Brauen zusammen. Hörte er jetzt schon wieder die Flöhe husten, oder hatte das eben irgendwie komisch geklungen –

Cookies für ganz besondere Energie? Haferflocken allein waren damit wohl nicht gemeint.

»Ich … macht euch keine Umstände«, sagte er und winkte ab.

»Papperlapapp, Umstände!« Britta hatte bereits ihr Tablett auf einem Gartentisch abgestellt und eilte zurück ins Haus, während Lennart sich zu Mats und dessen Moped gesellte.

»Na, was hast du da Schönes?«

»Ach, das ist nur eine alte Quickly. Deutsches Modell aus den Fünfzigern. Ein Scheunenfund. Ich hab das Ding von einem Bekannten geschenkt bekommen, dem ich bei einer Bausache geholfen habe. Und jetzt will ich sehen, ob ich das Schätzchen wieder zum Laufen kriege.«

Lennart nickte. Das hellgrüne Ding sah nicht so aus, als könne man besonders viel Spaß damit haben. Mit dem winzigen Motörchen wirkte es wie eines jener Vehikel, die bereits an der kleinsten Steigung schlappmachten.

»Verstehe. Aber weil du gerade die Bausache erwähnst – Britta hat erzählt, dass du Bjarne Møller in Baurechtsfragen beraten hast.«

Mats sah auf, fuhr sich durchs graue Haar und kratzte sich den Stoppelbart. »Beraten ist zu viel gesagt. Ich bin ja kein Jurist oder so. Er hatte mich gefragt, was man machen könne, um einen Abriss von möglicherweise historischer Bausubstanz zu verhindern. Und ob es Möglichkeiten gäbe, in Rønne allzu große Wohn- und Geschäftskomplexe zu verhindern, die nicht ins Stadtbild passen.«

»Und, konntest du ihm weiterhelfen?«

Mats legte seinen Schraubenschlüssel zur Seite und stand auf, wobei er ein leichtes Ächzen vernehmen ließ. »Ob ich ihm helfen konnte, weiß ich nicht. Ich habe ihm ein paar Tipps gegeben und den einen oder anderen Trick verraten, mit dem es normalerweise gelingt, derartige Vorhaben zumindest zeitlich zu verzögern.«

Lennart sah ihn fragend an.

»Na ja, einstweilige Verfügungen oder Einsprüche nehmen schon mal Tempo aus solchen Projekten. Und wenn es dann um die Erstellung von Gutachten geht, gibt es wieder neue Möglichkeiten, gegen die vorzugehen. Manchmal ist es wirklich so, dass den Investoren dann die Lust vergeht und sie sich andere Projekte suchen, weil sie sich nicht dauernd mit querulantischen Nachbarn rumschlagen wollen. Denn ein eventueller Baustopp, wenn es schon mal losgegangen ist, ist die Pest für alle Beteiligten – und kann zur richtigen Geldvernichtungsmaschine werden.«

»Kanntet ihr euch sonst auch gut, Møller und du?«

Ein prüfender Blick traf Lennart.

»Britta hat dir das doch schon erzählt, dachte ich«, sagte er mit zusammengezogenen Brauen.

»Ja, schon, ich wollte nur ...«

»Du wolltest alles noch mal von mir selbst hören, um zu sehen, ob sich die beiden Versionen unterscheiden?«, mutmaßte Mats. Lennart merkte, dass er skeptisch klang.

»Nein, das verstehst du falsch, ich ... wollte doch nur wissen, ob du und Møller...«

Nun grinste Mats breit. »Du willst mich verhören, Lennart.«

Der wollte eben widersprechen, doch Mats kam ihm zuvor: »Halb so wild, kannst eben nicht raus aus deiner Haut. Bist es gewohnt, dass du Leute in die Mangel nimmst, um irgendwas aus ihnen rauszubekommen.«

Lennart hob abwehrend die Hand.

»Lass gut sein. Ich kenne das doch von Britta. Bei der fühle ich mich auch ab und zu wie im Kreuzverhör. Berufskrankheit. Also, Schwamm drüber. Ja, Møller und ich kannten uns schon lange, ich habe meinen Tee bei ihm bezogen, war immer mal wieder auf Veranstaltungen von ihm, hab da auch mal was über Philosophie erzählt. Und er hat mich einmal von den Philanthropisten aus zu einem Vortrag über Glasherstellung auf Bornholm eingeladen.«

Lennart überlegte, wie er seine nächste Frage am besten stellen sollte. Jene Frage, die ihm am meisten unter den Nägeln brannte. Er wandte den Blick von Mats ab und sah zu Boden, bevor er sagte: »Sag mal: Britta hat angedeutet, dass du bei Møller nicht nur Tee bezogen hast.«

Mats zog die Brauen hoch. »Angedeutet hat sie das, hm? Ich weiß ja nicht, was du dir darunter vorstellst, aber das hört sich dramatischer an, als es ist, denke ich. Er hat mir zwei-, dreimal was zu rauchen mitgebracht. Tut mir ganz gut, ich hab nämlich so unangenehme Schmerzen in der Hüfte. Arthrose, sagen die Ärzte.«

Wollte ihm Mats nun tatsächlich mit dem Argument kommen, er brauche das bei Møller gekaufte Marihuana für medizinische Zwecke? »Geht mich ja letztlich auch nichts an«, sagte er lapidar. »Aber was Britta betrifft ...«

Mats' Augen verengten sich. Er beugte sich nach vorn und zischte: »Lass Britta dabei aus dem Spiel, klar? Sie hat nicht das Geringste damit zu schaffen. Wenn du mir blöd kommen willst, weil ich ab und zu mal einen Joint durchziehe, dann bitte. Daran kann ich dich nicht hindern, vielleicht musst du das ja auch als braver Polizist. Und wenn morgen die Drogenfahndung kommt und hier alles auf den Kopf stellt, weil du ihnen weiß Gott was erzählt hast, muss ich mich wohl in mein Schicksal ergeben. Aber wenn du Britta was anhängst, dann sind wir die längste Zeit Freunde gewesen, verstehst du?«

Mats war Lennart mit jedem Wort, das er sprach, näher gekommen, sodass es jetzt nur noch ein paar Zentimeter waren, die ihre Gesichter voneinander trennten. Denn auch Lennart war keinen Deut zurückgewichen.

»Darf ich jetzt auch mal was sagen?«, sagte er betont ruhig, obwohl er Mühe hatte, seine Anspannung zu verbergen.

Es war Mats, der nun zwei Schritte nach hinten machte. »Sicher«, brummte er und scharrte mit seinem Fuß in einer Fuge des Pflasters herum.

»Schön. Also, erstens lasse ich mir nicht drohen. Nicht einmal von einem Freund wie dir. Zweitens kommt weder morgen die Drogenfahndung, noch habe ich Britta irgendetwas unterstellt. Und anhängen will ich ihr schon gar nichts, wieso sollte ich das tun? Aber ich will auch nicht, dass sie wegen so einem Mist Schwierigkeiten bekommt. Ich kann euch jedenfalls nur raten, vorsichtig zu sein. Wir Polizisten haben uns nun mal an Gesetze zu halten. Und das ist auch gut so. Du glaubst gar nicht, wie streng Mitarbeiter bei internen Verfahren manchmal abgeurteilt werden. Kapiert?«

Mats nickte. »Ja, schon klar.« Er atmete hörbar aus und entspannte sich wieder etwas. »Tut mir leid, Lennart, mir ist gerade das Adrenalin ein bisschen zu Kopf gestiegen. Aber wenn es um Britta geht, habe ich einfach eine ziemlich kurze Lunte. Ja, wir passen auf in Zukunft. *Ich* … passe auf.«

Noch besser wär's, im Alter von fast sechzig Jahren endlich mal mit dieser beknackten Kifferei aufzuhören, lag Lennart auf den Lippen, doch er verkniff sich den Kommentar. Er hatte keine Lust, vor Mats als der sauertöpfische Moralapostel rüberzukommen. Der Mann war erwachsen und weitaus älter als er selbst. Und hatte immerhin verstanden, dass es Lennart um Britta und ihren Job ging.

»Besser wäre es«, murmelte er daher nur.

»Noch mal nix für ungut, ja?«, bat Mats und klopfte ihm auf die Schulter.

Lennart nickte.

»Wenn du jetzt schon um all unsere Geheimnisse weißt: Kann ich dir als Entschädigung ein bisschen was von meiner neuesten Ernte anbieten?« Mats deutete auf eine etwas verstecke Nische des Hofes, in der, wie Lennart wusste, ein altes, rostiges Gewächshaus stand. Britta hatte darin im vergangenen Jahr Tomaten und Gurken angebaut. Nun aber ging von dem Häuschen ein seltsamer rosafarbener Lichtschein aus. Genau wie ihn jene Lampen verbreiteten, die man aufhängte, um auch bei ungünstigen Lichtverhältnissen das Wachstum empfindlicher Pflanzen zu garantieren. Lennart war das zuvor noch gar nicht aufgefallen. Er grübelte. Hatte Mats da allen Ernstes eine

Hanfplantage installiert, aus der er Lennart jetzt auch noch etwas anbot? Dabei hatte der ihm doch gerade klipp und klar gesagt, was er von illegalem Marihuanakonsum hielt. Er überlegte kurz. Eigentlich hatte er das gar nicht. Er hatte Mats nur gebeten, aufzupassen, damit er nicht erwischt wurde.

»Mats, falls das jetzt falsch rüberkam: Es geht mir nicht nur darum, dass ihr euch nicht erwischen lasst, ich halte an sich nichts von dem Zeug. Klar?«

»Klar, klar.« Mats grinste seltsam und reckte einen Daumen nach oben, eine Geste, die Lennart nicht einordnen konnte.

»Was ist denn bloß los mit dir? Gerade sagst du noch, ich soll mir keine Sorgen machen, und dann rückst du damit raus, dass du das Zeug jetzt hier bei euch auf dem Hof anbaust? Spinnst du eigentlich?«

Mats grinste. »Komm mit und schau's dir an, bevor du ein zu schnelles Urteil fällst. Ich bin mir sicher, wenn du die Pflanzen siehst und dir dieser unvergleichliche Duft in die Nase steigt, wirst auch du schwach.«

Wollte Mats ihn nicht verstehen? »Mann, ich werde garantiert nicht schwach, weil ich es noch nicht einmal probiert habe, mein ganzes Leben lang. Und ich habe auch nicht vor, das zu ändern.«

Mats schüttelte den Kopf, ging in Richtung Gewächshaus und machte Lennart ein Zeichen, ihm zu folgen. Der schnaubte, machte sich dann aber widerwillig auf den Weg.

»Man kann danach schon leicht süchtig werden. Weil du weit und breit nicht so eine Qualität findest im Moment. Vielleicht in ganz Dänemark nicht. Was natürlich auch daran liegt, dass der Markt gerade leer ist, und wenn, dann kriegst du nur irgendwelche spanische oder marokkanische Massenware«, erklärte Mats nicht ohne Stolz, als sie das Glashäuschen bereits fast erreicht hatten. Das schien nicht nur ordentlich geheizt zu sein, im Inneren herrschte offenbar auch eine ziemlich hohe Luftfeuchtigkeit, denn die Scheiben waren so kräftig angelaufen, dass man nichts dahinter erkennen konnte. Mats zog ohne weitere Erklärung die schmale Tür auf, die dabei leise quietschte.

»Ich präsentiere: die Blomdal-Lund-Plantage. Fühl dich wie zu Hause, Lennart, und nasch ruhig ein bisschen von der reichhaltigen Ernte, die Mutter Natur da für uns bereithält.«

Lennart brauchte einen Moment, bis er realisierte, dass er nicht etwa in einer illegalen Hanf-Pflanzung, sondern mitten in einer künstlich beheizten und beleuchteten Erdbeerplantage stand.

»Idiot!«, entfuhr es ihm, dann boxte er Mats in die Seite. Der brach in schallendes Gelächter aus. »Du hättest dein Gesicht sehen sollen, als wir hier rübergelaufen sind! Als hätte ich dich in die Drogenhölle von Amsterdam verschleppt. Sorry, aber den kleinen Joke konnte ich mir einfach nicht verkneifen.«

»Und was ist das hier?«

»Das ist ein kleines Stückchen Luxus. Britta liebt Erdbeeren, und zu unserem Hochzeitstag, der in einer Woche ist, will sie immer frische haben, mit einer schönen Flasche Champagner dazu. Aber das importierte Zeug kann man nicht essen, wenn du mich fragst. Ich hingegen habe hier eine alte dänische Sorte kultiviert. Die hat richtig Aroma, du wirst sehen. Und da wir über eine riesige Dachfläche verfügen, auf der inzwischen fast vollständig Photovoltaik-Paneele liegen, kostet mich noch nicht mal der Strom für Heizung und Lampen was. Das sind übrigens alles LEDs«, sagte er und deutete auf die rosafarbenen Lichter, die von der Decke hingen. »Der letzte Schrei im innovativen Gartenbau.«

»Gibt er mal wieder mit seinen technischen Errungenschaften an?« Britta hatte sich zu ihnen gesellt.

Mats winkte ab und pflückte ein paar der tiefroten Erdbeeren, um sie schließlich Lennart hinzuhalten. »Hier, probier doch mal.«

»Wow, wirklich gut!«, gab Lennart anerkennend zurück, als er zwei der Früchte verspeist hatte. Die Dinger schmeckten tatsächlich wie jene, die er als Kind im Garten seiner Oma immer gepflückt hatte.

»Wir könnten jetzt Tee trinken«, riss Britta ihn aus seinen Kindheitserinnerungen. »Ich hab eine spezielle Kräutermischung gemacht. Extra für den Frühling. Das weckt die Lebensgeister und entschlackt.«

Lennart stieß hörbar die Luft aus. Kräutertee – ausgerechnet! Das war schon bei Maren neulich nicht besonders glücklich ausgegangen.

»Ist was?«, wollte Britta wissen.

»Nein«, antwortete Lennart: »Es ist nur … Mats, deine Espressomaschine ist nicht zufälligerweise noch auf Betriebstemperatur, oder?«

»Das sollten wir hinbekommen«, sagte dieser lachend.

Lennart legte seiner Kollegin entschuldigend eine Hand auf die Schulter. »Nichts gegen deinen Tee, Britta, aber nach Entschlackung steht mir heute einfach nicht der Sinn.«

***

Zehn Minuten später brachte ihm Mats einen Espresso.

»So, ein ganz frisch gebrühter Doppio für den Herrn«, sagte er, als er das Getränk vor Lennart auf dem Gartentisch abstellte. »Du kannst dir übrigens ruhig einen Cookie nehmen, habe ich heute frisch gebacken.« Er schob ihm einen Teller mit Keksen hin. »Garantiert ohne Hasch.«

Britta sah ihren Mann irritiert an. »Erzähle ich dir später«, kündigte er an und schob in Lennarts Richtung hinterher: »Dafür mit umso mehr Schokolade!«

Der nahm einen Schluck von seinem Espresso und kam schließlich auf den eigentlichen Grund seines Besuchs zu sprechen. »Worüber wolltest du eigentlich mit mir reden, Britta?«, fragte er.

»Mir ist da so eine Idee gekommen bezüglich unseres Falles.«

»Soll ich gehen?«, bot Mats an, doch Britta signalisierte ihm mit einer Hand auf seinem Unterarm, dass er ruhig sitzen bleiben könne.

»Also, ich habe das Gefühl, dass wir erst Klarheit über unsere Opfer bekommen, wenn wir deren letzten Abend in Schweden rekonstruieren«, fuhr Britta fort. »Dann können wir systematischer auf etwaige Täter schließen.

Und zur vernünftigen Rekonstruktion ist es doch besser, vor Ort zu sein, oder?«

Lennart nickte. Das deckte sich eins zu eins mit dem Gedanken, den auch er vorhin gehabt hatte.

»Könnte sein, Britta. Wenn wir unseren Fall behalten, könnten wir durchaus eine kleine Dienstreise nach Schweden unternehmen.« Britta blickte ihn zufrieden an. »Wir müssen nur überlegen, für wann wir das einplanen. Ist ja nicht der nächste Weg.«

»Da käme jetzt Teil zwei meiner Idee ins Spiel«, gab Britta zurück.

»Der da wäre?«

»Pass auf: Der Zufall will es, dass Morten einen Testflug machen muss, mit der Maschine, die er heute mit seinem Freund repariert und für die technische Überprüfung vorbereitet hat.«

Lennart zog die Brauen nach oben. »Interessant. Und was hat das mit uns zu tun?«

»Mensch, Lennart! So ein Flug, der könnte doch nach Kalmar gehen«, erklärte sie begeistert. »Morten meinte, das wäre die perfekte Entfernung.«

»Du hast ihn schon gefragt?«

»Gefragt? Also …«

Lennart schüttelte energisch den Kopf. »Vergiss es, Britta. Dein Morten in allen Ehren, aber ich steige definitiv in kein Flugzeug, das er steuert. Noch dazu, wenn er vorher daran rumgebastelt hat.«

»Jetzt komm schon, das spart uns enorm viel Zeit.«

»Unsinn. Wofür gibt es die Schnellfähre?«

»Die geht nach Ystad, von da aus hätten wir nach

Kalmar noch dreieinhalb Stunden Fahrt vor uns. Einfach. Und das nur, wenn es gut läuft.«

»Ist eben so«, erwiderte Lennart schulterzuckend. »Ich bin sowieso schon nicht der große Held, was das Fliegen angeht. Aber was du da vorschlägst, ist völlig absurd.«

Britta sah ihn enttäuscht an. »Aber es handelt sich doch um Morten. Einer der zuverlässigsten Menschen, den ich kenne. Ich vertraue ihm blind. Du hingegen tust gerade so, als würde man dich für ein Selbstmordkommando anheuern.«

»Genau das Gefühl habe ich auch. Also, vergiss es bitte, ja? Wir fahren an einem der nächsten Tage mit dem Wagen hin.«

Nachdenklich murmelte Britta: »Falls bis dahin nicht sowieso schon die Kopenhagener übernommen haben.«

»Stimmt. Wir haben doch eh nur noch morgen, um im Fall vernünftig voranzukommen«, mahnte Lennart.

»Eben. Deshalb habe ich es ja auch genau passend ausgemacht. Schade, dass du das jetzt einfach so ausschlägst.«

Lennarts Blick ging zu Mats, der das Hin und Her sichtlich zu genießen schien. »Was hast du ausgemacht?«

»Na, dass wir schon morgen Vormittag mit Morten nach Kalmar fliegen.«

»Britta! Das kann doch nicht dein Ernst sein! Ohne mich zu fragen?«

Sie lächelte verlegen. »Hat sich irgendwie so ergeben. Du warst ja nicht mehr da.«

»Tja, dann musst du es eben wieder absagen.«

»Das wird Morten aber gar nicht gefallen. Er hat den Flug schon angemeldet und plant bereits alles.«

Lennart hob die Hände und sah hilfesuchend zu Mats, in der Hoffnung auf ein wenig Schützenhilfe. Doch an dessen Schmunzeln erkannte Lennart, dass der gar nicht daran dachte, sich einzumischen. Lennart schnaubte. »Mir völlig egal, ob ihm das gefällt oder nicht. Ich werde sicher nicht mit einem winzigen, alten und schlecht gewarteten Flugzeug über die Ostsee gondeln, noch dazu bei diesem Wind und mit einem Rentner, der erst vor ein paar Monaten das Fliegen als sein großes Hobby wiederentdeckt hat.«

»Vielleicht kommt ja zusätzlich auch Ole mit.«

»Ole, der Rentner-Mechaniker?«

»Der hat schließlich auch die Fluglizenz. Und kann alles reparieren, sagt Morten.«

»Sehr beruhigend, Britta! Mich brauchst du da echt nicht einzuplanen.« Dann wandte er sich an Mats. »Und du willst doch bestimmt auch nicht, dass Britta mit so einem Seelenverkäufer fliegt, oder?«

Ein mildes Lächeln machte sich auf Mats Gesicht breit. »Lennart, ich habe schon vor Jahrzehnten aufgegeben, Britta irgendwelche Vorschriften zu machen. Wenn man ihr nämlich etwas verbietet, tut sie es erst recht. Hast du das noch nicht bemerkt?« Er klopfte Lennart aufmunternd auf die Schulter. »*Be a man*, Lennart! Ich glaube, da musst du jetzt einfach durch. Bei dir ist es noch nicht zu spät für *live fast, die young*!«

»Du willst mich und Britta doch nur aus dem Weg haben, um in Ruhe dein Drogenimperium hier auszubauen«, brummte Lennart mit schiefem Grinsen.

»Ja, genau! Die psychedelischen Erdbeeren werden

bald in aller Munde sein – im wahrsten Sinn des Wortes«, gab Lund zurück.

Lennart kam mit den beiden so nicht weiter. Aber er musste sie auch nicht überzeugen, schließlich konnte er seine Entscheidung selbst treffen. Und die stand für ihn fest. Felsenfest.

»Also, dann fliegen wir morgen?«, fragte Britta noch einmal. »Brauchst doch keine Angst zu haben.«

»Ich würde ja empfehlen, vorher was zu rauchen, aber das könntest du jetzt vielleicht in den falschen Hals bekommen«, fügte Mats grinsend hinzu.

Lennart schüttelte resigniert den Kopf. Die beiden schienen seine Entscheidung, nicht zu fliegen, schlicht nicht ernst zu nehmen.

»Seid mir nicht böse, aber ich muss jetzt wirklich gehen. Habe ganz vergessen, dass Maren vorbeikommen wollte«, log er. »Danke für den Kaffee. Britta, wir sehen uns morgen.« Damit stand er auf.

»He, du hast ja noch nicht mal einen meiner Cookies probiert«, monierte Mats.

Lennart griff sich einen und steckte ihn sich in die Tasche seiner Lederjacke. »Esse ich daheim. Danke«, sagte er und zwinkerte Mats zu. Dann verabschiedete er sich von den beiden.

»Um halb zehn ist Abflug. Sehen wir uns vorher noch im Büro?«

»Auf jeden Fall!«, rief Lennart noch über die Schulter und verließ den Hof.

***

Im Auto angekommen, kam er sich schwach vor. Er startete den Motor und hieb vor Wut über sich selbst auf das riesige Lenkrad seines Oldtimers. Warum hatte er nicht den Mumm, zu seinen eigenen Grenzen zu stehen? Er grübelte den gesamten Weg über diese Frage nach, bis er schließlich von der Hauptstraße auf den Kiesweg abbog, der zu seinem Häuschen führte. Lennart staunte nicht schlecht, als er Marens grau-grünen Mini-Countryman vor seinem Haus erblickte. Sollte seine kleine Lüge von eben zur Realität geworden sein? Er suchte sein Handy in der Tasche, vergeblich. Stattdessen fand er es am Kabel seines Radios – zwischen Mittelkonsole und Sitz gerutscht, als er vor Brittas Hof geparkt hatte. Schon zum zweiten Mal an diesem Tag hatte er es einfach irgendwo hingelegt. Eigentlich ein Anzeichen dafür, dass er allmählich im Inseltrott ankam, in dem alles nicht ganz so brisant und eilig war wie auf dem hektischeren Festland. Lennart sah auf dem Display, dass Maren nicht nur mehrmals angerufen, sondern ihm auch einige Nachrichten geschrieben hatte.

Er stieg aus und ging ums Haus herum. Maren hatte auf der Terrasse Platz genommen und tippte in ihr Handy. Man sah ihr an, dass sie fror. Ob er ihr den zusätzlichen Schlüssel aus dem Schuppen geben sollte, für alle Fälle? Oder waren sie dazu noch zu sehr am Anfang ihrer Beziehung? Würde es sie sogar emotional überfordern?

Als sie ihn sah, steckte sie das Telefon weg und lief ihm mit einem Strahlen auf dem Gesicht entgegen. »Mensch, da bist du ja! Hattest du einen Einsatz?«, fragte sie, bevor sie ihn zur Begrüßung küsste.

»Sozusagen.«

»Dachte ich mir, sonst gehst du doch immer gleich ran oder schreibst kurz zurück. Was Gefährliches?«

Er schüttelte den Kopf. »Noch nicht«, blieb er betont nebulös.

»Gott sei Dank! Du, können wir schnell die Sachen aus deinem Auto in meines laden? Ich muss die heute Abend noch im Restaurant verarbeiten, sonst ist es zu spät.«

Er zog sie an sich und küsste sie.

Freitag, 26. April

Als Lennart am nächsten Morgen aus einem heftigen Traum hochschreckte, war es draußen noch stockfinster. Wie gehofft war Maren nicht mehr ins Restaurant gefahren, sondern hatte bei ihm übernachtet. Vorher hatte sie ihnen noch eine schnelle Pasta aus den spärlichen Zutaten gemacht, die sich im Vorratsschrank hatten finden lassen. Dabei hatten unter anderem Pinienkerne, Rosinen und Sardellen eine Rolle gespielt, und Lennart hatte Maren geraten, das Gericht unbedingt in die neue Speisekarte aufzunehmen, so gut hatte es ihm geschmeckt. Dann hatten sie sich eine Flasche Rotwein aufgemacht und natürlich leer getrunken, ebenso wie zwei Gläser Champagner. Je zwei Gläser, versteht sich.

Entsprechend schlecht hatte er geschlafen. Immer wieder hatten ihn Albträume geplagt, an deren letzten er sich sogar noch detailliert erinnerte: Er hatte sich an Bord eines großen edlen Privatjets befunden, dessen Pilot Mats Lund gewesen war, mit grauen Rastalocken und einem Joint zwischen den Lippen. Sein Vater pokerte im Fond mit dem Teufel, der in rotem Nebel saß, um seine Seele, während Mirjam und Britta lachend auf einer Yogamatte fläzten und Erdbeeren aus einem riesigen Champagnerkübel aßen. Maren hingegen hatte einen riesigen goldenen Schlüssel um den Hals, irrte mit einem Trolley durchs Flugzeug und pries aus großen Kisten Fermentiertes und Brennnesseltee an.

Als Lennart endlich richtig wach war, keuchte er noch immer, sein T-Shirt war nass geschwitzt. Neben ihm schlief Maren seelenruhig weiter und ließ nur den leisen Hauch eines Schnarchens vernehmen, was Lennart sogleich lächeln ließ, froh, aus diesem grässlichen Trip erwacht zu sein. Der Tag, der ihm bevorstand, würde im Vergleich dazu sicher ein Spaziergang werden. Mühsam versuchte er, seine Gedanken zu ordnen und einen Überblick darüber zu bekommen, was er heute zu erledigen hatte.

Sie mussten unbedingt den Rollerfahrer finden, der ihn und die Pfarrerin gestern im Glockenturm eingesperrt hatte. Vielleicht hatte es mit dem doch mehr auf sich, als sie alle im Moment vermuteten. Und dann würde er mit Britta zusammen …

»Fuck!«, entfuhr es ihm so laut, dass Maren ihn aus verschlafenen Augen ansah und fragte, was denn mit ihm los sei. Lennart winkte ab, strich ihr über die Wange und küsste sie. Dann drehte sie sich um und schlief weiter. Er hingegen war jetzt wach. Bis gerade hatte er nicht mehr an den Höllenflug gedacht, den Britta vereinbart hatte und der ihm immer noch dräute. Es musste doch irgendeine Möglichkeit geben, zu entkommen und trotzdem sein Gesicht zu wahren. Ihm würde schon noch irgendetwas einfallen. Erst aber musste er zum Bäcker, denn nachdem er gestern für frisches Brot und Croissants gesorgt hatte, wollte er heute, an Marens zweitem Morgen bei ihm zu Hause, nicht gleich dahinter zurückstehen.

***

Knappe eineinhalb Stunden später hatte Lennart die Stadtgrenze von Rønne erreicht – natürlich noch ohne zündende Idee, wie er aus der Flugnummer auf möglichst elegante Art herauskäme. Der kühle Wind der letzten Tage war verschwunden, und kurz vor dem Flughafen hatte sich erneut dichter Nebel über das Land gelegt. Konnte sich denn nicht endgültig mal die Sonne durchsetzen? Immerhin: Maren hatte die Kisten aus dem Mercedes noch in ihr eigenes Auto umgeladen.

Lennart dachte an seine Landung, die wegen Nebels verschoben worden war – und auf einmal wurde ihm ganz leicht ums Herz. Hatten seine Stoßgebete von heute Morgen also doch geholfen? Bei diesen Sichtverhältnissen wäre der Start eines kleinen einmotorigen Sportflugzeugs schlicht unmöglich. Jetzt musste das Wetter nur ein paar Stunden so bleiben und sein Hauptproblem des beginnenden Tages wäre gelöst.

Lennart setzte den Blinker und verließ den Kreisverkehr am großen Supermarkt, um zu tanken – mal wieder hatte der schier unstillbare Benzindurst des alten Mercedes innerhalb kürzester Zeit für einen komplett leeren Tank gesorgt. Lennart musste wohl wirklich allmählich etwas an seiner Fahrzeugsituation ändern. Er steckte eben den Zapfschlauch in die Öffnung, als ihm ein knatterndes Geräusch auffiel. Er hob den Kopf. Das metallene Dröhnen eines frisierten Mopeds oder Rollers, bei dem man den Schalldämpfer ausgebaut hatte, um die Motorleistung zu erhöhen. Genauso hatte das Ding gestern geklungen, als er und Birte Lauritsen im roten Nebel hinter der Tür gestanden hatten. Er blickte zur Straße und sah einen blauen Roller erstaunlich flott durch den Kreisverkehr fahren. Darauf eine Gestalt mit schwarzer Lederjacke mit einem undefinierbaren Aufnäher. Was er aber ganz eindeutig erkennen konnte, war der Helm des mutmaßlich jugendlichen Fahrers: Auf ihm war ein rot-silberner Teufelskopf auf schwarzem Grund zu sehen.

»Verdammt, hab ich dich!«, rief Lennart, riss den Schlauch aus dem Tank, fummelte ihn hektisch in die Halterung zurück, schloss den Tankdeckel und sprintete zur Fahrertür. Die Reifen quietschten, als er den Wagen mit durchgetretenem Gaspedal beschleunigte. Auch wenn der Mercedes mit 180 PS für das ziemlich hohe Gewicht nicht gerade übermotorisiert war, kam der alte Wagen erstaunlich schnell auf Touren. Dazu machte der Sechszylinder ordentlich Lärm, sodass die Umstehenden ihm verwundert hinterhersahen. Lennart warf schnell einen Blick in den Rückspiegel und bemerkte, wie der Tankstellenkassier aus seinem kleinen Kassenhäuschen gelaufen kam – schließlich war er gerade dabei, abzuhauen, ohne seine Rechnung zu bezahlen. Doch das würde sich alles später klären lassen.

Nun galt es, unbedingt am Rollerfahrer dranzubleiben, denn den hatte der Nebel schon fast wieder verschluckt. Trotz des Berufsverkehrs hatte Lennart keine andere Wahl: Er lenkte sein Coupé auf die linke Straßenseite und zog mit Bleifuß an gut und gern einem Dutzend Fahrzeugen vorbei, deren Fahrer das mit Hupkonzerten und eindeutigen Gesten quittierten. Erst haarscharf vor einem wie wild aufblinkenden und stark abbremsenden Omnibus gelang es ihm wieder, nach rechts einzuscheren. Vom

Fahrer und zahlreichen Fahrgästen erntete er dafür Kopfschütteln und den einen oder anderen Stinkefinger. Egal, war ja noch mal gut gegangen. Dafür hatte er deutlich aufgeholt: Zwischen Lennart und dem Roller waren nur noch sechs oder sieben Autos. Jetzt hatte er ihn auch wieder gut im Blick. Ein, zwei beherzte Manöver noch, dann wäre er an seinem Hinterrad.

Lennart merkte, wie das Adrenalin durch seinen Körper strömte, er war hochkonzentriert. Noch einen Müllaster – bezeichnenderweise mit der Aufschrift Lennart Ipsen – musste er abwarten, dann konnte er es wieder probieren. Ob er sein Magnet-Blaulicht aufsetzen sollte? Nein, verwarf er den Gedanken gleich wieder: Der Typ mit dem Teufelshelm sollte so spät wie möglich mitbekommen, dass man hinter ihm her war. Doch kaum hatte Lennart den Wagen wieder nach links gezogen und beschleunigt, setzte auch der Roller zum Überholen an. *Verdammt*, dachte Lennart. Wie schnell war dieses verfluchte Ding denn bloß unterwegs? Er hatte ihn deutlich langsamer eingeschätzt, und jetzt, da der Fahrer offenbar am Gashahn zog, vergrößerte sich der Abstand zwischen ihnen sogar noch.

Lennart sah auf die Tachonadel. Er hatte schon fast hundert Sachen drauf, aber sogar das schien für das leichte Zweirad kein Problem darzustellen. Er hoffte nur, dass ihnen nicht irgendwo eine Katze – oder gar irgendein nichtsahnender Passant – in die Quere kommen würde, schließlich rasten er und der Rollerfahrer mit dem Doppelten der erlaubten Geschwindigkeit mitten durch die Inselhauptstadt. Der andere sah sich jetzt zum ersten Mal um, woraufhin das Zweirad kurz schlingerte. War das ein Zeichen, dass der Fahrer unkonzentriert und unsicher wurde? Nicht dass er noch die Kontrolle über den Roller verlor und verunglückte. Das würde Lennart sich sicher nicht verzeihen können – und an die Schlagzeilen wollte er erst gar nicht denken: »Wild gewordener Kriminaler jagt Zweiradfahrer in den Tod!«

Als ihm ein weiteres Fahrzeug gefährlich schnell entgegenkam, ordnete sich Lennart wieder in den regulären Verkehr ein. Erst im letzten Moment erkannte er, dass es sich dabei um uniformierte Kollegen in einem Streifenwagen handelte.

Der Roller hatte nun einen weiteren Kreisverkehr erreicht und nahm die erste Ausfahrt Richtung Norden. Hier ging es aus der Stadt aufs Land bis hinauf zum kleinen Hafenstädtchen Hasle. Eigentlich ein Vorteil für Lennart, denn wenn er endlich richtig Gas geben konnte, hatte der Roller keine Chance gegen den Mercedes. Um wieder zum Überholen ansetzen zu können, blickte Lennart in den Rückspiegel – und erschrak: Blaulichter zuckten durch den Nebel. Die Kollegen mussten gewendet haben, um sich an der Verfolgungsjagd zu beteiligen. Obwohl – Unsinn, sie konnten nichts von seiner spontanen Aktion wissen, er hatte ja niemandem Bescheid gegeben. Dennoch mussten sie bemerkt haben, dass hier irgendetwas nicht stimmte, und wollten ihm jetzt womöglich Hilfe anbieten. Sein Auto war schließlich der einzige SLC auf der Insel, in Polizeikreisen dürfte der Wagen also bekannt sein wie ein bunter Hund. Lennart wusste die Kollegialität zu schätzen. Dass dadurch allerdings auch sein

Zielobjekt ganz eindeutig gewarnt war, war der Nachteil an dieser Aktion.

Egal, er musste jetzt einfach das Beste aus der Situation machen: Am Ortsrand, kurz nach einem Altersheim, als die Straße breiter und übersichtlicher wurde, setzte er erneut zum Überholen an. Der Roller hatte inzwischen freie Bahn, der Fahrer war tief über den Lenker gebeugt, um dem Gegenwind weniger Angriffsfläche zu bieten. Doch der Abstand vergrößerte sich nicht mehr. Wahrscheinlich lief das Ding einfach nicht schneller. Lennarts Tacho zeigte gut einhundertzwanzig Sachen, bei ihm ging also noch deutlich mehr. Jetzt hatte auch er den letzten Wagen zwischen ihnen hinter sich gelassen. Nach einem kräftigen Druck aufs Gaspedal röhrte der Mercedes-Motor sonor auf und beschleunigte die Karosse so stark, dass es Lennart merklich in den Sitz presste. Nun hatte er ihn bald erreicht. Noch ein, zwei Minuten, dann hätte der Spuk hier ein Ende.

Von hinten kam nun der Streifenwagen angeprescht und setzte seinerseits zum Überholen an. Wild gestikulierend wollte Lennart den Kollegen bedeuten, den Roller zu stellen, doch mit einem Mal scherte der Polizei-Volvo direkt vor ihm ein und begann, heftig abzubremsen. Erschrocken versuchte Lennart, nach links wegzukommen, doch der Fahrer des Polizeiautos wich zur selben Seite aus. Inzwischen hatten sie nur noch sechzig Sachen drauf. »Fuck!«, entfuhr es Lennart, während er wütend auf die Hupe hieb.

Schlagartig wurde ihm klar, dass die Kollegen ihn wohl doch nicht erkannt, sondern vielmehr Jagd auf ihn gemacht hatten. Jetzt stoppten sie ihn, während der Roller ungehindert davonzog. Doch er konnte es den Polizisten nicht verdenken, schließlich war er durch den Ort geprescht wie ein Verrückter, und wie hätten sie ahnen können, dass er dafür gute Gründe hatte. Er hielt an, zog seufzend seinen Dienstausweis aus der Tasche, blieb aber, um nicht irgendeine Kurzschlusshandlung der Polizisten zu provozieren, im Auto sitzen, bis sich die beiden – ein Mann und eine Frau – seiner Seitenscheibe näherten. Lennart kurbelte sie herunter und hielt den Kollegen deutlich sichtbar den Ausweis hin. Sie beschleunigten ihren Schritt und beugten sich zu ihm herein.

Kaum hatte er den beiden in knappen Worten die Situation erklärt, rannte der männliche Kollege im Laufschritt zu seinem Wagen zurück und ließ die Kofferraumklappe auffahren.

»Was ist denn jetzt los, Lucas?«, rief ihm seine Kollegin erstaunt hinterher.

»Die Drohne, wir brauchen die Drohne!«, schrie der Uniformierte zurück, öffnete einen Metallkoffer und entnahm ihm ein kleines weißes Fluggerät.

Die Polizistin nickte zustimmend. »Lucas hat recht, Kollege. Damit kommen wir dem Roller besser hinterher als nur mit den Autos. Geben Sie mir Ihre Handynummer, dann können wir Kontakt halten – und dann fahren Sie am besten gleich weiter. Und verzeihen Sie noch einmal, aber …«

»Alles gut, dafür haben wir jetzt keine Zeit!«, entgegnete Lennart ungeduldig und diktierte der jungen Uniformierten seine Handynummer. Kurz darauf vibrierte bereits sein Telefon. Er stellte die Freisprechfunktion ein, legte das Handy in die Mittelkonsole und startete den Wagen. »Danke, Kollegen – bis später! Und sagt denen von der Tankstelle, dass sie ihr Geld noch bekommen!«

Damit legte er den Gang ein, winkte Lucas, der inzwischen auch das Steuergerät der Drohne ausgepackt hatte, noch einmal zu und drückte wieder aufs Gas. Bis die beiden den Rollerfahrer mittels der Drohnenkamera geortet hätten, würde er einfach weiter in nördliche Richtung fahren. Zum Glück war der Nebel hier, an der Küste nördlich von Rønne, inzwischen einem leichten Dunst gewichen.

»Die Drohne ist schon in der Luft«, meldete sich die Polizistin am Telefon. »Wir steigen jetzt ein, und Lucas steuert die Drohne dann vom Auto aus. Er ist ein sehr erfahrener Pilot.«

Der Satz erinnerte Lennart an sein gestriges Gespräch mit Britta – genau das hatte sie mehrmals über Morten gesagt. Aber vielleicht war dieser Flug ja inzwischen ohnehin überflüssig geworden, weil ihr Täter da vorn auf dem Roller unterwegs war. Was für eine verlockende Lösung für all seine Probleme.

Inzwischen hatte Lennart doch das Blaulicht in Betrieb genommen und preschte mit dem Mercedes über die Landstraße. Der Verkehr hatte sich gelegt, nur ab und zu musste er einen Traktor oder Transporter überholen. Der Wagen lief heute wie ein Uhrwerk, und Lennart war mit konstant hundertfünfzig Stundenkilometern wirklich schnell unterwegs. Falls sich der Rollerfahrer nicht längst irgendwo ins Gebüsch geschlagen hatte und wartete, bis der Spuk vorbei war, müsste er ihn bald wieder zu sehen bekommen. Falls der Mercedes durchhielt – denn ein Detail machte Lennart Sorgen: Er hatte bei der Tankstelle nur ein paar Liter zapfen können, und so befand sich die Anzeige bereits wieder tief im roten Bereich. Da der Oldtimer bei dem aktuellen Tempo jedoch bestimmt zwanzig Liter brauchte, würde das nicht mehr allzu lange gut gehen.

Im Rückspiegel sah er jetzt erneut die Blaulichter des Streifenwagens zucken. Gut so, notfalls konnte er einfach bei den Kollegen zusteigen.

»Ich habe noch keine Sichtkontakt zum Zielobjekt, Kollegen«, erklärte er. »Aber ihr müsstet mich schon wieder sehen.«

»Das tun wir. Lucas geht noch höher mit der Drohne, um ein größeres Zielgebiet einsehen zu können«, erklärte die Polizistin.

»Mir geht nur so ganz allmählich der Sprit aus«, vermeldete Lennart ein wenig zerknirscht, da hörte er Lucas begeistert rufen: »Hab ihn! Er ist nach links abgebogen, an der ersten der Abzweigungen, die zum Muleby-Strand führen. Er ist schon fast durch den Wald durch und dürfte bald an der Küste ankommen.«

»Super! Das sollte ich noch schaffen mit dem restlichen Benzin. Sagst du mir, wann ich abbiegen muss?«, bat Lennart.

»Erst musst du umdrehen, Kollege! Du bist schon fast fünf Kilometer weiter.«

Verdammt, er musste wohl doch auf Britta hören und sich mehr in seiner neuen Heimat umsehen, dann wüsste er auch, wo all die Orte lagen. Nach einem prüfenden Blick in die Spiegel drückte Lennart beherzt auf die Bremse, riss am Lenkrad, gab erneut Gas und ließ den Hecktriebler mit quietschenden Reifen die Richtung wechseln. Er grinste. So etwas hatte er seit seinem letzten Fahrsicherheitstraining bei Interpol nicht mehr gemacht.

»Lasst mich bitte vorbei, ich wäre gern als Erster bei ihm«, bat er noch und passierte kurz darauf bereits den Streifenwagen, der mit zuckendem Blaulicht am Rand der Hauptstraße stand. Lucas war ausgestiegen und sah konzentriert auf den kleinen Monitor auf seinem Steuergerät.

»Die nächste rechts, Kollege, dann durch den Wald, an der einzigen Kreuzung geradeaus weiter, und dann fährst du direkt auf die Bootshäuser zu. Der Typ hat den Roller jetzt abgestellt und rennt auf das zweite Häuschen von links zu. Ich bleib dran.«

Lennart sah die Abzweigung vor sich, setzte den Blinker. Wie vorhergesagt führte die Straße kerzengerade durch dichten Laubwald. Am Horizont konnte er schon das Meer ausmachen.

»Sollen wir dir mit Blaulicht und Sirene zu Hilfe kommen oder eher dezent?«, fragte jetzt die Kollegin.

»Lieber Version zwei. Lassen wir den Anruf einfach weiterlaufen.«

Nach kaum zwei Minuten war Lennart am Meer angekommen. Er hatte zwar schon von diesem besonderen Ort gehört, war allerdings noch nie da gewesen. Am Sandstrand, vor dem die Wellen wilder wirkten als an den meisten anderen Plätzen auf Bornholm, standen in loser Folge vielleicht zwei Handvoll kleiner dunkler

Fischerhütten, davor lagen, Kiel nach oben, ein paar alte bunt gestrichene Boote. Inzwischen gingen hier jedoch keine Fischer mehr ihren Geschäften nach, die Häuschen dienten ihren Besitzern vielmehr als Badehüttchen oder Strandlauben, in denen sie mit Freunden feierten, grillten oder Karten spielten.

Links von sich sah Lennart den blauen Roller oberhalb des Strandes stehen. Er parkte den Mercedes direkt daneben, holte seine Dienstwaffe aus dem Handschuhfach, atmete noch einmal tief durch und schob sein Handy in die Brusttasche seiner Lederjacke. Sein Herz pochte, sein Mund war trocken, als er ausstieg, bar jeglicher Ahnung davon, was ihn hier gleich erwarten würde.

Er lauschte. Das Tosen des Meeres, die Wellen, die sich hier an ein paar flachen Felsen vor der Küste brachen, waren alles, was er im Moment hören konnte. Obwohl kaum Wind ging, hatte sich der Dunst komplett verzogen. Lennart wandte den Blick nach Süden. Nach Rønne war es nicht weit, doch da der Süden der Insel nach wie vor im Nebel lag, konnte er die Konturen der Gebäude nur erahnen. Ein ungutes Gefühl kroch seinen Nacken hoch. Er fühlte sich alles andere als wohl dabei, hier völlig allein zu stehen, auf unbekanntem Terrain, eine Waffe in seiner rechten Hand und ohne zu wissen, auf wen er gleich treffen würde.

»Lucas, wie sieht es aus?«, zischte er in Richtung seiner Jackentasche.

»Ich bin direkt über euch und kann dich deutlich sehen«, schepperte es prompt aus dem Lautsprecher seines Handys. Unwillkürlich richtete Lennart seinen Blick nach oben, konnte das Fluggerät aber nirgends ausmachen.

»Die Drohne ist zu weit oben, außerhalb der Küstenlinie, du kannst sie nicht sehen. Ich hatte einen kurzen Kameraausfall und bin mir nicht sicher, wo sich die Zielperson aufhält. Aber wahrscheinlich in der dunkelgrünen Hütte gleich vor dir. Pass auf dich auf, Kollege. Mein Akku wird leer, ich muss landen, dann kommen wir zu dir.«

»Okay, danke, Lucas. Bis später.«

Lennart drehte den Kopf noch einmal nach allen Seiten, um sicherzugehen, dass er nichts übersah, dann nahm er die Waffe in beide Hände, entsicherte sie und ging langsam auf das kleine dunkelgrün getünchte Holzhüttchen zu. Auf den beiden Seiten, die in Lennarts Blickfeld lagen, gab es weder Fenster noch Türen.

»Hören Sie«, schrie er jetzt einfach laut gegen die lärmende Brandung an. »Ich will nur mit Ihnen reden, über Pfarrerin Lauritsen. Ich bin von der Polizei und will Sie als Zeuge befragen.« Er hatte keine große Hoffnung, dass seine Worte irgendeine Reaktion auslösen würden. Doch die Erfahrung hatte ihn gelehrt, wie wichtig es war, in einer solchen Situation den Kontakt zu suchen, zu reden, etwas von der Aggression zu nehmen. Wohl wissend, dass er damit auch für den anderen, der sich im Hinterhalt befand, leichter auszumachen war. Er hatte sich der Hütte bereits bis auf ein paar Meter vorsichtig genähert, da hörte er eine erstaunlich hohe Stimme rufen: »Hau ab, Bullenwichser!«

Lennart erstarrte in seiner Bewegung. Immerhin, das mit der Kontaktaufnahme hatte schon mal geklappt. Kein besonders herzlicher Empfang, aber davon war er auch nicht ausgegangen.

»Ich möchte mit Ihnen reden. Es ist wichtig. Und Sie bringen sich nur noch mehr in Schwierigkeiten, wenn Sie nicht kooperieren«, antwortete er und tastete sich an der Wand des Häuschens entlang in Richtung jener Seite, die zum Wasser hin zeigte und wo er den Eingang vermutete.

»Hau ab, Bullenarsch, ich sag's zum letzten Mal«, kam es prompt zurück. Und zwar eindeutig aus dem Inneren der Behausung. Er horchte der Stimme nach. Sie klang schrill und war höher als gedacht, vielleicht auch jünger.

»Machen Sie sich nicht unglücklich!«

Hinter sich hörte Lennart das Schlagen einer Autotür. Er hob den Blick zur niedrigen Böschung und sah den Streifenwagen neben seinem Auto stehen, aus dem im Moment die beiden Kollegen ausgestiegen waren. Mit der Hand machte er ihnen ein Zeichen, langsam zu ihm zu kommen. Erst als ihn Lucas und seine Kollegin erreicht hatten, ebenfalls beide ihre Waffen im Anschlag, sprach er weiter: »Sie haben keine Chance, von hier wegzukommen, wir sind in der Überzahl.«

»Lasst mich endlich in Ruhe, ihr Schweine«, hörte er die grelle Stimme, dann ertönte ein Krachen wie von Holz auf Holz, dem ein lauter Knall folgte. Erst als Lennart die rote Leuchtkugel in den Himmel über dem Meer aufsteigen sah, begriff er. Dann überschlugen sich auf einmal die Ereignisse: Die Gestalt in der Lederjacke trat aus dem Haus, in der linken Hand die Signalpistole, auf dem Kopf noch immer den Motorradhelm. Lennart machte den Kollegen ein Zeichen, sich auf einen unmittelbar bevorstehenden Zugriff vorzubereiten, hörte sich selbst in die Luft schießen und nahm dabei bereits im Augenwinkel die Bewegungen der beiden Polizisten wahr, die links und rechts an ihm vorbeisprangen, auf den Rollerfahrer zustürzten und ihn zu Boden rissen. Ein weiterer Knall, dann erneut eine kleine Feuerkugel, die horizontal über den Strand schoss, um schließlich in der Schaumkrone einer Welle wild zischend zu verlöschen. Instinktiv machte Lennart einen Satz nach vorn und kickte die Pistole aus der Reichweite des Unbekannten. Sie schlitterte über das verwitterte, feuchte Holzdeck der Hütte und landete schließlich im Sand.

Er schloss für einen Moment die Augen, und als er sie wieder öffnete, hatte Lucas dem Delinquenten bereits die Arme auf dem Rücken verschränkt. Lennart holte tief Luft und seufzte erleichtert. Gott sei Dank! Das alles hätte auch gewaltig schiefgehen können.

***

Eine gute Stunde war vergangen, als Lennart und Tao den Vernehmungsraum ihrer Abteilung betraten, in dem bereits die Videokamera lief.

Er hatte sich vielmals bei den Kollegen für ihren spontanen und professionellen Einsatz bedankt und versprochen, sich höchstpersönlich beim Personalamt für ein, zwei Tage Sonderurlaub für die beiden einzusetzen. Die hatten nur bescheiden abgewinkt. Dann hatte Lennart noch die Sache mit der Tankstelle in Ordnung gebracht – und sogar sein Problem mit dem bevorstehenden Flug auf, wie er fand, sehr elegante Art und Weise gelöst: Angesichts der neuen Lage und der turbulenten Ereignisse dieses Morgens hatte er Britta gebeten, fürs Erste allein zum Flughafen zu fahren und dort Morten zu treffen. Falls sich durch die anstehende Vernehmung bahnbrechende Erkenntnisse in dem Fall ergeben sollten, würde er ihr noch Bescheid geben, ansonsten sollte sie allein nach Kalmar fliegen. Die nicht ganz offizielle, aber umso tatkräftigere Hilfe seines Amtsvorgängers sollte ihr schließlich so sicher sein wie das Amen in der Kirche.

Damit, fand er, hatte er geradezu in einem Geniestreich gleich mehrere Probleme auf einmal gelöst und obendrein für eine mehrfache Win-win-Situation gesorgt: Britta hatte ihren Willen zumindest teilweise durchgesetzt, konnte einen für sie sicher angenehmen Tag mit ihrem »Boss« verbringen und mit ihm ihre extra zubereiteten Hühnchen- und Gemüsespieße essen, die sie eben am Telefon noch angekündigt hatte, ja vielleicht sogar in einem schwedischen Café die von ihr geliebten Punschrollen genießen. Vor allem aber würde sie wichtige Ermittlungen führen, die sie hoffentlich weiterbrachten – ohne dass jedoch ihrer beider Arbeitskraft gebunden wäre, zumal an diesem dritten und letzten Tag, bevor sie den Fall würden abgeben müssen. Lennart würde derweil mit Taos Unterstützung dieses wichtige Verhör führen, und obendrein hätte Morten das Gefühl, endlich wieder ein fast vollständiges und unersetzbares Mitglied ihres Teams zu sein.

Lennart und Tao stellten ihre Kaffeetassen auf dem Resopaltisch ab, zogen sich zwei Stühle heran und setzten sich direkt hinter das Kamerastativ an den Tisch. Als

Erstes sprach Tao die Präliminarien auf, die für eine Videovernehmung unerlässlich waren: »Polizeiposten Rønne, Freitag, sechsundzwanzigster April zweitausendvierundzwanzig, neun Uhr achtzehn, erste Vernehmung im Ermittlungsverfahren wegen Widerstands gegen die Staatsgewalt, Bedrohung, Gefährdung der öffentlichen Ordnung, Nötigung und unerlaubter Verwendung von Signalfeuerwaffen gegen Frau Anna Nielsen, Landschaftsgärtnerin, geboren am zwölften Januar zweitausendeins in Rønne, Bornholm.«

Anna Nielsen legte den Kopf in den Nacken, die Hände flach auf der Tischplatte.

»Können wir das denn nicht ein bisschen weniger offiziell machen?«, bat sie, ohne die beiden anzusehen.

Als die junge Frau vor dem Fischerhäuschen auf Geheiß der Polizisten ihren Motorradhelm vom Kopf gezogen hatte, hätte Lennart Überraschung kaum größer sein können. Er hatte mit einem Mann gerechnet, wahrscheinlich einem Jugendlichen – aber sicher nicht mit diesem eher zierlich wirkenden Mädchen. Mit dem blonden Undercut, den auffälligen Ohrringen in Pentagramm-Form, den dunkel geschminkten Augen und dem schwarzen Piercing im linken Nasenflügel schien sie zwar um ein düsteres Äußeres bemüht, doch besonders überzeugend wirkte das nicht.

Lennart hatte sie gleich mit den Vorkommnissen im Glockenturm konfrontiert, und nach kurzem Widerstand hatte sie eingeräumt, sie sei tatsächlich dafür verantwortlich, habe sich aber darüber hinaus bislang nie etwas zuschulden kommen lassen. Vorerst hatten sie jedoch mit der gestrigen Aktion und der heutigen Raserei durch Rønne ohnehin genug gegen sie in der Hand, um sie nicht sofort wieder gehen lassen zu müssen.

»Erzählen Sie uns doch bitte als Erstes, aus welchem Grund Sie gestern die Nebelgranate gezündet und mich und Pfarrerin Lauritsen nicht nur durch Ihr Schreiben bedroht, sondern auch in Lebensgefahr gebracht haben.«

»Lebensgefahr? Wieso das denn? War doch alles nur Spaß!«, konterte sie nun mit aufgesetzter Langeweile.

Lennart musste aufpassen, dass ihm die Wut nicht zu Kopf stieg. »Wir standen mitten im giftigen Nebel und hatten Probleme, Luft zu bekommen. Und vor allem haben Sie uns eingesperrt – was wäre denn gewesen, wenn es uns nicht gelungen wäre, die Granate zu löschen? Wir wären erstickt und anschließend verbrannt. War Ihnen das wirklich nicht klar, oder haben Sie es einfach billigend in Kauf genommen?«

Das Mädchen schaute ihn mit großen Augen an. Erst jetzt schien sie zu realisieren, was ihr da vorgeworfen wurde. »Ich mein … war doch völlig klar, dass Sie das Ding aufbekommen. Ist ja auch kein Hochsicherheitstrakt, dieser alte Holzturm … Jetzt behandelt mich hier doch nicht gleich wie eine Schwerverbrecherin, Mann!«

Lennart seufzte. »Wie wir Sie behandeln, müssen Sie wohl uns überlassen.«

Die junge Frau schnaubte. Dann mischte sich auch Tao ins Gespräch ein. »Also, was waren denn die Gründe? Was sollte diese Aktion bringen?«, fragte sie, und Lennart bemerkte, dass sie versuchte, freundlich und nicht allzu anklagend zu klingen. Ganz anders als er es gerade getan hatte.

Mit Erfolg, denn tatsächlich begann Anna Nielsen nun einfach von sich aus zu reden, und das fast ohne Punkt und Komma. Als hätte sie nur darauf gewartet, ihren ganzen Frust abzuladen und ihre Geschichte loszuwerden. Lennart lehnte sich im Stuhl zurück und hörte der jungen Frau interessiert zu.

Sie erzählte von ihrem Interesse an der Mythologie des gefallenen Engels Luzifer, an der Gothic-Bewegung, ihrer Begeisterung für alles Düstere, für Horrorfilme, harte Psychothriller und dunkle Kleidung, den Grufti-Kult der frühen Neunzigerjahre, für Grunge- und Psychedelic-Bands und von gelegentlichen nächtlichen Treffen mit ein paar anderen gleichgesinnten Jugendlichen auf den Friedhöfen der Insel. Aus Langeweile, aus Protest gegen die Eltern, die Spießigkeit der Insel, den Kleinstadtmief. Dann gab sie zu, dass sie und ein paar andere bei den Treffen der Hillview-Bewegung aufgetaucht waren, um für ein bisschen Unruhe zu sorgen unter den ach so erweckten und stets positiv gestimmten Christen mit ihren Lobpreisungen, ihrem naiven Glauben, den biederen Klamotten, der zur Schau getragenen Zufriedenheit. Aus Anna Nielsens Sicht waren die nämlich gepaart mit Selbstgerechtigkeit und einer nur schwer erträglichen Überheblichkeit. Und im Zentrum von alldem Birte Lauritsen, die Jugendpfarrerin mit ihrer freikirchlichen Ausrichtung, die sich als die große Sauberfrau hinstellte, über jeden Zweifel erhaben. Lennart merkte auf. Ein ganz anderer Blick auf die Pfarrerin, von dem er da hörte. Sicher von Anna Nielsen weltanschaulich verbrämt und durch Enttäuschung, Bitterkeit und diffuse Aggressivität verstellt – aber dennoch interessant.

»Ich wollte es ihr einfach mal heimzahlen. Auch weil sie mal im Gottesdienst, wo auch meine Großeltern und meine Tante waren, gesagt hat, wir wären irgendwelche kranken Psychos, die Leichen ausgraben und dem Teufel Menschenopfer darbringen würden und so«, beendete sie ihren Monolog schließlich mit brüchiger Stimme und stützte ihren Kopf in die Hände. Kurz darauf landete die erste Träne auf der Tischplatte.

Tao schob ihr Taschentücher hin, und Anna Nielsen putzte sich ausgiebig die Nase. Schwarze Bäche von Kajal und Wimperntusche liefen über ihre Wange und färbten das Papiertaschentuch dunkel, als sie sich damit die Wangen trocken wischte. »Jetzt seh ich auch noch scheiße aus, Mann!«, jammerte sie.

Lennart musste unwillkürlich lächeln. »Das dürfte im Moment Ihr kleinstes Problem sein. Aber zurück zu Ihrer Aussage von eben: Hat die Pfarrerin Sie namentlich auf der Kanzel erwähnt?«

Sie schüttelte den Kopf. »Das nicht. Aber jeder wusste ja, um wen es ging. Auch meine Familie. Die Lauritsen hat es so dargestellt, dass die Leute es denken sollten. Aber so sind wir nicht. Uns faszinieren eben die Dunkelheit, die Abgründe und Schatten, die die Welt so bietet, okay, aber wir sind weder Leichenschänder noch sonst irgendwie pervers. Nur eben anders als diese Hillview-Spießer. Gott sei Dank!«

Lennart hatte Mühe, ein Schmunzeln zu unterdrücken, wollte der letzte Ausdruck doch so gar nicht zu einer überzeugten Teufelsanbeterin passen. Aber egal, er hatte genug gehört. Und auch wenn er immer noch keinerlei Verständnis für die Aktion dieser jungen Frau aufbrachte, konnte er zumindest ihre Beweggründe ein bisschen besser verstehen. Ihnen gegenüber saß ein Mädchen, das hin- und hergerissen war zwischen Tradition und Aufbegehren, zwischen Religion und Okkultem, zwischen ihrer Freundesgruppe und der Familie. Und damit nicht zurechtkam.

»Woher wussten Sie denn von Finn Iversens Spielsucht?«, fragte er.

»Das ist doch jetzt egal«, sagte sie schluchzend.

»Nein, ist es nicht. Herr Iversen ist ermordet worden, Sie sollten uns also in Ihrem eigenen Interesse bestmöglich Rede und Antwort stehen.«

Jetzt sah sie ihn entgeistert an. »Er ist … was?«

»Er ist ermordet worden.«

»Im Radio haben sie von einem Unfall gefaselt.«

Lennart schüttelte langsam den Kopf. Als Reaktion darauf schlug sie sich mehrmals mit der flachen Hand gegen die Stirn. »Ermordet – fuck! Und ich mach so einen Scheiß! Ich zieh sowas echt immer an!«

Lennart zuckte die Schultern.

»Anna, sagen Sie uns einfach alles, was Sie wissen, und bleiben Sie bitte bei der Wahrheit, okay?«

Sie nickte fahrig. Wieder schnäuzte sie sich ausgiebig, bevor sie stammelte: »Okay, okay, also, eine Freundin von meiner Tante, die ist die beste Freundin von der Lauritsen. Und weil mein Onkel auch so gern zockt, hat sie ihr das irgendwie erzählt. Wie sowas halt geht, verdammt …«

»Verstehe.«

Lennart stand auf und bedeutete Tao, ihn kurz nach draußen zu begleiten.

»Und?«, fragte Lennart, als sie die Tür hinter sich zugezogen hatten und auf dem Korridor standen.

»Ob sie unsere Täterin ist?«

Lennart nickte.

»Niemals.«

Er sah sie abwartend an.

»Siehst du das anders?«

»Ich will deine Begründung hören.«

»Okay.« Sie schien sich kurz ihre Gedanken zurechtzulegen, bevor sie konstatierte: »Die ist doch an sich nicht verkehrt. Sie spielt gern das Enfant terrible, das ja.«

Wie Bjarne Møller, fiel Lennart spontan ein, er sagte aber nichts.

»Aber eigentlich ist sie noch ein Mädchen, das nicht so recht weiß, wohin ihre Reise geht, oder?«

Lennart sah sie weiter unbewegt an.

»Seh ich jedenfalls so. Die hat noch nicht mal drüber nachgedacht, was sie mit ihrer Nebelkerzen-Aktion von gestern anrichtet. Man merkt ja, wie sehr ihr das alles leidtut. Und das nicht nur, weil sie realisiert, was sie jetzt für Scheiße am Hacken hat. Die hat jetzt schon Schiss, ihrem Opa, dem das Strandhüttchen ja anscheinend gehört, zu erzählen, was da heute früh passiert ist. Weil sie ihn nicht schon wieder enttäuschen will. Verstehst du, was ich meine?«

Lennart lächelte. »Voll und ganz.«

»Und wie siehst du es?«, wollte nun Tao von ihm wissen.

»Genauso. Deswegen würde ich dir gern die weitere Vernehmung wegen der kleineren Delikte, die zusammengekommen sind, überlassen, und mich gleich wieder an die Tätersuche in unserem Dreifachmord machen. Bis heute Abend müssen wir schließlich einen Bericht abgeben. Außerdem habe ich das Gefühl, dass du mit Anna Nielsen weitaus besser klarkommst als ich alter Sack.«

Tao grinste. »Das würde ich jetzt nicht unbedingt sagen, aber …«

»Sei nicht immer so furchtbar bescheiden. Ist einfach so, ich rede mit der wie mit meiner Tochter, du wie mit einer Gleichaltrigen. Das macht einen riesigen Unterschied. Willst du jemanden von den Kollegen drinsitzen haben aus Sicherheitsgründen?«, fragte er noch.

Sie winkte ab. »Ich komm schon klar, mach dir darüber keine Gedanken! Ach ja, ich hab dir vorhin noch was auf den Schreibtisch gelegt, das dich interessieren dürfte. Schau's dir an. Bis später.«

Damit verschwand sie wieder im Verhörzimmer. Lennart wusste, dass sie ihre Sache gut machen würde. Gut, menschlich und mit dem nötigen Augenmaß. Und dabei schimpften immer alle darüber, dass man jüngeren Mitarbeiterinnen und Mitarbeitern kaum noch Verantwortung übertragen könne. Er hatte dieses Problem zum Glück nicht.

***

Auf dem Weg in sein Büro gönnte er sich noch eine weitere Tasse Kaffee. Was für ein Morgen! Immerhin hatte er das mit dem Flug auf geradezu geniale Art und Weise umschifft. Da er sich nicht mehr gemeldet hatte, würde Britta schon bald zusammen mit Morten Richtung Schweden abheben. Nicht ganz ohne Stolz über seinen Schachzug nahm er den ersten Schluck Kaffee und griff gerade nach einem von Mats' Keksen auf dem Kühlschrank – Britta hatte heute Morgen noch eine Dose davon im Büro deponiert –, da klingelte sein Handy. Sein Vater. Er drückte ihn weg. Er konnte sich schon denken, was der vorhatte: sich aus diversen Wellnessanwendungen davonschleichen – unter dem fadenscheinigen Vorwand, er müsse seinem Sohn bei einer furchtbar dringenden Gartenarbeit helfen. Aber da hatte er die Rechnung ohne Lennart gemacht. Sollte sich der gute Karl mal schön ein bisschen mit Yoga auseinandersetzen.

Auf Lennarts Schreibtisch fand sich wie von Tao angekündigt ein Aktendeckel mit einigen Ausdrucken. Seine Kollegin hatte ins Schwarze getroffen: Und wie ihn das interessierte. Ihr war es gelungen, den Code von Forsbergs Handy zu entschlüsseln, von den interessantesten Inhalten hatte sie ihm Screenshots gemacht und ausgedruckt. Über dem ersten hatte sie handschriftlich vermerkt: »Bewegungsprofil dauert noch etwas, kommt aber! T.«

Lennart überflog die Seiten: Es handelte sich um die Anrufliste und den Nachrichtenverlauf des Mordopfers während der letzten Tage vor seinem Tod. Das meiste davon war in Schwedisch verfasst, und auch wenn seine Kenntnisse dieser Sprache nicht die besten waren, konnte er es doch ganz gut lesen. Aus den gesendeten Nachrichten ging hervor, dass Henrik Forsberg am Tag vor der

Tat noch bei seinem Bruder gewesen sein musste. Henrik hatte Arne Forsberg gebeten, ihn am Flugplatz von Kalmar abzuholen, und der hatte das allem Anschein nach auch getan. Beim Treffen der Brüder sollte es vor allem um das gemeinsame Investment in Südfrankreich gehen. Auf dem Ausdruck sah Lennart, dass Henrik sogar einige Pläne an Arne geschickt hatte, die er mit ihm durchsprechen wollte. Vielleicht dieselben, die Lennart von Bente Forsberg bekommen hatte. Wenn Tao ihre Vernehmung abgeschlossen hätte, würde er sie um die Datei aus Forsbergs Handy bitten.

Was Lennart jedoch noch interessanter fand als die vorwiegend geschäftliche Kommunikation zwischen den Brüdern, war ein weiterer Chatverlauf, den ihm Tao hingelegt hatte. Forsberg hatte in den Tagen vor seinem Abflug nach Kalmar nämlich gut und gern an die hundert Nachrichten mit einer Frau namens Grit Dahlberg ausgetauscht. Er hatte sie meistens nur *Chérie* genannt und ihr gleich mehrmals versichert, wie sehr er sich auf ein gemeinsames Leben unter der Sonne Südfrankreichs freue. Die *Villa Grit*, nach Forsbergs Aussage mit Abstand das schönste Haus in der geplanten Ferienanlage, sei bestimmt schon im Laufe des Sommers bezugsfertig, und Grit solle es ganz nach ihrem bekanntermaßen exquisiten Geschmack einrichten. Nach dem Austausch einiger Anzüglichkeiten und detaillierten Ankündigungen, wie ihre gemeinsame Nacht in Grits Wohnung in Kalmar voraussichtlich verlaufen würde, bat Henrik Grit darum, ihn um kurz nach sieben bei Arne abzuholen. Sie versprach, pünktlich zu sein, und gab sogar noch schöne

Grüße an Henriks Bruder auf. Anscheinend pflegte Forsbergs mutmaßliche Geliebte ein besseres Verhältnis zu Arne Forsberg als seine Ehefrau Bente. Und noch etwas war interessant: Allem Anschein nach kannten sich Grit und Henrik bereits aus der Schulzeit, denn beide sprachen vom bevorstehenden Klassentreffen, dem sie allerdings zugunsten der geplanten Liebesnacht fernbleiben wollten. Offensichtlich handelte es sich hier nicht um die klassische Affäre zwischen einem alternden Mann und einer jungen Geliebten, gegen die die in die Jahre gekommene Ehefrau ausgetauscht wird – wobei Lennart nach allem, was sie bisher über Henrik Forsberg wussten, auch diese Version nicht sonderlich überrascht hätte.

Als er weiter durch die Ausdrucke blätterte, stieß Lennart auch auf das Profilbild von Grit Dahlberg. Die schlanke Frau stand in einem engen Sommerkleid vor der Eingangstür von Forsbergs Citation, im Hintergrund waren Palmen und Pinien zu erkennen. Bestimmt war das Bild am Flugplatz von Saint-Tropez aufgenommen worden, zu dem Henrik so oft unterwegs gewesen war. Grits halblange blonde Haare wehten ebenso malerisch im Wind wie der bunte Seidenschal, den sie sich um die Schultern gebunden hatte. In ihren Haaren steckte eine übertrieben große Retro-Sonnenbrille.

»Na, allzu gut versteckt hast du deine Affäre ja nicht, Henrik«, murmelte Lennart angesichts des Fotos bei sich. »Und deine Frau soll von alldem nichts gewusst haben? Ich weiß ja nicht …«

Die letzten Nachrichten von Grit waren schließlich unbeantwortet geblieben – ebenso wie sage und schreibe vierzehn Anrufe. Sie alle waren nach der Landung in Rønne und damit nach dem Tod der drei Männer auf dem Handy eingegangen.

Lennart seufzte. Tao hatte ihm die Kontaktdaten von Arne Forsberg und Grit Dahlberg notiert. Auf seinem Handy öffnete Lennart die Kartenapp, gab die erste Adresse ein und wählte schließlich die Satellitenansicht aus: Henrik Forsbergs Bruder lebte ein gutes Stück außerhalb von Kalmar in einem Flachdachbau mit großem Pool und am Rande eines großen Betriebsgeländes, auf dem man Baumaschinen, Lastwagen und Baumaterialien erkannte. Grit Dahlbergs Adresse, die Fabriksgatan, lag hingegen mitten im historischen Zentrum des schwedischen Städtchens. Er rief die Straßenansicht auf und hatte die neu renovierte Fassade eines historischen Stadthauses vor sich.

Lennart überlegte kurz, dann wählte er Brittas Nummer. Es meldete sich nur die Mailbox, sie befand sich also noch immer in der Luft. Lennart erzählte erst kurz von der Vernehmung der jungen Rollerfahrerin, dann bat er Britta, sich in Schweden gleich mit Forsbergs Bruder und dann mit seiner Geliebten in Verbindung zu setzen. Schließlich war davon auszugehen, dass zumindest Grit bislang nicht von Forsbergs Tod wusste. Was seinen Bruder Arne anging, hatte Bente Forsberg zwar angekündigt, sie werde ihn informieren, doch sie hatten nicht nachgefragt, ob das tatsächlich geschehen war.

Als Nächstes versuchte Lennart vergeblich, Bente Forsberg am Telefon zu erreichen. Ihr jedoch sprach er bewusst nichts auf die Mobilbox. Schließlich wollte er gern live mitbekommen, wie sie auf die Nachricht reagieren würde, dass ihr Mann sie offenbar nach allen Regeln der Kunst betrogen hatte. Außerdem würde er sie fragen, weshalb Henrik nicht nur einen gültigen Parkschein in der Tasche hatte, sondern auch, warum sein Range Rover noch immer am Flughafen stand. Letzteres hatte er bereits heute Morgen von Tao erfahren. Wenn die mit Anna Nielsen fertig wäre, würde er zusammen mit ihr ins *Svane* fahren und Bente Forsberg beim Mittagessen mit ihren Eltern überraschen.

Er klappte sein Laptop auf und öffnete das Mailprogramm. Das Erste, was ihm ins Auge stach, war eine Nachricht von Peer, seinem Ex-Kollegen aus Kopenhagen. Er las die Betreffzeile und zog überrascht die Brauen hoch: Sein Freund schlug einen Videocall zu den aktuellen Ermittlungsergebnissen und zum weiteren Vorgehen bereits um vierzehn Uhr vor. Damit blieben ihm nur noch gut dreieinhalb Stunden bis zur Deadline. Trotz seiner aufkeimenden Panik unterdrückte er den Impuls, das Meeting schon jetzt abzusagen oder zu verschieben. Er würde Peer einfach erst kurz nach Mittag zurückschreiben, um ihn um Aufschub zu bitten.

***

Kurz nach halb zwölf saß Lennart vor der Pension *Svane* im Mercedes und wartete auf Tao. Sie waren zunächst zusammen beim Flughafen gewesen, wo sie Forsbergs Range Rover grob untersucht hatten. Den Schlüssel hatten sie sich zuvor bei Spurensicherer Povlsen geholt.

Nichts an dem Wagen war auf den ersten Blick ungewöhnlich gewesen. Auf dem Beifahrersitz allerdings hatte Forsberg eine Mappe mit Plänen und Zeichnungen seiner Ferienanlage in Frankreich liegen lassen. Die hatten sie an sich genommen und schließlich bei Povlsen angerufen, aus dessen Sicht nichts dagegen sprach, Bente Forsberg das Auto direkt vorbeizubringen. Da es nicht direkt mit dem Mord in Verbindung stand, hatte der Spurensicherer kein Problem damit gehabt, es freizugeben. Tao hatte sich nur zögerlich bereit erklärt, den riesigen SUV zum *Svane* zu fahren. Die Alternative, statt des Range Rovers Lennarts betagtes Coupé zu steuern, hatte sie jedoch kategorisch abgelehnt.

»Nein, dann nehme ich noch lieber dieses Ungetüm. Nicht dass ich an deinem Oldie was kaputt mache. Aber ich fahr langsam, also nicht wundern, wenn ich länger brauche, ja?«

Er sah auf die Uhr. Ganz offensichtlich machte Tao ihre Ankündigung wahr. Er dachte nach und beschloss, der Witwe fürs Erste nichts davon zu erzählen, dass sie den Geländewagen mitgebracht hatten. Er würde abwarten, wie sich das Gespräch mit ihr entwickelte. Also rief er Tao an und bat sie, das Gefährt nicht direkt vor dem Hotel, sondern lieber ein paar Ecken entfernt zu parken.

»Ja, mach ich. Aber jetzt muss ich mich aufs Fahren konzentrieren. Bin gleich da«, sagte sie nervös und legte auf.

Ein paar Minuten spät kam sie endlich zu Fuß um die Ecke gebogen, eingehüllt in ihre hellblaue Plüschjacke, die Lennart jedes Mal, wenn er sie sah, an den Flokati-

Badteppich seiner Oma aus den Siebzigerjahren erinnerte.

»So eine schreckliche Kiste, ich bin mir vorgekommen, als würde ich einen Laster fahren«, konstatierte Tao genervt. Sie schüttelte den Kopf. »Und für die Leute hinter mir war ich wohl ein ziemliches Verkehrshindernis. Mehr als sechzig wollte ich echt nicht fahren mit dieser Schüssel.«

Lennart grinste. Taos Abneigung hatte bestimmt damit zu tun, dass sie nur ihren klitzekleinen Elektro-Fiat gewöhnt war. Was sie wohl erst zum ganz speziellen Fahrkomfort seines Vehikels gesagt hätte? Bislang hatte sie noch nie selbst hinter dem Steuer des Mercedes gesessen. »Wo steht denn das Ding jetzt?«, wollte er wissen.

»Gleich hinter den Häusern da unten, beim großen Supermarkt. Wohlgemerkt auf zwei Parkplätzen, auf einen passt sowas ja gar nicht. Überhaupt nicht mehr zeitgemäß heutzutage.« Damit hielt sie ihm den Zündschlüssel hin.

»Damit könntest du recht haben, Tao«, stimmte Lennart ihr lächelnd zu und wies mit der Hand auf das Hotel. »Das hier ist übrigens das *Svane*.«

Tao blickte an der Fassade hoch und raunte: »Wow, schönes, dezentes Haus.«

Lennart nickte. »Seit Generationen im Familienbesitz. Auch innen echt schön renoviert. Direkt sehenswert.« Dann fügte er etwas leiser hinzu: »Sehenswert sind übrigens auch Bentes Eltern. Aber die wirst du ja vielleicht gleich selbst kennenlernen. Lass uns reingehen.«

Er ging voran, und da die Rezeption gerade nicht besetzt war, stiegen sie gleich die Treppen zur Wohnung von

Alfred und Mathilda Hoegh hoch, wo Lennart wieder den altmodischen Seilzug der Klingel betätigte.

»Nur herein, ist nicht abgeschlossen!«, hörte er die Stimme von Bente Forsbergs Vater durch die Tür. Er nickte Tao zu und drehte den Knauf.

»Hier, den Korridor entlang, in der Küche!«, rief Hoegh, als sie eintraten. Lennart runzelte die Stirn. Es klang gerade so, als würden sie erwartet. Sie gingen den Hausgang entlang bis zur Küchentür. Die war nur angelehnt, weshalb Lennart zaghaft klopfte.

»Na, wird's bald? Tildi und ich haben Hunger!«, hörten sie, dann drückte Lennart die Tür auf. Die Enttäuschung in Alfred Hoeghs Gesicht hätte größer nicht sein können.

»Ipsen, Sie sind das? Ich dachte, es wäre endlich der Lieferdienst mit dem Mittagessen! Bente hat schon vor einer Ewigkeit versprochen, es dauere nur noch eine halbe Stunde. Wir verhungern hier noch am helllichten Tag«, maulte der alte Herr, an derselben Ecke des Küchentischs sitzend und im komplett gleichen Aufzug wie bei Lennarts ersten Besuch. Auch seine Frau Mathilde saß auf dem gleichen Platz wie beim letzten Mal, trug heute aber ein weinrotes Kostüm.

»Oh nein, welcher Schwachkopf hat denn schon wieder beim Chinesen bestellt?«, begann nun Frau Hoegh zu lamentieren und zeigte dabei unmissverständlich auf Tao. »Ich kann das Zeug nicht essen, da wird mir schlecht! Allein diese süß-saure Plörre und die braune Sago-Pampe, die ihr überall drüber gießt! Pfui Deibel!«

»Soja, Tildi, es heißt Sojasoße!«, schrie der Alte mit

übertrieben deutlicher Artikulation seine Frau an. »Und der Mann ist doch der …«

»Ach was, ist doch alles derselbe Matsch! Das könnt ihr wieder mitnehmen, ihr zwei, hört ihr?«, fiel sie ihm ins Wort.

Noch bevor Lennart etwas sagen konnte, schüttelte Alfred Hoegh den Kopf und legte Mathilda beschwichtigend eine Hand auf den Arm. »Die beiden sind nicht vom Lieferdienst, hörst du? Das ist doch der Polizist von neulich. Der Sohn vom alten Ipsen.«

»Der von der Müllabfuhr?«, wollte sie wissen.

»Genau«, bestätigte Alfred freudig lächelnd.

»So sieht er auch aus«, fand Mathilda und winkte mit abfälligem Gesichtsausdruck ab.

Lennart wurde das allmählich zu bunt. »Herr Hoegh, das ist meine Kollegin, Frau Nguyen von der Kriminalpolizei in Rønne.«

Hoegh drückte sich dienstbeflissen ein Stück von seinem Stuhl hoch und streckte Tao seine Rechte zum Gruß hin.

»Ja, bei den jungen Mädchen, da spielst du immer noch den Charmeur, ich kenn dich schon, Alfred!«, maulte umgehend Mathilde Hoegh und fummelte sich ihre Hörgeräte ins Ohr. Doch ihr Mann ignorierte sie und strahlte weiter Tao an, während er ihr enthusiastisch die Hand schüttelte.

»Wir müssten uns noch einmal mit Ihrer Tochter unterhalten, wegen des … Unglücks von Henrik«, fuhr Lennart fort. Hoegh machte keine Anstalten, Taos Hand wieder loszulassen.

»Glück oder Unglück. Immer eine Frage der Perspektive«, erklärte er stattdessen trocken und ließ sich endlich wieder zurück auf seinen Platz sinken. Tao zog erleichtert ihre Hand zurück.

»Sicher. Ist Ihre Tochter denn gar nicht da? Wir dachten … weil sie sagte, sie würde mit Ihnen jeden Mittag etwas zusammen kochen.«

»Kochen? Jeden Mittag? Das wüsste ich aber!«, protestierte Bentes Mutter. »Wir essen zusammen, das ja. Aber meistens lässt unsere Tochter nur was kommen oder sie holt es. Ist dann oft schon schrecklich kalt. Aber wir sagen nix, immerhin bezahlt sie den Fraß ja.«

Lennart hörte, wie Tao in seinem Rücken leise zu kichern begann.

»Heute gibt es eine Überraschung, hat sie gesagt«, erzählte Alfred. »Das kann natürlich auch alles bedeuten bei unserer Bente.«

»Sollen wir denn einfach später wiederkommen, wenn sie zurück ist?«, fuhr Lennart fort, doch Alfred Hoegh fuchtelte mit seiner Hand in der Luft herum und sagte: »Nein, bleiben Sie doch da. Sie wird jeden Moment kommen. Sie beide können auch was abhaben von mir und meiner Frau. Im Alter braucht man nicht mehr so viel zu essen, wissen Sie?«

»Sie waren doch neulich schon mit Ihrer Mutter da, stimmt's, junger Mann?«, fragte Mathilda Hoegh plötzlich mit interessiertem Gesicht. Endlich schien sie ihn wiedererkannt zu haben. Lennart lächelte nur, und die Frau schob forschend nach: »Warum ist Ihre Tochter denn Chinesin?«

Tao seufzte. Lennart merkte, dass sie nicht recht wusste, wie sie sich verhalten sollte.

»Ich … das ist … wie gesagt meine *Kollegin.* Von der Polizei.«

»Soso«, gab sich Mathilda jetzt endlich zufrieden.

»Haben Sie den Mörder gefunden?«, zeigte sich ihr Mann hingegen umso beharrlicher.

»Leider nicht, deshalb bräuchten wir noch ein paar Informationen von Bente.«

»Wir könnten auch so einiges erzählen über den guten Henrik, glauben Sie mir«, insistierte der Alte. »Na los! Setzen Sie sich doch endlich zu uns, Ipsen.« Er deutete auf den Platz neben seiner Frau, auf dem sich Lennart zögerlich niederließ. Danach zog Alfred den Stuhl neben sich heraus und tätschelte ihn mit der Hand. »Und Sie können ruhig hierher zu mir kommen, junge Frau. Ich beiße nicht, keine Angst.« Tao sah skeptisch drein, als sie Platz nahm.

»Pah«, machte Mathilda Hoegh mit despektierlicher Miene. »Alter Lüstling!«

Lennart überlegte. Musste er Skrupel haben, mit den alten Leuten über den Fall zu reden? Nein, fand er. Zumindest Alfred Hoegh schien geistig ja völlig auf der Höhe, auch wenn er sein Herz anscheinend gern auf der Zunge trug. Also war es auch in keiner Weise verwerflich, sich von ihm ein wenig über die Tochter und den ermordeten Schwiegersohn erzählen zu lassen.

»Herr Hoegh, Sie hatten bei unserem ersten Treffen gemutmaßt, Henrik habe eine Affäre gehabt. Wie kamen Sie eigentlich darauf?«, fragte er gleich freiheraus.

»Na, weil ich ihn eben schon lange kenne. In ihm konnte ich schon immer lesen wie in einem offenen Buch«, sagte er und zwinkerte Lennart verschwörerisch zu. »Das ist so einer von der unersättlichen Sorte. Vielleicht hatte der sogar mehrere Weiber auf einmal laufen, hinter Bentes Rücken.«

»Ach, mach dich doch nicht so wichtig, Alfred«, tadelte ihn seine Frau und wandte sich an Tao. »Er will sich nur interessant machen, weil er meint, er kann Sie beeindrucken.«

Alfred Hoegh winkte ab. »Hören Sie nicht auf meine Frau«, flüsterte er schließlich. »Sie ist nicht mehr ganz klar im Oberstübchen. Kann man nix machen, ist eben das Alter.«

Lennart zog eine Braue nach oben, verkniff sich aber einen Kommentar. »Und Ihre Tochter hat von alldem nie etwas geahnt?«, wollte er stattdessen wissen.

Der Mann zog skeptisch die Schultern hoch. »Nach dem, was sie gesagt hat, wohl nicht. Aber ich glaube, sie will es nur nicht zugeben vor uns. Weil das aus ihrer Sicht eine Niederlage ist irgendwie. Sie wird aber bestimmt selber sowas vermutet haben. Hat sich ja auch immer mehr zurückgezogen in ihr Zimmer.«

Verwundert runzelte Lennart die Stirn. »Ihr Zimmer?«, wiederholte er. Bente Forsberg hatte beim letzten Treffen von einem Büro gesprochen.

»Klar, ihre Spielhölle.«

Lennarts Stirn bewölkte sich noch mehr. Wie hatte er das denn zu verstehen? Teilte Bente etwa die Spielleidenschaft von Finn Iversen? Aber das ergab gar keinen Sinn … »Was genau meinen Sie damit?«

»Na, ihr Computerzeug. Die jungen Leute spielen da doch dauernd irgendwelche Spiele. Zocken heißt das. Habe ich neulich erst im Fernsehen gesehen. Schlimm. Sie stehen manchmal nur noch auf, um aufs Klo zu gehen. Wenn überhaupt.«

»Und das macht Bente auch?«, fragte Lennart skeptisch.

»Klar, ich hab Ihnen doch gesagt, sie hat diese Computer in ihrem Zimmer. Sie müssen schon ein bisschen besser aufpassen. Sich besser konzentrieren, junger Mann! Jetzt weiß ich, weswegen Sie nicht den Betrieb von Ihrem Vater bekommen haben, Ipsen.«

Offenbar hatte Lennart den geistigen Zustand des Greises doch deutlich überschätzt. Bente hatte nur einen Rechner in ihrem ehemaligen Kinderzimmer erwähnt, an dem sie arbeiten konnte, während sie sich in der Wohnung der Eltern aufhielt – von irgendwelchen Spielen war keine Rede gewesen, und er konnte sich die nüchtern wirkende Geschäftsfrau auch wirklich nur schwer dabei vorstellen.

»Wir haben dafür sogar dieses Internet gekauft. Das braucht sie nämlich für ihre Spielereien. Jeden Monat zahlen wir dafür. Na ja, soll sie es eben haben. Wenn es das Mädchen freut …«

Lennart musste ein Lächeln unterdrücken, Tao und er tauschten einen schnellen amüsierten Blick.

»Sie hat ja auch so ein … na, wie sagt man gleich dazu… ein Gerät zum mobilen Funken«, fuhr Alfred Hoegh fort. »Damit kann sie sich mit Leuten in der ganzen Welt unterhalten. Ganz einfach geht das. Machen viele heutzutage. Ich hör sie da manchmal reinreden, in ihrem Zimmer.«

»Sie meinen ein Mobiltelefon?«

»Funk … mobil … irgend sowas.«

»Wo bleibt denn jetzt das Essen?«, meldete sich Mathilda Hoegh wieder zu Wort. »Ich komm noch in den Unterzucker. Davon hat ja auch niemand was.«

»Unsinn, Tildi. Sie wird schon bald was bringen, die Bente.«

Die Frau nickte heftig. »Ja, die Bente. Unser Mädchen. Wird uns schon bald was bringen.«

»Kümmert sich schon ganz gut um uns«, konstatierte der Alte. »Was, Tildi?«

»Gehört sich ja auch«, fand seine Frau. »Wir sind schließlich nett zu ihr.«

»Allemal netter, als es der Stinkstiefel war«, ergänzte Alfred Hoegh.

»Henrik?«, hakte Tao ein.

»Wer wohl sonst, Mädchen?«, blaffte die alte Dame.

»Er hat ihr das Lächeln genommen, glauben Sie mir«, sagte der Vater bedeutungsschwer. »Früher war sie frei wie ein Vogel, ist überall hingeflogen, von einem Platz zum anderen, verstehen Sie, Ipsen? Als hätte sie Flügel. So war das. Und dann hat sie sich auf einmal nichts mehr getraut. Ist nur noch in ihrem Nest gehockt. Weil der Stinkstiefel es so wollte. Und was wird wohl aus einem Vogel, der nicht mehr fliegen darf, hm?«

Hoegh sah Lennart herausfordernd an.

»Seine Flügel … verkümmern?«, versuchte sich Lennart zaghaft an einer Antwort.

Der Senior nickte bedeutungsschwer. »So ist es, Ipsen. So ist es. Irgendwann konnte Bente nicht mehr fliegen, und dann ist sie verkümmert. Kam nicht mehr raus, und dabei wird man fett und träge wie eine Glucke.«

»Halt doch den Mund, Alfred!«, beschwerte sich die Frau. »Man kann vieles über Bente sagen, aber fett ist sie nicht. Vielleicht nicht die Hellste. Aber nicht fett.«

»War doch nur ein Bild, Tildi. Verstehst du nicht?«

Lennart schüttelte den Kopf. Dieses Gespräch würde ihn nicht weiterbringen, so viel stand fest. Wenn sich die beiden Alten nicht gerade stritten oder anpfiffen, erging sich der Vater in schwurbeligen Sprachbildern, in denen er seine Tochter mit Vögeln verglich.

Er vernahm mit Erleichterung, dass die Wohnungstür geöffnet wurde. Dann hörte er das Klimpern eines Schlüsselbunds und energische Schritte, die sich schnell näherten. Kurz darauf stand Bente Forsberg in der Küche, in der rechten Hand eine Plastiktüte, und sah mit gerunzelter Stirn in die Runde. »Ah, die Polizei, guten Tag. Ich hätte erwartet, dass Sie sich vorher ankündigen.«

Lennart erhob sich und wollte eben erwidern, dass er es telefonisch versucht hatte, da sprach Bente bereits weiter: »Sei's drum. Gibt es denn neue Erkenntnisse?« Sie stellte ihre Tüte auf dem Tisch ab, legte ihre Schlüssel daneben, holte aus einem der Küchenschränke je zwei Teller und Gläser, zog eine Schublade auf und entnahm ihr Besteck.

Lennart beschloss, sich die Entschuldigung zu sparen. »Guten Tag, Frau Forsberg. Wir würden einfach gern noch über ein paar offene Punkte mit Ihnen sprechen.

Das ist übrigens meine Kollegin Frau Nguyen.« Die beiden Frauen begrüßten sich mit einem kurzen Kopfnicken.

»Schön, wir können reden, aber diesmal bitte nicht hier. Ich serviere meinen Eltern schnell ihr Essen, dann können wir woanders hingehen, um ungestört zu sein.« Bente Forsbergs forscher Ton sollte wohl die Widerrede ihrer neugierigen Eltern im Keim ersticken. Ihre Mutter schien ohnehin im Moment viel mehr an der bevorstehenden Mahlzeit interessiert, denn sie schnupperte kurz in Richtung der Plastiktüte und fragte dann: »Was gibt's denn? Riecht ziemlich fischig.«

»Das haben *Fiskefrikadeller* gemeinhin so an sich, Mutter«, erklärte Bente Forsberg kühl. Dann öffnete sie die Tüte und entnahm ihr eine durchsichtige Box mit gebratenen Fischbuletten und eine weitere kleine mit der obligatorischen Remoulade. »Du hast dir die Dinger vor einer halben Stunde doch noch gewünscht, weißt du das gar nicht mehr?«

»Ich? Wirklich? Hm, Sachen gibt's!«, erwiderte die Mutter erstaunt.

»Ja, wirklich. Genauso wie den schwedischen Kartoffelsalat. Deshalb war ich ja eben extra bei der *Røgeri.*« Damit stellte sie eine weitere Packung auf den Tisch und zog den Deckel ab.

»Hast du gesagt, sie sollen besonders viel von dem Lachskaviar reintun?«, erkundigte sich der Vater und beugte sich über den Tisch, um die Beilage zu sich herzuziehen. »Der ist gesund und lässt die Körpersäfte ordentlich fließen, wenn ihr wisst, was ich meine.«

»Vater, ich bitte dich, das möchte niemand hören!« Bente entnahm der Besteckschublade einen weiteren Löffel und legte damit ihren Eltern je zwei Fischfrikadellen auf ihre Teller. Dann tat sie ihnen noch vom ebenfalls lecker aussehenden Kartoffelsalat mit Sauerrahm und Lachsrogen auf und stellte eine Flasche Zitronenlimo auf den Tisch.

»Guten Appetit. Nehmt euch ruhig noch Nachschlag, ich habe keinen Hunger. Wir sind dann mal in eurem Wohnzimmer.« Sie bedeutete Tao und Lennart, ihr aus der Küche zu folgen.

»Könnt ja auch in dein Zimmer gehen«, schlug der Vater vor, doch Bente winkte ab.

»Das ist doch zu eng, Vater«, konterte sie, doch ihre Eltern nahmen gar nicht mehr von ihr Notiz, so sehr waren sie beide bereits in ihr Essen vertieft.

***

Die Wohnzimmereinrichtung von Mathilda und Alfred Hoegh war für Lennart wenig überraschend: eine geblümte, nicht sonderlich bequem aussehende Couchgarnitur, ein Fernsehsessel, der nicht recht dazu passen wollte, ein paar Wolldecken, eine dunkle Schrankwand, in der ein alter Fernseher stand. Vor den Fenstern hingen schwere Gardinen, die den Raum muffig und düster wirken ließen. Alle drei nahmen in der Sitzgarnitur Platz, in der sie umgehend versanken, so weich waren die Polster.

»Es tut mir leid, ich hoffe, meine Eltern haben Sie nicht mit ihren wirren Storys belästigt.«

Sie schüttelten die Köpfe, und Lennart log: »Keineswegs, sie wirkten recht … aufgeräumt.«

»Na immerhin. Aber um solche Situationen zu vermeiden, bat ich Sie, mich vor einem Besuch unbedingt zu kontaktieren. Sie sind eben alt, da lassen die geistigen Fähigkeiten nach«, sagte Bente Forsberg. »Worum geht es denn heute?«

»Zunächst hätten wir eine Frage zum Auto Ihres Mannes«, antwortete Lennart.

Bente Forsberg zog die Stirn kraus. »Ich verstehe nicht …«

»Nun, Sie sagten ja, Sie wollten Henrik am Flughafen abholen.«

»So ist es, ja. Ist daran etwas ungewöhnlich?« Sie blickte Lennart und Tao abwechselnd an.

Lennart hob die Schultern. »Nicht unbedingt, aber ich frage mich, warum, da doch sein Range Rover die ganze Zeit über am Flughafen Rønne geparkt war. Er hätte also ohne Weiteres selbst nach Hause fahren können.«

Bente Forsberg runzelte die Stirn, nach kurzem Nachdenken jedoch machte sich ein Lächeln auf ihren Lippen breit. »Ach das meinen Sie! Ja, der Wagen steht noch dort, das ist richtig, natürlich. Aber er hätte eigentlich längst in die Werkstatt gehört, ich kam nur noch nicht dazu. Eine … Motorstörung, hatte mein Mann gemeint. Auf dem Weg zum Flughafen. Er hat mir von unterwegs Bescheid gegeben. Wir wollten den Wagen abholen lassen …« Sie machte eine Pause und holte tief Luft. »Aber dazu kam es ja jetzt nicht mehr.« Dann ließ sie ein leises Schluchzen vernehmen.

Taos und Lennarts Blicke trafen sich. Lennart nickte seiner Kollegin zu als Zeichen, die Katze aus dem Sack zu lassen. »Es ist nur so ...«, sagte die junge Polizistin ruhig, »... dass wir das Auto heute bereits abgeholt haben, um es Ihnen zu bringen.«

»Sie haben ... was?«, kam es daraufhin überrascht von Bente Forsberg. Tao schenkte ihr ein breites Lächeln und erklärte gelassen: »Ja, wir wollten Ihnen das abnehmen. Wir hatten ja ohnehin die Schlüssel und mussten das Auto der Ordnung halber noch in Augenschein nehmen, um zu sehen, ob sich irgendetwas Auffälliges darin befindet.«

»Und?«, hakte sie ein.

»Und was?« Tao sah sie forschend an.

»Haben Sie etwas Auffälliges entdeckt?«

Wieder ging Taos Blick zu Lennart, der ihr erneut mit einem kaum merklichen Nicken zu verstehen gab weiterzureden.

»Nein, nichts. Nur ein paar Unterlagen Ihres Mannes, was die Investments in Frankreich angeht. Aber was mich wundert, ist, dass ich das Auto völlig problemlos hierherfahren konnte. Nicht die geringste Spur von irgendeiner Störung. Vielleicht bringen Sie da ja etwas durcheinander. Ich meine, die Aufregung über alles, was passiert ist ...«

Lennart beobachtete gespannt, wie Bente Forsberg reagierte.

»Durcheinander? Was erlauben Sie sich?«, zischte sie empört.

Doch Tao gab sich weiterhin stoisch. »Aber ich bitte Sie, niemand macht Ihnen irgendwelche Vorwürfe.

Warum auch? Es ist nur eben so: Das Auto läuft wirklich bestens, weshalb sich die Frage stellt, warum Ihr Mann von Motorproblemen gesprochen hat. Vielleicht hat er Ihnen ja nicht ganz die Wahrheit gesagt?«

»Hm, das ist natürlich … sonderbar. Kann ich mir nicht erklären. Warum sollte Henrik mich belügen?« Sie schien zu grübeln. »Aber warten Sie, ich glaube mich zu erinnern, dass so etwas schon einmal vorgekommen ist.«

»So etwas?«, wiederholte Lennart.

»Ja, dass eine Störung angezeigt wurde, die dann beim nächsten Start des Wagens wieder weg war.«

Lennart nickte zögerlich. Bei modernen, mit allerlei Technik vollgepackten Wagen kam das ja hin und wieder vor.

»Ja, stimmt«, fuhr Bente Forsberg fort. »Das muss es wohl auch diesmal gewesen sein.« Sie sah die beiden mit einem Lächeln an. »Dann hätten wir diese Frage also geklärt.«

»Bente, komm doch bitte mal rüber!«, hörte man Alfred jetzt aus der Küche rufen. »Deine Mutter hat ihr Trinken verschüttet!«

Die Frau schloss genervt die Augen und atmete tief durch. »Als ob sie das nicht selber aufwischen könnten!«, zischte sie verärgert, um schließlich mit einem »Entschuldigen Sie« aufzustehen und hastig den Raum zu verlassen. Lennart wartete, bis sie außer Hörweite war, dann fragte er Tao im Flüsterton: »Und, was hältst du von ihrer Reaktion?«

Sie überlegte kurz, schürzte die Lippen und sagte: »Irgendwie seltsam, finde ich. Als würde sie uns nicht alles erzählen wollen. Du?«

»Ich auch. Aber ich könnte nicht sagen, was genau dahintersteckt, kann sie echt nur schwer einschätzen. Mal sehen, was sie zu dem sagt, was du in Henriks Chatverlauf gefunden hast.«

»Das mit der ominösen Grit?«

»Genau das«, bestätigte Lennart, da vibrierte sein Handy.

»Britta!«, sagte er, nachdem er das Gespräch angenommen hatte, und es kostete ihn Mühe, sich seine Erleichterung nicht allzu sehr anmerken zu lassen. Sie hatte den Flug also offenbar wider Erwarten überlebt. »Seid ihr gut gelandet?«, fragte er ins Handy.

»Ha, gib's zu: Du warst die ganze Zeit in Sorge, dass wir abstürzen, stimmt's? Wie lieb von dir, dass du um mein Leben fürchtest!«

»Unsinn. Aber im Moment wäre es zugegebenermaßen schwierig, wenn Tao und ich nur noch zu zweit im Team wären«, gab er sich betont schnoddrig. »Hast du meine Nachricht bekommen?«

»Habe ich, Chef. Echt interessant, das alles. Natürlich ein bisschen schade, dass bei der Befragung der Rollerfahrerin nicht mehr rausgekommen ist – wäre zu schön gewesen, wenn wir damit den Fall hätten lösen können. Was den Flug angeht: Wir hatten tatsächlich ein paar klitzekleine technische Probleme mit dem Flieger, die Morten und Ole aber wunderbar gemeistert haben, so dass wir zwar eine etwas verspätete, aber im Endeffekt tadellose Landung hatten. Allerdings brauchen wir jetzt ein Ersatzteil, das die beiden schon per Express bestellt haben. Könnte unseren Rückflug ein wenig nach hinten verschieben.«

Lennart schüttelte den Kopf. Also doch: technische Probleme bei der Landung! Die hätte er nervlich mit Sicherheit nicht unbeschadet überstanden. Er war heilfroh, dass er sich gegen den Flug entschieden hatte. Britta hingegen klang wie so oft völlig unbeeindruckt: »Ich habe hier gerade ein kleines Mietauto übernommen und fahre zu Arne Forsberg, mit dem ich schon ein Treffen vereinbart habe.«

»Allein?«

»Wie?«

»Du fährst allein zu Forsberg?«

»Nein, wie kommst du denn darauf? Natürlich mit Morten. Ole bleibt derweil bei der Maschine, falls das Teil früher ankommt.«

Lennart nickte wissend. Sicher würde Morten an der Befragung teilnehmen und den Umstand, dass er längst pensioniert war, schlicht unter den Tisch fallen lassen. Aber sollte er ruhig, schließlich hatten sie ihre Ermittlungen weder offiziell bei den schwedischen Behörden angekündigt noch Kopenhagen darüber informiert. Da kam es auf ein solches Detail nicht an.

»Kannst du dann auch noch mit dieser Grit Dahlberg reden?«

»Das habe ich vor, ich würde allerdings gern vorher den Bruder dazu hören.«

»Klar, wie du meinst, Britta. Mach's gut und halte uns bitte auf dem Laufenden, okay?«

»Okay, bestens.«

»Und danke, Britta!« Damit legte er auf und fasste für Tao das Telefonat zusammen.

»Das wird ein Fest sein für Morten«, merkte die lächelnd an.

Kurz darauf war Bente Forsberg aus der Küche zurück. Sie setzte sich ohne weitere Erklärung wieder zu ihnen und fragte, ob es noch andere Themen gebe, die zu besprechen seien.

Lennart machte einen tiefen Atemzug, bevor er sagte: »Ihr Vater hatte ja bei unserem ersten Gespräch von einer möglichen Geliebten Ihres Mannes gesprochen, und Sie hatten diese Idee sofort als ganz und gar unwahrscheinlich verworfen …«

»Weshalb fangen Sie denn damit schon wieder an? Ich hatte Ihnen doch bereits gesagt, dass Henrik und ich …«

Er ließ sie nicht ausreden. »So leid es mir tut, das sagen zu müssen: Wir haben inzwischen das Handy Ihres Mannes ausgelesen – und aus dem Nachrichtenverlauf geht eindeutig hervor, dass er sich mit einer anderen Frau … getroffen hat.«

»Eine andere Frau? Henrik?«, wiederholte sie mit theatralischer Geste.

»Exakt. Die Dame heißt Grit Dahlberg. Sagt Ihnen das was?«

»Nein«, kam es wie aus der Pistole geschossen. »Und selbst wenn etwas dran wäre – ich bin mir sicher, dass das nur irgendein junges Ding ist, das ihm den Kopf verdreht hat. Nichts Ernstes. Bestimmt.«

»Danach sieht es nicht aus«, meldete sich nun Tao zu Wort. »Die beiden kennen sich allem Anschein nach sogar schon aus Schulzeiten. Und sie hatten wohl auch eine gemeinsame Zukunft geplant.«

»Eine … was?« Die Stimme von Bente Forsberg überschlug sich.

»Sie wollten zusammen nach Frankreich ziehen. Zumindest hat Ihr Mann dieser Grit das in seinen letzten Nachrichten so in Aussicht gestellt.«

»Und es ist ganz und gar ausgeschlossen, dass Sie sich da irren?«, kam es nun dumpf von Bente Forsberg.

»Würde ich sagen, ja.«

Sie senkte den Kopf und begrub ihr Gesicht in den Händen. Erst nach einer Weile blickte sie wieder auf. »Ganz sicher?«, fragte sie in Lennarts Richtung.

»Leider ja«, bestätigte dieser.

Sie schluchzte. Eine Weile saß sie schwer atmend in ihrem Sessel, dann erklärte sie: »Damit hätte ich im Leben nicht gerechnet. Sicher, wir haben viel gearbeitet die letzten Jahre, hatten wenig Zeit füreinander, bei alldem, was sich so angehäuft hatte. Seitdem die Kinder aus dem Haus sind, wurde es leider auch nicht einfacher, wir lebten nebeneinanderher, das habe ich Ihnen ja schon gesagt. Aber ich war bis zu … diesem schrecklichen Ereignis der festen Überzeugung, dass irgendwann der Tag kommen würde, an dem wir uns einander wieder zuwenden würden. Vielleicht wäre ja wirklich eines der Kinder in den Betrieb eingestiegen, vielleicht sogar beide, und hätten uns damit entlasten können. Oder weil wir … weil wir … eines Tages Großeltern …« Der Rest des Satzes ging in Weinen unter. Lennart und Tao warteten erneut ab, bis sich Bente Forsberg wieder ein wenig gefangen hatte. Es dauerte eine Weile, dann zog sie ein Papiertaschentuch aus der Hosentasche und schnäuzte sich.

Tao sagte in leisem Ton: »Tut uns leid, dass wir Sie damit behelligen müssen, aber es ist unsere Pflicht, Sie das zu fragen. Auch, um die letzten Stunden im Leben Ihres Mannes ein wenig transparenter zu machen.«

Die Frau nickte. »Schon in Ordnung. Ich muss das eben auch noch wegstecken, zusätzlich zu allem anderen. Vielleicht macht dieser Umstand den Abschied ein wenig leichter«, sagte sie in einem Ton, den Lennart nicht recht deuten konnte. Schwang da echter Sarkasmus in ihrer Stimme mit? »Henrik und ich hatten uns wohl mehr auseinandergelebt, als ich mir eingestehen wollte«, fuhr sie fort. »Mit dieser späten Erkenntnis muss ich jetzt zurechtkommen. Haben Sie sonst noch irgendwelche Hiobsbotschaften für mich?«, sagte sie mit bitterem Lächeln.

Lennart schüttelte den Kopf. »Das war's fürs Erste, denke ich.«

»Dann werde ich mich nun noch kurz um meine Eltern kümmern und mich dann wieder den Geschäften widmen. Wobei ich mich wohl von einigen Unternehmensbereichen trennen muss, das alles ist entschieden zu viel für eine Person.«

»Aber Sie meinten ja, dass Ihre Kinder vielleicht in den Betrieb einsteigen. Wäre es nicht eine gute Gelegenheit, das jetzt noch zu arrangieren, bevor Sie Teile davon verkaufen?«, fragte Lennart erstaunt nach.

Nun machte sich ein Lächeln auf Bente Forsbergs Gesicht breit. »Da haben Sie völlig recht. Das wäre nicht nur eine unschätzbare Hilfe, sondern auch ein großer Trost. Dann hätte alles am Ende wenigstens einen Sinn gehabt.«

»Was meinen Sie?«, wollte Tao wissen.

Die Frau seufzte tief. »Ich meine all die Arbeit, all das Herzblut, all die Stunden, die wir in den Aufbau, den Erhalt und die Expansion der Betriebe investiert haben. All die Arbeit, die Henrik und mich, wie Sie sehen, letztlich auseinandergebracht hat.« Sie stand auf und machte damit unmissverständlich klar, dass das Gespräch aus ihrer Sicht beendet war.

Lennart sah auf die Uhr. Nicht mehr lange bis zu seinem Call mit Peer. Den musste er nun aber definitiv absagen, schließlich wollte er vor einer möglichen Übergabe des Falles an die Kollegen noch abwarten, was Britta von ihren Gesprächen in Schweden berichten würde. Sie verabschiedeten sich, händigten Frau Forsberg die Autoschlüssel ihres Mannes aus, erklärten ihr, wo der Wagen geparkt war, und schauten schließlich noch kurz in der Küche vorbei, um dem Ehepaar Hoegh auf Wiedersehen zu sagen. Dann verließen sie schweigend die Wohnung.

***

Erst als sie zusammen im Mercedes saßen und bereits das Ortsschild von Allinge hinter sich gelassen hatten, brach Tao das Schweigen. »Was hältst du von ihrer Reaktion auf die Sache mit Grit? Meinst du, sie sagt uns die Wahrheit? Und wenn nicht – welchen Grund hat sie, zu lügen?«

Er ließ sich Zeit mit seiner Antwort. Schon eine ganze Weile hatte er auf dieser Frage herumgegrübelt und war zu keinem befriedigenden Ergebnis gekommen.

»Sie sagt uns erstens bei Weitem nicht alles, zweitens nicht die Wahrheit. Zumindest nicht ohne Vorbehalte. Immer, wenn es um die Geliebte geht, windet sie sich so seltsam und druckst herum. Aber wieso? Geht es da wirklich nur um die verletzte Eitelkeit einer betrogenen Frau? Oder um mehr? Und wieso hat sie uns die merkwürdige Geschichte mit den angeblichen Motorproblemen aufgetischt?«

»Weiß ich auch nicht. Ich kontrolliere das nachher noch mal in Forsbergs Anrufliste, aber ich bin mir ziemlich sicher, dass die beiden am Tag des Abflugs weder telefoniert noch Nachrichten ausgetauscht haben.«

»Das heißt, sie versucht, uns eine erfundene Geschichte unterzujubeln?«

Tao zuckte mit den Schultern. Nach einer längeren Pause fragte sie: »Glaubst du, sie war es?«

Lennart schüttelte entschieden den Kopf. Nein, dazu war das Szenario zu ungewöhnlich. Die Sache mit dem Gift, die Kaltblütigkeit des Vorgehens, der technische Kram, den man verbaut hatte: All das passte nicht zur vielbeschäftigten Hotelchefin, die sich weder für Flugzeuge noch für irgendwelche anderen technischen Dinge interessierte. Und auch nicht zu einer betrogenen Ehefrau, die doch klassischerweise eher im Affekt töten würde. Er seufzte. Was um alles in der Welt stimmte dann nicht mit Bente Forsberg? Warum diese Scharade? Gab es dunkle Flecken auf Henriks Weste, die sie ihnen verheimlichte – und die jemand anderem als Mordmotiv hätten dienen können?

Als sie im Büro ankamen, schrieb Lennart als Erstes eine Mail an Peer, in der er um einen Aufschub der Videokonferenz bat. Er sei im Moment unterwegs bei Ermittlungen und frühestens gegen halb sechs wieder im Büro. Bis dahin würde Britta hoffentlich mit Arne Forsberg und Grit Dahlberg geredet haben, und Tao lägen womöglich bereits die Bewegungsprofile der Handys von Forsberg und Iversen vor.

Anschließend vertiefte er sich noch einmal in den Chatverlauf von Henrik Forsberg und sah sich erneut die Unterlagen durch, die ihnen seine Frau gegeben hatte. Sie unterschieden sich von denen, die sie im Range Rover gefunden hatten, tatsächlich nur in einem Detail: In einem der Pläne aus dem Auto war ein einzelnes Haus der Ferienanlage ganz besonders hervorgehoben: Mit einem dicken roten Filzstift war ein Herz um den viereckigen Grundriss gemalt, dazu fand sich ein Pfeil, an dessen Ende »Villa Grit« geschrieben stand. Vielleicht hatte Forsberg die Pläne ja seiner Geliebten nach Schweden mitbringen wollen und sie dann schlicht im Auto liegen lassen.

Ein Signalton vermeldete den Eingang einer Mail auf Lennarts Computer: Peer hatte geantwortet. Halb sechs sei für ihn okay, allerdings bleibe ihnen dann nur ein Zeitfenster von einer knappen Stunde, da er im Anschluss noch zu einem internationalen Empfang im Ministerium müsse. Lennart lächelte, aufrichtig froh darüber, dass ihm solche Abendtermine hier auf Bornholm gänzlich erspart blieben. Der Neujahrsempfang des Bürgermeisters von Rønne war das einzige derartige Ereignis, das er seit seiner Ankunft auf der Insel von Amts wegen hatte besuchen müssen – und das hatte zum Glück eher den Charakter einer gemütlichen verspäteten Weihnachtsfeier gehabt.

Eine ungewohnte Melodie riss ihn aus seinen Gedanken. Er richtete den Blick auf seinen Bildschirm, wo ein Fenster einen eingehenden Videoanruf von Britta Blomdal vermeldete. Lennart richtete seine Kamera so aus, dass er einigermaßen vernünftig aussah, und nahm das Gespräch an. Wenig später erschien Brittas Gesicht auf dem Display. Sie saß auf dem Fahrersitz eines Autos, auf dessen Dach der Regen so stark prasselte, dass es schwer war, sie zu verstehen.

»Hey, Britta, was ist denn bei euch los? Ist die Sintflut über Schweden hereingebrochen?«, fragte er.

»Scheint so. Jetzt sag bloß nicht, dass bei euch die Sonne scheint!«

Lennart stockte. Tatsächlich hatte er keine Ahnung, wie das Wetter in Rønne gerade war. Er hatte keinen Scheibenwischer gebraucht, als sie von Allinge hergefahren waren, das zumindest wusste er. Aber ob es sonnig oder wolkig war, hätte er kaum sagen können. Also warf er einen prüfenden Blick aus dem Fenster. Die Flagge am Heck der futuristischen Katamaran-Schnellfähre, die im Hafenbecken direkt vor der Polizeistation festgemacht hatte, flatterte im Wind, am tiefblauen Himmel zogen weiße Wolkenfetzen schnell vorüber.

»Doch, die Sonne scheint. Aber es ist stürmisch«, vermeldete er, um direkt nachzuschieben: »Wobei du bestimmt nicht anrufst, um übers Wetter zu plaudern, nehme ich an.«

»Du triffst mal wieder voll ins Schwarze, Chef.«

Er wollte gerade gegen die ungeliebte Anrede protestieren, da hörte er eine weitere Stimme aus dem Lautsprecher.

»Mensch, Britta, du sollst ihn doch nicht *Chef* nennen, sondern *Lennart.*«

»Aye, aye, Captain«, machte Britta grinsend, woraufhin die Stimme aus dem Hintergrund, die Lennart natürlich sofort als die von Morten Nygaard erkannt hatte, nachschob: »Und ich bin nicht der Captain, sondern der Boss, so viel Zeit muss sein.«

Nachdem Lennart auch noch seinen Vorgänger begrüßt hatte, berichtete Britta über ihren Besuch bei Arne Forsberg. Der Bauunternehmer habe äußerst bestürzt auf den Tod seines Bruders reagiert – Bente hatte ihn entgegen der Abmachung augenscheinlich nicht informiert – und ihr dann auf all ihre Fragen offen und bereitwillig geantwortet. Er habe Henrik vom Flugplatz in Kalmar abgeholt, danach seien sie gleich zurück in Arnes Betrieb gefahren, auf dessen Gelände er auch wohnte. Dann sei es um das Projekt in Frankreich gegangen, bei dem Arne nicht nur ebenfalls investiert, sondern für das er als Bauingenieur auch diverse Planungsarbeiten übernommen habe.

»Laut seinem Bruder hat Henrik sich die Option auf einige Häuser gesichert und dafür bereits auch einiges an Vorauszahlungen geleistet. Die meisten davon wollte er über so eine High-End-Agentur als Ferienbungalows vermieten. Ein besonders großes Haus in Hanglage aber, mit direktem Meerblick, privatem Pool und riesiger Garage, sollte sein neuer Erstwohnsitz werden.«

»Die Villa Grit?«, mutmaßte Lennart.

»Genau die. Sein Bruder hat sich übrigens auch einen Bungalow zur Vermietung gekauft und einen weiteren, in dem er selbst Urlaub machen wollte. Aber jetzt kommt's:

Henrik Forsberg hatte vor, das Areal, auf dem der 18-Loch-Golfplatz geplant war, zu kaufen und den Platz auf eigene Rechnung anlegen zu lassen. Um ihn dann zusammen mit Grit, die anscheinend leidenschaftlich golft, zu betreiben. Die Verhandlungen dazu waren so gut wie abgeschlossen, Henrik hatte bereits einen Notartermin in Saint-Tropez vereinbart. Ich kenne jetzt auch die genauen Namen derer, die in Frankreich an den Deals beteiligt sind. Tao hat per Mail gerade die entsprechende Liste von mir bekommen, damit sie Erkundigungen über diese Leute einholen kann. Vielleicht sind ja wirklich ein paar halbseidene Geschäftsleute darunter, denen Forsberg irgendwie zu nahe getreten ist, mal sehen.«

»Gibt es dafür Hinweise? Saint-Tropez ist ja nicht gerade als Mafia-Hochburg bekannt …«

»Nein, gar nicht. War nur so eine Idee, weil man ja nie genau weiß – und dann gäbe es zumindest ein Motiv … Findest du es nicht gut? Sorry, dann kann ich auch …«

»Alles bestens. Prima Idee, Britta«, beruhigte Lennart seine Kollegin. »Konnte der Bruder sagen, um welche Summen es in Frankreich für Henrik insgesamt ging?«

»Er weiß es nicht hundertprozentig genau, aber er schätzt auf jeden Fall über zehn Millionen Euro, also ungefähr fünfundsiebzig Millionen Kronen.«

»Wow! Und wie wollte er das finanzieren?«

»Arne gegenüber hat er davon gesprochen, dass er demnächst seine gesamten Unternehmungen in Dänemark versilbern und das Geld dann da unten anlegen wollte. Er hatte also definitiv vor, seine Zelte auf Bornholm abzubrechen.«

»Und das hätte er auch problemlos gekonnt, weil die Firmenteile zwischen ihm und Bente klar aufgeteilt waren«, dachte Lennart laut nach.

Britta nickte.

»Das wäre natürlich für seine Frau ein ganz schöner Schlag ins Kontor gewesen«, führte Lennart seinen Gedanken weiter.

»Oh ja, und was für einer. Auch für seine Kinder, die ja offenbar damit liebäugeln, in die diversen Familienunternehmen einzusteigen. Mit dem Umzug nach Frankreich und den Investitionen in die Ferienanlage hätte sich der überwiegende Teil davon in Luft aufgelöst. Vielleicht sollten wir Nils und Merrit Forsberg auch noch mal genauer ins Visier nehmen.«

»Stimmt. Hast du mit Arne auch über diese ominöse Grit gesprochen? Kennt er sie?«

Britta stieß lächelnd die Luft aus. »Und wie er die kennt! Schon seit Schulzeiten sogar. Da war sie nämlich bereits der erklärte Schwarm von Henrik. Und heimlich wohl auch von seinem Bruder. Henrik und sie waren ums Abitur herum für einige Monate ein Paar. Dann allerdings haben sie sich getrennt und aus den Augen verloren. Sie hat ein paar Semester in Stockholm studiert, das Studium aber abgebrochen und einen überaus angesehenen Arzt geheiratet.«

»Kinder?«

»Keine. Trotzdem hat sie nie ernsthaft gearbeitet, nur ein paar Charity-Projekte organisiert. Hat sich allem Anschein nach vor allem um ihre Schönheit gekümmert – wenn ich mir das Foto so ansehe, das du geschickt hast, wohl auch mittels der einen oder anderen Operation.«

Lennart entging nicht der zynische Tonfall, in dem Britta das sagte.

»Na ja, jeder, wie er mag, ich will nichts Schlechtes über sie sagen«, fuhr sie trotz ihrer ablehnenden Haltung in sachlichem Ton fort. »Grit Dahlberg war so eine Art Society-Lady in der Hauptstadt und sogar regelmäßig am Hof zu Gast.«

»Auf welchem Hof?«, fragte Lennart stirnrunzelnd.

»Welchem Hof?«, wiederholte sie verwundert. »Dem Königshof, Chef, also, Lennart. Dem schwedischen Königshof. Stell dir nur vor: zu Gast bei Empfängen von Silvia und Carl Gustaf.«

Lennart musste grinsen. Beim Thema Royals kam Britta regelmäßig ins Schwärmen, vor allem, wenn es um den dänischen Hof, die anderen skandinavischen Adelshäuser und natürlich die britische Königsfamilie ging. Seit Monaten lag sie ihm mit dem Tipp in den Ohren, sich endlich die Netflix-Serie über das Haus Windsor anzusehen.

»Du glaubst ja nicht, wie verzückt Britta geguckt hat, als Forsberg uns dieses Detail erzählt hat«, meldete sich prompt Morten aus dem Off zu Wort.

»Unsinn, hör gar nicht auf ihn, Lennart. Jedenfalls ging die Ehe mit dem vornehmen Herrn Doktor irgendwann in die Brüche, und da der Mediziner sich vorab von seiner Grit einen Ehevertrag hatte unterzeichnen lassen, stand sie nach der Scheidung finanziell mit leeren Händen da.«

»Lass mich raten: Sie ging mittellos zurück zu ihren Eltern nach Kalmar, wo sie eines Tages ihrem Jugendschwarm Henrik über den Weg lief, der sich von einer Sekunde auf die andere wieder in sie verliebte und sie aus ihrer Armut erlöste.«

Er hörte Britta und Morten lachen. »Falsch. Ganz so nah am Klischee sind wir dann doch nicht. Sie hatte sich nämlich in der Zwischenzeit in Stockholm geschäftlich etabliert. Mit einer Secondhandboutique für edle Designerstücke. Arne Forsberg meinte, böse Zungen hätten gemunkelt, dass sie darin vor allem ihren eigenen Kleiderschrank versilbert habe. Zurück nach Kalmar ging sie erst, als ihre Eltern gestorben waren und sie von ihnen ein Haus mit mehreren Wohnungen geerbt hat. In einer davon wohnt sie, die anderen sind vermietet. Und ja, irgendwann sind Henrik und sie sich dann tatsächlich über den Weg gelaufen hier in der Stadt.«

»Wovon lebt sie jetzt?«

»Arne meint, sie sei so eine Art selbst ernannte Innenarchitektin. Sie hilft den Leuten, ihre Wohnungen und Häuser edel und teuer einzurichten, und dann vermietet sie ja auch.«

»Was meint ihr: Wie steht Arne Forsberg zu dem neuen Leben, das sein Bruder mit Grit geplant hatte?«

Nun war es Morten, der antwortete. Britta drehte die Kamera so, dass Lennart sein Gesicht sehen konnte. »Arne hat klargemacht, dass aus seiner Sicht die Ehe mit Bente schon seit Langem am Ende war. Längst bevor das mit Grit losging.«

»*Völlig zerrüttet* hat er es genannt«, präzisierte Britta,

bevor Morten fortfuhr: »Ich denke, Arne mag Grit ganz gern. Lieber als seine Schwägerin jedenfalls, von der er nicht gerade geschwärmt hat, wenn du verstehst, was ich meine.«

Lennart stieß die Luft aus. »Ich kann's mir denken. Wie hat Arne das Verhältnis zwischen Henrik und Bente beschrieben?«

»So wie es klang, lag dem guten Henrik schon länger nichts mehr an seiner Frau. Gerade in letzter Zeit habe er kaum noch ein gutes Haar an ihr gelassen, meinte Arne.«

»Und seine Kinder? Wie stand Henrik zu denen? War ihm daran gelegen, dass sie eines Tages die Geschäfte übernehmen?«

»Das habe ich Arne auch gefragt«, vermeldete Morten mit vernehmlichem Stolz in der Stimme.

»Und wie lautete seine Antwort?«

»Henrik war skeptisch, was ihren Eintritt in den Betrieb anging. Er vertrat offenbar den Standpunkt, dass sie auf eigenen Beinen stehen und sich lieber erst aus eigener Kraft etwas aufbauen sollten, als schon jetzt auf das Vermögen ihrer Eltern zu spekulieren.«

»Interessante Haltung für jemanden, dessen Frau die Pension ihrer Eltern weiterführt.«

»Finde ich auch«, stimmte Britta ihm zu. »Und auch er hat damals ja ordentlich Anteile am Baugeschäft seiner Eltern bekommen.«

»Bente Forsberg hat uns doch irgendwann erzählt, dass das Bauunternehmen nicht mehr rundläuft, weil Arne zu sehr dem Alkohol zusprechen würde. Hattet ihr auch den Eindruck?«

Britta dachte erst kurz nach, bevor sie erklärte: »Nein, eigentlich nicht. Du, Morten?«

»Ich wusste gar nichts davon, aber wenn du mich fragst, geht der Laden prima. Sicher, Arne könnte von seiner Art her so eine Art Party-Typ sein. Er lebt anscheinend allein, und so, wie er wirkt, kann es sein, dass er es gern mal krachen lässt. Aber dass er deswegen das Geschäft vernachlässigt, das kann ich mir nicht vorstellen.«

»Okay, danke. Dann trefft ihr euch jetzt mit Grit?«

»Das haben wir vor, ja«, bestätigte Britta. »Dann wollen wir noch in dem Hotel vorbei, wo der Teeabend von Møller war. Mal sehen, vielleicht ist auch ein spontaner Termin mit dieser christlichen Vereinigung möglich, mit der Iversen am Abend vor seinem Tod Kontakt hatte.«

»Bestens, vielen Dank euch beiden!«, sagte Lennart. Sie hatten viel herausgefunden, und entgegen anfänglicher Vorbehalte war er jetzt richtiggehend froh, dass Morten Britta begleitet hatte. Dessen Einschätzung der Situation war wirklich hilfreich gewesen.

Lennart klappte sein Laptop zu, rollte den Bürostuhl ein Stück zurück, legte die Füße auf den Schreibtisch und schloss die Augen. In dieser Haltung hatte er schon als Schulkind am besten nachdenken können.

Er ließ das eben Gehörte noch einmal Revue passieren. Ziemlich interessante Neuigkeiten, die er von Britta und Morten erfahren hatte. Zusammen mit dem, was er und Tao heute im *Svane* erlebt hatten, ergaben sich daraus gleich mehrere Motive für Bente Forsberg, ihren Ehemann zu ermorden: Eifersucht, der verletzte Stolz einer gehörnten Ehefrau und nicht zuletzt finanzielle Aspekte, schließlich hätte sie bei einer Trennung nichts von den Firmenanteilen ihres Mannes bekommen – wie wahrscheinlich auch ihre Kinder. Sie mussten unbedingt klären, ob sie von Henriks Plänen gewusst hatte. Das Ganze war eine wirklich heiße Spur – doch die Begleitumstände wollten einfach nicht zu Bente Forsberg passen. Hatte sie etwa einen Auftragskiller auf Henrik Forsberg angesetzt? Doch auch das konnte sich Lennart kaum vorstellen: Das Szenario war zu perfide und kaltblütig für diese eher zurückhaltende Frau.

Dennoch, sie mussten sie schleunigst erneut dazu vernehmen und mit ihren neuen Erkenntnissen konfrontieren. Er wollte eben zu Tao gehen, um mit ihr das weitere Vorgehen abzustimmen, da vermeldete sein Handy durch ein Pingen den Eingang einer Nachricht. »Schooltool«, las er auf dem Display – das war die Kommunikations-App der Schule seiner Töchter. Neugierig öffnete er die Anwendung und las die Nachricht, die an ihn und seine Ex-Frau Andrea gerichtet war:

»Sehr geehrte Familie Ipsen! Leider muss ich Sie über einen sehr unangenehmen Vorfall mit Ihrer Tochter Magdalena informieren. Während meiner heutigen Geographiestunde verwendete sie trotz mehrmaliger Ermahnung wiederholt unerlaubt ihr Mobiltelefon, statt meinem Unterricht zu folgen. Nach der dritten Aufforderung, dieses Fehlverhalten zu unterlassen, bat ich sie, mir das Telefon auszuhändigen, was sie jedoch vehement verweigerte. Auf meine Frage, was sie denn an ihrem Handy mache, gab Magdalena zurück, dass das ihre Sache sei. Dabei wurde Magdalena laut und sichtlich aggressiv. Als ich schließlich nach dem Mobiltelefon griff, um es ihr wegzunehmen, schrie sie: *Das dürfen Sie gar nicht, und was ich auf meinem Handy habe, geht Sie sowieso einen Scheiß an!* Sie werden verstehen, dass eine solche Entgleisung nicht ohne entschiedene schulische Sanktionierung bleiben kann. Ihnen wird daher in den nächsten Tagen ein verschärfter Verweis mit einer Stellungnahme unserer Schulleitung zugehen. Über diese Ordnungsmaßnahme hinaus erachte ich es zum Wohl von Magdalena jedoch als zwingend notwendig, dass Sie als Erziehungsberechtigte den Handyinhalt Ihrer Tochter auf mögliche illegale Inhalte überprüfen. Ich muss Sie darauf hinweisen, dass es als Eltern Ihre Pflicht ist, dies bei einem solchen Verdachtsfall zu tun, um möglicherweise strafbare Handlungen zu unterbinden. Bitte wirken Sie auf Magdalena ein, adäquates Verhalten gegenüber uns Lehrerinnen und Lehrern zu zeigen und sich in der Schule regelkonform zu verhalten. Hochachtungsvoll Franziska Murawski, Studienrätin.«

Lennart holte tief Luft, seine Mundwinkel formten unweigerlich ein Lächeln. »Hochachtungsvoll«, formten seine Lippen lautlos. Diese Frau Murawski war wohl im Erstberuf Juristin gewesen, jedenfalls schien sie das Schulrecht und das entsprechende Behördendeutsch perfekt verinnerlicht zu haben. Jetzt wollte er aber erst einmal hören, was Magda zu diesem Vorfall zu sagen hatte. Für ihr Verhalten musste es einen guten Grund geben, ein derart pampiges und ungehobeltes Auftreten passte eigentlich nicht zu seiner Tochter. Sicher, sie stand deutlich für ihre Rechte ein und ließ sich nicht so mir nichts, dir nichts unfair behandeln. Aber solche Respektlosigkeiten kannte er nicht von ihr. Er wählte ihre Handynummer, schon beim zweiten Klingeln nahm sie ab.

»Die blöde Schreckschraube hat dich natürlich sofort angerufen, stimmt's?«, maulte Magda grußlos ins Telefon.

»Erst mal hallo, liebste Magdalena. Übrigens spricht man so nicht über seine Mutter«, erlaubte sich Lennart einen Scherz, der umgehend zu einer kleinen Irritation bei seiner Tochter führte. Erst nach einer kleinen Denkpause erklärte die: »Ich rede gar nicht von Mama, sondern von der beknackten Murawski.«

»Aha. Frau Murawski hat aber nicht angerufen, sondern eine hochoffizielle Schooltool-Nachricht geschrieben. Übrigens auch an deine Mutter.«

»Ganz prima. Jeder andere hätte das einfach zu Mama gesagt, unter Kolleginnen, mein ich. Und nicht dich da reingezogen, wo du gar nicht hier bist. Aber die Murawski hasst Mama, weil die bei den Schülern viel beliebter ist. Sie selbst hat nämlich auch im Kollegium niemanden, der mit ihr redet, sie sitzt in der Pause immer allein rum und isst ihre beknackten Leberwurstbrote, die das ganze Lehrerzimmer vollstinken.«

»Magda!«, sagte Lennart tadelnd.

»Was denn? Ich zitiere nur deine Frau.«

»Ex-Frau.«

»Mann, Papa, die Murawski ist so ungerecht! Was hat sie denn genau geschrieben?«

»Das kannst du dir ja denken. Sie hat von der Sache mit dem Handy berichtet und einen verschärften Verweis angekündigt.«

»Diese miese Schlampe!«

»Hey, nicht in dem Ton, sie ist immerhin deine Lehrerin! Jetzt erzähl mir doch endlich mal, was genau da los war.«

»Nichts, eigentlich. Wir hatten mal wieder stinklangweiligen Erdkunde-Unterricht bei der Alten. Schon seit hundert Stunden labert die über irgendwelche Gesteinsschichten in deutschen Mittelgebirgen. Völlig überflüssiger Kram. Und ich musste eben dringend noch was am Handy machen. Dabei hab ich ihr sogar trotzdem zugehört. Sie hat's jedenfalls gesehen und voll den Anfall bekommen, kannst du dir gar nicht vorstellen. Dann wollte sie mir mein Handy wegreißen und schauen, was ich da so drauf hab. Die spinnt doch völlig! Bin ich halt bisschen sauer geworden.«

»Okay, okay. Jetzt mal eins nach dem anderen: Was genau musstest du denn während des Unterrichts so dringend am Handy erledigen?«

»Ist doch egal. Aber es war echt wichtig.«

»Magda, du musst mir das schon sagen.«

»Ach ja? Muss ich das? Und was ist mit meiner Privatsphäre, hm?«, pampte sie zurück. Erstaunlich, was für eine kurze Lunte sie zurzeit hatte.

»Die ist in dem Fall zweitrangig.«

»Ich sag's dir aber trotzdem nicht.«

»Dann muss ich also vom selben Verdacht ausgehen, den auch Frau Murawski geäußert hat.«

»Nämlich?«

»Dass du illegale Bilder auf dem Handy hast und verbotene Spiele zockst und dir vielleicht sogar im Darknet Drogen oder Sprengstoff besorgst«, fabulierte er.

»*Das* hat die Murawski geschrieben?«

Lennart konnte die Empörung in der Stimme seiner Tochter hören und schmunzelte. »Na ja, vielleicht nicht genau in dem Wortlaut, aber man konnte es so aus ihren Zeilen rauslesen, ja.«

»Papa, du weißt, dass das Schwachsinn ist. Ich mach keinen solchen Scheiß.«

»Was dann? Hast du gezockt?«

»Gezockt? Ich doch nicht!«

»Also?«

»Ich hab … Mann, okay, bevor du und Mama meint, ich wär jetzt kriminell geworden: Ich hab jemandem geholfen. Reicht dir das?«

»Nein, leider nicht.«

»Papa, du bist so fies, ehrlich! Und peinlich!«

»Wie, es ist dir peinlich, es zu sagen?«

Er hörte, wie seine Tochter schnaubte. »Ja, ist es. Aber ich erzähl's dir, weil du sonst sowieso keine Ruhe gibst.«

»Geht's um einen Jungen?«

»Also … vielleicht. Aber nicht so, wie du gleich wieder denkst.«

Lennart grinste. Irgendwie hatte er so etwas schon vermutet.

»Der Laurenz aus meiner Parallelklasse, der ist echt scheiße in Mathe. Und hat dieses Jahr schon drei Fünfen geschrieben.«

»Kommt in den besten Familien vor. Und was genau hat das mit deinem Handy zu tun?«

»Ich find den halt … ganz nett so. Und weil ich im Gegensatz zu meiner Schwester keinerlei Probleme mit Mathe kenne, hab ich angeboten, ihm zu helfen.«

Sie verstummte. Anscheinend hatte sie nicht vor, eine weitere Stellungnahme abzugeben.

»Und was heißt das jetzt genau?«, bohrte Lennart daher nach.

»Mann, du bist vielleicht penetrant bei sowas!«

»Berufskrankheit.«

»Ja, das Gefühl hab ich auch!«

»Also?«

Magda stöhnte auf, sprudelte dann aber los: »Laurenz hat heute in der dritten Stunde Mathe geschrieben, also hab ich ihm gesagt, er soll mir ein Bild davon per WhatsApp schicken und ich helfe ihm bei den Aufgaben, weil ich in der Zeit eh bloß Scheißgeo bei der Murawski hab. Und ich hab ihm echt richtig gut helfen können. Bis ich dann wegen der Murawski nicht mehr schreiben konnte. Aber für eine Vier wird's schon gereicht haben, hoff ich.«

Lennart lachte kurz auf. »Muss man nicht die Handys abgeben während einer Schulaufgabe?«

»Doch, bei manchen Lehrern schon. Aber man muss nicht *das* Handy abgeben, sondern *eins*. Das ist ein Unterschied, weil man ja ein zweites dabeihaben kann.«

»Raffiniert. Und das hat dieser Laurenz gemacht?«

»Erfasst, Papa.«

Lennart erwog kurz, ob er seiner Tochter einen Vortrag über das Befolgen von Regeln im Allgemeinen und über die Einhaltung schulischer Normen im Speziellen halten sollte. Doch dafür war ein flüchtiges Telefonat wohl nicht der richtige Rahmen. Sicher würde sich da demnächst eine bessere Gelegenheit ergeben.

»Ist dir klar, in welche Schwierigkeiten ihr euch hättet bringen können?«, sagte er daher nur.

»Noch größere als jetzt? Kann ich mir nicht vorstellen.«

»Na ja, wenn das rausgekommen wäre …«

»Siehst du, deswegen konnte ich es der Murawski ja nicht sagen. Was hätte ich denn machen sollen?«

Wo sie recht hatte … Tatsächlich war Lennart zunächst um eine Antwort verlegen. »Du … hättest es auch auf die ehrliche Tour versuchen können«, fiel ihm dann ein. »Dich mit Laurenz treffen, zusammen Mathe lernen – was spricht denn eigentlich gegen sowas, hm?«

»Mensch, Papa, Laurenz hat's echt nicht leicht. Mathe ist nämlich nicht seine einzige Baustelle. Er hat einfach keine Zeit für die Schule. Sein Vater hat gerade voll die Probleme, und Laurenz macht sich Sorgen um ihn.«

»Was hat er denn?«

Wieder hörte Lennart seine Tochter seufzen. »Du bist genauso neugierig wie Mama! Aber gut: Sein Papa war Pilot und hat jetzt aber Burn-out und irgendwie so ein Pfeifen im Ohr und darf nicht mehr fliegen. Deswegen sitzt er die ganze Zeit in einem verdunkelten Zimmer und zockt. Hat sich alle möglichen Flugsimulatoren runtergeladen und ein Cockpit gebaut, hört den Funk vom Flughafen ab und so. Er geht kaum noch raus und ist immer schlecht drauf. Kommt nicht mehr damit klar, dass er nicht mehr so frei wie ein Vogel sein kann, sagt er wohl immer. Und jetzt wären seine Flügel lahm oder so. Was weiß ich, schon ganz schön abgespaced, das Ganze. Und das macht den Laurenz und seine Mama halt fertig, und deswegen kann er sich nicht mehr auf die Schule konzentrieren.«

Von einer Sekunde auf die andere waren Lennarts Gedanken nicht mehr bei den schulischen Problemen seiner Tochter. Magdas letzte Worte hatten etwas in ihm ausgelöst, hatten einige der lose in seinem Gehirn herumschwirrenden Puzzleteile in die richtige Position fallen lassen.

»Okay, das ist ganz wunderbar, Magda.«

»Was? Aber nein, das ist schrecklich mit dem Vater, weil …«

»Ja, das auch. Sag Laurenz auf jeden Fall, dass Mathe auch nicht alles ist. Triff dich ruhig mal mit ihm zum Lernen, kann ja euch beiden nix schaden. Und das mit deinem Verweis, das … bespreche ich dann noch mit Mama, ja? Aber mach dir keine Gedanken, du hast es ja gut gemeint. Ich muss jetzt Schluss machen. Bis bald, okay? Hab dich lieb!«

»Papa?«

Er drückte das Gespräch weg, sprang auf, holte seine Dienstwaffe samt Munition aus der Schublade, schnappte sich seine Jacke vom Haken neben der Tür und lief in Taos Büro.

»Hey, Lennart! Ich hab mir die Anrufliste von Forsberg noch mal angesehen«, empfing sie ihn. »Er hat am Tag des Abflugs nach Kalmar kein einziges Mal mit seiner Frau telefoniert.«

»Alles klar, das passt ins Bild. Wir müssen aber sofort ins *Svane*. Alles Weitere erkläre ich dir im Auto. Und nimm deine Waffe mit.«

Tao blickte verwundert drein, sprang aber sofort auf. »Okay, soll ich uns bei Frau Forsberg ankündigen?«, wollte sie noch wissen, doch Lennart schüttelte entschieden den Kopf: »Auf gar keinen Fall!«

***

Zum zweiten Mal an diesem Tag lenkte Lennart den Mercedes viel zu schnell durch die Straßen der Inselhauptstadt. Diesmal jedoch bei strahlend schönem Wetter. Der Nebel, der noch heute Morgen über Teilen Bornholms gelegen hatte, war gänzlich verschwunden und hatte strahlendem Sonnenschein und einem klaren tiefblauen Himmel Platz gemacht. Lennart hatte das Blaulicht auf dem Dach, als er sich durch den Nachmittagsverkehr kämpfte. Tao war inzwischen im Bilde über seine Vermutung, und so schien sie auch nicht verwundert, als Lennart sie bat, mithilfe ihres Smartphones herauszubekommen, ob Bente Forsberg vielleicht sogar selbst eine Fluglizenz besitze.

»Klar, mach ich, aber ich muss nur ab und zu rausschauen, mir ist gerade ein bisschen schlecht.«

Lennart nickte ihr zu. Kein Wunder bei seinem momentanen Fahrstil.

»Kein Problem, wir können sie ja gleich selbst danach fragen.«

In Allinge hielt sich Lennart nicht erst mit der Suche nach einem Parkplatz auf – er stellte den Wagen direkt vor dem Hotel ab und ließ das Blaulicht eingeschaltet.

»Gerade habe ich von den Kollegen die Infos gekriegt, du lagst vollkommen richtig: Bente Forsberg hatte einen

Flugschein, hat ihn aber seit Jahren nicht verlängern lassen«, erklärte Tao, während sie die Eingangstreppen im Laufschritt nahmen.

Lennart nickte beiläufig. Ohne sich um die Dame hinter dem Rezeptionstresen zu kümmern, stürmte er, gefolgt von Tao, ins oberste Stockwerk, klopfte pro forma kurz an die Tür und betrat die Wohnung. »Frau Forsberg?«, rief er in den leeren Korridor. »Polizei, wir müssen mit Ihnen reden.«

Statt einer Antwort erschien Alfred Hoegh in der Küchentür. Er wirkte diesmal ein wenig verschlafen.

»Ach, Sie sind das schon wieder, Ipsen. Mit der hübschen Chinesin! Tut mir leid, ich war gerade über meinem Kreuzworträtsel eingenickt. Womit können wir denn diesmal dienen?«, fragte er.

»Ist Ihre Tochter hier?«

»Nein. Aber das ist sie nie um diese Zeit. Sie hat ja auch noch ihr eigenes Leben.«

»Sicher. Wissen Sie, wo sie sich gerade aufhält?«

Er schüttelte den Kopf. »Sie ist uns ja schließlich keine Rechenschaft schuldig, oder?«

»Vollkommen richtig. Wir müssten uns allerdings dringend einmal im Zimmer Ihrer Tochter umsehen.«

Der Alte blickte sie skeptisch an. »In Bentes Zimmer? Warum das denn? Sollten Sie nicht lieber den Mörder von Henrik und den anderen suchen, als hier irgendwelche Computerspiele zu machen?«

»Das müssen Sie schon mir überlassen, Herr Hoegh. Also bitte ...«

»Na ja, wenn's da um mich gehen würde, hätte ich kein

Problem, aber ich kann Sie ja nicht einfach so mir nichts, dir nichts in Bentes Privatkammer lassen. Am Ende ist dann an dem Computerzeug irgendwas kaputt und wir sind schuld dran. Wissen Sie, das ist nämlich auch der Grund, wieso Tildi und ich da gar nie reingehen. Viel zu teuer all der neumodische Kram.«

»Vertrauen Sie mir, ich kenne mich echt gut mit sowas aus. Wir machen garantiert nichts kaputt, und wenn, dann ersetzen wir alles. Versprochen«, versuchte es Tao mit einem gewinnenden Lächeln.

Sofort hoben sich die Mundwinkel des alten Herrn. »Na, wenn Sie das sagen, Liebchen, wird es schon gut sein. Das meiste von dem Zeug kommt ja sowieso aus China, dann müssen Sie da praktisch eine Expertin sein.«

Tao sah Lennart kopfschüttelnd an.

»Dann kommen Sie mal mit, junge Frau!«, tönte Alfred Hoegh und setzte sich schlurfend in Bewegung.

Lennart und Tao folgten ihm durch den langen Hausgang bis zu einem der hinteren Zimmer. Der Alte öffnete die Tür, schaltete wegen der geschlossenen Innenjalousien das Licht ein und erklärte beinahe ehrfürchtig: »Der Computerraum meiner Tochter. Sehen Sie sich kurz um. Aber bitte vorsichtig sein, hören Sie?«

Mit großen Augen ließ Lennart seinen Blick durch den Raum schweifen. Mit einem Mal ergab alles einen Sinn. Auf einem breiten Schreibtisch waren drei Computerbildschirme über Eck angeordnet, davor ein lederner grauer Pilotensessel, der auf das Drehgestell eines Bürostuhls montiert war. Auf dem Tisch stand neben mehreren Joysticks und Lampen ein großes Funkgerät, das aussah, als sei es bereits ein wenig in die Jahre gekommen. Darunter ein großer Rechner, an dem mehrere blaue LEDs zuckten. Die Wände waren beklebt mit Fotos von Flugzeugen in allen erdenklichen Positionen. Auf einer Seite hatte eine kleine Werkbank Platz gefunden, auf der neben einem Schraubstock eine Standbohrmaschine befestigt war. Einige Metallplatten und Eisenprofile, ein Akkuwinkelschleifer sowie zahlreiche Packungen Schrauben lagen herum. Darunter stand ein professionell aussehender Werkzeugkoffer.

Wortlos ging Tao an Lennart vorbei und nahm auf dem Pilotensitz Platz. Sie sah sich kurz auf der Tischplatte um und griff nach einer weißen Computermaus. Gleichzeitig leuchteten alle drei Monitore auf.

»Oh, Volltreffer, das Teil ist sogar angeschaltet! Ganz schön viel Hightech, wie's aussieht«, erklärte Tao. »Dann wollen wir doch mal sehen, was wir hier haben.«

»Vielleicht lassen Sie das doch lieber, ich weiß nicht, ob Bente das recht wäre«, bat Alfred Hoegh jedoch und klang dabei ein wenig ängstlich.

»Das hat schon seine Richtigkeit, keine Sorge«, gab Lennart unmissverständlich zurück und ging zur Werkbank hinüber. Unter Metallresten lagen einige mit Konstruktionszeichnungen bedruckte Blätter, die mittels Klebeband zu einem größeren gefalteten Plan zusammenfügt waren. Lennart klappte ihn vorsichtig auseinander und erkannte schemenhaft den Innenraum eines Flugzeugs. An der rechten unteren Ecke war neben dem Firmenlogo von Cessna die Typbezeichnung »Citation Mustang« zu lesen.

»Unglaublich! Hier liegt sogar ein Plan der Kabine von Forsbergs Flieger«, sagte er in Taos Richtung.

»Ja, Bente hat hier immer mal wieder was gebastelt«, erklärte der Alte. »Habe aber nie gesehen, was dabei rauskam. Wobei, ihren Schreibtischstuhl, den hat sie selbst konstruiert. Tildi und ich dachten ja immer, sie solle vielleicht lieber was stricken oder häkeln, aber irgendwie hat sie ausgerechnet Gefallen an solchen Metallarbeiten gefunden. Ungewöhnlich für ein Mädchen, oder?«

Lennart ging gar nicht auf die Bemerkung ein, stattdessen murmelte er: »Sie hat sich nicht einmal die Mühe gemacht, das zu vernichten und aufzuräumen.«

Alfred Hoegh lachte kehlig auf. »Ja, so war sie schon als Kind. Ihr Zimmer sah immer ziemlich wild aus. Dafür hat sie jetzt ihr Leben ziemlich gut im Griff. Ein anständiges Mädchen, nicht wahr?«

Lennart rang sich ein gespieltes Lächeln ab. Der Mann würde noch früh genug erfahren, wie falsch er mit dieser Einschätzung lag.

»Hier drauf findet sich ein ziemlich komplizierter Flugsimulator. Wenn alle drei Monitore an sind, sieht das ziemlich genau aus wie in einem Cockpit«, konstatierte Tao.

»Ja, ich sagte Ihnen ja schon neulich, dass das Fliegen und alles, was mit Flugzeugen zu tun hatte, ihre Leidenschaft war.«

Lennart runzelte die Stirn. Das hatte er eben gerade nicht gesagt, sondern hatte sich immer nur in irgendwelchen nebulösen Andeutungen ergangen.

»Aber Henrik hat es ihr irgendwie vergällt, auch wenn ich nicht genau weiß, was da vorgefallen ist. Sie durfte ja eben keine Jets fliegen, nur Propellermaschinen. Und er kauft sich ausgerechnet so ein Jet-Ding. Bestimmt mit Absicht. Auf jeden Fall hat sie sich dann irgendwann auf diese Computerflüge verlegt. Weil sie ja auch keine Zeit mehr hatte, mit der Familie, den Kindern, den Hotels. Und mit uns …« Jetzt klang Alfred Hoegh traurig.

»Ich denke, wir haben genug gesehen, Herr Hoegh. Danke für Ihr Entgegenkommen. Nun müssten wir aber dringend wissen, wo Ihre Tochter sich gerade aufhält.«

Hoegh zog die Schultern hoch. »Vielleicht bei sich zu Hause. Aber sicher bin ich mir nicht. Sie ruft uns aber abends vor dem Zubettgehen immer noch mal an. Da kann ich ihr ausrichten, dass sie sich bei Ihnen melden soll.«

»Das können Sie gern machen, ja. Aber vorher … brauchen Sie ihr nichts zu sagen, wir planen nämlich eine Überraschung für sie«, gab er milde lächelnd zurück. In seinem Kopf ging er bereits die Schritte durch, die sie nun zu durchlaufen hatten, da sie Bente als Täterin quasi überführt hatten. Zunächst würde er die Spurensicherung hierherbeordern, es sollte ihn nicht wundern, wenn sich neben den Plänen auch noch andere interessante Dinge in ihrem bizarren Zimmerchen finden ließen. Vielleicht sogar Reste des Giftes – dann hätten sie endgültig den Beweis, den sie brauchten. Vor allem mussten sie dringend Bente Forsberg selbst finden, und zwar bevor sie davon Wind bekam, was sie inzwischen über sie wussten. Außerdem würde er nun schleunigst Britta Bescheid geben, dass sie ihre Mission in Schweden abbrechen und getrost den Rückflug antreten konnte. Und schließlich musste er Peer schreiben, dass ihr Videocall für heute leider gänzlich ins Wasser fiel – und darauf achten, bei der Ankündigung, dass sie den Fall inzwischen auf eigene Faust und ohne Hilfe der Kopenhagener Kollegen gelöst hatten, nicht allzu triumphierend zu klingen.

***

Während sich vor dem Hotel Tao mit dem Kollegen von der Spurensicherung in Verbindung setzte, wählte Lennart Brittas Nummer.

»Hey, Chef, das muss ja praktisch mal wieder Gedankenübertragung sein, dass du gerade jetzt anrufst«, sprudelte sie gleich los.

»Britta, pass auf …«

»Warte mal, lass mich doch erst mal kurz erzählen, was Morten und ich hier Interessantes rausgefunden haben.«

»Britta, das ist bestimmt toll, und …«

Doch seine Kollegin ließ ihn einfach nicht zu Wort kommen. »Ach was, bedanken kannst du dich ein andermal. Jedenfalls kommen wir gerade aus der Wohnung von Grit Dahlberg. Pass auf: Die Frau ist natürlich aus allen Wolken gefallen. Sie war kurz davor, nach Bornholm zu kommen und Henrik zur Rede zu stellen, warum er sich nicht mehr bei ihr meldet. Sie wäre uns beinahe zusammengebrochen, als sie von seinem Tod erfahren hat. Wenn du mich fragst, hat sie ihn wirklich geliebt. Moment … was sagst du, Morten?«

Lennart vernahm ein Murmeln seines Amtsvorgängers, bevor sich Britta zurückmeldete.

»Also, Morten meint auch, das war für beide die große

Liebe. Ich sag's mal so, ich hab da ja so eine alternde, aufgespritzte Society-Lady erwartet, aber Grit Dahlberg ist eine nette und empathische Frau. Also, so auf den ersten Eindruck jedenfalls. Stell dir vor, sie hat uns sogar von den Skrupeln erzählt, die sie hatte, weil sie Henriks Familie zerstört hat, wo ihr die Bente ja nie was getan hat. Aber sie steht auch auf dem Standpunkt, dass man gegen wahre Liebe eben nicht dauerhaft ankämpfen kann. Nachvollziehbar, irgendwie. Sie hatte aber die gemeinsame Zukunft mit Henrik Forsberg in Frankreich schon akribisch geplant. Und beteuert, dass er kurz davor stand, seiner Frau und den Kindern ganz offiziell alles zu sagen. Sie hat da ihrem Henrik wohl auch das Messer auf die Brust gesetzt, wollte Klarheit von ihm. Und hatte schon einen Brief an Bente aufgesetzt, in dem sie sich entschuldigen wollte. Ganz schön krass, oder?«

»Allerdings.« Lennart hatte zwischenzeitlich den Versuch aufgegeben, Brittas Redefluss zu unterbrechen. Stattdessen fragte er: »Wenn du sagst, Henrik wollte seiner Familie ›ganz offiziell‹ alles erzählen: Meinte Grit denn, dass Bente eigentlich bereits von der Affäre wusste?«

»Davon geht sie fest aus. Und mal ehrlich, Lennart: So offen, wie Henrik Forsberg von seinem ganz normalen Handy aus mit Grit geschrieben und Fotos ausgetauscht hat, und so sorglos, wie er seine Frankreich-Pläne rumliegen hatte, war es für Bente bestimmt ein Leichtes, das rauszubekommen.« Wieder hörte man im Hintergrund Nygaards Stimme.

»Morten meint, Bente müsste sich sogar schon regelrecht Mühe gegeben haben, all die Anzeichen zu übersehen. Wenn du mich fragst, ein ganz schön starkes Mordmotiv. Vielleicht hat sie ja auch jemanden mit der technischen Ausführung des Anschlags beauftragt, keine Ahnung.«

Nun war es aber wirklich höchste Zeit, die Kollegin auf den aktuellen Stand zu bringen. Inzwischen hatte Tao ihr Telefonat beendet, also stellte Lennart sein Handy auf Lautsprecher, und sie erzählten Britta ausführlich, worauf sie eben in Bentes ehemaligem Kinderzimmer gestoßen waren.

»Unglaublich«, lautete Brittas Fazit. »Und wo befindet sich Frau Forsberg im Moment?«

»Das müssen wir dringend rausfinden. Jedenfalls könnt ihr derweil definitiv zurückfliegen. Ihr habt euren Job toll gemacht, du und dein … Boss!«

Man merkte Brittas Stimme an, dass sie lächelte: »Danke für die Blumen. Ich geb das Kompliment auch gern an Morten weiter.«

»Dann sehen wir uns nachher noch im Büro?«

Nun ließ Britta ein leichtes Seufzen vernehmen. »Das ist, sagen wir, mehr als unwahrscheinlich. Unser Ersatzteil lässt nämlich noch auf sich warten. Ohne das können wir definitiv nicht starten.«

»Okay, das heißt, ihr müsst in Schweden übernachten?«

»Sieht ganz danach aus. Bei Dunkelheit können Ole und Morten mit der kleinen Maschine nicht fliegen.«

»Sucht euch ein ordentliches Hotel. Geht natürlich auf Staatskosten für alle drei«, versprach Lennart. »Bekommen wir auf alle Fälle geregelt. Und sag Morten, dass er auch seine Spritkosten geltend machen kann.«

»Alles klar, das wird ihn freuen.« Sie senkte die Stimme. Anscheinend wollte sie nicht, dass ihr Begleiter hörte, was sie sagte. »Er ist ein bisschen zerknirscht. Wegen dieses Defekts an der Maschine und weil wir hierbleiben müssen. Er wollte ja eigentlich heute noch zu einem Treffen der Philanthropisten, das sie zu Ehren der verstorbenen Mitglieder kurzfristig einberufen haben. Wo er doch im Moment der Präsident ist. Aber na ja, er hat schon seinem Vize Bescheid gegeben, dass er es definitiv nicht mehr schaffen wird. Beginnt anscheinend schon in einer halben Stunde.«

»Moment, was sagst du da? Ein Treffen des Clubs?«, hakte Lennart aufgeregt ein.

»Ja, mit den Angehörigen der Opfer. Um ihnen Solidarität auszudrücken und Hilfe anzubieten. Da ist wohl auch…«

»… Bente Forsberg dabei?«, ergänzte Tao.

»Natürlich, verdammt, ich war ja wie vernagelt«, tönte Britta, dann hörte man sie rufen: »Morten, wo ist euer Philanthropisten-Treffen heute Abend?«

***

Das Restaurant *Lille Havfrue*, das direkt oberhalb des Hafens von Svaneke lag, war eines der ersten, die Lennart nach seiner Ankunft auf der Insel kennengelernt hatte. Der Chefkoch, der jedes Jahr im Frühsommer das weit über Bornholm hinaus bekannte und renommierte Kochfestival *Sol over Gudhjem* organisierte, kreierte immer wieder neue und überraschende Gerichte aus meist regionalen Zutaten, und auch der Gastraum war wunderschön und ohne viel Chichi renoviert worden. Das Nebenzimmer, in dem sich wie an den entsprechenden Messingemblemen ersichtlich neben dem Lions Club der Insel auch die Philanthropisten regelmäßig trafen, kannte Lennart hingegen noch nicht.

Morten hatte seinen Vizepräsidenten per SMS möglichst unverbindlich gefragt, wer von den Angehörigen denn an dem Treffen teilnehmen würde, und dieser hatte stolz geantwortet, dass so gut wie alle der Einladung gefolgt seien. Also waren Tao und Lennart, wieder mit Blaulicht, an der Küste entlang Richtung Süden gerast. Zwei Anrufe seines Vaters hatte Lennart während der Fahrt wegdrücken müssen. Für ihn würde er morgen oder übermorgen noch genügend Zeit finden.

Auf dem Parkplatz am Hafen hatten sie sich dann mit den vier uniformierten Kollegen getroffen, die Lennart zur Unterstützung angefordert hatte – mit dem Hinweis, keinesfalls mit Martinshorn vor dem *Lille Havfrue* aufzutauchen. Zu seiner Freude befanden sich unter den Uniformierten auch Lucas und dessen Kollegin, die ihm am Morgen bereits bei der Festnahme von Anna Nielsen geholfen hatten.

Zu sechst standen sie also vor dem Eingang zum kleinen Saal des Gasthauses.

»Okay, ihr wartet bitte fürs Erste noch hier draußen und haltet euch zur Verfügung. Ich rufe euch, wenn ich eure Unterstützung brauche, ja?«

Die vier nickten ihm zu. Lennart konnte die Anspannung in ihren Gesichtern sehen. Eine solche Situation stand in ihrem Dienstalltag nicht allzu oft auf dem Programm. Er kontrollierte noch einmal den Sitz seiner Waffe im Holster unter der Lederjacke und warf einen prüfenden Blick zu Tao, die ihm ebenfalls kurz zunickte. Dann drückte er die Klinke, und sie betraten den Gastraum.

Ein untersetzter Mann um die fünfzig mit rotem Bart und schütterem Haar in einem schlecht sitzenden Nadelstreifenanzug hielt offenbar gerade eine Ansprache, während sich die restlichen vielleicht dreißig Anwesenden – wie zu erwarten vorwiegend Männer fortgeschrittenen Alters – um ihn herum gruppiert hatten und ihm aufmerksam lauschten. Hinter ihm standen auf einem Tresen gerahmte Porträts der drei Mordopfer, die an der oberen linken Ecke mit einem schmalen schwarzen Trauerflor versehen waren. Beim Eintreten der beiden Polizisten war der Redner umgehend verstummt, und sämtliche Augenpaare hatten sich Tao und Lennart zugewandt. Der scannte die Gruppe sofort nach Bente Forsberg ab. Und tatsächlich: Da stand sie, direkt neben Birte Lauritsen, in einem hochgeschlossenen wollweißen Zopfpulli, auf dem eine lange Perlenkette prangte. Schon im ersten Blick, den sie ihnen zuwarf, lag die Erkenntnis, was die Stunde geschlagen hatte. Sie flüsterte der Pfarrerin hastig etwas zu und wollte sich eben zum Hinterausgang umdrehen, da rief Tao: »Polizei, Frau Forsberg, bitte bleiben Sie hier!«

Bente Forsbergs Bewegungen gefroren. Dann wandte sie sich wieder zu ihnen um und ging zum Angriff über, indem sie zischte: »Was wollen Sie denn schon wieder von mir? Haben Sie wirklich keinerlei Manieren? Sehen Sie nicht, dass Sie hier mitten in eine Gedenkfeier platzen?« Von der trauernden Witwe war auf einmal nicht mehr viel übrig.

»Das sehen wir durchaus«, erwiderte Lennart, »aber unsere Unterredung mit Ihnen lässt sich beim besten Willen nicht mehr aufschieben. Sie wissen schon, warum. Wenn Sie also diese Veranstaltung nicht über Gebühr stören wollen, dann machen Sie jetzt keine Schwierigkeiten und kommen mit uns.«

»Pah, ich denke ja nicht dran. Wir können uns von mir aus unterhalten, wenn wir hier fertig sind, vorher nicht.«

Keiner der anderen Gäste im Saal wagte auch nur, laut zu atmen. Stattdessen gingen ihre gespannten Blicke zwischen Bente Forsberg und den Polizisten hin und her. Lennart und Tao machten einige vorsichtige Schritte nach vorn. Es ging jetzt darum, den Abstand zwischen sich und der Täterin mit Bedacht zu verringern. Schließlich wussten sie nicht, wie diese reagieren würde, wenn sie sich in die Enge getrieben fühlte.

»Wir wissen über alles Bescheid, waren sogar in Ihrem Zimmer im *Svane*.«

»Ach ja?« Ihre Stimme überschlug sich. »Lassen Sie mich raten: Mein Vater hat Sie reingelassen.«

»So ist es.«

»Dieser gutgläubige Idiot!«, zischte sie kopfschüttelnd.

»Frau Forsberg, sie wollen doch bestimmt nicht, dass alles coram publico ausgebreitet wird, was wir über Sie herausgefunden haben, oder? Also nehmen Sie Vernunft an und kommen zu uns.«

Noch einmal verkürzte Lennart die Distanz zu Bente Forsberg, was die diesmal aber mitbekam.

»Keinen Meter weiter!«, schrie sie. »Wenn Sie so schlau sind, müssten Sie wissen, wozu eine Frau wie ich in der Lage ist.« Damit zog sie mit großer Geste ihr Handy aus der Hosentasche und hielt es demonstrativ vor sich hin.

»Fuck!«, hörte er Tao flüstern. »Blufft sie? Oder macht sie Ernst?«

»Keine Ahnung!«, zischte Lennart zurück. Fürs Erste würden sie sich ihr nicht weiter nähern.

Schwer atmend redete Bente Forsberg weiter: »Ich habe keinerlei Probleme damit, wenn die Leute erfahren, was geschehen ist. Sollen ruhig alle mitbekommen, wozu eine moderne Frau in der Lage ist, wenn man ihr so übel mitspielt. Dass sie sich zu rächen weiß, sich ihres Verstandes bedient und sich nicht in irgendwelche überkommenen Muster pressen lässt.«

»Frau Forsberg, ich hätte einen Vorschlag: Sie lassen die Anwesenden gehen, und wir unterhalten uns ganz in Ruhe weiter. Ohne dass wir Ihnen zu nahe kommen. Versprochen.«

Jetzt stieß sie ein schallendes, durchdringendes Lachen aus, das beängstigend dämonisch klang. »Meinen Sie wirklich, ich bin so naiv, mich nicht abzusichern? Wenn ich auf meinem Telefon den Auslöser betätige, ist es hier drin ganz schnell zappenduster, kapiert?«

Lennart schluckte. Es sah aus, als meinte es die Frau tatsächlich ernst mit ihrer Drohung. Panische Blicke der Leute im Raum trafen ihn, einige flüsterten sich beinahe lautlos ein paar Worte zu.

»So, und jetzt hört ihr mir mal schön zu, ihr alten Säcke!«, blaffte Bente Forsberg die Gäste an. Hohn und Abscheu standen ihr ins Gesicht geschrieben. »Ich war es, der die drei Männer im Flugzeug umgebracht hat. Ich ganz allein, ohne jede Hilfe!«

Das Flüstern wurde zu einem erschrockenen Murmeln und Tuscheln. Mit schockiertem Blick machte Birte Lauritsen ein paar Schritte von Bente Forsberg weg. Und Ludger Hedegaard, den Lennart erst jetzt erblickte, rief mit bebenden Lippen: »Aber warum? Was hat Bjarne dir denn getan?«

»Bjarne?«, wiederholte Bente Forsberg kühl. »Zu dem komme ich noch. Erst mal sollt ihr alle erfahren, was euer Henrik, der große Menschenfreund und Philanthropist, in Wahrheit für einer war!«

Lennart ließ seine Hand unter die Jacke gleiten und umfasste den Griff seiner Dienstwaffe.

»Ein mieses, dreckiges Lügenschwein war er. Er hat nicht nur mich betrogen, sondern auch unsere Kinder! Wollte sein ganzes Geld mit dieser alten schwedischen Schlampe durchbringen, die er schon aus seiner Jugendzeit kannte. Ich hab jede einzelne seiner Nachrichten an sie gelesen. Und mir seine Bilder angesehen, seine Filmchen. Sogar eines, wo er sie gerade vögelt, diese dreckige Hure.«

Jetzt waren hinter vorgehaltener Hand einige entsetzte Kommentare zu hören.

»Ja, da schaut ihr, hm? Oh, solche bösen Worte nimmt die Frau Forsberg in den Mund! Ich hab übrigens auch eine Weile gebraucht, um zu verstehen, dass ihr alle hier dieselben verlogenen Schweine seid wie der gute Henrik. Immer schön die Gutmenschen raushängen lassen, aber keinen Funken Anstand im Leib! Und das galt auch für den guten Bjarne und für deinen Mann, den lieben Finn!«, spie sie Birte Lauritsen geradezu entgegen. Über deren Wangen liefen ungehemmt Tränen.

Lennart überlegte. Wie konnte er diese brenzlige und schwer kontrollierbare Situation nur möglichst schnell beenden? Doch bevor er nicht sicher wusste, dass es sich bei Bente Forsbergs vager Drohung um einen Bluff handelte, waren ihm die Hände gebunden. Also ließ er die Frau zunächst weiterreden.

»Also gebt gut acht, auch ihr Bullen, ich sag das alles nämlich nur einmal. Mein eigentlicher Plan war, meinen lieben Ehemann schön irgendwo zwischen Schweden und Rønne samt seiner bescheuerten Angeber-Maschine ganz heimlich, still und leise ins Meer stürzen zu lassen. Aber leider hat der Auslöser nicht so funktioniert, wie man mir versprochen hat.« Sie hielt inne und sah kurz in die Runde. »Ja, das wundert euch, hm? Ich hab mir das alles selber ausgedacht. Ich weiß nämlich mehr über Technik als ihr alle zusammen. Und übers Fliegen sowieso. Also habe ich in der Citation eine Vorrichtung unter Henriks Sitz eingebaut, aus der das Cyanidgas strömen sollte, wenn ich mit dem Handy eine Nachricht an eine SIM-Karte schicke. Den Leuten am Flughafen habe ich gesagt, ich würde gern die Maschine meines Mannes sauber machen. Hab denen mit einem Handstaubsauger vor den Augen rumgewedelt, und sie haben mir schön den Hangar aufgemacht, diese naiven Idioten.«

Zynisch lachte sie auf. »Allmählich wurde es Zeit, Henrik wollte nämlich all seine Firmen hier verkaufen, um mit der Schlampe nach Frankreich zu gehen. Also sollte es der Flug zu seinem angeblichen Klassentreffen sein. Aber das Drecksding von Zünder hat versagt. So kommt's, wenn man sich auf Technik aus Russland verlassen muss. Also habe ich eben gewartet, stand hinter dem Zaun am Rollfeld – und als er gelandet war, hatte das Teil endlich wieder Empfang!«

»Und was hat das alles mit Bjarne und Finn zu tun?« Inmitten der allgemeinen Panik blieb Ludger Hedegaard hartnäckig, auch wenn seine Stimme jetzt brüchig klang.

»Das war so nicht geplant. Ich bin davon ausgegangen, dass Henrik allein unterwegs ist. Aber soll ich euch was sagen? Inzwischen bin ich gar nicht mehr traurig drüber! Zwei Arschlöcher weniger, wen kümmert das schon!«

»Du eiskaltes Miststück. Wenn ich dich in die Finger bekomme, dann …«, schrie Hedegaard nun und machte Anstalten, sich auf Bente zu stürzen. Zum Glück wurde er von zwei anderen Clubmitgliedern daran gehindert. Da kam Lennart eine Idee. Er machte Tao ein Zeichen, sich unauffällig hinter ihn zu stellen.

»Hol dein Handy raus«, flüsterte er ihr zu.

»Dann was, hm?«, zeterte Bente Forsberg nun in Hedegaards Richtung.

Doch der hatte inzwischen aufgegeben und resigniert den Kopf gesenkt. Er reagierte gar nicht mehr auf sie.

»Na schön, dann eben nicht. Wie gesagt, Henrik hat nicht nur mich beschissen, sondern wollte auch unsere Kinder ausbooten. Nur einen Pflichtteil wollte er ihnen geben, das hatte er mir immer schon gesagt. Und hat es auch der Schlampe geschrieben. Aber dazu kommt es jetzt nicht mehr. Die beiden werden alles von ihm erben. Alles. Aber ihr alle werdet jetzt mit mir zusammen …«

Sie hob das Telefon in der linken Hand demonstrativ noch ein Stück höher und begann mit dem Zeigefinger der rechten Hand darauf herumzutippen. *Jetzt oder nie*, schoss es Lennart durch den Kopf.

»Ruf sie an!«, zischte Lennart. »Jetzt!« Keine zehn Sekunden später sah Bente Forsberg irritiert auf ihr Handydisplay.

Lennart stürmte los. Er brauchte nur fünf beherzte Sätze, dann war er bei Bente Forsberg angekommen, die ihn jetzt bemerkte. Tao war direkt nach ihm losgestürmt. Sein »Zugriff« brüllte er erst, als er bereits zum Sprung angesetzt hatte, mit dem er die Mörderin zu Boden riss. Noch im Sturz sah er, wie das Handy über das Parkett schlitterte und an der Bodenleiste zerbarst.

***

Keine zehn Minuten später hatte man Bente Forsberg bereits in einen der Streifenwagen verfrachtet. Seit sie von Lennart überwältigt worden war, hatte sie kein Wort mehr gesagt. Nur auf die Frage, ob sie wirklich Giftgas ins *Lille Havfrue* mitgebracht hatte, hatte sie lapidar den Kopf geschüttelt.

Lennart sah dem Polizeiauto nach, sah, wie es um die Ecke Richtung Rønne bog, als sein Handy zu vibrieren begann. Mist, sein Vater, den hatte er ja völlig vergessen.

Ohne einen genauen Blick aufs Display zu werfen, nahm er an: »Papa, kann ich dich bitte …«

»Papa? Hier ist Peer. Sag mal, Lennart, wir hätten heute Abend ein Meeting gehabt. Was ist denn los bei dir?«

Lennart grinste. Kein Wunder, dass er die ganze Zeit über das dumpfe Gefühl verspürt hatte, etwas vergessen zu haben.

Epilog

»Lennart, mein Herz, sei mir nicht böse, aber du müsstest die Fichtenblüten schon ein bisschen akribischer von den Nadeln trennen. Die kratzen sonst furchtbar im Mund und verfälschen auch das Aroma.«

Er rang sich ein Lächeln ab und gab Maren einen flüchtigen Kuss auf die Wange. Seit locker zwei Stunden saßen sie nun schon hier auf der Terrasse des *Argousier* in der Sonne und pulten die Baumblüten von kleinen, stacheligen Zweigen ab. Dabei stoben, auch wegen der frischen Brise, die heute vom Meer heraufwehte, immer wieder gelbe Pollenwölkchen auf. Doch laut Maren gab es nur alle paar Jahre so eine üppige Baumblüte, und sie hatte gleich mehrere Bauern gefunden, die ihr bereitwillig ganze Kofferraumladungen Äste gebracht hatten.

»Ich finde ja, so ganz allmählich würde es reichen, meinst du nicht?«, fragte Lennart mit Blick auf die bestimmt zwei Dutzend Weckgläser voller Blüten, die auf dem Nebentisch standen. Maren wollte sie teilweise mit Honig und Ahornsirup füllen, um die Knospen für Desserts und Kuchen verwenden zu können, den anderen Teil sauer einkochen. Angeblich handelte es sich dabei um die beste regionale Alternative zu Kapern, die man sich nur vorstellen könne.

»Wenn ich wirklich diese Sauerteigfladen mit dem Steinpilzrahm und den dehydrierten Tomaten vom letzten Jahr ins Menü nehme, brauche ich als sauren Gegenspieler dringend meine Fichten-Kapern in ausreichender Menge. Da geht nämlich einiges weg. Man kann ja nichts nachkaufen. Und probiere erst mal meine Spaghetti Puttanesca mit konfierten Hagebutten und den Fichtenknospen hier. Dann wirst du verstehen, warum es sich wirklich lohnt. Außerdem habe ich die Zweige nun mal bekommen und kann sie jetzt nicht einfach wegwerfen. Das wäre Frevel an der Natur«, sagte sie und machte ein ernstes Gesicht. »Und blöd gegenüber den Waldbesitzern.«

»Sehr richtige Einstellung! Da kannst du dir mal eine Scheibe abschneiden, Junge! So viel, wie du immer wegwirfst.«

»Stimmt doch gar nicht, Papa! Und woher willst du das überhaupt wissen, hm?« Lennart seufzte. Eigentlich hatte er sich ja aufrichtig gefreut, dass sein Vater und Mirjam sich nach dem gemeinsamen Besuch im Gartenrestaurant *Kulissen* spontan bereit erklärt hatten, noch zu Maren mitzukommen und ein wenig mitzuhelfen. Dass sich der alte Herr aber seit ihrer Ankunft stets auf die Seite der Köchin schlug und an seinem Sohn kaum mehr ein gutes Haar ließ, störte ihn doch erheblich. Noch dazu, weil sein Vater ein Lob nach dem anderen von Maren für seine angeblich so sorgfältige Arbeitsweise bekam.

Lennart war fast ein wenig erleichtert, als auf einmal sein Handy klingelte. Er zog es aus der Tasche und erkannte, dass es Magda war, die anrief. Er stand auf und ging ein paar Meter, dann erst nahm er ab. Bestimmt würde es wieder um das Hauptthema der letzten Tage, ihren kleinen schulischen Zwischenfall mit dem Handy, gehen. Und von dem musste der Großvater ja nicht unbedingt etwas mitbekommen.

»Magda, na, wie geht's?«

»Mir geht's super!«

Er lächelte, froh darüber, seine Älteste mal wieder richtig fröhlich zu erleben.

»Na, das hört sich doch schon viel besser an. Was gibt's, meine Große? Schieß los!«

»Stell dir vor, Papa: Laurenz hat 'ne Drei in Mathe gekriegt. Obwohl ich ihm ja nur kurz helfen konnte wegen der blöden Murawski. Ich habe aber die ersten Aufgaben fast alle richtig gelöst. Cool, oder?«

Lennart schüttelte lachend den Kopf. »Toll, mein Kind! Soll ich dich jetzt lieber zu deiner Hilfsbereitschaft beglückwünschen oder zu deinen stabilen Mathekenntnissen?«

»Beides, würde ich sagen. Ich hab nämlich neulich auf Mamas Drängen meinem lieben kleinen Schwesterchen Nachhilfe gegeben. Und die hat heute sogar auch 'ne Drei rausbekommen! 'ne Drei, gib dir das mal! Und das, wo ihr Lehrer immer sagt, Ida wär 'ne totale Schwachmatikerin! Vielleicht sollte ich doch Lehrerin werden! Ich kann selbst bei hoffnungslosen Fällen noch was ausrichten.«

»Wow, super! Gibst du mir sie mal?«

Inzwischen war Lennart bei der dänischen Flagge angekommen, die an einem weißen Mast neben dem *Argousier* wehte, und ließ sich auf der Bank darunter nieder.

»Geht nicht«, gab Magda zurück. »Ida ist beim Eisessen, zur Feier des Tages. Ach ja, übrigens ist der Verweis inzwischen gekommen. Per Post. Mama hat ihn schon unterschrieben, sogar ohne weiteren Aufstand. Und du so?«

»Ich bin heute mit Maren, Opa und Mirjam unterwegs.«

»Oh, okay. Dann lass dich nicht stören. Und sag liebe Grüße!«

Er verabschiedete sich und steckte sein Telefon weg. Sein Blick wanderte hinüber zur Terrasse, wo die drei lachend in ein Gespräch vertieft waren. Er war froh, dass sich alle auf Anhieb so gut verstanden. Das war schließlich alles andere als selbstverständlich, wie er aus eigener Erfahrung wusste. Andreas Eltern etwa hatten ihm nie das Gefühl gegeben, bei ihnen besonders gern gesehen zu sein. Er wandte den Kopf und sah aufs offene Meer, wo sich ein paar Möwen vom Wind treiben ließen. Für einen kurzen Moment schloss er die Augen und genoss die erstaunlich warme Sonne auf seinem Gesicht.

Als er sie wieder öffnete, nahm er die Umrisse eines kleinen Jets wahr, der parallel zur Küstenlinie in Richtung Norden flog. Wahrscheinlich befand er sich gerade im Landeanflug auf Rønne. Das Flugzeug hatte gewisse Ähnlichkeit mit dem Jet von Henrik Forsberg, der noch immer im Hangar des Flughafens stand. Bente Forsberg hatte sich nicht um den Verkauf kümmern können, sie saß schließlich seit ihrer Festnahme vor drei Tagen im *Lille Havfrue* in Haft. Ein Behälter mit Giftgas hatte sich zum Glück nirgends im Restaurant befunden.

Die Staatsanwaltschaft hatte bereits Anklage wegen dreifachen heimtückischen Mordes gegen Bente erhoben. Nach der eingehenden Inspektion ihres Zimmers war die Beweislast erdrückend gewesen, und anhand ihrer Bankdaten hatte man sogar Zahlungen an eine russische Briefkastenfirma nachvollziehen können, über die sie sich im Darknet nicht nur das Gift, sondern auch die Vorrichtung samt Bauanleitung besorgt hatte. Und auch wenn sie tatsächlich kein Wort mehr ausgesagt hatte, seit Lennart und Tao sie vor den versammelten Philanthropisten überwältigt hatten, gab es ja ein detailliertes Geständnis, das sie vor fast dreißig Zeugen abgelegt hatte. Ihr Sohn hatte sich inzwischen ebenfalls gemeldet. Er war tief schockiert über die Offenbarung gewesen, dass seine Mutter zur Mörderin an seinem Vater geworden war. Schweren Herzens hatte er sich auch bereit erklärt, dessen Beerdigung zu organisieren. Lennart hatte sich kurz mit ihm unterhalten – Nils Forsberg hatte vor, sich in Zukunft um die Hotels zu kümmern, voraussichtlich sogar zusammen mit seiner Schwester, die sich zurzeit allerdings immer noch auf dem Kreuzfahrtschiff befand.

Und auch Bjarne Møllers Sohn hatte sich noch einmal auf der Insel eingefunden – und sich dem Vernehmen nach sogar mit Ludger Hedegaard ausgesöhnt. Obwohl Erik beim Erbe seines Vaters leer ausgegangen war. Das würden sich stattdessen Ludger, Bjarnes Enkeltochter und eine neu zu gründende Stiftung zur Förderung der Kleinkunst auf der Insel teilen.

Die Pfarrerin von Østerlars schließlich hatte sich, wie Britta wusste, inzwischen auf eine Missionsstelle in Afrika beworben.

Lennart sog die salzige Luft in seine Lunge. Sie roch heute zum ersten Mal nicht mehr nach Frühling, sondern schon nach dem nahenden Sommer. Was war das nur für ein vertrackter Fall gewesen?! Und trotzdem hatten er und seine zwei unvergleichlichen Kolleginnen die Kurve gekriegt und alles allein aufklären können, ganz ohne Beistand aus der Hauptstadt. Britta hatte inzwischen längst wieder wohlbehalten Bornholmer Boden unter den Füßen – was sie jedoch vom stürmischen und ziemlich turbulenten Rückflug erzählt hatte, bestärkte Lennart nur noch einmal in seiner unumstößlichen Haltung, niemals einen Fuß in ein von Morten Nygaard pilotiertes Flugzeug zu setzen, komme, was da wolle.

»Da bist du ja, Junge! Kommst du denn nicht wieder zu uns? Wir haben noch einige Blüten zu zupfen.«

Lennart war derart in Gedanken versunken gewesen, dass er seinen Vater gar nicht hatte kommen hören. »Gleich, Papa«, brummte er und rutschte ein Stück nach rechts, damit der sich neben ihn setzen konnte. Karl Ipsen ließ sich mit einem leichten Ächzen auf der Bank nieder und legte seinem Sohn eine Hand auf die Schulter.

»Ich sag's dir, dieses Wellnesszeug ist anstrengender für Knochen und Gelenke, als wenn ich drei Tage am Stück im Garten arbeite!«

Lennart lächelte. »Da musst du jetzt eben durch, Papa. Für Mirjam. Und für dein Seelenheil.«

Karl Ipsen seufzte tief. »Mirjam ist das alles wert, das ist mir hier erst wieder ganz neu bewusst geworden. Anscheinend hatte sie doch recht, dass wir mal zusammen eine Auszeit brauchten. Trotzdem freue ich mich schon diebisch auf meine heimlichen Siestas hinterm Schuppen ganz für mich allein, wenn sie denkt, ich würde Unkraut jäten.« Er grinste schelmisch.

»Du bist und bleibst unverbesserlich, Papa«, sagte Lennart mit einem Kopfschütteln.

»Junge, hör mal: Ich wollte dir noch was sagen.«

Das hörte sich nach einer Art Geständnis an. »Ach ja? Was denn?«

»Dass ich Maren wirklich richtig toll finde! Sie ist eine Hammer-Frau, ehrlich!«

Lennart sah ihn stirnrunzelnd an.

»Nicht wie du jetzt vielleicht meinst. Für dich. Ich selber bin ja viel zu alt für sie. Aber ihr passt wunderbar zusammen, habt beide Humor und das Herz auf dem richtigen Fleck. Das wird was, glaub ich! Für länger!«

»Mal sehen. Aber ja, im Moment fühlt es sich ziemlich gut an.«

»Das merkt man, Junge, das merkt man. Freut mich für dich. So, und jetzt mal wieder flugs an die Arbeit. Nicht dass Mirjam noch auf dumme Gedanken kommt und mich vorzeitig in diese Wellnessfolterkammer zurückbeordert. Ach ja, ich habe ihr gesagt, dass wir morgen unbedingt zusammen deinen Garten umgraben müssen. Maren braucht nämlich Platz für ihre Chiliplantage, die sie auf meinen Rat hin dort in diesem Sommer anlegen will. Du hast doch nichts dagegen, Junge, oder?«

»Wenn du und Maren sich das so überlegt haben, wie könnte ich mich dem wohl widersetzen, Papa? Schließlich habe ich ja noch einen ganzen Sommer im Haus vor mir, bevor ich nach etwas anderem suchen muss.«

Damit stand er auf und folgte seinem Vater zurück auf die Terrasse, wo ihn Maren mit einem langen, intensiven Kuss empfing.

Mange Tak!

Merci an all die Leserinnen und Leser, die meiner neuen Reihe um die dänische Sonneninsel eine Chance gegeben und die Lennart und Co schon ins Herz geschlossen haben. Ihr seid spitze. Ohne euch gäbe es diesen zweiten Band gar nicht.

Vielen Dank auch allen BloggerInnen, Journalistinnen und Journalisten, LeserInnen und Insta-Nutzerinnen und -Nutzern, die über alle erdenklichen Kanäle rezensiert und über Lennart geschrieben haben. Was für eine tolle Wertschätzung für einen Autor!

Auch diesmal haben wieder viele Menschen zu diesem Buch beigetragen. Allen voran meine liebe Frau Silke, deren Mitarbeit so intensiv wie nie war und die inzwischen offizielles und unverzichtbares Mitglied von »Team Ipsen« geworden ist. Deinem sicheren Urteil kann ich stets blind vertrauen. Danke für die unvergleichliche Unterstützung.

Dass inzwischen die Arbeit bei beinahe jedem Familienessen Thema ist und dass die Familienurlaube oft auch Arbeitsaufenthalte sind, ertragen meine beiden Töchter Annabel und Paulina mit Langmut und Geduld. Danke für eure große Unterstützung, ihr beiden seid die großartigsten Kinder, die man sich wünschen kann.

Die Recherche für ein Buch wäre ohne Experten im Freundeskreis undenkbar: Daher geht mein großer Dank an den erfahrenen Piloten Klaus Haggenmüller, der sich das Hirn über meinen abstrusen Fall und vor allem dessen fast unmöglich scheinenden Anfang zermartern musste und mich mit Flieger-Insights und ein wenig Funksprache versorgt hat. Ich hoffe, ich habe nicht allzu viele Fehler eingebaut, lieber Klaus!

Danke auch wieder an Robert Kobr und Theresia Mayer fürs Vorab-Korrekturlesen.

Mange Tak an Vera Thielenhaus, meine hervorragende Lektorin, die immer vom ersten Moment der Konzeption an mit eingebunden ist und mir stets mit Rat und Tat beiseitesteht und so gut wie nie etwas übersieht. Es kommt mir vor, als würden wir schon Jahre zusammenarbeiten.

Danke an meinen Agenten und Freund Marcel Hartges, der inzwischen auch eine meiner Recherchereisen in Lennarts Heimat begleitet hat. Merci für ein stets offenes Ohr, deine unschätzbar wichtigen Ratschläge und das Vertrauen in all den Jahren.

Und last, but not least an meinen tollen Verlag, an das gesamte Goldmann-Team, das an diesem Buch mitgewirkt hat. Ihr macht einfach einen super Job, habt stets ein offenes Ohr für neue Ideen und sorgt mit eurer Begeisterung und eurem unvergleichlichen Schwung dafür, dass mein Spaß an der Arbeit nie versiegt.